D0868575

Cuento español actual
(1992-2012)

Letras Hispánicas

Cuento español actual (1992-2012)

Edición de Ángeles Encinar

CUARTA EDICIÓN

CÁTEDRA

LETRAS HISPÁNICAS

1.ª edición, 2014
4.ª edición, 2020

Ilustración de cubierta: *Composición IV* (1911) © Vasilly
Kandinsky, VEGAP, Madrid, 2013

Reservados todos los derechos. El contenido de esta obra está protegido
por la Ley, que establece penas de prisión y/o multas, además de las
correspondientes indemnizaciones por daños y perjuicios, para
quienes reprodujeren, plagiaren, distribuyeren o comunicaren
públicamente, en todo o en parte, una obra literaria, artística
o científica, o su transformación, interpretación o ejecución
artística fijada en cualquier tipo de soporte o comunicada
a través de cualquier medio, sin la preceptiva autorización.

PAPEL DE FIBRA
CERTIFICADO

© De los autores
© Ediciones Cátedra (Grupo Anaya, S. A.), 2014, 2020
Juan Ignacio Luca de Tena, 15. 28027 Madrid
Depósito legal: M. 6-2014
ISBN: 978-84-376-3220-9
Printed in Spain

Índice

Introducción

Para Eva, Irene y Alberto,
que continúan siendo
lectores apasionados de cuentos

1. Aproximación teórica, sociohistórica y cultural

Una primera mirada a la producción cuentística española a partir de 1990 permitiría afirmar sin vacilación que el cuento goza de buena salud. A ello han contribuido factores muy diversos: un buen número de autores de distintas generaciones, o promociones, que han tenido la voluntad de ser asiduos del género; la aparición de revistas especializadas y números monográficos; editoriales que han apostado por la publicación de cuento, incluso una casi con exclusividad que se inauguró con el milenio actual; diversos premios de referencia por su calidad literaria; críticos y profesores que saben valorarlo, entre ellos, diferentes antólogos que han sacado a la luz volúmenes importantes; y por último, al final de la cadena, o quizá son el origen, lectores que disfrutan de estas ficciones y esperan nuevas entregas. Iremos deteniéndonos en estos aspectos. No obstante, ha llegado el momento de hablar del cuento con naturalidad, sin complejos ni necesidad de compararlo con el resto de géneros.

Contexto literario y sociocultural

Una de las palabras que más se ha utilizado en el ámbito literario a finales del siglo xx y en la primera década del xxi es mercantilización. La literatura forma parte de la industria comercial y se considera un bien de consumo, hecho que ya desde los años ochenta se había admitido como un paso hacia la normalidad y se continuaba viendo de ese modo en el inicio de los noventa[1]. Las editoriales son reconocidas como empresas y sus propietarios aspiran al lucro, por esa razón el libro se ve como una de tantas mercancías expuestas para la compra, es un producto del mercado donde de forma inevitable la rentabilidad se tiene en cuenta. Este paradigma sería el causante de la proliferación de los llamados *best sellers* y de que sellos como Planeta o Destino, convocantes de premios que lograban concitar en más de una ocasión talla literaria y ventas, hayan inclinado su balanza hacia la vertiente comercial en los últimos años.

El cuento se ha mantenido bastante al margen de esta corriente, porque nunca se ha considerado un producto de

---

[1] Constantino Bértolo, en la «Nota del editor» a *Cuentos de los 90* de Luis Magrinyà, Barcelona, Caballo de Troya, 2011, señalaba que la narrativa española «[...] En aras de la normalidad, es decir, de su entrega a las leyes del mercado, paso a paso, renunciaba a la pretensión de ser un medio de conocimiento y diálogo con el mundo para encaminarse, con prisas y aplausos, hacia su conversión en una rama, más o menos florida, de las industrias del ocio y el entretenimiento», pág. 7. También lo afirmaba Santos Sanz Villanueva al referirse a la década de los ochenta y hablaba de «una literatura que va adquiriendo un sesgo muy comercial, pero así se alcanzaba la normalidad que había sido imposible durante el franquismo», en *La novela española durante el franquismo*, Madrid, Gredos, 2010, pág. 553.

Javier Pradera había alertado, con anterioridad, de esta inclinación: «[...] el respeto a ese momento empresarial no tiene por qué implicar el sacrificio del "momento cultural", indisociable hasta ahora para los editores vocacionales. Las contradicciones y tensiones entre ambos polos, su interacción en un equilibrio inestable, no son solo soportables, sino también enriquecedoras; sin embargo, los cambios de los últimos años están desequilibrando seriamente los dos polos de ese binomio en claro perjuicio del libro como valor de uso, esto es, como bien cultural que se distribuye en forma de valor de cambio y de bien mercantil»; en «El libro: Industria y mercado», Darío Villanueva y otros, *Los nuevos nombres: 1975-1990*, Barcelona, Crítica, 1992, pág. 81.

superventas, de ello han sido siempre conscientes todos los implicados en el proceso. No obstante, la mercadotecnia también le ha afectado y fruto de ello fue el descubrimiento del filón de antologías temáticas iniciado a partir de los ochenta y que se extiende hasta el momento actual[2]. Entre tantos títulos posibles de mencionar algunos son: *Cuentos eróticos* (Grijalbo, 1988), *Cuadernos del asfalto* (Grupo 16, 1990), *El fin del milenio* (Planeta, 1990), *Los pecados capitales* (Grijalbo, 1990), *Relatos urbanos* (Alfaguara, 1994), *Aquel verano* (Espasa Calpe, 1996), *Madres e hijas* (Anagrama, 1996), *Relatos para un fin de milenio* (Plaza & Janés, 1998), *Lo del amor es un cuento* (Ópera Prima, 1999), *Vidas sobre raíles. Cuentos de trenes* (Páginas de Espuma, 2000), *Nosotros los solitarios* (Pre-Textos, 2001), *Un diez. Antología del nuevo cuento catalán* (Páginas de Espuma, 2006), *Ficción Sur. Antología de cuentistas andaluces* (Traspiés, 2008), *Cuentos de amigas* (Anagrama, 2009), *Nuevos relatos para leer en el autobús* (Cuadernos del Vigía, 2009), *Aquelarre. Antología del cuento de terror español actual* (Salto de Página, 2010), *Rusia imaginada* (Nevsky Prospects, 2011) y *Prospectivas. Antología de ciencia ficción española actual* (Salto de Página, 2012). Variedad de editoriales (por eso las hemos nombrado), algunas del ámbito más comercial y otras no tanto, y diversidad de temas; a todas les une el deseo de aprovechar la pujanza actual del cuento, pero es necesario resaltar que algunas de las apuestas son de gran valor porque han sabido aunar visión mercantil y calidad literaria, la nómina de escritores participantes en ellas lo avala.

El autor se relaciona con su obra de modo muy distinto a como lo hacía en décadas anteriores, fruto de todo

---

[2] Puede verse al respecto el artículo de Nuria Carrillo Martín, «Las antologías del cuento español de los años noventa», en José Romera Castillo y Francisco Gutiérrez Carbajo (eds.), *El cuento en la década de los noventa*, Madrid, Visor, 2001, págs. 47-66.

este contexto sociológico y cultural al que nos estamos refiriendo. Julio Peñate señalaba cuatro categorías, ni mucho menos estancas, que le servían para intentar explicar esta nueva relación. Hablaba de «literatura como *conocimiento* (el escritor percibe su función como una forma de investigar, de interpretar y de describir la realidad), como *militancia* (supone la voluntad de intervención en el espacio social para promover los valores que se consideran dignos de ser respetados), como *sacralidad* (la percepción de la actividad creativa como comprometida únicamente consigo misma o [...] con el lenguaje como supremo objeto de atención) y como *mercancía* (percepción del otro como cliente y de la creación propia como destinada no solo al mercado, sino al consumo inmediato)». La actitud o estrategia que predomina en cada una de estas clases es de «*lección*», «*disertación*», «*recitación*» y, en la última, «*seducción*»[3].

De todo lo dicho no hay que obtener conclusiones negativas[4]. A pesar de esta mercantilización, es necesario admitir resultados muy positivos: el descubrimiento de jóvenes escritores que comenzaron a producir una obra de gran interés y ya han dado algunos títulos importantes de referencia indiscutible, de hecho se han convertido en narradores de peso en el panorama actual. Así, por ejemplo, en la década de los noventa se pueden destacar algunos libros y autores: Eloy Tizón, *Velocidad de los jardines* (1992), volumen elegido en una encuesta realizada en 2004 por la revista *Quimera* como uno de los mejores libros de cuentos de

---

[3] Julio Peñate, «Novela, público y mercado», en Jordi Gracia (ed.), *Historia y crítica de la literatura española 9/1. Los nuevos nombres: 1975-2000. Primer suplemento*, Barcelona, Crítica, 2000, págs. 285-287.
[4] Jordi Gracia afirmaba de forma rotunda: «De la marcada mercantilización del mundo de la literatura *(es decir, de la novela* [la cursiva es nuestra]*)*, antes se derivan resultados positivos que negativos», en «Estado cultural y posmodernidad literaria», *ibíd.*, pág. 66.

la literatura española del siglo xx[5], junto con el de Juan Bonilla, *El que apaga la luz* (1994), y el de Carlos Castán, *Frío de vivir* (1997), entre otros más. En 1999, una nueva colección de Bonilla, *La noche del Skylab*, mereció el Premio NH al mejor libro de relatos inédito. Más escritores y obras celebradas fueron: Mercedes Abad, *Soplando al viento* (1995), quien había obtenido anteriormente, en 1986, el Premio La Sonrisa Vertical con *Ligeros libertinajes sabáticos;* Hipólito G. Navarro, *El aburrimiento, Lester* (1996); Almudena Grandes, *Modelos de mujer* (1996); Gonzalo Calcedo, *Esperando al enemigo* (1996) y *Otras geografías* (1998), con este último ganó en ese año el Premio NH de Relatos al mejor volumen inédito. Autores estos que han perseverado en el género en la siguiente década y han seguido cosechando éxitos, así Mercedes Abad con *Amigos y fantasmas* obtuvo el Premio Mario Vargas Llosa NH de Relatos en 2004; y este mismo premio fue en 2006 para Hipólito G. Navarro con *Los últimos percances,* y en 2010 para Gonzalo Calcedo con *El prisionero de la avenida Lexington.* Hay otros escritores nuevos de los que es imprescindible hablar, como Pilar Adón, cuyo libro *Viajes inocentes* consiguió el Premio Ojo Crítico de Narrativa 2005; Óscar Esquivias, que recibió el prestigioso Premio Setenil en 2008 con *La marca de Creta,*

---

[5] Era un número especial de la revista titulado «El cuento español en el siglo xx», *Quimera*, 242-243 (abril de 2004). Se realizó una encuesta entre escritores, críticos literarios e historiadores de la literatura y especialistas del género; se preguntaba por los diez mejores libros de cuentos españoles del siglo xx escritos en castellano, los diez cuentos que deberían figurar en alguna antología y, por último, los autores extranjeros más influyentes. Entre los cuentos más destacados de los escritores jóvenes se encontraban: «Velocidad de los jardines», del volumen del mismo título de Eloy Tizón; «Sucedáneo: pez volador» y «Semillas, simientes y pilatos» y «El aburrimiento, Lester» del libro *El aburrimiento, Lester,* de Hipólito G. Navarro; «El huérfano» incluido en *Frío de vivir,* de Carlos Castán; y «La ruleta rusa» en *La noche del Skylab,* de Juan Bonilla.

y Francisco López Serrano que lo alcanzó en 2010 con *Los hábitos del azar*. Mencionamos finalmente a Fernando Aramburu que inició su obra narrativa en los años noventa, pero obtuvo el mayor reconocimiento en 2006 con el volumen de relatos *Los peces de la amargura*, Premio Mario Vargas Llosa NH 2007, Premio Dulce Chacón 2007 y Premio Real Academia Española 2008.

Es oportuno ahora señalar la importante labor desempeñada por las antologías con un punto de mira académico y literario en la difusión de obras y autores. Han sido ellas las encargadas de resaltar los itinerarios seguidos por el género, confirmar el nutrido grupo de autores sobresalientes y dar voz a otros que iniciaban su andadura y eran tenidos por futuras promesas, que en más de un caso sí prosperaron. Tomando como punto de partida la fecha de 1990 la primera de todas, pionera en estas lides, fue la incluida en el número 6 de la revista *Lucanor*[6] que, además de presentar un estado de la cuestión entre 1975 y 1990, recogía cuentos de autores consagrados —Juan Eduardo Zúñiga, José María Merino, Luis Mateo Díez y Cristina Fernández Cubas, entre otros—, y de los entonces denominados jóvenes —Agustín Cerezales, Antonio Muñoz Molina y Pedro Zarraluki—. En el año 1993 vieron la luz tres destacados volúmenes: *Son cuentos. Antología del relato breve español, 1975-1993*[7], en edición de Fernando Valls; *Últimos narradores. Antología de la reciente narrativa breve española*[8], editado por José Luis González y Pedro de Miguel; y *Cuento español contempo-*

---

[6] El número apareció en septiembre de 1991 e incluía artículos de Santos Sanz Villanueva, Fernando Valls, que acuñaba en ese momento el término «renacimiento» para hablar de la situación del cuento, Santos Alonso, Ramón Jiménez Madrid y Ramón Acín, además de una útil cronología y bibliografía.

[7] Madrid, Espasa Calpe, 1993.

[8] Publicada en Pamplona, Hierbaola, 1993.

ráneo[9], edición de Ángeles Encinar y Anthony Percival. En los tres libros compartían espacio escritores de distintas generaciones, algunos con una obra bien desarrollada y otros que habían publicado tan solo una o dos colecciones de cuentos. Las conclusiones comunes reforzaban la idea de heterogeneidad y de la variedad de estilos, tendencias y procedimientos al aproximarse al género breve, manteniendo siempre un alto nivel de calidad.

A finales de la década de los noventa aparecen *Páginas amarillas*[10], que tenía por objetivo mirar hacia el tercer milenio e incluía autores nacidos a partir de 1960 con intereses literarios muy distintos; *Los cuentos que cuentan*[11], volumen coeditado por Fernando Valls que podría considerarse una entrega adicional a su anterior obra, recoge la producción de escritores más jóvenes, sus años de nacimiento están, menos en un caso, en los cincuenta y sesenta, y gran parte de ellos ha llegado a ser lo que se esperaba. Por último, uno de los narradores españoles más sobresalientes desde el último tercio del siglo XX, además de ser un gran teórico del género, José María Merino, realizó la encomiable empresa de recoger toda una trayectoria de cuentos en el título *Cien años de cuentos (1898-1998). Antología del cuento español en castellano*[12]. Aquí, como es de suponer, se abarca

---

[9] Madrid, Cátedra, 1993.

[10] Con un estudio previo de Sabas Martín, Madrid, Lengua de Trapo, 1997.

[11] Editado por Juan Antonio Masoliver Ródenas y Fernando Valls, Barcelona, Anagrama, 1998.

[12] Edición de José María Merino, Madrid, Alfaguara, 1998. En el «Prólogo», Merino habla de un verdadero cuento cuando «está presente el *hecho narrativo*, ese fenómeno que hace que un texto se convierta en un cuento, [...] porque en él se produce un movimiento interior, una mudanza dramática, una alteración capaz de otorgar repentina trascendencia al asunto concreto de que trata, y que transforma la situación inicialmente planteada, o permite comprenderla dinámicamente, dotada de un sentido especial», pág. 15.

desde los autores de la Generación del Noventa y Ocho, pasando por todas las décadas intermedias, hasta los que despuntaban a mediados de los noventa: Almudena Grandes, Felipe Benítez Reyes, Eloy Tizón y Juan Bonilla entre ellos.

En el siglo XXI han aparecido otras antologías que han confirmado el sólido camino seguido por los escritores que estaban practicando el género desde finales de la centuria anterior y también la situación normalizada, bien asentada, del cuento. *Pequeñas resistencias. Antología del nuevo cuento español*[13], editada por un destacado autor de cuentos, Andrés Neuman, y prologada por el ya citado José María Merino, da buena cuenta de lo que venimos diciendo. También ha sido Neuman el que diera a la prensa a finales de esta primera década otro volumen que recogía la obra de autores cuyos primeros libros de relatos se habían publicado en el período comprendido entre 2001 y 2010[14]. *Siglo XXI. Los nuevos nombres del cuento español actual*[15], edición de Gemma Pellicer y Fernando Valls, es otra excelente muestra de la senda firme por la que transita el género y del número notable de buenos practicantes del mismo en la actualidad.

Pensamiento de fin de siglo y teoría del cuento

La disgregación y la fragmentación son rasgos característicos del final de siglo. La transformación de las estructuras sociales y políticas efectuada desde la mitad de la centuria

---

[13] Publicada en Madrid, Páginas de Espuma, 2002.

[14] Andrés Neuman (ed.), *Pequeñas resistencias 5. Antología del nuevo cuento español (2001-2010)*, prólogo de Eloy Tizón, Madrid, Páginas de Espuma, 2010. El número 5 se debe a que las entregas anteriores han estado dedicadas al cuento centroamericano, sudamericano y norteamericano y caribeño.

[15] Editado en Palencia, Menoscuarto, 2010.

pasada fue evolucionando de formas diferentes, y próximas estas al período finisecular terminaron por desembocar en el derrumbamiento de las teorías filosóficas y socioculturales que se habían tenido como brújula del pensamiento. Se constata un proceso de descomposición de los discursos totalizadores; las grandes propuestas intelectuales han perdido la identidad que las definía de una forma clara y consistente. Ahora nos encontramos en una situación donde prevalece

> lo pequeño, lo anti-comprensivo, lo no-absoluto. Nos hemos trasladado al territorio de los microrrelatos, que no aspiran a narrar *in toto,* articulando un conjunto completo y unificado de elementos, sino que pretenden preservar y promover la fragmentación y el antisistematismo[16].

La estética de la posmodernidad puede considerarse como el envés del sistema clásico, sin el que no hubiera podido existir al haber carecido de un referente fundamental[17]. Para afrontar toda esta situación tan desestabilizadora la adopción del distanciamiento y la ironía posmodernista se pueden ver como una actitud oportuna. El escritor, en su afán de entender la realidad circundante y alcanzar cierta comprensión frente a tanta incertidumbre, se ha servido de la literatura, su medio natural de expresión, para esta indagación y así «[...] el cuento se ha mostrado como un

---

[16] Gonzalo Navajas, *Más allá de la posmodernidad. Estética de la nueva novela y cine españoles,* Barcelona, EUB, 1996, pág. 63.

José Carlos Mainer también se había referido a esta situación y afirmaba que «[...] nuestros se observan en el espejo o se refugian en la literatura, seguramente a falta de mayores certezas. Y en honor a la verdad, cuando se mira en derredor, nadie podrá reprochárselo en un fin de siglo que cruzan los vendavales de la desconfianza y las brisas enervantes del hedonismo», en «Cultura y sociedad», *Los nuevos nombres: 1975-1990,* pág. 71.

[17] Gonzalo Navajas, *ibíd.,* pág. 62.

cauce apropiado para recoger los fragmentos dispersos de un mundo escindido», ya que «[...] se basa en la captación de lo fragmentario, porque es la radiografía de un aspecto parcial de la realidad, el reconocimiento de un detalle que pueda ser revelador»[18].

Dentro de este contexto del pensamiento volvemos a reafirmar, tal y como se ha señalado ya en numerosas ocasiones, que en el cuento actual, como en la literatura en general, se ha producido la sustitución de lo colectivo por lo privado, siendo esta una de las características más notables; el individuo y su privacidad están ahora en un primer plano y se ha regresado al ámbito de la intimidad. Francisco Rico señalaba en los primeros años noventa que la falta de normas estéticas dominantes entronizaba el patrón individual y precisaba que «[...] la nueva literatura española es [...] más significativamente personal y menos convencionalmente literaria»[19]. En la nueva forma de conocer e interpretar el mundo de hoy se ponen de relieve varios aspectos, entre ellos, «la potenciación del yo [...]; la preferencia de proyectos individuales asertivos frente a las construcciones absolutas; y la revalorización de la intersubjetividad»[20]. También enmarcando esta línea del pensamiento finisecular, José María Pozuelo Yvancos se ha fijado en la reivindicación de lo individual y del entorno interactivo frente a la grandiosidad de hechos memorables, y al centrarse concretamente en la narrativa ha enumerado cinco características interrelacionadas: «Heteroglosia y multiplicidad de normas y modelos estéticos; fungibilidad y mercado editorial; predominio de la privacidad; desconfianza hacia la "lite-

---

[18] José Luis Martín Nogales, «Tendencias del cuento español de los años noventa», en *El cuento en la década de los noventa*, pág. 43.

[19] Francisco Rico, «De hoy para mañana: La literatura de la libertad», en *Los nuevos nombres: 1975-1990*, págs. 89-90.

[20] Gonzalo Navajas, *op. cit.*, pág. 183.

rariedad"; y carácter metaliterario y subrayado de la convención»[21].

Las contribuciones a la teoría del cuento en estas dos últimas décadas ponen de manifiesto el profundo interés en su estudio desde una perspectiva genérica. Carlos Pacheco y Luis Barrera Linares recogen aportaciones de autores y críticos en *Del cuento y sus alrededores. Aproximaciones a una teoría del cuento*[22]; Charles May entrega un nuevo repertorio de ensayos de sumo interés en *The New Short Story Theories*[23]; Peter Frölinger y Georges Güntert editan el volumen *Teoría e interpretación del cuento*[24] con artículos de especialistas destacados; la asociación gallega de semiótica dedica un simposio al género y fruto del encuentro es la publicación de *Asedios ó conto*[25]; el profesor y crítico mexicano Lauro Zavala es el editor de *Teorías del cuento I, II y III*[26]; en el volumen *El cuento en la década de los noventa*[27] aparecido en España en el año 2001 se incluye una sección de

[21] José María Pozuelo Yvancos, «Narrativa española y posmodernidad», *Ventanas de la ficción. Narrativa hispánica, siglos XX y XXI*, Barcelona, Península, 2004, pág. 46. En este mismo libro recoge su interesante artículo «Escritores y teóricos: la estabilidad del género cuento», publicado con anterioridad en el volumen colectivo que citamos a continuación, *Asedios ó conto*.

[22] Carlos Pacheco y Luis Barrera Linares, comps., *Del cuento y sus alrededores. Aproximaciones a una teoría del cuento*, Caracas, Monte Ávila, 1993.

[23] Charles May (ed.), *The New Short Story Theories*, Athens, Ohio University Press, 1994.

[24] Peter Frölinger y Georges Güntert (eds.), *Teoría e interpretación del cuento*, Berna, Peter Lang, 1995.

[25] Carmen Becerra y otros (eds.), *Asedios ó conto*, Vigo, Servicio de Publicaciones Universidad de Vigo, 1999.

[26] Lauro Zavala (ed.), *Teorías del cuento I. Teorías de los cuentistas*, México, UNAM, 1993; *Teorías del cuento II. La escritura del cuento*, México, UNAM, 1995; y *Teorías del cuento III. Poéticas de la brevedad*, México, UNAM, 1997.

[27] José Romera Castillo y Francisco Gutiérrez Carbajo (eds.), *El cuento en la década de los noventa*, Madrid, Visor, 2001.

aspectos teóricos; y Ana L. Baquero Escudero publica el libro *El cuento en la historia literaria: la difícil autonomía de un género*[28]. A las anteriores entregas hay que sumar otros tantos artículos diseminados en revistas especializadas y literarias[29]. También han sido de sumo interés las opiniones de los propios escritores, bien a través de sus poéticas incluidas en las antologías, o bien en libros colectivos, entre estos estarían *El arquero inmóvil. Nuevas poéticas sobre el cuento*[30] y *La familia del aire. Entrevistas con cuentistas españoles*[31].

En varias ocasiones Luis Beltrán Almería ha efectuado aproximaciones al estudio teórico riguroso de la narrativa breve y ha enfatizado la idea de no considerar al cuento ni como un género más ni menor, puesto que, además de ser el más antiguo, tuvo un papel fundamental en el mundo de la imaginación. En la actualidad le parece oportuno resaltar su consideración de instrumento de crítica de los valores de la civilización[32]. Entre las distintas reflexiones que se han suscitado en torno al cuento a finales del siglo xx se ha olvidado con frecuencia, según

---

[28] Ana L. Baquero Escudero, *El cuento en la historia literaria: la difícil autonomía de un género*, Vigo, Editorial Academia del Hispanismo, 2011.

[29] Entre ellos están: A. H. Pasco, «On Defining Short Stories», *New Literary History*, 22 (1991), págs. 407-422; Julio Peñate Rivero, «Cuento literario y teoría de la argumentación», *Lucanor*, 11 (1994), págs. 129-140; José Luis Martín Nogales, «De la novela al cuento, el reflejo de una quiebra», *Ínsula*, 589-590 (1996), págs. 32-35; José Miguel Oviedo, «Algunas reflexiones sobre el cuento y su proceso en Hispanoamérica (1945-1995)», *Foro Hispánico*, 11 (1997), págs. 41-53; Antonio del Rey, «Claves del cuento actual», *Lucanor*, 16 (1999), págs. 89-113.

[30] Eduardo Becerra (ed.), *El arquero inmóvil. Nuevas poéticas sobre el cuento*, Madrid, Páginas de Espuma, 2006.

[31] Miguel Ángel Muñoz, *La familia del aire. Entrevistas con cuentistas españoles*, Madrid, Páginas de Espuma, 2011.

[32] Véase Luis Beltrán Almería, «Pensar el cuento en los noventa», en *El cuento en la década de los noventa*, pág. 555.

Luis Beltrán, «la exploración de los géneros —o subgéneros, si se prefiere— que forman parte del fenómeno que llamamos cuento»[33]; de ahí que se haya distinguido casi con exclusividad entre la línea fantástica y la realista, sin profundizar en muchos otros dominios que darían cuenta de la diversidad que de verdad impera. Asimismo, habría que subrayar que, tanto en el cuento tradicional como en el moderno, lo que se ha producido es una clara inclinación a la hibridación de géneros[34].

En el título póstumo *Seis propuestas para el próximo milenio*, de Italo Calvino, se han recogido las conferencias que el insigne escritor había preparado para impartir durante el año académico 1985-1986 en la Universidad de Harvard. Se pueden encontrar en este libro cinco conceptos de gran utilidad para acercarse a una poética del cuento moderno[35], que son: levedad, rapidez, exactitud, visibilidad y multiplicidad[36]. El pensamiento crítico del autor italiano resulta muy apropiado al reflexionar sobre la estética del cuento actual. Al hablar de levedad, precisaba, al menos, tres acepciones diferentes referidas al estilo y al contenido: «Un aligeramiento del lenguaje mediante el cual los significados son canalizados por un tejido verbal como sin peso»; «El relato de un razonamiento o de un proceso psicológico en el que obran elementos sutiles e imperceptibles, o una descripción cualquiera que comporte un alto grado de abstracción»; y, por último, la significación de «Una imagen figurada de levedad que asuma un valor emblemático»[37].

---

[33] *Ibíd.*, pág. 556.

[34] *Ibíd.*, pág. 558.

[35] Así lo indicaba Luis Beltrán Almería en el artículo citado, pág. 553.

[36] Véase Italo Calvino, *Seis propuestas para el próximo milenio*, Madrid, Siruela, 1989. El sexto concepto sería «consistencia», pero no dejó escrita la conferencia dedicada a este tema.

[37] Italo Calvino, *Seis propuestas...*, págs. 28-29.

Es muy interesante constatar la predilección de Calvino por las formas breves y su aprecio de las mismas como lugar de experimentación y de riqueza tanto de estilo como de contenidos. Resalta los logros obtenidos en la literatura italiana y la norteamericana a lo largo de la historia dentro del género cuento. Para referirse al tema de la rapidez explicita que se basa en la relación entre velocidad física y mental,

> rapidez de estilo y de pensamiento quiere decir sobre todo agilidad, movilidad, desenvoltura, cualidades todas que se avienen con una escritura dispuesta a las divagaciones, a saltar de un argumento a otro, a perder el hilo cien veces y a encontrarlo al cabo de cien vericuetos[38].

Además, señala su convencimiento de que la escritura en prosa supone, al igual que en la poesía, la «búsqueda de una expresión necesaria, única, densa, concisa, memorable», siendo este tipo de tensión más fácil de mantener en textos breves[39].

Señalaba Italo Calvino que el lenguaje se estaba utilizando con frecuencia de una manera negligente y casual, de ahí le venía la preocupación de perseguir la exactitud que describía a partir de tres postulados: «un diseño de la obra bien definido y bien calculado; la evocación de imágenes nítidas, incisivas, memorables»; y «[...] el lenguaje más preciso posible como léxico y como expresión de los matices del pensamiento y de la imaginación»[40]. No hay duda de que estas ideas se encuentran en el fundamento de la poética adoptada por algunos cuentistas españoles de las décadas más recientes. Así como también está muy presente la visibilidad mencionada por Calvino, la «alta fantasía», que viene dada a raíz de las imágenes creadas en la mente del

---

38 *Ibíd.*, págs. 55 y 59.
39 *Ibíd.*, pág. 62.
40 *Ibíd.*, págs. 71-72.

escritor, donde pueden llegar a formarse muchas otras a base de analogías, simetrías o contraposiciones para transformarlas más tarde en una historia escrita; la imaginación entendida mejor «[...] como repertorio de lo potencial, de lo hipotético, de lo que no es, no ha sido ni tal vez será, pero que hubiera podido ser»[41]. Eloy Tizón también enfatizaba, hace ya algunos años, la importancia de tener una imagen visual como génesis de una posible narración y aseguraba que:

> Contar la historia es contar la imagen de la historia, apremiado por el ansia de decir, de manera que al comienzo por mi parte sólo existe un gran anhelo, un solitario apetito, con lo cual resulta que el relato es sobre todo el deseo de que haya un relato[42].

Y en este mismo sentido se ha manifestado Almudena Grandes para quien relatos, novelas e incluso artículos se originan a partir de una imagen de gran potencia; la narración le surge del hecho de profundizar en lo que sugiere dicha imagen y a través de ella se propone expresar las ideas deseadas[43].

Por último, Italo Calvino nos propone el concepto de multiplicidad, tan acorde con lo sucedido en la evolución del cuento español contemporáneo. Para aproximarse a este aspecto, habla de textos unitarios, originados desde una sola voz, pero que pueden interpretarse a varios niveles; o textos múltiples, donde se da una multiplicidad de sujetos, voces o miradas, lo denominado por Mijaíl Bajtin

---

[41] *Ibíd.*, págs. 98, 104 y 106.

[42] Eloy Tizón, «Cómo ir a bordo de un ascensor de hielo», en Anthony Percival (ed.), *Escritores ante el espejo. Estudio de la creatividad literaria*, Barcelona, Lumen, 1997, pág. 397.

[43] Lo comentaba la escritora madrileña en un encuentro con lectores, realizado en Madrid el 19 de febrero de 2013, acerca de su novela *El lector de Julio Verne* (2012).

«dialógico» o polifónico[44]. En este sentido, una de las obras más admiradas por el escritor italiano es la del argentino Jorge Luis Borges, a quien elige como modelo de exactitud de imaginación y de lenguaje, y capaz de condensar en pocas páginas múltiples posibilidades.

Los ensayos del profesor y escritor Ricardo Piglia en torno al cuento han sido contribuciones lúcidas y de gran valor. En *Formas breves* plantea dos tesis fundamentales. La primera, «Un cuento siempre cuenta dos historias», está relacionada de forma directa con el carácter fragmentario y elíptico atribuido tantas veces al relato y se refiere a la historia secreta oculta bajo el relato visible[45]. En el cuento moderno no interesa, como en el pasado, un final sorpresivo y cerrado; se tiende a mantener la tensión entre dos historias sin alcanzar nunca una resolución. En realidad, Hemingway ya había señalado la mayor importancia de todo aquello que no se dice, lo sobreentendido, con su metáfora del iceberg. Del modo de afrontar la narración escondida se deriva la segunda tesis presentada por Piglia: «la historia secreta es la clave de la forma del cuento y de sus variantes»[46], y pone como ejemplo de innovación a su compatriota Borges, quien basaba el tema del relato en la construcción cifrada de la segunda historia.

En el sugerente título *El último lector,* Piglia continúa reflexionando sobre el quehacer literario y se apoya en esta ocasión en la contraparte de la escritura. De nuevo alude a Borges para destacar que una de sus principales enseñanzas fue subrayar el importante papel del lector en el proceso de crear e interpretar las ficciones: «La ficción como una teoría de la lectura»[47]. Enlazan muy bien estas ideas con las aspiraciones del cuento español actual que demanda, cada vez más, una posición activa del lector, que sea parte integran-

---

[44] Italo Calvino, *ibíd.,* págs. 132-133.
[45] Ricardo Piglia, *Formas breves,* Barcelona, Anagrama, 2000, págs. 105-106.
[46] *Ibíd.,* págs. 108 y 110.
[47] Ricardo Piglia, *El último lector,* Barcelona, Anagrama, 2005, pág. 28.

te en la construcción y desarrollo de la historia: la idoneidad de un lector cómplice. A este respecto, conviene recordar la perspectiva lúdica destacada en la literatura reciente —puesta de manifiesto hace años por Julio Cortázar— que emplaza al lector a ser partícipe del juego propuesto —la ficción—. En esta línea de complicidad entre ambos, resultan ilustrativas las afirmaciones de Hipólito G. Navarro al reflexionar sobre su volumen *El aburrimiento, Lester*: «Me consta que me salió más un libro para escritores que para lectores [...]. Escribí el libro, así suene a tópico, que a mí me hubiese gustado encontrar entonces en las mesas de novedades»[48]. Y en otra ocasión sostenía: «Me interesa un lector inteligente, un lector cómplice, que se involucre plenamente con el texto, que se enfade o se apasione con él, que esté en todo momento activo en el transcurso de la lectura»[49]. En este mismo sentido, de estrecha unión entre las partes implicadas en el acto creativo, se dirigían las declaraciones de Ignacio Martínez de Pisón: «[...] en el interior de todo escritor ha habido siempre un lector ávido pero, en todo caso, insatisfecho. Sin ese punto de insatisfacción, ningún lector habría dado el paso de convertirse en escritor»[50].

Convivencia de autores y heterogeneidad del cuento actual

Al igual que sucedía en la década de los ochenta, los años noventa y el inicio del siglo han sido testigos de la coexistencia de autores de edades y procedencias muy diversas que se han dedicado al género con entusiasmo. Entre las

---

[48] «Entrevista a Hipólito G. Navarro», en *La familia del aire, op. cit.*, pág. 100.
[49] En «Una conversación con Hipólito G. Navarro», en su antología *El pez volador*, edición de Javier Sáez de Ibarra, Madrid, Páginas de Espuma, 2008, pág. 170.
[50] En «La novela en el trastero», *Escritores ante el espejo, op. cit.*, pág. 379.

generaciones mayores están algunos autores fundamentales, como son Juan Eduardo Zúñiga con *Misterios de las noches y los días* (1992), *Capital de la gloria* (2003) —que cerró la impresionante trilogía sobre la Guerra Civil española iniciada en 1980—, y *Brillan monedas oxidadas* (2010); Medardo Fraile con *Contrasombras* (1998), *Escritura y verdad: cuentos completos* (2004) y *Antes del futuro imperfecto* (2010); Antonio Pereira, que inició la década con el celebrado *Picassos en el desván* (1991) y del que acaba de reunirse su narrativa breve en *Todos los cuentos* (2012); Javier Tomeo con *Problemas oculares* (1990), *Cuentos perversos* (2002), *Los nuevos inquisidores* (2004) y *Cuentos completos* (2012); José María Merino con *El viajero perdido* (1990), *Cuentos del Barrio del Refugio* (1994) —libro unitario al que se puede denominar «ciclo de cuentos»[51]—, *Cuentos de los días raros* (2004), *Las puertas de lo posible* (2008) y en 2010 la agrupación de gran parte de sus relatos bajo el título *Historias del otro lugar. Cuentos reunidos (1982-2004)*; Luis Mateo Díez con *Los males menores* (1993) y la antología que reúne sus cuentos desde 1973 a 2004, *El árbol de los cuentos* (2006); Juan Pedro Aparicio con *La vida en blanco* (2005); Manuel Longares con *Extravíos* (1999), *La ciudad sentida* (2007) y los relatos de *Las cuatro esquinas* (2011); Cristina Fernández Cubas con *El ángulo del horror* (1990), *Con Agatha en Estambul* (1994), *Parientes pobres del diablo* (2006) y *Todos los cuentos* (2008); Juan José Millás con la recopilación *La viuda incompetente y otros cuentos* (1998), *Cuentos de adúlteros desorientados* (2003), *Articuentos* (2001), *Los objetos nos llaman* (2008) y *Articuentos completos* (2011); Soledad Puértolas con *La corriente del golfo* (1993), *Gente que vino a mi boda* (1998), *Adiós a las novias*

---

[51] Término propuesto por Forrest Ingram para indicar que cada cuento tiene un lugar propio, sin embargo, la suma de todos produce una narración totalizadora; en su libro *Representative Short Story Cycles of Twentieth Century. Studies in a Literary Genre,* La Haya, Mouton, 1971.

28

(2000) y *Compañeras de viaje* (2010); Enrique Vila-Matas con *Suicidios ejemplares* (1991), *Hijos sin hijos* (1993), su antología *Recuerdos inventados* (1994) y *Exploradores del abismo* (2007); Javier Marías con *Mientras ellas duermen* (1990), *Cuando fui mortal* (1996) y la antología *Mala índole. Cuentos aceptados y aceptables* (2012); y muchos otros que para no hacer exhaustiva la nómina no llegamos a citar. A todos ellos se unen las generaciones más jóvenes, nacidos en las décadas de los sesenta y setenta, e incluso de los ochenta, que se han sentido muy cómodos publicando dentro de este género y han tenido por maestros a algunos de los escritores españoles acabados de mencionar; de hecho, Hipólito G. Navarro señalaba a José María Merino como «nuestro mejor mentor», el que de forma natural había tendido puentes entre unos y otros[52].

El índice de este volumen remite a muchos de los autores más recientes, por ello no nos detendremos ahora en detallar sus nombres y títulos de libros, pero a esta lista hay que añadir un grupo nutrido de escritores que, por las restricciones que todo volumen de estas características implica, no se han podido incluir, y a algunos de ellos sí debemos nombrarlos. Entre estos están: Luis Magrinyà con *Los aéreos* (1993) y *Belinda y el monstruo* (1995) —sus cuentos tienen una extensión rayana en la novela corta—; Lola López Mondéjar con *El pensamiento mudo de los peces* (2008) y *Lazos de sangre* (2012); Guillermo Busutil con *Individuos* (1999), *Drugstore* (2003), *Nada sabe tan bien como la boca del verano* (2008) y *Vidas prometidas* (2011); Luisgé Martín con *Los oscuros* (1992) y *El alma del erizo* (2002); Tomás Val con *Los cuentos de nunca más* (2004), *El rastro de la*

---

[52] Véase la entrevista a Hipólito G. Navarro en *La familia del aire*, pág. 96. Coincidimos totalmente en esta opinión con el escritor onubense; entre muchas otras posibles menciones, queremos indicar que José María Merino prologó la antología editada en el año 2002, *Pequeñas resistencias*, y realizó una minuciosa reseña del volumen *Siglo XXI. Los nuevos nombres de cuento español actual* aparecido en 2010.

ficción (2006) y *Cuentos del desamparo* (2011); Manuel Moyano con *El amigo de Kafka* (2001) y *El experimento Wolberg* (2008); Ernesto Pérez Zúñiga con *Las botas de siete leguas y otras maneras de morir* (2002); Pablo Andrés Escapa con *La elipsis del cronista* (2003) y *Voces de humo* (2007); Carola Aikin con *Las escamas del dragón* (2005) y *Mujer perro* (2012); Ernesto Calabuig con *Un mortal sin pirueta* (2008); Josan Hatero con *Biografía de la huida* (1996), *Tu parte del retrato* (2003) y *La piel afilada* (2010); Ignacio Ferrando con *Ceremonias de interior* (2006), *Sicilia, invierno* (2008) y *La piel de los extraños* (2012); Ismael Grasa con *Trescientos días de sol* (2007); Juan Carlos Márquez con *Oficios* (2008) y *Norteamérica profunda* (2008); Miguel Ángel Muñoz con *El síndrome Chéjov* (2006) y *Quédate donde estás* (2009); Silvia Sánchez Rog con *La mujer sin memoria y otros relatos* (2007); Sara Mesa con *No es fácil ser verde* (2008) y *La sobriedad del galápago* (2008); Eva Puyó con *Ropa tendida* (2007); Lara Moreno con *Cuatro veces fuego* (2008); Paul Viejo con *Los ensimismados* (2011); Daniel Gascón con *El fumador pasivo* (2005) y *La vida cotidiana* (2011); Matías Candeira con *La soledad de los ventrílocuos* (2009) y *Antes de las jirafas* (2011); Juan Gómez Bárcena con *Los que duermen* (2012); y muchos otros que dejamos en el tintero para no excedernos.

Es fácil comprobar que la enumeración de autores y libros es extensa; y todavía debemos mencionar a otros que, nacidos en Hispanoamérica, llevan años viviendo en España y han aportado su maestría y pasión por el género al panorama actual de la cuentística en lengua española. No obstante, su inclusión resultaba inabarcable por el límite razonable de extensión del presente volumen al que ya nos hemos referido[53]. Algunos nombres son: Fernando Iwasaki

---

[53] Solo hemos incluido al escritor hispano-argentino Andrés Neuman que creció en Granada, ciudad a la que se trasladó con sus padres siendo muy joven.
    La autora argentina Clara Obligado pertenece a una generación mayor, pero queremos mencionar que su último volumen, *El libro de los*

con *Inquisiciones peruanas* (1994), *Un milagro informal* (2003), *Helarte de amar* (2006) y *España, aparta de mí estos premios* (2009); Flavia Company con *Trastornos literarios* (2001) y *Con la soga al cuello* (2009); Eduardo Berti con *Los pájaros* (1994) y *Lo inolvidable* (2010); Juan Carlos Méndez Guédez con *La ciudad de arena* (2000), *Tan nítido en el recuerdo* (2001), *Hasta luego, míster Salinger* (2007) e *Ideogramas* (2012); Ronaldo Menéndez con *El derecho al pataleo de los ahorcados* (1997), *De modo que esto es la muerte* (2002) y *Covers. En soledad y compañía* (2010); Inés Mendoza con *El otro fuego* (2010) e Isabel Mellado con *El perro que comía silencio* (2011). Para finalizar nos referimos a otros escritores cuya obra se publica inicialmente (en su mayoría de títulos) en otras lenguas —catalán, gallego y vasco— y luego es traducida al castellano, pero su contribución ha sido y es, asimismo, muy importante al hablar de la evolución del cuento actual. Son: Quim Monzó, Manuel Rivas, Sergi Pàmies e Iban Zaldua, citando solo algunos.

No es de extrañar que de la coexistencia de la amplia nómina de escritores apuntada una consecuencia lógica, y enriquecedora, sea la heterogeneidad. La variedad de temas, técnicas, recursos y aproximaciones al género nos permite asegurar la pluralidad de tendencias manifestada en el cuento actual, hecho que ya se había constatado con anterioridad[54]. En 1980 se publican dos libros significativos, *Mi hermana Elba* de Cristina Fernández Cubas y *Largo no-*

---

viajes equivocados (2012), obtuvo el prestigioso Premio Setenil de ese año.

[54] Remito a los estudios de José Luis Martín Nogales, «El cuento español actual. Autores y tendencias», *Lucanor,* 11 (1994), págs. 43-65; Ángeles Encinar, «Tendencias en el cuento español reciente», *Lucanor,* 13 (1995), págs. 103-118; Nuria Carrillo, *El cuento literario español en la década de los ochenta,* Valladolid, Universidad de Burgos, 1997; Fernando Valls, «La continuidad del cuento: entre la disciplina y la libertad», en J. A. Masoliver Ródenas y Fernando Valls (eds.), *Los cuentos que cuentan, op. cit.,* págs. 11-17.

viembre de Madrid de Juan Eduardo Zúñiga, que marcan dos tendencias muy presentes hasta nuestros días en el cuento: la fantástica y la realista. La primera, que había sido ignorada durante años nunca abandonada por los escritores (Álvaro Cunqueiro, Joan Perucho, Francisco Alemán Sainz, Gonzalo Suárez y otros), resurge con fortaleza de la mano de autores que la practican con maestría. A la citada autora catalana hay que añadir los nombres de José María Merino, Javier Tomeo, Ricardo Doménech, Juan José Millás, Enrique Vila-Matas, Pilar Pedraza, José Ferrer-Bermejo, Javier García Sánchez, Pedro Zarraluki, Ignacio Martínez de Pisón, entre otros; y llega hasta el momento presente con nuevas obras de algunos de los mencionados y de Patricia Esteban Erlés, Manuel Moyano, Juan Jacinto Muñoz Rengel, Ángel Olgoso, Julia Otxoa, Félix J. Palma, David Roas, Care Santos, Matías Candeira, por citar solo a varios. Lo fantástico parte de lo cotidiano y del mundo reconocible, como exige el género, y en determinado momento sitúa al lector en la esfera de lo inquietante, desconocido, insólito, o inexplicable, a través de la instalación narrativa en mundos extraños, paralelos, enigmáticos, o irreales, donde desaparecen los límites entre la realidad y la ficción, el sueño y la vigilia, lo normal y lo monstruoso, la lógica y el desvarío. Los motivos utilizados son muy diversos, desde los tradicionales del doble, la metamorfosis, los espectros y la vida de ultratumba, hasta objetos que cobran vida, naturaleza animada, ruptura de las leyes temporales y espaciales, la otredad y el absurdo moderno. Maestros indiscutibles han sido E. A. Poe, E. T. A. Hoffmann, G. de Maupassant, F. Kafka, H. P. Lovecraft, R. L. Stevenson, H. G. Wells; y los hispanoamericanos Adolfo Bioy Casares, Jorge Luis Borges, Silvina Ocampo, Felisberto Hernández, Juan Rulfo, Julio Cortázar.

Lejos de pensar que lo fantástico supone una evasión de la realidad o un escapismo, es necesario resaltar su carácter transgresor y su propuesta de subrayar aspectos de la realidad ignorados, ocultos o inconscientes. El género fantástico realiza diversas funciones, algunas de ellas de verdadera importancia, como son: proporcionar novedad a las respuestas automáticas y resquebrajar la corteza de la costumbre; estimular la intensidad del compromiso, mediante la innovación o la manipulación psicológica; proporcionar sistemas de significado a los que es imposible relacionar con uno mismo, con nuestros sentimientos y datos; fomentar imágenes que afecten a los lectores a distintos niveles y de formas diferentes; ayudar a imaginar posibilidades que trascienden el mundo material y la aceptada realidad cotidiana[55].

Toda la cuentística de Ángel Olgoso se adscribe al género fantástico en sus diferentes modalidades. Lo asombroso, lo inquietante y lo inexplicable están en la raíz de los mundos creados en sus historias que abarcan desde aproximaciones sobrenaturales u oníricas hasta otras macabras, míticas o metafísicas. Con una prosa precisa y consciente de la significación de cada palabra construye el autor atmósferas misteriosas, obsesivas, angustiosas o incomprensibles. Sucede de este modo en el excelente volumen *Los demonios del lugar* (2007) y puede comprobarse en la recopilación de sus cuentos bajo el título *Los líquenes del sueño (Relatos 1980-1995)* (2010). Otro escritor andaluz, Manuel Moyano, seguía la estela fantástica de Borges y Cortázar, sin olvidarse del humor, en sus dos primeros libros *El amigo de Kafka* (2001) y *El oro celeste* (2003).

---

[55] A estas funciones se ha referido Kathryn Hume en *Fantasy and Mimesis. Responses to reality in Western Literature,* Nueva York-Londres, Methuen, 1984, págs. 195-196.
Son numerosas las últimas contribuciones al estudio del género, remito al libro *Teorías de lo fantástico,* introducción, compilación de textos y bibliografía de David Roas, Madrid, Arco Libros, 2001; incluye ensayos de J. Alazraki, J. Bellemin-Noël, I. Bessière, R. Bozzeto, R. Campra, T. Fernández, R. Jackson, M. J. Nandorfy, S. Reisz y T. Todorov. Y centrado en la narrativa española está el monográfico de *Ínsula,* 765 (septiembre de 2010), «Lo fantástico en España (1980-2010)», coordinado por David Roas y Ana Casas.

La imaginación se instala en el ámbito de lo cotidiano en los relatos de Félix J. Palma, quien deriva su narrativa hacia anécdotas insólitas y extraordinarias que desde la irracionalidad o el absurdo reflejan, sin embargo, unas preocupaciones reconocibles sobre la identidad, la soledad, la adversidad o la muerte. En *El vigilante de la salamandra* (1998), *Las interioridades* (2002) y *El menor espectáculo del mundo* (2010) se aprecia el enfoque fantástico modulado mediante los procedimientos recurrentes de la paradoja y el humor, manejados siempre con dominio por el autor. También David Roas se sirve de una visión paródica y humorística, muy definitoria de su estilo, presentando unos personajes que asumen lo inexplicable o sorprendente de una realidad deformada sin cuestionarla demasiado. Así aparece en *Horrores cotidianos* (2007) y *Distorsiones* (2011).

En toda la narrativa de Julia Otxoa hay una presencia importante de un elemento onírico e irreal y a partir de él se hace hincapié en una temática muy variada: la violencia, la deshumanización, el poder del lenguaje como medio de comunicación o incomunicación, la reflexión metaliteraria, la vida política; y todos estos focos narrativos convergen en un tema fundamental: la reflexión sobre el mundo actual caracterizado, en numerosas ocasiones, por la irracionalidad. Para expresar esta temática con el vigor propio de sus ficciones, por ejemplo las de sus dos últimos libros *Un extraño envío* (2006) y *Un lugar en el parque* (2010), se vale de una perspectiva surrealista, absurda o fantástica, y de unos recursos que domina a la perfección: la ironía y el humor. Según José María Merino, «[...] Ese humor oscuro, en ocasiones macabro e incluso sangriento, presenta un panorama narrativo impregnado de aire fantástico, siempre coherente con la voluntad de poner de relieve lo que pudiéramos denominar el envés de la realidad»[56].

---

[56] Véase el Prólogo a *Un extraño envío*, Palencia, Menoscuarto, 2006, pág. 10. Para un análisis pormenorizado de este volumen remito a Ángeles Encinar, «La lógica del absurdo: *Un extraño envío* de Julia Otxoa», en

La variedad de lo fantástico resalta en los dos libros de Juan Jacinto Muñoz Rengel. Si en *88 Mill Lane* (2005) el espacio londinense daba acogida a historias acaecidas desde la época victoriana hasta la actualidad, en *De mecánica y alquimia* (2009) son diversos los escenarios y los tiempos, aunque por ello no carece de un hilo común el conjunto, donde se plantean situaciones enigmáticas, extrañas relaciones entre hombres y máquinas y mundos futuristas. La cuidada construcción de todas las piezas hace pensar en el cuento como ese artefacto bien planificado y de perfección formal[57]. La diversidad de temas y motivos prevalece en el único volumen de relatos de Juan Gómez Bárcena, *Los que duermen* (2012), donde fábulas, leyendas, cuadernos de bitácora o títulos de ciencia ficción coexisten y ponen en primer plano una cosmovisión asombrosa, ilógica y de extrañamiento. La herencia borgiana subsiste en este interesante recorrido.

Lo fantástico se inclina hacia lo gótico, lo onírico y fantasmal en distintos relatos de *Manderley en venta* (2008), *Abierto para fantoches* (2008) y *Azul Ruso* (2010) de la escritora aragonesa Patricia Esteban Erlés. Metamorfosis, pesadillas con viso de realidad y escenas terroríficas atraviesan algunas de las historias, inmersas en un universo misterioso e inquietante y con frecuencia amenazador. Imágenes contundentes se transmiten mediante un lenguaje preciso, metafórico, con una fuerte carga representativa similar a la

---

En breve. Cuentos de escritoras españolas (1975-2010). Estudios y antología, edición de Ángeles Encinar y Carmen Valcárcel, Madrid, Biblioteca Nueva, 2012, págs. 123-139.

[57] En este sentido Manuel Longares afirmaba: «Un cuento no pretende solo contar una historia, sino crear un artefacto o un dispositivo especial para que el lector se sienta conmovido, donde no importa tanto la historia que narras, como lo acabado del cuento, su redondez y su polisemia», en Ángeles Encinar, «Entrevista con Manuel Longares: escribir es encontrar un estilo», *Anales de la Literatura Española Contemporánea*, 34.1 (2009), pág. 334.

narrativa fílmica. La autora se ha declarado apasionada del cine, especialmente del que aborda la realidad desde el extrañamiento: el de Hitchcock, Bergman, Truffaut, Godart, Lars von Trier, Kieslowski[58].

Pero si bien lo fantástico ha sido uno de los caminos celebrados y transitados por los cuentistas actuales, no se puede hablar de abundancia de autores que lo secunden. José María Merino al reseñar una de las antologías recientes subrayaba el predominio del cuento realista —veinticuatro de los treinta y cinco relatos— y afirmaba que «El mundo de lo fantástico es minoritario en la recopilación»[59]. También el presente volumen es prueba de esta algo escasa inclinación. Asimismo, uno de los autores practicantes del género apuntaba a una «modesta eclosión» hace poco tiempo[60], e incluso en otro momento declaraba que «el escritor fantástico es un francotirador epistemológico»[61]. Quizá sea esta una afirmación que suponga una de las causas más lógicas para la falta de profusión, porque los francotiradores, por fortuna en algunos contextos, no abundan. Otra cosa es examinar el relevante beneficio de su aportación en el entorno cultural.

El realismo es la otra tendencia permanente a lo largo de los años. Pero, como era de esperar, se trata la realidad con una aproximación muy diferente a la de los años de posguerra. El nuevo realismo forjado en los años ochenta que tiene en Juan Eduardo Zúñiga uno de sus más excelsos representantes, como ya hemos apuntado, continúa a comienzos de siglo con su obra *Capital de la gloria* (2003), que ahonda en el tema de la guerra civil, con un afán testi-

---

58 En la entrevista de *La familia del aire, op. cit.*, pág. 394.
59 Véase la reseña a la antología citada, *Siglo XXI. Los nuevos nombres del cuento español actual*, «La mirada del narrador. De nuevos cuentistas españoles», *Revista de Libros*, 165 (septiembre de 2010).
60 Juan Jacinto Muñoz Rengel, en *La familia del aire*, pág. 224.
61 Muñoz Rengel (ed.), «Prólogo», *Perturbaciones, op. cit.*, pág. 11.

monial, pero desde la perspectiva de unos protagonistas anónimos representativos en su mayoría de todos los seres humanos que padecieron el horror de la contienda. «Las enseñanzas», cuento que clausura el volumen, es un ejemplo magistral en este sentido[62]. En esta misma línea testimonial se encontraba el espléndido *Los girasoles ciegos* (2004) de Alberto Méndez, título que obtuvo el Premio Nacional de Narrativa, el Premio de la Crítica y el Setenil. Por otro lado, la memoria se entrecruza con el realismo en la narrativa de Luis Mateo Díez cuya actitud fabuladora, heredera de la tradición oral, se entreteje además con un potente simbolismo, o con derivas hacia lo grotesco o esperpéntico, y siempre con la notable presencia del humor. *Los males menores* (1993) ofrece buena prueba de lo dicho y de una escritura consciente de la importancia del lenguaje, de la elección de la palabra justa[63]. Manuel Longares coincide con el escritor leonés en considerar a la literatura «una combinación de imaginación y memoria» y ha reivindicado «la condición experimental del cuento»[64]; todo ello se demuestra en sus dos colecciones, *Extravíos* (1999) y *La ciudad sentida* (2007), donde aparece desde un realismo naturalista hasta narraciones con protagonismo del lenguaje, en las que se da un verdadero virtuosismo del estilo.

Entre los escritores más jóvenes el realismo ha evolucionado por muy diversas rutas. La literatura extranjera ha tenido un claro protagonismo en los distintos itinerarios.

---

[62] Las palabras finales del cuento son buena muestra de lo dicho: «—Esto es la guerra, hijo, para que no lo olvides», pág. 487 de la edición en Cátedra del año 2007.

[63] Luis Mateo Díez es uno de los escritores españoles con mayor talento para la difícil distancia de la novela corta; ha reunido un extraordinario ciclo narrativo de doce de estas, publicadas a lo largo de diez años, en *Fábulas del sentimiento,* Madrid, Alfaguara, 2013.

[64] En «Entrevista con Manuel Longares: escribir es encontrar un estilo», *op. cit.*, págs. 332-333.

Los autores admirados van desde los ya clásicos Antón Chéjov, William Faulkner, Ernest Hemingway, Virginia Woolf, Isak Dinesen, James Joyce o Katherine Mansfield, hasta otros más recientes, John Cheever, Natalia Ginzburg, Flannery O'Connor, Raymond Carver, Alice Munro, Tobias Wolff, por citar algunos nombres. No obstante, la tradición hispanoamericana y española no la han olvidado y además de los escritores mayores con los que conviven han apreciado la obra de otros muchos; si dentro de la vertiente fantástica Cortázar y Borges han estado omnipresentes, de esta otra perspectiva han sido ejemplo, entre otros, Julio Ramón Ribeyro, Juan Carlos Onetti, Ignacio Aldecoa, Medardo Fraile y Ana María Matute.

Con *Los peces de la amargura* (2006) Fernando Aramburu consiguió el reconocimiento de la crítica especializada y del público lector. No se trataba ni mucho menos de efectuar una crónica de la realidad, sino de dejar traslucir, a través de una prosa y un estilo de calidad, los infortunios y las tragedias de los seres humanos sometidos a la vivencia real del terrorismo. La variedad de perspectivas y de estrategias narrativas enfocan no la Historia con mayúsculas, sino la intrahistoria unamuniana, la que habla de individuos y de una colectividad que padece las consecuencias de una situación en ocasiones ajena. Ha persistido en esta línea de impresión testimonial, aunque con mayor distanciamiento, en algunos relatos de *El vigilante del fiordo* (2011).

Recordaba Ricardo Menéndez Salmón que la palabra compromiso había sido denostada en la actualidad literaria, pero el escritor la quería recuperar dentro de un contexto de belleza y de poderío del lenguaje para mostrar una visión crítica de la realidad que estuviera regida por la inteligencia y el diálogo constructivo[65]. En *Los caballos azules*

---

[65] En la entrevista publicada en *La familia del aire, op. cit.*, pág. 282.

(2005) y *Gritar* (2007) no cesa de cuestionarse sobre la existencia humana desde diversos enfoques narrativos: realista, fantástico, sórdido o culturalista. Una escritora que se siente heredera del modelo español es Irene Jiménez con *Lugares comunes* (2007) y *La suma y la resta* (2011). La realidad cotidiana a la que nos acerca, no exenta de perplejidad, puede entreverse desde los mismos títulos: «En la universidad», «En un pasillo», «En la calle», «En el dormitorio», en el primer volumen, y los nombres propios de las protagonistas en el segundo.

Un realismo urbano y cosmopolita ha sido el enfoque elegido por varios autores, así aparece en algunos cuentos de Ignacio Vidal-Folch, de sus colecciones *Amigos que no he vuelto a ver* (1997) y *Noche sobre noche* (2009), impregnados de un matiz intimista e irónico al enfocar las relaciones personales en el mundo contemporáneo. De igual forma sucede con algunos relatos de *Entiéndame* (1995), de Marcos Giralt Torrente, y de su último libro *El final del amor* (2011), cuatro textos unificados por el tema, donde se indaga en la psicología de los personajes y en sus conductas sin obtener ninguna certeza en muchas ocasiones. La cotidianidad de la vida urbana, en abstracto, es el escenario más frecuente en la cuentística de Cristina Cerrada, en sus dos títulos *Noctámbulos* (2003) y *Compañía* (2004), con una escritura que, partiendo de anécdotas en apariencia anodinas, sugiere y deja intuir significaciones más profundas. La influencia del cine (alude a la representación realista encontrada en la filmografía clásica) y del realismo norteamericano ha sido admitida en numerosas ocasiones por la autora, que ha destacado la importante condición elíptica del género cuento[66]. El cine es asimismo una referencia

---

[66] Declaraba Cristina Cerrada: «Creo que lo que intento, más que dar una historia cerrada argumentalmente, es dejar el relato inconcluso para que se termine, digamos, en la retina del que lo lee. Eso es algo que me gusta mucho de Chéjov, de Carver, del realismo americano. Lo que

explícita e implícita en los cuentos de Cristina Grande, reunidos en *Tejidos y novedades* (2011). La fragmentación del mundo contemporáneo, tan acorde con el propio género, se plasma con precisión en la brevedad extrema de sus relatos (dos o tres páginas con frecuencia) que refieren a conflictos personales o familiares singularizados en una anécdota concreta, o en la actitud de unos personajes siempre «al borde de un precipicio, o sobre una cuerda floja intentando mantener el equilibrio sobre el vacío»[67]. La ironía y el humor son recursos integrados con destreza.

La temática recién aludida apunta a otra de las vetas del realismo más practicada, la del intimismo. Es este una consecuencia natural del predominio del ámbito de lo privado y de la individualidad que hemos señalado. Entre las generaciones mayores, Esther Tusquets, Álvaro Pombo, Marina Mayoral, Juan José Millás, Soledad Puértolas, Eduardo Mendicutti, Vicente Molina Foix y Javier Marías, por ejemplo, han realizado indagaciones psicológicas e intimistas, a veces con un matiz confesional, en sus distintas colecciones de cuentos, donde aparece una temática amorosa, familiar y de relaciones interpersonales situada bien en el presente, o en el pasado —la infancia y la adolescencia— evocado a través de la memoria de los personajes. Entre los

---

me gusta del cuento es que tan importante es lo que queda fuera como lo que está dentro. Es importante que apunte hacia fuera del propio relato, eso es lo que lo hace grande»; en su entrevista con Ángel Vivas, http://www.muface.es/revista/p190/perfil.htm.
José Ramón González ha estudiado ambos volúmenes en «Trascender la apariencia: La mirada epifánica en algunos relatos de Cristina Cerrada», en *En breve. Cuentos de escritoras españolas (1975-2010), op.cit.,* págs. 157-172.
[67] Entrevista a Cristina Grande, en *La familia del aire, op. cit.,* pág. 287.
Más información puede verse en Carmen Valcárcel, «Desviaciones y desenfoques: Poética de la mirada en la narrativa breve de Cristina Grande», en *En breve. Cuentos de escritoras españolas (1975-2010), op. cit.,* págs. 229-240.

autores de las nuevas promociones, hay que mencionar a Felipe Benítez Reyes y su recopilación de cuentos *Oficios estelares* (2009); en muchas de estas narraciones se ahonda en los sentimientos y las vidas de los protagonistas con un tono, en ocasiones, lírico y nostálgico. Gonzalo Calcedo, cuentista sobresaliente y con una decidida constancia en el género, circunscribe sus narraciones a la intimidad de unos protagonistas que se debaten, en general, entre la soledad, el miedo, el egoísmo y la frustración. Son extraordinaria muestra de ello desde su primer volumen, *Esperando al enemigo* (1996), con rasgos deudores de la tradición norteamericana y del cine presentes también en sus otros libros, hasta los últimos, *Temporada de huracanes* (2007) y *El prisionero de la avenida Lexington* (2010). De pérdidas y soledades tratan muchos de los cuentos incluidos en *Museo de la soledad* (2000) y *Sólo de lo perdido* (2008) de Carlos Castán. Con un lenguaje expresivo, imbuido de lirismo en algunos casos, ahonda en experiencias de frustración, desamor, decepción o nostalgia de un tiempo mejor, o recordado como tal.

La temática de Juan Bonilla abunda, asimismo, en experiencias de soledad e insatisfacción y sitúa a sus personajes en los límites de sus circunstancias a través de cuidadas estructuras y tramas bien organizadas, sin dejar nunca atrás la ironía, el humor y hasta el sarcasmo. Buen ejemplo son no solo aquella primera entrega tan celebrada, *El que apaga la luz* (1994), sino también las más recientes, *El estadio de mármol* (2005) y *Tanta gente sola* (2009). Un enfoque más cáustico se impone en otro de sus libros, *La noche del Skylab* (2000), con algunas ficciones sometidas a una visión distorsionada y extravagante. La mirada hacia el mundo personal y la propia individualidad es una constante en *Intemperie* (1996) y los monólogos de *Solos* (2000) de Care Santos; ambos son ciclos de cuentos unificados, en el primer caso por el sentimiento de soledad y aislamiento que acucia a los personajes, reiterado en todas las historias del segundo

41

volumen, donde además comparten el fracaso como destino común[68]. No obstante, la ironía y el humor son un potente desactivador de la atmósfera dramática del último título. En su libro más reciente, *Los que rugen* (2009), se entrecruzan historias de ambiente fantasmagórico y enigmático, con algunas presencias de espectros y muertos.

Ignacio Martínez de Pisón manifestó su gusto por lo fantástico en su primer volumen, de clara afiliación cortazariana, y en dos novelas cortas posteriores, pero pronto realizó un cambio de rumbo, como él mismo afirmaba: «[...] frente al trazo vistoso y enérgico de la muy noble tradición de Poe, he acabado prefiriendo la pincelada sutil del otro gran maestro de la narrativa breve, Chéjov»[69]. Con *Foto de familia* (1998) obtuvo el Premio NH al mejor libro de cuentos de 1999, y en *Aeropuerto de Funchal* (2009) ha realizado su propia antología a los veinticinco años de su primera publicación. Se podría hablar, en una primera mirada generalizadora, de algunos temas recurrentes: las relaciones familiares —padres-hijos, primos o parejas— y el que los personajes se encuentran abocados a un suceso desconcertante o insólito, pero presentado de una forma natural que pretende negar toda cualidad de extrañeza, a pesar de tener un efecto impensado en las vidas de los protagonistas.

Situaciones cotidianas y círculos familiares, laborales o amistosos son puntos de enfoque en los cuentos de Pedro Ugarte, desde sus primeros volúmenes, *Manual para extranjeros* (1993) y *La isla de Komodo* (1996), hasta los últimos, *Guerras privadas* (2002), que alcanzó el galardón NH de ese año al mejor libro de relatos inéditos, y *El mundo de*

---

[68] Para un análisis detallado de estos volúmenes véase Ángeles Encinar, «La excepcional maestría de Care Santos: los ciclos de cuentos», en *Mujeres novelistas. Jóvenes narradoras de los noventa,* edición de Alicia Redondo Goicoechea, Madrid, Narcea, 2003, págs. 131-147.

[69] En «Nota del autor», *Aeropuerto de Funchal,* Barcelona, Seix Barral, 2009, pág. 185.

los Cabezas Vacías (2011). La intimidad de los distintos protagonistas se aborda con una perspectiva irónica sobre los diversos conflictos que se presentan y deja traslucir envidias, venganzas, remordimientos o deseos ocultos, utilizando todo tipo de recursos: el absurdo, lo banal, lo extravagante o lo metafórico.

El ámbito de lo privado prevalece en los dos volúmenes de Jon Bilbao, plagados de personajes cuyas vidas están marcadas por sus miedos, inseguridades e insatisfacciones. Excelente creador de atmósferas y de tensión, en *Como una historia de terror* (2008) envuelve a sus protagonistas en situaciones inquietantes y amenazadoras que pueden conducirlos al pánico o al terror indicado en el título. Sus detalladas descripciones, afines a la perspectiva cinematográfica, permiten la indagación sutil en la actitud y los comportamientos de los personajes sin aportar evidencias; así se comprueba con las distintas relaciones familiares o de parejas presentadas en *Bajo el influjo del cometa* (2010), que incluye algunos títulos de extensión casi de *nouvelle* como «Soy dueño de este perro» y «Un padre, un hijo», donde se desarrollan tramas complejas. Los escenarios de los relatos suelen carecer de referente concreto y se produce así lo que José María Merino ha denominado con el vocablo «deslocalización»[70].

La marca de Creta (2008) y *Pampanitos verdes* (2011) son los libros publicados por Óscar Esquivias que sitúan al lector en espacios urbanos o rurales, pero siempre en la esfera de la cotidianeidad, para narrar vivencias de incomunicación, miedo, o incomprensión desde la subjetividad de sus protagonistas y de las situaciones —no exentas de humor— en las que se encuentran. La meditada sencillez de

---

[70] Lo señala en la reseña ya citada, «La mirada del narrador. De nuevos cuentistas españoles». Además de a Jon Bilbao, se refiere con esta tendencia «deslocalizadora» a algunos cuentos de Pilar Adón, Óscar Esquivias, Miguel Serrano y Elvira Navarro.

su estilo se sustenta siempre en su afán de narratividad, de contar historias arraigadas en la sociedad y el mundo actual.

El humor y la ironía han sido recursos sabiamente utilizados tanto en la narrativa fantástica como en la de inclinación realista. Pero si bien el realismo puede considerarse punto de partida en algunos relatos de Mercedes Abad, pronto se distorsiona y desdibuja para dispararse hacia el terreno de la excentricidad y lo grotesco. Sucedía con su primer volumen y con los posteriores, *Felicidades conyugales* (1989), *Amigos y fantasmas* (2004) y *Media docena de robos y un par de mentiras* (2009). Unos intereses temáticos en torno a las relaciones amistosas o de parentescos dejan entrever los conflictos y contradicciones de unos personajes dispersos que enfoca desde una variedad de procedimientos: humor negro, paradojas, lo fantástico, lo erótico o, por supuesto, el cruce de varios de estos. También una perspectiva irónica y jocosa ha estado en primer plano en la narrativa breve de Almudena Grandes, cuya primera colección, *Modelos de mujer* (1996), tenía a la mujer como foco temático, tendencia que se ha impuesto de forma natural entre autores diversos una vez superado el interés comercial descubierto en los años ochenta y noventa. Experiencias adolescentes determinantes conforman el nexo unificador entre los cinco relatos extensos de su libro posterior, *Estaciones de paso* (2005).

Escritoras más jóvenes se han servido igualmente de estos recursos retóricos, pero llevados, a veces, hasta el extremo de la sátira, el esperpento y situaciones de corte sainetesco que tienen su origen en anécdotas cotidianas. Se demuestra en *Fantasías animadas* (2010) de Berta Marsé, volumen influido por el modo narrativo de las series televisivas y por el cine —ya desde el mismo título se apunta a ello—. Por otro lado, Mercedes Cebrián, en *El malestar al alcance de todos* (2004), realiza una mirada crítica a la sociedad actual con prosa mordaz y aguda, centrándose en relaciones familiares, de pareja, laborales o incluso culturales, que sabe abordar con desenvoltura y agilidad mediante el extraordinario uso de una ironía hiperbólica y un tono humorístico.

Desde todos los ángulos posibles y con maestría excepcional maneja Hipólito G. Navarro el resorte del humor. Es la suya una escritura original que supo abrir un camino de renovación en la cuentística española de los noventa con su influyente volumen *El aburrimiento, Lester* (1996), aunque ya se hubieran manifestado sus intereses en los dos libros anteriores, *El cielo está López* (1990) y *Manías y melomanías mismamente* (1992). La vertiente experimental, lo lúdico, la sátira, el sarcasmo, el absurdo, o el expresionismo de muy diversos matices son aproximaciones que hablan de la variedad de propuestas formales utilizadas para acercarse a una temática distinta: desde el aburrimiento y la soledad hasta el poder del lenguaje y la música, pasando por las peripecias afrontadas por toda clase de individuos en la rutina diaria. Algunos de los títulos del libro tan celebrado son suficientes para atestiguar lo dicho: «Sucedáneo: pez volador (Relato en varios tiempos e higienes)», «A buen entendedor (Dieciocho cuentos muy pequeños redactados ipsofácticamente)», «Tres putas pistas pues (Boceto para una novela)», «Me traiga loh papele que orvió er arcarde saliente». Resulta de especial interés su modo de afrontar el acto creativo:

> A mí no me importa dejarme ir, que sean las palabras, el lenguaje, y las historias y los personajes que de ellos surgen espontáneamente, quienes me hagan avanzar. [...] Siguiendo este método el autor se convierte en el primer lector asombrado de lo que está escribiendo [...]. Luego, está claro, hay que corregir, peinar y repeinar esos textos semiautomáticos[71].

---

[71] En su «Conversación» con Javier Sáez de Ibarra, en *El pez volador, op. cit.*, pág. 169.

El surrealismo ha sido una tendencia practicada por distintos autores al dar forma a algunos de sus relatos mediante un predominio de lo onírico y de la escritura automática y de libre asociación (Julia Otxoa, Andrés Neuman, Isabel González). Ángel Zapata ha sido uno de los cuentistas actuales seducido por este arte narrativo capaz de impactar y dejar huella en el lector. Aseguraba, en su día, que «Me gustaría decirte que no soy un escritor en la órbita del surrealismo, sino un surrealista que escribe»[72]. En *Las buenas intenciones y otros cuentos* (2001) y *La vida ausente* (2006) emplea una variedad de medios retóricos y discursivos de fácil afiliación a las vanguardias y con clara estirpe surrealista, sin alejarse de una perspectiva absurda y jocosa.

El afán por sobrevivir está en el paisaje de fondo de gran parte de los cuentos reunidos en *Casi tan salvaje* (2012) de Isabel González. Un lenguaje incisivo, expresionista o poético está al servicio de un modo de contar que refleja las aspiraciones, frustraciones, vivencias o recuerdos de unos personajes salidos de la cotidianidad, pero con capacidad suficiente de transformarla, según sea la dirección que tomen sus deseos. La variedad de registros caracteriza el conjunto: erotismo, ironía, absurdo, lirismo y realismo descarnado. Por su parte, Cristian Crusat, autor de tres libros

---

[72] Véase su entrevista en *La familia del aire, op. cit.,* pág. 131. Fernando Valls, en su artículo «Sobre el cuento español actual y algunos nuevos nombres», afirma «[...] que debe mucho a Kafka, y a escritores españoles de la estirpe de Lorca y Vicente Aleixandre, ambos surrealistas *sui generis;* pero también a los humoristas del 27, con Mihura a la cabeza, y al Javier Tomeo de *Historias mínimas* (1988) sobre todo, a quien sí le ha declarado su admiración», en *Nuevos derroteros de la narrativa española actual,* edición de Geneviève Champeau, Jean-François Carcelén, Georges Tyras, Fernando Valls, Zaragoza, Prensas Universitarias de Zaragoza, 2011, pág. 136. Este ensayo también se ocupa de la obra de Ángel Olgoso, Ricardo Menéndez Salmón, Andrés Neuman, Ignacio Ferrando, Óscar Esquivias, Javier Sáez de Ibarra y Elvira Navarro.

de relatos, *Estatuas* (2006), *Tranquilos en tiempo de guerra* (2010) y *Breve teoría del viaje y el desierto* (2011), radica sus historias en escenarios cosmopolitas o en lugares desconocidos, islas y playas, para narrar experiencias de soledad, amor, enajenación o búsqueda de identidad vividas en el mundo contemporáneo, que se desfigura por una mirada surrealista, onírica, experimental o lírica y sabe transmitir profunda emoción a través de una prosa original, inquietante o persuasiva.

Eloy Tizón se ha convertido en referente entre sus coetáneos y los escritores más jóvenes. *Velocidad de los jardines* (1992) marcó un hito en el modo de afrontar el género con una mirada de profundo lirismo. Es esta una directriz común a los cuentos del volumen, caracterizados por una intensidad compositiva y un lenguaje metafórico de absoluta expresividad. La memoria, la vivencia del tiempo de forma consciente, o emociones y experiencias que perduran a lo largo de la vida, y forman parte de un imaginario colectivo, son motivos desarrollados mediante una prosa precisa y sugerente que encuentra la voz y el tono adecuados. En *Parpadeos* (2006) se abisma en los pliegues de la realidad cotidiana y desentraña momentos misteriosos y plenos de imaginación, pero también, en otros casos, aboca al lector al absurdo y lo fantástico para reflexionar sobre los altibajos de la existencia.

Pilar Adón maneja esta vertiente lírica con originalidad y un saber hacer para crear atmósferas de inocencia y crueldad, como reflejan los títulos de sus libros: *Viajes inocentes* (2005) y *El mes más cruel* (2010). No se trata solo de contar, sino de impresionar y conmover a través de la presentación de fragmentos de la vida de unos personajes frecuentemente inseguros y con miedo, que por ello aceptan la dominación y el sometimiento, temática recurrente en sus historias. Su segundo volumen es deudor del componente mítico de los cuentos infantiles, por los que mostraba una gran afición; en ellos se mezcla, según la escritora, lo fantástico e irreal con una crueldad cercana a lo esperpéntico[73]. Lirismo notable se manifiesta en la única colección de cuentos de Berta Vias Mahou, *Ladera norte* (2001). En las distintas historias prevalece cierto aire de fatalismo, pero se transmiten las emociones bajo el sensato control del enfoque narrativo y del propio lenguaje; con la precisa utilización de una palabra o una imagen se llega a un descubrimiento, o a una revelación.

De la combinación del elemento narrativo con la adopción de técnicas específicas de otros géneros han surgido los cuentos líricos, a ellos nos acabamos de referir, pero también los dramáticos, con predominio en su modo compositivo de diálogos o inclusión de escenas y personajes actuando, los teóricos, con propensión a digresiones, y los que se adscriben con naturalidad al género policíaco, de terror, gótico, o de ciencia ficción, por ejemplo. Todos ellos hablan de la variedad y multiplicidad de tendencias que venimos resaltando.

La metaliteratura y el culturalismo han tenido una presencia importante entre los cuentistas actuales. La reflexión sobre el acto de escribir, el terror a la página en blanco, los mitos y manías de escritores, homenajes a autores admirados, la autorreferencialidad, o las relaciones entre autor-lector, creador-personaje y vida-literatura han sido motivos recurrentes en algunas historias de muy distintos escritores, por ejemplo, Mercedes Abad, Hipólito G. Navarro, Ricardo Menéndez Salmón, Félix J. Palma, Irene Jiménez, Care Santos y Miguel A. Zapata. En el enfoque culturalista hay que destacar la emergencia notable del arte visual; ya se ha comprobado la influencia del cine, pero también la pintura, la fotografía e incluso el mundo del cómic se han con-

---

[73] Véase su entrevista en *La familia del aire*, pág. 361. Para un análisis de su cuentística remito al estudio de Rebeca Martín, «El delicado arte de la sugerencia: los cuentos de Pilar Adón», en *En breve, op. cit.*, págs. 173-189.

vertido en referentes fundamentales de narraciones y autores diversos. Un volumen paradigmático es *Mirar al agua* (2009), de Javier Sáez de Ibarra, subtitulado con precisión «cuentos plásticos». El mundo de la pintura es fuente de inspiración y modelo en la variedad de aproximaciones formales y de enfoques, buscando siempre aunar mayor expresividad a la intencionalidad del contenido temático, que frecuenta una mirada analítica a la sociedad actual. La integración de ilustraciones y textos en *El lector de Spinoza* (2004), su primera colección, ya suscribía la voluntad autorial de interacción entre escritura y narrativa pictórica. En *Esquina inferior del cuadro* (2011), Miguel A. Zapata se vale de este gusto culturalista —literario, visual o científico— para acercarse a una realidad distorsionada por la poderosa acción del humor, el absurdo o lo grotesco, y de un lenguaje siempre sugerente. El cine, la televisión y el cómic son la génesis de algunos de los relatos de *Antes de las jirafas* (2011), de Matías Candeira, donde se presentan mundos irreales y oníricos, enmarcados en el ámbito de lo fantástico que, sin embargo, remiten a relaciones familiares y personales reconocibles en la existencia cotidiana.

El carácter fragmentario del relato, inherente a su propia definición genérica, se ha querido subrayar de manera muy explícita en la práctica de algunos autores. En varios casos se puede hablar de un volumen susceptible de calificar de «ciclo de cuentos», término ya aludido, donde cada uno resulta ser un fragmento o episodio de la vida de un mismo protagonista, que funciona con independencia y autonomía, pero al estar dentro de una totalidad el conjunto alcanza mayor significación. Ocurre con *Submáquina* (2009), de Esther García Llovet. Se enfoca al personaje de Tiffani Figueroa en ciertos momentos decisivos de su vida a través de unas propuestas muy variadas, que se ajustan a los diversos intereses narrativos, bien sea utilizando técnicas detectivescas o de un realismo sórdido. También prevalece esta visión fragmentaria en el volumen de

Elvira Navarro, *La ciudad en invierno* (2007)[74]. Son cuatro relatos unificados por su protagonista, Clara, y los ritos de iniciación a los que se enfrenta: experiencias transgresoras y perversas, en uno de los casos sobre todo, que van a ir conformando su aprendizaje emocional y sentimental en el camino de la infancia a la adolescencia. Con prosa directa y un hábil manejo del tono y la voz narrativa, la escritora transmite el ambiente de ese mundo desconcertante.

El eclecticismo y la heterogeneidad son los términos que, sin lugar a duda, mejor definen el cuento español actual. Se ha podido comprobar con la enumeración de las diversas tendencias practicadas por los autores mencionados, incluso es frecuente encontrar varias de ellas en un mismo libro. Un escritor que da buena cuenta de todo lo reseñado es Andrés Neuman y sus cuatro colecciones de cuentos: *El que espera* (2000), *El último minuto* (2001), *Alumbramiento* (2006) y *Hacerse el muerto* (2011). Un interés experimental e innovador se descubre con naturalidad en sus narraciones, donde se adoptan todo tipo de estéticas: el absurdo, el surrealismo, lo fantástico, o el realismo, practicados con recursos humorísticos, paródicos, o tragicómicos. Precisamente, la tragicomedia y la fragmentariedad son rasgos que caracterizan su último volumen con historias que versan sobre una temática variada: muerte, relaciones familiares, amor, voz narrativa y literatura. El autor ha efectuado, además, interesantes reflexiones teóricas sobre el género incluidas al final de sus libros, que demuestran la profunda interacción con su práctica. Afirmaba en algunos de sus dodecálogos: «Contar un cuento es saber guardar un secreto»; «Narrar es seducir: jamás satisfagas del todo la curiosidad del lector»; «Los personajes aparecen en el cuento como por casualidad, pasan de largo

---

[74] Puede verse un análisis detallado de este libro en el artículo de Fernando Valls, «Primeros inviernos y vagabundeos de Clara. A propósito de un *ciclo de cuentos* de Elvira Navarro», *En breve, op. cit.*, págs. 241-255.

y siguen viviendo»; «Toda historia que termina a tiempo empieza de otra manera»[75].

Nos referimos, finalmente, al microrrelato, caracterizado de modo muy destacado por su hibridez genérica, que se ha desarrollado de forma vertiginosa en este siglo XXI. Gran parte de los escritores mencionados lo han practicado, desde los mayores, Javier Tomeo, José María Merino o Luis Mateo Díez, por ejemplo, hasta los escritores más jóvenes: Julia Otxoa, Hipólito G. Navarro, Cristina Grande, Ángel Olgoso, Ángel Zapata, Pedro Ugarte, David Roas, Patricia Esteban Erlés, Óscar Esquivias, Miguel A. Zapata y Andrés Neuman; y, por supuesto, muchos otros tanto en el ámbito español como hispanoamericano. Sin embargo, los microcuentos no han sido el objetivo de la presente antología[76].

Editoriales, revistas, premios, la web y talleres

El papel de algunas editoriales ha sido fundamental en el devenir del cuento español actual. Su labor ha contribuido a normalizar su situación y a que se pueda hablar de él con

---

[75] Las tres primeras citas se encuentran en los dos dodecálogos de *Alumbramiento*, Madrid, Páginas de Espuma, 2006, págs. 163, 164 y 166; la cuarta, en *Hacerse el muerto*, Madrid, Páginas de Espuma, 2011, pág. 136. Resaltamos, asimismo, la extraordinaria labor de Andrés Neuman como antólogo, a él se deben los dos volúmenes de *Pequeñas resistencias*, ya citados, que han demostrado la gran vitalidad del cuento actual.

[76] Destacamos varias de microrrelatos: José Luis González (ed.), *Dos veces cuento. Antología de microrrelatos*, Madrid, Ediciones Internacionales Universitarias, 1998; Clara Obligado (ed.), *Por favor, sea breve*, Madrid, Páginas de Espuma, 2001 y *Por favor, sea breve 2*, Madrid, Páginas de Espuma, 2009; David Lagmanovich (ed.), *La otra mirada. Antología del microrrelato hispánico*, Palencia, Menoscuarto, 2005; Ángeles Encinar y Carmen Valcárcel (eds.), *Más por menos. Antología de microrrelatos hispánicos actuales*, Madrid, Sial, 2011; Irene Andres-Suárez (ed.), *Antología del microrrelato español (1906-2011). El cuarto género narrativo*, Madrid, Cátedra, 2012; Fernando Valls (ed.), *Mar de pirañas. Nuevas voces del microrrelato español*, Palencia, Menoscuarto, 2012.

cierta euforia. Páginas de Espuma inició su andadura en el año 2000 y desde entonces ha sido un sello de referencia para el relato escrito en lengua española, pues se ha dedicado a descubrir nuevas voces —Javier Sáez de Ibarra, Carola Aikin, Isabel González, Paul Viejo, Isabel Mellado, Inés Mendoza—, difundir con entusiasmo la obra de autores ya conocidos —José María Merino, Juan Pedro Aparicio, Hipólito G. Navarro, Ángel Zapata, Pedro Ugarte, Care Santos, Fernando Iwasaki, Clara Obligado— y publicar los cuentos completos de algunos de los maestros del género —Medardo Fraile, Fernando Quiñones, Javier Tomeo—, además de realizar numerosas antologías temáticas, que han tenido una perspectiva más comercial sin dejar nunca el punto de mira de la calidad literaria. La editorial palentina Menoscuarto nació en 2004 con la publicación de uno de los libros de cuentos sobresalientes del siglo XX, tal y como se señalaba en la encuesta ya citada de la revista *Quimera*, *El corazón y otros frutos amargos* de Ignacio Aldecoa. En su extraordinaria colección Reloj de Arena, dedicada al cuento y al microrrelato, se ha recuperado la narrativa breve de Miguel Delibes, Antonio Martínez Menchén, Carmen Laforet, Esther Tusquets, entre otros, pero también se han ocupado de los autores de estas últimas décadas: Julia Otxoa, Gonzalo Calcedo, Ángel Olgoso, Manuel Moyano, Ignacio Ferrando, Fernando Clemot y muchos más; un número abundante de libros aparecidos a los que hay que añadir distintos volúmenes de antologías destacadas.

Otras editoriales como Salto de Página, Lengua de Trapo, Xordica, Impedimenta, Tropo, Ediciones del Viento, Caballo de Troya, Thule, Bassarai, Traspiés, Calambur y Alfar han apoyado de manera constante el relato y tienen en sus catálogos algunos libros y autores muy notables en el panorama actual, entre ellos, Jon Bilbao, Esther García Llovet, Juan Jacinto Muñoz Rengel, Juan Carlos Márquez, Cristina Cerrada, Cristina Grande, Pilar Adón, Óscar Esquivias, Mercedes Cebrián, Elvira Navarro. Las antologías también han tenido un lugar propio en algunas de las editoriales nombradas, mencionamos tan solo tres, a modo de ejemplo, que han realizado un importante cometido de difusión: *Páginas amarillas* (Lengua de Trapo, 1997), que dio voz a los escritores más jóvenes en su momento, y *Perturbaciones. Antología del relato fantástico español actual* (Salto de Página, 2009) y *Aquelarre. Antología del cuento de terror español actual* (Salto de Página, 2011), que han subrayado la vigencia de los géneros indicados en sus títulos. No olvidamos que las grandes editoriales —Alfaguara, Anagrama, Pre-Textos, Seix Barral, Tusquets— han seguido publicando libros de cuentos de acuerdo a sus intereses; sin embargo, no han sido las impulsoras de este auge, más bien quienes lo constatan.

Algunas revistas han efectuado, asimismo, una función sobresaliente para aumentar y fortalecer la presencia del cuento en el panorama literario reciente. Ya nos hemos referido a la excelente labor de *Lucanor,* subtitulada revista del cuento literario, que se dedicó entre los años de su existencia, 1988-1999, a la creación y la investigación sobre el relato. Los números especiales de *Quimera* centrados en el género, además de sus reseñas, suponen una representación activa. También han sido artífices del impulso, en sus diversas facetas, otras tantas, como *Barcarola, Turia, Ínsula, Revista de Occidente,* o *Sin embargo* (1994-2001).

Los premios han resultado un medio valioso de difusión del género y descubrimiento de autores. Proliferaron durante la época de bonanza económica, algunos orientados a la exaltación de la ciudad o de las instituciones que lo concedían. Nos centramos en los que se han basado sobre todo en intereses literarios, prueba de ello ha sido la elección pertinente de jurados. Entre los de larga trayectoria están el Premio Antonio Machado, el Ignacio Aldecoa y el Hucha de Oro; pero entre los más recientes figuran el Premio Ana María Matute de Narrativa de Mujeres, desde 1988, algunas de las ganadoras han sido Care Santos y Tina Escaja; el de Narración Breve de la UNED, desde 1990, con Enrique Vila-Matas, Juana Salabert, Paula Izquierdo, Eloy Tizón y Juan Manuel de Prada entre los galardonados; el Premio Tiflos de cuento, otorgado en los últimos años, entre otros, a Félix J. Palma, Gonzalo Calcedo, Ignacio Ferrando, Juan Carlos Márquez, Nieves Vázquez Recio y Ramón García Mateos; el NH de Relatos, creado en 1996, que años después pasó a denominarse Premio Mario Vargas Llosa NH de Relatos, lo han obtenido, en sus diversas modalidades, escritores consagrados como José María Merino, Cristina Fernández Cubas y Soledad Puértolas, y también Ignacio Martínez de Pisón, Hipólito G. Navarro, Juan Bonilla, Carlos Castán, Gonzalo Calcedo, Almudena Grandes, Mercedes Abad, Luisgé Martín, y muchos otros; el Premio Setenil, convocado por primera vez en 2004 por el ayuntamiento de Molina de Segura (Murcia) y otorgado al mejor libro de cuentos del año, ha tenido como ganadores hasta ahora: Alberto Méndez, Juan Pedro Aparicio, Cristina Fernández Cubas, Sergi Pàmies, Óscar Esquivias, Fernando Clemot, Francisco López Serrano, David Roas y Clara Obligado; y el más joven en estas lides, el Premio Internacional de Narrativa Breve Ribera del Duero, concedido al mejor libro de cuentos inédito escrito en castellano, ha correspondido en su tercera edición a la escritora mexicana Guadalupe Nettel, anteriormente lo obtuvieron Javier Sáez de Ibarra y Marcos Giralt Torrente.

Es obvio que en la era de la informática es necesario hablar de la web, con ventajas tan obvias como su inmediatez y extrema capacidad divulgadora, aunque estas mismas cualidades pueden llegar a considerarse inconvenientes, según los casos. Están los blogs de algunos autores que se encargan de anunciar y reseñar libros considerados por ellos de gran interés, bien sea por su originalidad o la calidad de su escritura; abundan, por esto mismo no es preciso mencionar datos concretos, pues son de fácil acceso a través de la red. Sí queremos citar tres blogs dedicados con bastante especificidad al cuento y que han sido una vía extraordinaria de dar a conocer escritores y obras: «El síndrome Chéjov», administrado por Miguel Ángel Muñoz; «La nave de los locos», del profesor Fernando Valls; y «La tormenta en un vaso», coordinado por Care Santos, donde colabora un nutrido grupo de autores.

Por último, es interesante tener en cuenta el impacto que ha ejercido el incremento de talleres de escritura creativa y de lectura en la divulgación del género en las dos décadas recientes. Algunos de los cuentistas actuales han sido o siguen siendo profesores en estos centros y han infundido este gusto lector, señalando a los maestros indiscutibles, pero también enfocando la obra de autores innovadores, españoles y extranjeros, que han dado un nuevo aliento formal y temático al relato. La afición inculcada en estos grupos a la lectura de cuentos, y en algunos casos a su escritura, ha formado parte del circuito impulsor de la producción y mejor recepción de la narrativa breve[77].

2. Presentación de la antología

El presente volumen ha surgido con la intención de ofrecer un panorama del cuento español a partir del año 1992 —fecha que clausuraba el período abarcado por el libro *Cuento español contemporáneo* publicado en esta misma editorial— y que llegara hasta el momento actual, 2012. Se enfoca en los autores cuya obra cuentística se ha iniciado o desarrollado fundamentalmente en la década de los noventa y en el nuevo milenio, sin repetir ningún nombre de los seleccio-

---

[77] Coincido en esta apreciación con Cristina Cerrada, como puede verse en los comentarios que aparecen junto a su nota bio-bibliográfica en el presente volumen. También lo manifestaba así Hipólito G. Navarro en una conversación sobre el cuento que mantuvimos en Sevilla el 9 de marzo de 2013.

nados en la anterior antología. Incluye, por tanto, a escritores nacidos en los años cincuenta, solo tres —Fernando Aramburu, Julia Otxoa e Ignacio Vidal-Folch—, un gran núcleo formado por los nacidos en los años sesenta —Mercedes Abad, Felipe Benítez Reyes, Juan Bonilla, Gonzalo Calcedo, Carlos Castán, Esther García Llovet, Marcos Giralt Torrente, Hipólito G. Navarro, Cristina Grande, Almudena Grandes, Berta Marsé, Ignacio Martínez de Pisón, Ángel Olgoso, Félix J. Palma, David Roas, Javier Sáez de Ibarra, Eloy Tizón, Pedro Ugarte, Berta Vias Mahou y Ángel Zapata—, y setenta —Pilar Adón, Jon Bilbao, Mercedes Cebrián, Cristina Cerrada, Óscar Esquivias, Patricia Esteban Erlés, Isabel González, Irene Jiménez, Ricardo Menéndez Salmón, Juan Jacinto Muñoz Rengel, Elvira Navarro, Andrés Neuman, Care Santos y Miguel A. Zapata—, y un único autor de los años ochenta, Cristian Crusat.

Son un total de treinta y ocho escritores representativos, nos parece, del cuento actual escrito en lengua castellana. Nos hubiera gustado contar con muchos más, pero las restricciones de extensión razonable que todo libro de estas características conlleva no lo permitían; a ello ya hemos aludido en el epígrafe «Convivencia de autores y heterogeneidad del cuento actual», de la primera parte de esta introducción, y hemos aportado allí algunos nombres y títulos de volúmenes. En este sentido, la buena noticia es saber que hay un grupo numeroso de autores dedicados al cuento con verdadero oficio y que el género goza de un momento excelente. Entre los criterios de selección no se ha contemplado la inclusión de escritores que, en general, publican en primer lugar en lengua catalana, gallega o vasca, aunque sus contribuciones han sido muy importantes. Tampoco hemos incorporado autores de origen hispanoamericano —excepción única ha sido el hispano-argentino Andrés Neuman que desde muy joven vive en España—, pero hemos señalado ya, y lo subrayamos ahora, que sus aportaciones son fundamentales y la interacción de todos ellos ha hecho posible el auge del relato.

Todos los escritores incluidos han publicado, al menos, un libro de cuentos; de algunos puede decirse que son veteranos, con más de cinco volúmenes en su haber, incluso Gonzalo Calcedo, maestro indiscutible, ha llegado al elevado número de catorce. Se ha seguido el orden alfabético en la ordenación, ya que permite la rápida localización de los autores. Por otro lado, se han seleccionado cuentos de la década de los noventa, aunque el escritor tuviera libros posteriores, porque el objetivo ha sido cubrir el marco temporal de los veinte años que nos habíamos propuesto. No obstante, abundan los relatos aparecidos a partir del año 2000; el más antiguo pertenece a la colección de Eloy Tizón, *Velocidad de los jardines,* de 1992, y el más reciente a *Casi tan salvaje* de Isabel González, de 2012. En cuanto a la extensión, oscila desde cuentos breves de tres o cuatro páginas, hasta alguno de más de veinte, si bien la media está entre siete y diez. Queremos subrayar que hay casi un cuarenta por ciento de mujeres, quince de los treinta y ocho colaboradores, y esta cifra es indicativa de la importante nómina de escritoras dedicadas al género en este momento y que lo practican con magisterio.

La diversidad de la selección en cuanto temas, enfoques, estéticas y estilos refleja la pluralidad de tendencias reinante, síntoma inequívoco del eclecticismo y la heterogeneidad que caracterizan al cuento español actual. Hay cuentos fantásticos, de ciencia ficción, realistas, surrealistas, del absurdo, metaliterarios, experimentales; con perspectivas irónicas, sarcásticas, humorísticas, paródicas, grotescas; escritos con técnicas líricas, dramáticas o teóricas; que buscan impresionar, sorprender, inquietar, conmover, reflejar, testimoniar, rememorar, crear atmósferas o personajes que permanezcan en la mente del lector. ¿Hay alguna preferencia? Parece destacar el realismo en sus más variadas formas y presentaciones, desde el que se sumerge en el ámbito de la intimidad hasta el que se deforma hacia lo grotesco o esperpéntico, pasando por un realismo memorial, o urbano, o cosmopolita, o psicológico, o sórdido, o irónico, o humorístico, o denunciador; las modalidades son múltiples.

Respecto al contenido argumental y temático, se confirma la variedad sobresaliente. Las relaciones de amistad han sido el foco narrativo, profundamente irónico, en «Amigas», de Mercedes Abad, «El olor de la verdad», de Pedro Ugarte, donde se resalta el posible maleficio de la sinceridad junto al efecto de un cinismo institucionalizado en una ciudad de provincias, y «Lo de don Vito», de Berta Marsé, que combina la amistad con el ámbito familiar desde una perspectiva grotesca y humorística. Los lazos familiares engorrosos son la base anecdótica de «Foto de familia», de Ignacio Martínez de Pisón; y de familias con costumbres inusuales y matrimonios desgastados por la rutina, deseosos de emociones, trata «Los espías», de Jon Bilbao. Las relaciones de pareja, con sus contradicciones y resoluciones imbuidas de humor, configuran la trama de «Aves y pájaros», de Cristina Grande; y a este tipo de conflicto se añaden las conductas absurdas vinculadas a la ruptura matrimonial no asumida en «Naturaleza muerta», de Cristina Cerrada. En «Sesi», de Irene Jiménez, un encuentro casual entre examantes permite la actualización del tiempo pasado. El tono lírico domina en el recuento del sentimiento amoroso, enmarcado en una atmósfera de confidencialidad entre amigas, en «Si alguna vez fueras ciudad», de Berta Vias Mahou. Un profundo lirismo caracteriza la rememoración, con eco colectivo, de algunas vivencias imborrables de la adolescencia en «Velocidad de los jardines», de Eloy Tizón.

El periplo de algunos adolescentes frente a situaciones adversas halla cierta reciprocidad en los comportamientos de algunos adultos y terminan por equipararse las conductas de unos y otros; así sucede con el entramado argumental de «Maternidad», de Óscar Esquivias, y «Recámara», de Esther García Llovet. Las vicisitudes de las primeras inquietudes amorosas se presentan con destreza narrativa en «Amor», de Elvira Navarro; por otro lado, la entrañable relación entre nieta y abuelo permite conformar el escenario apropiado para que el amor triunfe frente a la muerte en las vivencias emocionales que inquietan a la joven protagonista de «Bárbara contra la muerte», de Almudena Grandes. La curiosidad y la fascinación ante la muerte lleva a las dos niñas que protagonizan «El infinito verde», de Pilar Adón, a introducirse en el bosque que, gradualmente, adquiere cualidades perturbadoras, marca de lo fantástico.

Lo inexplicable, sorprendente, insólito e irracional se impone en las anécdotas narradas en «Dos individuos eternos», de Felipe Benítez Reyes, «El acomodador», de Carlos Castán, «Lucernario», de Ángel Olgoso, *Das Kapital*», de David Roas, y «Círculo Polar Ártico», de Care Santos, cuentos en los que el género fantástico se aborda desde diferentes perspectivas para afrontar experiencias regidas por leyes distantes de la lógica establecida. En «Te inventé y me mataste», de Juan Jacinto Muñoz Rengel, el mundo imaginario se instala un paso más allá, en el ámbito de la ciencia ficción.

El absurdo y el surrealismo imperan en los relatos de Andrés Neuman, «La prueba de inocencia», Julia Otxoa, «Un extraño envío», y Ángel Zapata, «Pandemia», y con extraordinario humor ponen de relieve una temática relacionada con el abuso del poder, la extorsión e incomunicación que conlleva el propio lenguaje y la funcionalidad que tiraniza a los individuos y la sociedad, asuntos muy relacionados con el mundo contemporáneo. El tono humorístico y un afán experimental de muy diversa factura prevalecen en «El aburrimiento, Lester», de Hipólito G. Navarro, donde la soledad y el tedio se enfocan asimismo bajo una visión absurda y surrealista. Y en esta línea irracional e imaginativa, de corte experimental, se sitúan las narraciones de Isabel González, «La mujer inolvidable», y de Cristian Crusat, «Breve teoría del viaje y el desierto».

Las sombras de Franz Kafka, James Joyce y Stephen King se manifiestan, respectivamente, en «El País de las Muñecas», de Félix J. Palma, «Hablemos de Joyce si quiere», de Ricardo Menéndez Salmón, y «Piroquinesis», de Patricia Esteban Erlés, para desvelar situaciones inesperadas y sorprendentes a protagonistas y lectores. Realidad y ficción se imbrican adecuadamente en estos relatos, al igual que mundo real e imaginario se entretejen en la historia de suplantaciones presentada en «Juego africano», de Marcos Giralt Torrente.

Las consecuencias psicológicas de la amenaza terrorista se reflejan con sutileza en el relato «Chavales con gorra», de Fernando Aramburu. Por su parte, «Caprichos», de Javier Sáez de Ibarra, homenajea al célebre pintor aragonés aludido en el título y, a semejanza suya, satiriza a la sociedad actual con técnica innovadora. El arte pictórico es el foco narrativo de «Esquina inferior del cuadro», de Miguel A. Zapata, para hacer hincapié, por omisión, en el lado negativo y oculto de la realidad circundante. Un espacio tan urbano y cosmopolita como la ciudad de Nueva York es el escenario de «El prisionero de la avenida Lexington», de Gonzalo Calcedo, cuento que atestigua con ironía y habilidad extrema la soledad y el abandono que unen, en la distancia y por azar, a un niño y un viejo profesor.

La dimensión paródica sobresale en «La ruleta rusa», de Juan Bonilla, matizada con rasgos grotescos y humorísticos, y «Un sueño americano», de Ignacio Vidal-Folch. Situados en espacios narrativos muy diferentes muestran, sin embargo, la excentricidad y el absurdo de comportamientos individuales y sociales, influidos por el poder extremo de un medio de comunicación de masas tan popular como la televisión. Y en «Retóricos anónimos», de Mercedes Cebrián, se efectúa una parodia cultural desde una perspectiva irónica y bienhumorada.

Concluimos como iniciamos estas reflexiones, congratulándonos por la buena situación en que se encuentra el cuento español en la actualidad. El mérito se debe a los escritores, sobre todo, pero también a los editores y a los lectores que los valoran y disfrutan con ellos. Juntos han sido capaces de remontar la cuesta con tan preciada carga, sin padecer la condena de Sísifo. En esta época de crisis global, económica y de valores, el cuento, superviviente del influjo pernicioso de esta palabra, puede verse fortalecido y bien preparado para mantenerse en la alta cota alcanzada.

Esta edición

El presente volumen reúne cuentos de treinta y ocho autores españoles actuales escritos entre 1992 y 2012. Ofrece, a nuestro juicio, un amplio panorama de la cuentística reciente en lengua española. En el segundo apartado de la Introducción, «Presentación de la antología», hemos detallado el objetivo propuesto con el libro y el criterio de selección, además de algunas otras consideraciones.

Antes de cada cuento se ha incluido una breve bio-bibliografía de su autor y sus respuestas (se sugería una extensión aproximada de dieciséis líneas) a las dos preguntas planteadas a todos:

1) En tu opinión, ¿qué tendencias han predominado en el cuento español de los últimos años y en qué dirección crees que va a seguir?

2) ¿Qué autores, tanto españoles como extranjeros, consideras fundamentales al hablar del cuento a finales del siglo XX y en estos primeros años del XXI?

El planteamiento de estas cuestiones era flexible, pues podían modificarlas si les parecía oportuno. La intención ha sido ofrecer las reflexiones de los propios autores en relación a la trayectoria del cuento español actual y saber qué escritores u obras han juzgado de mayor interés.

Por último, es apropiado señalar que varios autores han incorporado leves cambios al texto de sus cuentos en esta edición. La bibliografía general en torno a este género y su teoría se enfoca principalmente a partir del año 1990.

Quiero agradecer a los escritores que participan en el volumen su entusiasmo en el proyecto y su generosidad. La colaboración de todos ellos ha hecho realidad esta antología. Reitero mi agradecimiento a Pilar Adón, Cristina Cerrada, Óscar Esquivias, Juan Jacinto Muñoz Rengel, Elvira Navarro y Eloy Tizón, y al editor Pablo Mazo, por el coloquio sobre el cuento que realizamos juntos en Madrid; y también a Hipólito G. Navarro por nuestra charla intensiva en Sevilla; y a Mercedes Abad, Cristina Fernández Cubas, Berta Marsé y Care Santos por nuestras conversaciones en Barcelona. De manera especial agradezco a Manuel Longares y a José María Merino sus comentarios y sugerencias.

Bibliografía

I. Teoría, crítica y estudios generales
   sobre el cuento

AA. VV., «El cuento I y El cuento II», *Ínsula*, 495-496 (febrero-marzo de 1988), págs. 21-24 en ambos números.
— *Ínsula*, 512-513 (1989).
— «El cuento en España 1975-1990», *Lucanor*, 6 (septiembre de 1991).
— «El cuento español, hoy», *Ínsula*, 568 (mayo de 1994).
— *Lucanor*, 11 (1994).
— *Lo fantástico: literatura y subversión*, monográfico de la revista *Quimera*, 218-219 (2000).
— «El cuento español en el siglo xx», *Quimera*, 242-243 (abril de 2004).
— «Lo fantástico en España (1980-2010)», *Ínsula*, 765 (septiembre de 2010).
— «El cuento, hoy», *Quimera*, 354 (mayo de 2013).
Alcalá Galán, Mercedes, «Mujeres en el espejo. Cuentos de escritoras españolas sobre madres e hijas», en *El cuento en la década de los noventa*, edición de José Romera Castillo y Francisco Gutiérrez Carbajo, Madrid, Visor, 2001, págs. 177-186.
Alonso, Santos, «La renovación del realismo», *Ínsula*, 572-573 (agosto-septiembre de 1994).
Anderson Imbert, Enrique, *Teoría y técnica del cuento*, Barcelona, Ariel, 1992.
Antonaya Núñez-Castelo, María Luisa, «El ciclo de cuentos como género narrativo en la literatura española», *Rilce*, 16, 3 (2002), págs. 433-478.

Baquero Escudero, Ana L., *El cuento en la historia literaria: la difícil autonomía de un género,* Vigo, Editorial Academia del Hispanismo, 2011.

Barrera Linares, Luis, «Ficción en un blog de Internet: el autor propone, el lector infiere y dispone», *Enl@ce. Revista Venezolana de Información, Tecnología y Conocimiento,* 7, 1 (2010), págs. 11-26.

Becerra, Carmen, Candelas, Manuel Ángel, Fariña, María Jesús, De Juan, Amparo y Suárez, Beatriz (eds.), *Asedios ó conto,* Vigo, Servicio de Publicaciones Universidad de Vigo, 1999.

Becerra, Eduardo (ed.), *El arquero inmóvil. Nuevas poéticas sobre el cuento,* Madrid, Páginas de Espuma, 2006.

Beltrán Almería, Luis, «Pensar el cuento en los noventa», en *El cuento en la década de los noventa,* edición de José Romera Castillo y Francisco Gutiérrez Carbajo, Madrid, Visor, 2001, págs. 547-560.

— *¿Qué es la historia literaria?,* Madrid, Marenostrum, 2007.

Bonilla, Juan, «Las letras españolas viven del cuento. El mercado editorial se aferra al relato», *El Cultural,* 2 de julio de 2010.

Calvino, Italo, *Seis propuestas para el próximo milenio,* Madrid, Siruela, 1989.

Carrillo Martín, Nuria, *El cuento literario español en la década de los ochenta,* Valladolid, Universidad de Burgos, 1997.

— «Las antologías del cuento español en los noventa», en *El cuento en la década de los noventa,* edición de José Romera Castillo y Francisco Gutiérrez Carbajo, Madrid, Visor, 2001, págs. 47-66.

Casas, Ana, *El cuento español en la posguerra,* Madrid, Marenostrum, 2007.

Champeau, Geneviève, Carcelén, Jean-François, Tyras, Georges y Valls, Fernando (eds.), *Nuevos derroteros de la narrativa española actual,* Zaragoza, Prensas Universitarias de Zaragoza, 2011.

Collard, Patrick, «El relato breve en las letras hispánicas actuales», *Foro Hispánico,* 11 (mayo de 1997).

Del Rey, Antonio, «Claves del cuento actual», *Lucanor,* 16 (diciembre de 1999), págs. 89-111.

Díaz Navarro, Epicteto y González, José Ramón, *El cuento español en el siglo XX,* Madrid, Alianza, 2002.

Dunn, Maggie y Morris, Ann, *The Composite Novel. The Short Story Cycle in Transition,* Nueva York, Twayne, 1995.

Encinar, Ángeles, «Escritoras españolas actuales: una perspectiva a través del cuento», *Hispanic Journal,* 13, 1 (primavera de 1992), págs. 181-192.

— «Tendencias en el cuento español reciente», *Lucanor,* 13 (diciembre de 1995), págs. 103-118.

— «Una aproximación al tópico de la belleza en la narrativa española contemporánea», *Bellesa, dona y literatura,* CD Rom, Universitat de Barcelona, 1998.

— (ed.), «Introducción», *Historias de detectives,* Barcelona, Lumen, 1998, págs. 9-22.

— «La evolución de la mujer española: una aproximación literaria», en *Escribir mujer. Narradoras españolas hoy,* Málaga, Publicaciones del Congreso de la Literatura Española Contemporánea, 2000, págs. 329-341.

— «La narrativa epistolar en las escritoras españolas actuales», en *Mujeres novelistas en el panorama literario del siglo XX,* Cuenca, Universidad de Castilla-La Mancha, 2000, págs. 33-50. También en *Literatura escrita por mujeres en el ámbito hispánico,* Aspasia, Publicaciones de la Universidad de Lund y la Universidad de Estocolmo, págs. 63-77.

— «Escritoras actuales frente al cuento: autoras y tendencias», en *El cuento en la década de los noventa,* edición de José Romera Castillo y Francisco Gutiérrez Carbajo, Madrid, Visor, 2001, págs. 129-149.

— «La buena salud del cuento», *Ínsula,* 779 (noviembre 2011), págs. 17-18.

Encinar, Ángeles y Percival, Anthony (eds.), «Introducción», *Cuento español contemporáneo,* Madrid, Cátedra, 1993, págs. 11-44.

Encinar, Ángeles, y Glenn, Kathleen M. (eds.), *La pluralidad narrativa. Escritores españoles contemporáneos (1984-2004),* Madrid, Biblioteca Nueva, 2005.

Encinar, Ángeles y Valcárcel, Carmen (eds.), *Escritoras y compromiso. Literatura española e hispanoamericana de los siglos XX y XXI,* Madrid, Visor, 2009.

— *En breve. Cuentos de escritoras españolas (1975-2010). Estudios y antología,* Madrid, Biblioteca Nueva, 2012.

ENCINAR, Ángeles, LÖFQUIST, Eva y VALCÁRCEL, Carmen (eds.), *Género y géneros. Escritura y escritoras iberoamericanas*, vols. I y II, Madrid, Ediciones de la Universidad Autónoma de Madrid, 2006.

EZAMA GIL, Ángeles, «La narrativa breve en el fin de siglo», *Ínsula*, 614 (1998), págs. 18-20.

FERNÁNDEZ PORTA, Eloy, *Afterpop. La Literatura de la implosión mediática*, Córdoba, Berenice, 2007.

FRÖHLICHER, Peter y GÜNTERT, Georges (eds.), *Teoría e interpretación del cuento*, Berna, Peter Lang, 1995.

GARCÍA BERRIO, Antonio y HUERTA CALVO, Javier, *Los géneros literarios: sistema e historia*, Madrid, Cátedra, 1992.

GARRIDO DOMÍNGUEZ, Antonio, «Modelos de ficción en el cuento», en *El cuento en la década de los noventa*, edición de José Romera Castillo y Francisco Gutiérrez Carbajo, Madrid, Visor, 2001, págs. 579-587.

GONZÁLEZ URBIOLA, José Luis, *Papeles sobre el cuento español contemporáneo*, Pamplona, Hierbaola, 1991.

GRACIA, Jordi, *Historia y crítica de la literatura española. 9/1. Los nuevos nombres: 1975-2000*, Primer Suplemento, Barcelona, Crítica, 2000.

GRACIA, Jordi y RÓDENAS, Domingo, *Historia de la literatura española, vol. 7. Derrota y restitución de la modernidad (1939-2010)*, Barcelona, Crítica, 2011.

GRANÉS, Carlos, *El puño invisible. Arte, revolución y un siglo de cambios culturales*, Madrid, Taurus, 2011.

GUTIÉRREZ CARBAJO, Francisco, «Antologías de cuentos de cine (década de los noventa)», en *El cuento en la década de los noventa*, edición de José Romera Castillo y Francisco Gutiérrez Carbajo, Madrid, Visor, 2001, págs. 415-437.

HENSELER, Christine, *En sus propias palabras: escritoras españolas ante el mercado literario*, Madrid, Torremozas, 2003.

LÓPEZ PELLISA, Teresa y MORENO, Fernando Ángel (eds.), *Ensayos sobre literatura fantástica y ciencia ficción*, Madrid, Universidad Carlos III, 2009.

MARTÍN NOGALES, José Luis, «El cuento español actual. Autores y tendencias», *Lucanor*, 11 (mayo de 1994) págs. 43-65.

— «De la novela al cuento: el reflejo de una quimera», *Ínsula*, 589-590 (1996), págs. 33-35.

— «Evolución del cuento fantástico español», *Lucanor*, 14 (mayo de 1997), págs. 11-21.

— «Tendencias del cuento español de los años noventa», en *El cuento en la década de los noventa*, edición de José Romera Castillo y Francisco Gutiérrez Carbajo, Madrid, Visor, 2001, págs. 35-45.

MAY, Charles E. (ed.), *The New Short Story Theories*, Athens, Ohio University Press, 1994.

MERINO, José María (ed.), «Prólogo», *Cien años de cuentos (1898-1998)*, Madrid, Alfaguara, 1998, págs. 15-26.

— «Y sigue el cuento», en *Pequeñas resistencias. Antología del nuevo cuento español*, edición de Andrés Neuman, Madrid, Páginas de Espuma, 2002, págs. 11-15.

— «La mirada del narrador. De nuevos cuentistas españoles», *Revista de Libros*, 165 (septiembre de 2010).

MUÑOZ, Miguel Ángel, *La familia del aire. Entrevistas con cuentistas españoles*, Madrid, Páginas de Espuma, 2011.

NAVAJAS, Gonzalo, *Más allá de la posmodernidad. Estética de la nueva novela y cine españoles*, Barcelona, EUB, 1996.

PACHECO, Carlos y BARRERA LINARES, Luis (comps.), *Del cuento y sus alrededores. Aproximaciones a una teoría del cuento*, Caracas, Monte Ávila Latinoamericana, 1993.

PAREDES, Juan, *Para una teoría del relato. Las formas narrativas breves*, Madrid, Biblioteca Nueva, 2004.

PELLICER, Gemma y VALLS, Fernando (eds.), «Relatos para un nuevo siglo», *Siglo XXI. Los nuevos nombres del cuento español*, Palencia, Menoscuarto, 2010, págs. 7-23.

PEÑATE RIVERO, Julio, «Cuento literario y teoría de la argumentación», *Lucanor*, 11 (1994), págs. 129-140.

PERCIVAL, Anthony (ed.), *Escritores ante el espejo. Estudio de la creatividad literaria*, Barcelona, Lumen, 1997.

PIGLIA, Ricardo, *Formas breves*, Barcelona, Anagrama, 2000.

— *El último lector*, Barcelona, Anagrama, 2005.

POZUELO YVANCOS, José María, *Ventanas de la ficción. Narrativa hispánica, siglos XX y XXI*, Barcelona, Península, 2004.

— *100 narradores españoles de hoy*, Palencia, Menoscuarto, 2010.

PUERTAS MOYA, Francisco Ernesto, «El *Premio de Relato Breve UNED*: diez años de historia(s)», en *El cuento en la década de los noventa*, edición de José Romera Castillo y Francisco Gutiérrez Carbajo, Madrid, Visor, 2001, págs. 103-114.

Pulido Tirado, Genara, «La teoría del cuento en la España de los años noventa. Un balance», en *El cuento en la década de los noventa,* edición de José Romera Castillo y Francisco Gutiérrez Carbajo, Madrid, Visor, 2001, págs. 561-577.

Pujante Segura, Carmen M., «Formas intergenéricas para eras inter-históricas: géneros narrativos breves y discursos digitales en la post (modernidad) del siglo xxi», en *La interconexión genérica en la tradición narrativa,* edición de Ana L. Baquero Escudero y otros, Murcia, Universidad de Murcia, 2011, págs. 303-320.

Redondo Goicoechea, Alicia, «Para un catálogo de las escritoras españolas de cuentos en castellano en los años noventa», en *El cuento en la década de los noventa,* edición de José Romera Castillo y Francisco Gutiérrez Carbajo, Madrid, Visor, 2001, págs. 151-166.

Roas, David (comp.), *Teorías de lo fantástico,* Madrid, Arco Libros, 2001.

— *De la maravilla al horror. Los orígenes de lo fantástico en la cultura española,* Granada, Mirabel Editorial, 2006.

— *Tras los límites de lo real. Una definición de lo fantástico,* Madrid, Páginas de Espuma, 2011.

Roas, David y Casas, Ana (eds.), «Introducción», *La realidad oculta. Cuentos fantásticos españoles del siglo xx,* Palencia, Menoscuarto, 2008, págs. 9-54.

Rodríguez Fischer, Ana, *Prosa española de vanguardia,* Madrid, Castalia, 1999.

Romera Castillo, José y Gutiérrez Carbajo, Francisco (eds.), *El cuento en la década de los noventa,* Madrid, Visor, 2001.

Rueda, Ana, *Relatos desde el vacío. Un nuevo espacio crítico para el cuento actual,* Madrid, Orígenes, 1992.

Ruiz de la Cierva, M.ª del Carmen, «El proceso de *intensionalización* en la estructura del cuento actual», en *El cuento en la década de los noventa,* edición de José Romera Castillo y Francisco Gutiérrez Carbajo, Madrid, Visor, 2001, págs. 589-599.

Sanz Villanueva, Santos, *La novela española durante el franquismo,* Madrid, Gredos, 2010.

Sargatal, Alfred, *Introducción al cuento literario,* Barcelona, Laertes, 2004.

70

Senabre, Ricardo, «Más luces que sombras. Lo mejor de 2011 en ficción», *El Cultural,* 30 de diciembre de 2011.

Tizón, Eloy, «Ruido y milagros», en *Pequeñas resistencias 5. Antología del nuevo cuento español (2001-2010),* edición de Andrés Neuman, Madrid, Páginas de Espuma, 2010, págs. 11-17.

Valls, Fernando (ed.), «El renacimiento del cuento en España (1975-1993)», *Son cuentos. Antología del relato breve español, 1975-1993,* Madrid, Espasa Calpe, 1993, págs. 9-58.

— «Sobre el cuento español actual y algunos nuevos nombres», en *Nuevos derroteros de la narrativa española actual,* edición de Geneviève Champeau, Jean-François Carcelén, Georges Tyras, Fernando Valls, Zaragoza, Prensas Universitarias de Zaragoza, 2011, págs. 129-162.

Villanueva, Darío *et al., Historia y crítica de la literatura española. 9. Los nuevos nombres: 1975-1990,* Barcelona, Crítica, 1992.

Zavala, Lauro (ed.), *Teorías del cuento I. Teorías de los cuentistas,* México, UNAM, 1993.

— *Teorías del cuento II. La escritura del cuento,* México, UNAM, 1995.

— *Teorías del cuento III. Poéticas de la brevedad,* México, UNAM, 1997.

II. Estudios específicos sobre los autores

AA. VV., *Ignacio Martínez de Pisón, Turia,* 105-106 (marzo de 2013).

— *Almudena Grandes. Cuadernos de Narrativa,* edición de Irene Andres-Suárez y Antonio Rivas, Madrid, Arco Libros, 2012.

— *Ángel Olgoso, Fix 100. Revista Hispanoamericana de Ficción Breve,* 2 (enero-junio de 2010), págs. 21-60.

Acín Fanlo, Ramón, *Los dedos de la mano: Javier Tomeo, José María Latorre, Soledad Puértolas, Ignacio Martínez de Pisón, José María Conget,* Zaragoza, Mira, 1992.

— «Problemas de identidad, mentira y crueldad en la narrativa de Ignacio Martínez de Pisón», en *La novela española actual. Autores y tendencias,* edición de Alfonso Toro y Dieter Ingenschay, Kassel, Edition Reichenberger, 1995, págs. 125-156.

Aguado, Txetxu, «Nómada en tiempos de extranjería. La aproximación poética de Julia Otxoa», *Quimera,* 277 (2006), págs. 28-32.

AKRABOVA, Maria G., «El espejo y el espejismo: ambigüedades interpretativas en "Los ojos rotos" de Almudena Grandes», *Letras Hispanas,* 3 (otoño de 2006), págs. 112-131.

ALAMEDA, Sol, «Almudena Grandes. La literatura y la vida», *El País,* 31 de marzo de 1996, págs. 27-33.

ÁLAMO FELICES, Francisco, «Teoría de la narración breve de Andrés Neuman (estudio narratológico)», en *Narrativas de la posmodernidad del cuento al microrrelato,* edición de Salvador Montesa, Málaga, Publicaciones del Congreso de Literatura Española Contemporánea, 2009, págs. 313-330.

ALBORG, Concha, «Desavenencias matrimoniales en los cuentos de Mercedes Abad», en *Mujeres novelistas. Jóvenes narradoras de los noventa,* coord. Alicia Redondo Goicoechea, Madrid, Narcea, 2003, págs. 31-44.

— «Amistades peligrosas en *Amigos y fantasmas* de Mercedes Abad», en *En breve. Cuentos de escritoras españolas (1975-2010). Estudios y antología,* edición de Ángeles Encinar y Carmen Valcárcel, Madrid, Biblioteca Nueva, 2012, págs. 21-33.

ALONSO, Santos, «*Foto de familia*», *Reseña,* 292 (1998), pág. 26.

ANOVER, Verónica, «Encuentro con Almudena Grandes», *Letras Peninsulares,* 13 (2000), págs. 803-813.

ARKINSTALL, Christine, «"Good-Enough" Mothers and Daughters in Almudena Grandes' Short Fiction», *Anales de la Literatura Española Contemporánea,* 26, 2 (marzo de 2001), págs. 5-27.

ARNÁIZ, Joaquín, «Seis autores del medio siglo: entrevistas a Francisco Ayala, José Luis Sampedro, Miguel Delibes, Soledad Puértolas, Arturo Pérez Reverte, Almudena Grandes», *República de las Letras,* 50 (1996), págs. 1-29.

AYALA DIP, J. Ernesto, «*El fin de los buenos tiempos*», *El Urogallo,* 96 (1994), pág. 62.

— «Mirar de frente», *El País, Babelia,* 10 de septiembre de 2005, pág. 4.

BARBADILLO DE LA FUENTE, María Teresa, «Claves narrativas de la obra de Care Santos» en *Escribir mujer. Narradoras españolas hoy,* edición de Cristóbal Cuevas García y Enrique Baena, Málaga, Publicaciones del Congreso de Literatura Española Contemporánea, 2000, págs. 283-288.

BASANTA, Ángel, «*La noche del Skylab*», *El Cultural,* 22 de noviembre de 2000.

— «*Sólo de lo perdido*», *El Cultural,* 26 de junio de 2008.

— «*Tanta gente sola*», *El Cultural,* 26 de junio de 2009.

BELLVER, Sergi, «El cuento español contemporáneo», http://www. sergibellver.com/2011/03/el-cuento-espanol-contemporaneo-en-la.html#!/2011/03/el-cuento-espanol-contemporaneo-en-la.html

— «El cuento de 2010», http://www.culturamas.es/blog/2011/ 01/08/el-cuento-de-2010

BLANCO ARNEJO, María Dolores, «Las influencias cortasianas en la primera narrativa de Ignacio Martínez de Pisón», *Hispanófila,* 142 (2004), págs. 73-87.

BONILLA CEREZO, Rafael, «Literatura y filmicidad: «El vocabulario de los balcones» (Almudena Grandes, 1998) en «Aunque tú no lo sepas» (Juan Vicente Córdoba, 2000)», *Revista de Literatura,* 66, 131 (2004), págs. 171-200.

BUSUTIL, Guillermo, «Ricardo Menéndez Salmón», *Mercurio,* 144 (octubre de 2012), págs. 30-31.

CAÑELLES, Isabel, *La construcción del personaje literario: un camino de ida y vuelta,* prólogo de Eloy Tizón, Madrid, Ediciones y Talleres de Escritura Creativa Fuentetaja, 1999.

CARBALLO-ABENGÓZAR, Mercedes, «Almudena Grandes: sexo, hambre, amor y literatura», en *Mujeres novelistas. Jóvenes narradoras de los noventa,* coord. Alicia Redondo Goicoechea, Madrid, Narcea, 2003, págs. 13-30.

CARCELEN, Jean François, «Ficción documentada y ficción documental en la narrativa española actual: Ignacio Martínez de Pisón, Isaac Rosa», en *Nuevos derroteros de la narrativa española actual. Veinte años de creación,* edición de Geneviève Champeau, Jean-François Carcelén, Georges Tyras, Fernando Valls, Zaragoza, Prensas Universitarias de Zaragoza, 2011, págs. 51-68.

CARMONA, Vicente, LAM, Jeffrey, VELASCO, Sherry y ZECCHI, Barbara, «Conversando con Mercedes Abad, Cristina Fernández Cubas y Soledad Puértolas», *Mester,* XX, núm. 2 (1991), págs. 157-165.

CASTANEDO, Fernando, «La anti-Lolita. *La ciudad en invierno*», *El País,* 14 de julio de 2007.

CASTILLA, Amelia, «Almudena Grandes», *El País,* 14 de marzo de 1996, pág. 39.

73

Chul, Pablo, «Entrevista (mínima): Mercedes Cebrián», *Quimera*, 327 (febrero de 2011), págs. 8-9.

Díaz, Felipe, «El cuento breve: Neus Aguado y Pedro Ugarte», *Lucanor*, 15 (1998), págs. 79-119.

Díaz De Guereñu, Juan Manuel, «Recuento de dolores y esperanzas: los relatos de Fernando Aramburu», *Mundaiz*, 54 (1997), págs. 117-134.

— «"Los ojos vacíos" de Fernando Aramburu: memoria de la inocencia y la maldad», *Mundaiz*, 60 (2000), págs. 81-104.

— «Otros relatos de Fernando Aramburu», *Letras de Deusto*, 108 (2005), págs. 211-226.

— «Intimidad del daño: las víctimas del terrorismo en «Los peces de la amargura» de Fernando Aramburu», *Monteagudo*, 12 (2007), págs. 185-198.

Díez Fernández, José Ignacio, «Felipe Benítez Reyes y la poética de la melancolía», *Dicenda*, 27 (2009), págs. 43-58.

Difrancesco, Maria, *Feminine Agency and Transgression in Post-Franco Spain. Generational Becoming in the Narratives of Carme Riera, Cristina Fernández Cubas and Mercedes Abad*, Newark, Juan de la Cuesta, 2008.

Domene, P. M., «Narradores españoles de hoy», *Revista Cultura de Veracruz*, 3, 25 (mayo de 1998).

D'Ors, Pablo, «El corazón frío. *La ciudad en invierno*», *Mercurio*, 92 (julio-agosto de 2007), pág. 30.

Echevarría, Ignacio, «Siete relatos, Marcos Giralt Torrente: un nuevo y solvente narrador», *El País*, 15 de julio de 1995.

Encinar, Ángeles, «La excepcional maestría de Care Santos: los ciclos de cuentos», en *Mujeres novelistas. Jóvenes narradoras de los noventa*, coord. Alicia Redondo Goicoechea, Madrid, Narcea, 2003, págs. 131-147.

— «El vigor de una mirada perpleja», *Letra Internacional*, 110 (2011), págs. 77-78.

— «La lógica del absurdo: *Un extraño envío* de Julia Otxoa», en *En breve. Cuentos de escritoras españolas (1975-2010). Estudios y antología*, edición de Ángeles Encinar y Carmen Valcárcel, Madrid, Biblioteca Nueva, 2012, págs. 123-139.

Escobedo, María, «Almudena Grandes: Las dictaduras son tan viles que envilecen a sus súbditos», *Cuadernos Hispanoamericanos*, 726 (diciembre de 2010), págs. 105-114.

FONTANA, Antonio, «Entrevista a Marcos Giralt Torrente: "París refleja la incertidumbre vital que nos acosa en las noches de insomnio"», *ABC Cultural*, 27 de diciembre de 1999, pág. 19.

GARCÍA GARCÍA, Patricia, «El espacio como sujeto de la transgresión fantástica en el relato "Los palafitos" (Ángel Olgoso, 2007)», *Pasavento*, 1, 1 (invierno de 2013), págs. 113-124.

GARCÍA-ABAD GARCÍA, María Teresa, «Reflexiones sobre lo virtual: la nueva narrativa en el cine, "Nadie conoce a nadie", de Juan Bonilla» en *Réel, Virtuel et Vérité, Hispanística XX*, 19 (2001), págs. 399-409.

— «Lirismo, narración y memoria en Almudena Grandes y Juan Vicente Córdoba: Buscando una película, "Aunque tú no lo sepas" y "El vocabulario de los balcones"», en *Image et pouvoir*, edición de Jean Claude Seguin y Julie Amoit, *Les cashier du Grimh*, 3 (2004), págs. 447-457.

GARCÍA TORRES, Elena, «Inscripciones del deseo: Las funciones de la mirada en tres cuentos de Almudena Grandes», *Revista de Estudios Hispánicos*, 42, 1 (2008), págs. 157-176.

— *La narrativa polifónica de Almudena Grandes y Lucía Etxebarria: transgresión, subjetividad e industria cultural en la España democrática*, introd. de Geraldine C. Nichols, Lewiston, Edwin Mellen Press, 2008.

GAVELA, Yvonne, «"Aunque tú no lo sepas": La mirada de Juan Vicente Córdoba a "El vocabulario de los balcones" de Almudena Grandes», *Hesperia*, 11, 2 (2008), págs. 105-123.

GLENN, Kathleen M., «Almudena Grandes's *Modelos de mujer*: A Poetics of Excess», en *Writing Women. Essays on the Representation of Women in Contemporary Western Literature*, edición de Alastair Hurst, Melbourne, Antípodas Monographs, 2002, págs. 109-123.

— «Silencios que cuentan: la narrativa de Marcos Giralt Torrente», en *La pluralidad narrativa. Escritores españoles contemporáneos (1984-2004)*, edición de Ángeles Encinar y Kathleen M. Glenn, Madrid, Biblioteca Nueva, 2005, págs. 189-201.

GODSLAND, Shelley, «The Importance of Being Esbelta: Fatness, Food and Fornication in Almudena Grandes "Malena, una vida hervida"», en *Reading the Popular in Contemporary Spanish Texts*, edición de Shelley Godsland y Nickianne Moody, Newark, University of Delaware Press, 2004, págs. 59-73.

Goñi, Javier, «Entrevista con Ignacio Martínez de Pisón», *Ínsula,* 478 (1986), págs. 15-16.

— «La pasión escoge a sus víctimas», *El País,* 30 de marzo de 1996.

— «Intimidades del hogar. Aficiones sencillas», *Turia,* 103 (junio-octubre 2012), págs. 425-427.

González, José Ramón, «Trascender la apariencia: La mirada epifánica en algunos relatos de Cristina Cerrada», en *En breve. Cuentos de escritoras españolas (1975-2010). Estudios y antología,* edición de Ángeles Encinar y Carmen Valcárcel, Madrid, Biblioteca Nueva, 2012, págs. 157-172.

Gutiérrez, Alex, «Tres escritores atrayentes: Susana Fortes, Gabriela Bustelo y Pedro Ugarte», *Elvira,* 9 (2004), págs. 145-154.

— «Mat en set [entrevista con Berta Marsé]», *Benzina: Revista d'excepcions culturals,* 1 (marzo de 2006), págs. 58-59.

Imboden, Rita Catrina, «Los cuentos de Almudena Grandes», en *Almudena Grandes. Cuadernos de Narrativa,* edición de Irene Andres-Suárez y Antonio Rivas, Madrid, Arco Libros, 2012, págs. 115-134.

Jiménez Morales, María Isabel, «Mercedes Abad, entre el erotismo, el humor y la crueldad», en *Aula de Letras 1994-1995. Cien años de letras españolas,* dir. Antonio A. Gómez Yebra, Málaga, Universidad de Málaga, 1995, págs. 3-13.

López García, José Ramón, «Sujeto biográfico y sujeto poético: a propósito de "Vidas improbables" de Felipe Benítez Reyes», *L'interprétation littéraire aujourd'hui,* edición de Peter Fróhlicher, *Versants,* 44-45, 2003, págs. 376-393.

— «El mercado del malestar: la poética de Mercedes Cebrián», en *Escritoras y compromiso. Literatura española e hispanoamericana de los siglos XX y XXI,* edición de Ángeles Encinar y Carmen Valcárcel, Madrid, Visor, 2009, págs. 619-637.

López-Vega, Martín, «Entrevista a Care Santos», *El Cultural,* 22 de junio de 2004, pág. 66.

Mainer, José-Carlos, «Ignacio Martínez de Pisón: contando el fin de los buenos tiempos», en *La pluralidad narrativa. Escritores españoles contemporáneos (1984-2004),* edición de Ángeles Encinar y Kathleen M. Glenn, Madrid, Biblioteca Nueva, 2005, págs. 23-42.

— «Estudio», en Ignacio Martínez de Pisón, *Perro al acecho,* Zaragoza, Institución «Fernando el Católico», 2010, págs. 11-38.

MANDRELL, James, «Mercedes Abad and "La Sonrisa Vertical". Erotica and Pornography in Post-Franco Spain», *Letras Peninsulares*, 6, 2 (1993-1994), págs. 277-299.

MARTÍ FONT, Josep María, «Doce miradas irónicas al otro», *El País*, 7 de abril de 2009.

MARTÍ OLIVELLA, Jaume, «Felicidades conyugales», *Letras Peninsulares*, 5, 1 (1992), págs. 181-183.

— «The Hispanic Post-Colonial Tourist», *Arizona Journal of Hispanic Cultural Studies*, 1 (1997), págs. 23-42.

MARTÍN, Rebeca, «Tierra cruel que ampara», *Quimera*, 267 (febrero de 2006), págs. 64-65.

— «Deliciosa perversidad», *Ínsula*, 744 (junio de 2011), págs. 37-39.

— «La recreación de tres mitos fantásticos en la narrativa española actual: Drácula, Frankenstein y el hombre lobo», en *Nuevos derroteros de la narrativa española actual*, edición de Geneviève Champeau, Jean-François Carcelén, George Tyras y Fernando Valls, Zaragoza, Prensas Universitarias de Zaragoza, 2011, págs. 163-183.

— «El delicado arte de la sugerencia: Los cuentos de Pilar Adón», en *En breve. Cuentos de escritoras españolas (1975-2010). Estudios y antología*, edición de Ángeles Encinar y Carmen Valcárcel, Madrid, Biblioteca Nueva, 2012, págs. 173-189.

MARTÍN MORENO, Ana Isabel, «Un acercamiento a la narrativa de Almudena Grandes», en *Claves y parámetros de la narrativa en la España posmoderna (1975-2000)*, edición de María José Porro Herrera, Córdoba, Fundación PRASA, 2005, págs. 295-313.

MARZAL, Carlos, «Correspondencia con Fernando Quiñones y Felipe Benítez Reyes», *Carlos Marzal. Hotel del Universo*, edición de José Luis González Vera, *Litoral*, 239 (2005), págs. 230-239.

MASOLIVER, RÓDENAS, Juan A., «Traumas de mujer», *La Vanguardia*, marzo de 1996.

MESA TORÉ, José Antonio (ed.), *Felipe Benítez Reyes. Educación de «tiempo»*, *Litoral*, 229-230 (2001).

MINGUZZI, Armando V., «*Velocidad de los jardines* de Eloy Tizón: tiempo, definiciones y apuestas narrativas», en *Dialectos de la memoria. Tiempo, escritura e historia en la literatura española contemporánea,* edición de M.ª Carmen Porrúa, coord. Raúl Illescas, Buenos Aires, Biblos, 2011.

Mollejo, Azucena, *El cuento español de 1970 a 2000: cuatro escritores de Madrid: Francisco Umbral, Rosa Montero, Almudena Grandes y Javier Marías,* Madrid, Pliegos de Bibliofilia, 2002.

Montetes Mairal, Noemí, «Juan Bonilla, el que enciende la luz», en *El cuento en la década de los noventa,* edición de José Romera Castillo y Francisco Gutiérrez Carbajo, Madrid, Visor, 2001, págs. 229-242.

Mora, Vicente Luis, «Contraluces y dignidad: sobre "La luz es más antigua que el amor", de Ricardo Menéndez Salmón», *Quimera,* 325 (diciembre de 2010), págs. 18-19.

Muñoz, Josep A., *«Fantasías animadas* de Berta Marsé», *Revista de Letras* (25 de abril de 2010).

Núñez Esteban, Carmen, «Belleza femenina y liberación en *Modelos de mujer* de Almudena Grandes», en *Belleza escrita en femenino,* edición de Àngels Carabí, Marta Segarra y Joaquina Alemany Roca, Barcelona, Universidad de Barcelona, 1998, págs. 137-143.

Orsini Saillet, Catherine, «Visée Référentielle et préoccupations esthétiques: le cas d'Ignacio Martínez de Pisón», en *Notre fin de siècle: Culture Hispanique, Hispanística XX,* 13 (1995), págs. 205-218.

— «La mémoire du traumatisme, un exemple de récit d'enfance: "París" de Marcos Giralt Torrente», en *Nuevos talentos, talantes nuevos. Culture Hispanique, Hispanística XX,* 18 (2000), págs. 111-128.

Otxoa, Julia, «Algunas notas sobre mis textos breves», *Quimera,* núm. 222 (noviembre de 2002), pág. 40.

— «Algunas notas sobre mi narrativa», en *Narrativas de la posmodernidad. Del cuento al microrrelato,* edición de Salvador Montesa, Málaga, AEDILE, 2009, págs. 279-296.

Paatz, Annette, «¿Retiradas o Noches de Gala? Carmen Martín Gaite y Berta Marsé o el cuento de mujeres del siglo xx al xxi», en *En breve. Cuentos de escritoras españolas (1975-2010). Estudios y antología,* edición de Ángeles Encinar y Carmen Valcárcel, Madrid, Biblioteca Nueva, 2012, págs. 191-208.

Pacheco Oropeza, Bettina, «Las imágenes del cuerpo en "Modelos de mujer", de Almudena Grandes», en *El cuento en la déca-*

da de los noventa, edición de José Romera Castillo y Francisco Gutiérrez Carbajo, Madrid, Visor, 2001, págs. 187-196.

PACHECO OROPEZA, Bettina y REDONDO GOICOECHEA, Alicia, «La imagen de la madre en "Amor de madre" de Almudena Grandes», *Contexto,* 7 (2001), págs. 151-161.

PAZ, Mateo de, «Entrevista (mínima): Eloy Tizón», *Quimera,* 303 (2009), págs. 8-9.

PÉREZ, Janet, *«Soplando al viento», España Contemporánea,* 10, 1 (1997), págs 181-183.

— «Mercedes Abad o el arte de contar», *La pluralidad narrativa. Escritores españoles contemporáneos,* edición de Ángeles Encinar y Kathleen M. Glenn, Madrid, Biblioteca Nueva, 2005, págs. 61-73.

PÉREZ ABAD, Miguel, *«Modelos de mujer:* ¿Feminismo en Almudena Grandes?», en <http//www.spain.com/agrandes.htm>, Consejería de Educación-Embajada de España (Australia), 2001, págs 1-15.

PÉREZ-BUSTAMANTE MOURIER, Ana Sofía, «Julia Otxoa en el bosque», *Escritoras y compromiso. Literatura española e hispanoamericana de los siglos XX y XXI,* edición de Ángeles Encinar y Carmen Valcárcel, Madrid, Visor, 2009, págs. 693-711.

— «Oscura manada intransigente: Julia Otxoa en busca de la luz», *Mujeres y naciones, Revista de Dones i Textualitat,* 15 (2009), págs 159-179.

PERTIERRA, Tino, «Escribo desde el aislamiento y lo más alejado que puedo de poéticas y cánones compartidos: Entrevista a Carlos Castán», en *II Encuentro de escritores en Iria Flavia, El Extramundi y los Papeles de Iria Flavia,* 14 (2008), págs. 43-46.

— «Hay más literatura en las sombras que en la luz: Entrevista a Care Santos», *II Encuentro de escritores en Iria Flavia,* 55 (2008), págs. 94-95.

— «Leer es una forma de vivir: Entrevista con Óscar Esquivias», en *II Encuentro de escritores en Iria Flavia, El extramundi y los Papeles de Iria Flavia,* 14 (2008), págs. 49-50.

POZUELO YVANCOS, José María, «Tribulaciones de la edad», *ABC,* 3 de septiembre de 2005, pág. 15.

REDEL, Enrique, «Prólogo», en Pilar Adón, *El hombre de espaldas,* Ópera Prima, Madrid, 1999, págs. 9-11.

Redondo Goicoechea, Alicia, «Reinas y tanguistas, a propósito de Almudena Grandes desde la teoría de la diferencia sexual», en *Imágenes de mujeres/Images de femmes,* edición de Bernard Fouques y Antonio Martínez González, Caen, Universidad de Caen, 1998, págs. 131-143.

Reina, Manuel Francisco, «Pilar Adón: poeta de lo sutil», en Pilar Adón, *Con nubes y animales y fantasmas,* Jerez, EH Editores, 2006, págs. 9-13.

Richmond, Carolyn, «Variaciones sobre un tema: *Estaciones de paso* de Almudena Grandes», *Ínsula,* 713 (mayo de 2006), págs. 18-21.

Rivas Fernández, Ascensión, «Modos de contar la barbarie en *Los peces de la amargura* de Fernando Aramburu», *Letras de Deusto,* 125 (2009), págs. 223-231.

Rodríguez, Emma, «Los motivos de Almudena Grandes», *El Mundo,* 14 de marzo de 1996, pág. 91.

Rolle-Rissetto, Silvia, «Decirse desde el cuerpo: *Modelos de mujer,* de Almudena Grandes», *Destiempos,* 4, 19 (marzo-abril de 2009), págs. 576-584.

Rojo, José Andrés, «*Naturaleza infiel*», *El País-Babelia,* 26 de abril de 2008.

Rueda, Ana, «Los *Solos* de Care Santos: "variaciones" sobre un tema», en *La pluralidad narrativa. Escritores españoles contemporáneos (1984-2004),* edición de Ángeles Encinar y Kathleen M. Glenn, Madrid, Biblioteca Nueva, 2005, págs. 219-242.

Rus, Pilar, «La mirada como transgresión sexual y social: Almudena Grandes y Juan Vicente Córdoba», en *Estudios sobre el cine peninsular,* edición de Pedro Guerrero Ruiz y Mary Seale Vázquez, *Letras Peninsulares,* 16, 1 (2003), págs. 87-98.

Ryan, Lorraine, «Nada más que un espejismo: la inquieta realidad de la modernidad española a través de los relatos "La buena hija" de Almudena Grandes y "La hija predilecta" de Soledad Puértolas», en *Construcciones culturales de la maternidad en España: la madre y la relación madre-hija en la literatura y el cine contemporáneos,* coord. María Cinta Ramblado Minero, Alicante, Universidad de Alicante, 2006, págs. 45-61.

Sáez de Ibarra, Javier, «El vuelo del pez. Una introducción a los cuentos de Hipólito G. Navarro», en Hipólito G. Navarro, *El pez volador. Antología de cuentos,* Madrid, Páginas de Espuma, 2008, págs. 9-24.

— «Una conversación con Hipólito G. Navarro», en Hipólito G. Navarro, *El pez volador. Antología de cuentos,* págs. 159-178.

— «Genealogía de Ángel Zapata», *Turia,* 100 (2011), págs. 21-28.

SAINZ BORGO, Karina, «Marcos Giralt Torrente: "Tiempo de vida" era arriesgado pero no podía eludirlo», *Quimera,* 320-321 (julio de 2010), págs. 62-65.

SANTOS, Care, *«Entiéndame», ABC,* 9 de julio de 1999.

SANZ, Marta, «Introducción. Leer nos hace débiles», en Pilar Adón, *El mes más cruel,* Madrid, Impedimenta, 2010, págs. 7-15.

SANZ VILLANUEVA, Santos, *«Estaciones de paso», El Cultural,* 1 de octubre de 2005, pág. 17.

SENABRE, Ricardo, *«Amigos y fantasmas», El Cultural,* 13 de mayo de 2004, pág. 15.

— *«Alumbramiento», El Cultural,* 12 de octubre de 2006.

— *«Noche sobre noche», El Cultural,* 22 de mayo de 2009.

SPIRES, Robert C., «La estética posmodernista de Ignacio Martínez de Pisón», *Anales de la Literatura Española Contemporánea,* 13 (1988), págs. 25-36.

— «The Discursive Eye in *Alguien te observa en secreto*», en *Post-Totalitarian Spanish Fiction,* Columbia y Londres, University of Missouri Press, 1996, págs. 172-185.

STEPHENS, Julie L., «Ignacio Martínez de Pisón: Worlds of Disorder», *Ojáncano,* 11 (1996), págs. 75-84.

— «Violent Losses of Power and Self-Affirmation in *Alguien te observa en secreto*», *Letras Peninsulares,* 14 (2002), págs. 405-426.

TANON LORA, Michelle, «Ignacio Martínez de Pisón: Les analogies narratives, thématiques et spantio-temporelles dans "El fin de los buenos tiempos"», en *Nuevos talentos, talantes nuevos. Culture Hispanique, Hispanística XX,* 18 (2000), págs. 39-62.

TSUCHIYA, Akiko, «Gender, Sexuality, and the Literary market in Spain at the End of the Millennium», en *Women's Narrative and Film in Twentieth Century Spain: A World of Difference(s),* edición de Ofelia Ferrán y Kathleen M. Glenn, Nueva York y Londres, Routledge, 2002, págs. 238-255.

TURPIN, Enrique, *«Entiéndame», Lateral* (diciembre de 1995).

UBACH MEDINA, Antonio, «La infancia malvada. Rosa Chacel, Adelaida García Morales y Almudena Grandes», en *Letra de* mujer [*La escritura femenina y sus protagonistas analizados des-de otra perspectiva*], edición de Milagros Arizmendi y Guadalu-pe Arbona Abascal, Madrid, Ediciones del Laberinto, 2008, págs. 301-311.

URIOSTE AZCORRA, Carmen, «Textos lúdicos: *Nadie conoce a na-die* de Juan Bonilla», *Confluencia,* 15 (2000), págs. 85-99.

VALCÁRCEL, Carmen, «Desviaciones y desenfoques: Poética de la mirada en la narrativa breve de Cristina Grande», en *En bre-ve. Cuentos de escritoras españolas (1975-2010). Estudios y an-tología,* edición de Ángeles Encinar y Carmen Valcárcel, Ma-drid, Biblioteca Nueva, 2012, págs. 229-239.

— «Cartografías de la H (H)historia. Entrevista a Ignacio Martí-nez de Pisón», *Pasavento,* 1, 1 (invierno 2013), págs. 153-162.

VALENCIA, Roberto, «Cinema vérité (Jon Bilbao y *Bajo el influjo del cometa*)», *Quimera,* 325 (diciembre de 2010), págs. 20-21.

— «Binomios. La literatura como intervención: Damián Tabarovs-ky y Ricardo Menéndez Salmón sobre una posible crisis de la novela política», *Quimera,* 327 (febrero de 2011), págs. 12-21.

VALLS, Fernando, «Por un nuevo modelo de mujer. La trayectoria narrativa de Almudena Grandes, 1989-1998», en *La realidad inventada. Análisis crítico de la novela española actual,* Barce-lona, Crítica, 2003, págs. 172-194.

— «Nuevas voces femeninas en la narrativa breve española: Cris-tina Grande, Cristina Cerrada, Pilar Adón e Irene Jiménez», en *Escritoras y compromiso. Literatura española e hispanoameri-cana de los siglos xx y xxi,* edición de Ángeles Encinar y Car-men Valcárcel, Madrid, Visor, 2009, págs. 137-152.

— «Primeros inviernos y vagabundeos de Clara. A propósito de un *ciclo de cuentos* de Elvira Navarro», en *En breve. Cuentos de escritoras españolas (1975-2010). Estudios y antología,* edición de Ángeles Encinar y Carmen Valcárcel, Madrid, Biblioteca Nueva, 2012, págs. 241-255.

VILARÒS, Teresa M., «El cuarto espacio: el oído de María Jaén, la mirada de Almudena Grandes y la pluma de Ana Roset-ti», *El mono del desencanto. Una crítica cultural de la tran-sición española (1973-1993),* Madrid, Siglo XXI, 1998, págs. 220-228.

VOSBURG, Nancy B., «Entrevista con Mercedes Abad», *Letras Pe-ninsulares,* 2-3 (1993), págs. 231-230.

ZAPATA, Ángel (ed.), *Escritura y verdad. Cuentos completos de Medardo Fraile*, prólogo de Ángel Zapata, Madrid, Páginas de Espuma, 2004.

III. ANTOLOGÍAS

AA. VV., *Páginas amarillas*, Madrid, Lengua de Trapo, 1997.
— *Lo del amor es un cuento*, Madrid, Ópera Prima, 2 vols., 1999.
— *Vidas sobre raíles. Cuentos de trenes*, Madrid, Páginas de Espuma, 2000.
— *Nosotros los solitarios*, Valencia, Pre-Textos, 2001.
— *Molto vivace. Cuentos de música*, Madrid, Páginas de Espuma, 2002.
— *Cuento vivo de Andalucía*, Guadalajara, México, Universidad de Guadalajara, 2006.
— *Granada 1936. Relatos de la Guerra Civil*, Granada, Caja Granada, 2006.
— *Los Monegros*, Zaragoza, Tropo, 2006.
— *Relatos para leer en el autobús*, Granada, Cuadernos del Vigía, 2006.
— *Parábola de los talentos. Antología de relatos para empezar un siglo*, Madrid, Gens, 2007.
— *Relatos españoles contemporáneos*, Madrid, Habla con Eñe Editorial, 2008.
— *En las ciudades*, Madrid, Notorious, 2009.
— *PervertiDos. Catálogo de parafilias ilustradas*, Granada, Traspiés, 2012.
CASAS, Ana (ed.), *Las mil caras del monstruo*, Barcelona, Bracket Cultura, 2012.
CEBRIÁN, Mercedes (ed.), *Madrid, con perdón*, edición y prologuillo de Mercedes Cebrián, Barcelona, Caballo de Troya, 2012.
CUENCA SANDOVAL, Mario (ed.), *22 escarabajos. Antología hispánica del cuento Beatle*, Madrid, Páginas de Espuma, 2009.
DÍEZ, Miguel y DÍEZ TABOADA, M.ª Paz (eds.), *Cincuenta cuentos breves: Una antología comentada*, Madrid, Cátedra, 2011.
DÍEZ, J. (ed.), *Antología de la ciencia ficción española 1982-2002*, Barcelona, Minotauro, 2003.

83

ENCINAR, Ángeles y PERCIVAL, Anthony (eds.), *Cuento español contemporáneo*, Madrid, Cátedra, 1993.

ENCINAR, Ángeles (ed.), *Cuentos de este siglo. Treinta narradoras españolas contemporáneas*, Barcelona, Lumen, 1995.

— *Historias de detectives*, Barcelona, Lumen, 1998.

ESTÉVEZ, Carmen (ed.), *Ni Ariadnas ni Penélopes. Quince escritoras para el siglo XXI*, Madrid, Castalia, 2002.

FREIXAS, Laura (ed.), *Madres e hijas*, Barcelona, Anagrama, 1996.

— *Cuentos de amigas*, Barcelona, Anagrama, 2009.

GONZÁLEZ URBIOLA, José Luis y DE MIGUEL, Pedro (eds.), *Últimos narradores. Antología de la reciente narrativa breve española*, Pamplona, Hierbaola, 1993.

HERNÁNDEZ VÁSQUEZ, Alberto (ed.), *Narradores españoles de hoy*, Veracruz, Cultura de Veracruz, 1998.

HERNÁNDEZ VIVEROS, Raúl (ed.), *Relato español actual*, selección, prólogo y notas de Raúl Hernández Viveros, México, D.F., Universidad Nacional Autónoma de México/Fondo de Cultura Económica, 2002.

MARÍAS, Fernando (ed.), *Frankenstein*, Madrid, 451, 2008.

MASOLIVER RÓDENAS, J. A. y VALLS, Fernando (eds.), *Los cuentos que cuentan*, Barcelona, Anagrama, 1998.

MEDEL, Elena (ed.), *Todo un placer. Antología de relatos eróticos femeninos*, Córdoba, Berenice, 2008.

MENÉNDEZ, Ronaldo (ed.), *Contar las olas. Trece cuentos para bañistas*, Madrid, Lengua de Trapo, 2006.

MERINO, José María (ed.), *Cien años de cuentos (1898-1998)*, Madrid, Alfaguara, 1998.

— *Los mejores relatos españoles del siglo XX*, Madrid, Alfaguara, 1998.

MONMANY, Mercedes (ed.), *Vidas de mujer*, Madrid, Alianza, 1998.

MORENO, Fernando Ángel (ed.), *Prospectivas. Antología de ciencia ficción española actual*, Madrid, Salto de Página, 2012.

MUÑOZ RENGEL, Juan Jacinto (ed.), *Ficción Sur. Antología de cuentistas andaluces*, Granada, Traspiés, 2008.

— *Perturbaciones. Antología del relato fantástico español actual*, Madrid, Salto de Página, 2009.

NEUMAN, Andrés (ed.), *Pequeñas resistencias. Antología del nuevo cuento español*, prólogo de José María Merino, Madrid, Páginas de Espuma, 2002.

— *Pequeñas resistencias 5. Antología del nuevo cuento español (2001-2010),* prólogo de Eloy Tizón, Madrid, Páginas de Espuma, 2010.

ORTEGA, Julio y FERRÉ, Juan Francisco (eds.), *Mutantes. Narrativa española de última generación,* Madrid, Berenice, 2007.

PALMA, Félix J. (ed.), *Steampunk: antología retrofuturista,* Madrid, Fábulas de Albión, 2012.

PELLICER, Gemma y VALLS, Fernando (eds.), *Siglo XXI. Los nuevos nombres del cuento español actual,* Palencia, Menoscuarto, 2010.

ROAS, David y CASAS, Ana (eds.), *La realidad oculta: cuentos fantásticos españoles del siglo XX,* Palencia, Menoscuarto, 2008.

ROMAR, Antonio y MAZO, Pablo (eds.), *Aquelarre. Antología del cuento de terror español actual,* Madrid, Salto de Página, 2010.

SANTOS, Care (ed.), *Rusia imaginada,* Madrid, Nevsky Prospects, 2011.

— *Bleak House Inn. Diez huéspedes en casa de Dickens,* Madrid, Fábulas de Albión, 2012.

SUÁREZ GRANDA, J. L. (ed.), *Antología de cuentos del siglo XX,* Madrid, Editorial Bruño, 1999.

VALLS, Fernando (ed.), *Son cuentos,* Madrid, Espasa Calpe, 1993.

VILCHES, Amalia (ed.), *Qué me cuentas,* Madrid, Páginas de Espuma, 2006.

Procedencia de los textos

Mercedes Abad, «Amigas», *Soplando al viento,* Barcelona, Tusquets, 1995, págs. 81-89.

Pilar Adón, «El infinito verde», *El mes más cruel,* Madrid, Impedimenta, 2010, págs. 53-57.

Fernando Aramburu, «Chavales con gorra», *El vigilante del fiordo,* Barcelona, Tusquets, 2011, págs. 11-22.

Felipe Benítez Reyes, «Dos individuos eternos», *Maneras de perder,* 1997. Incluido en *Oficios estelares,* Barcelona, Destino, 2009, págs. 123-126.

Jon Bilbao, «Los espías», *Bajo el influjo del cometa,* Madrid, Salto de Página, 2011, págs. 9-30.

Juan Bonilla, «La ruleta rusa», *La noche del Skylab,* Madrid, Espasa Calpe, 2000, págs. 41-55.

Gonzalo Calcedo, «El prisionero de la avenida Lexington», *El prisionero de la avenida Lexington,* Palencia, Menoscuarto, 2010, págs. 115-130.

Carlos Castán, «El acomodador», *Sólo de lo perdido,* Barcelona, Destino, 2008, págs. 129-134.

Mercedes Cebrián, «Retóricos anónimos», *El malestar al alcance de todos,* Barcelona, Caballo de Troya, 2004, págs. 29-40.

Cristina Cerrada, «Naturaleza muerta», *Compañía,* Madrid, Lengua de Trapo, 2004, págs. 33-42.

Cristian Crusat, «Breve teoría del viaje y el desierto», *Breve teoría del viaje y el desierto,* Valencia, Pre-Textos, 2011, págs. 95-108.

Óscar Esquivias, «Maternidad», *La marca de Creta,* La Coruña, Ediciones del Viento, 2008, págs. 9-12.

Patricia Esteban Erlés, «Piroquinesis», *Azul ruso,* Madrid, Páginas de Espuma, 2010, págs. 13-20.

Esther García Llovet, «Recámara», *Submáquina,* Madrid, Salto de Página, 2009, págs. 111-119.

Marcos Giralt Torrente, «Juego africano», *Entiéndame,* Barcelona, Anagrama, 1995, págs. 112-126.

Isabel González, «La mujer inolvidable», *Casi tan salvaje,* Madrid, Páginas de Espuma, 2012, págs. 57-62.

Hipólito G. Navarro, «El aburrimiento, Lester», *El aburrimiento, Lester,* Madrid, Anaya & Mario Muchnik, 1996, págs. 137-148. Incluido en *Los últimos percances,* Barcelona, Seix Barral, 2005.

Cristina Grande, «Aves y pájaros», *Dirección noche,* Zaragoza, Xordica, 2006, págs. 37-40. Incluido en *Tejidos y novedades,* Zaragoza, Xordica, 2011.

Almudena Grandes, «Bárbara contra la muerte», *Modelos de mujer,* Barcelona, Tusquets, 1996, págs. 107-122.

Irene Jiménez, «Sesi», *La suma y la resta,* Madrid, Páginas de Espuma, 2011, págs. 69-82.

Berta Marsé, «Lo de don Vito», *Fantasías animadas,* Barcelona, Anagrama, 2010, págs. 47-71.

Ignacio Martínez de Pisón, «Foto de familia», *Foto de familia,* Barcelona, Anagrama, 1998, págs. 79-96. Incluido en *Aeropuerto de Funchal,* Barcelona, Seix Barral, 2009.

Ricardo Menéndez Salmón, «Hablemos de Joyce si quiere», *Gritar,* Madrid, Lengua de Trapo, 2007, págs. 59-66.

Juan Jacinto Muñoz Rengel, «Te inventé y me mataste», *De mecánica y alquimia,* Madrid, Salto de Página, 2011, págs. 121-132.

Elvira Navarro, «Amor», *La ciudad en invierno,* Barcelona, Caballo de Troya, 2007, págs. 91-106.

Andrés Neuman, «La prueba de inocencia», *Alumbramiento,* Madrid, Páginas de Espuma, 2006, págs. 47-51.

Ángel Olgoso, «Lucernario», *Los demonios del lugar,* Córdoba, Almuzara, 2007, págs. 162-171.

Julia Otxoa, «Un extraño envío», *Variaciones sobre un cuadro de Paul Klee,* 2002. Incluido en *Un extraño envío,* Palencia, Menoscuarto, 2006, págs. 58-68.

Félix J. Palma, «El País de las Muñecas», *El menor espectáculo del mundo,* Madrid, Páginas de Espuma, 2010, págs. 13-25.

David Roas, «*Das Kapital*», *Distorsiones,* Madrid, Páginas de Espuma, 2010, págs. 31-34.

Javier Sáez de Ibarra, «Caprichos», *Mirar al agua. Cuentos plásticos*, Madrid, Páginas de Espuma, 2009, págs. 159-163.

Care Santos, «Círculo Polar Ártico», *Los que rugen*, Madrid, Páginas de Espuma, 2009, págs. 21-35.

Eloy Tizón, «Velocidad de los jardines», *Velocidad de los jardines*, Barcelona, Anagrama, 1992, págs. 130-142.

Pedro Ugarte, «El olor de la verdad», *El mundo de los Cabezas Vacías*, Madrid, Páginas de Espuma, 2011, págs. 137-145.

Berta Vias Mahou, «Si alguna vez fueras ciudad», *Ladera norte*, Barcelona, El Acantilado, 2001, págs. 117-129.

Ignacio Vidal-Folch, «Un sueño americano», *Amigos que no he vuelto a ver*, Barcelona, Anagrama, 1997, págs. 139-142.

Ángel Zapata, «Pandemia», *Las buenas intenciones y otros cuentos*, Córdoba, Diputación de Córdoba, 2001. Reeditado en Madrid, Páginas de Espuma, 2011, págs. 79-81.

Miguel A. Zapata, «Esquina inferior del cuadro», *Esquina inferior del cuadro*, Palencia, Menoscuarto, 2011, págs. 147-152.

Cuento español actual
(1992-2012)

Mercedes Abad

Mercedes Abad (Barcelona, 1961) es profesora en la Escuela de Escritura del Ateneu de Barcelona y colabora en diversos medios de comunicación. Ha publicado los libros de relatos: *Ligeros libertinajes sabáticos* (1986, Premio La Sonrisa Vertical), *Felicidades Conyugales* (1989), *Soplando al viento* (1995), *Amigos y fantasmas* (2004, Premio NH Mario Vargas Llosa de Relatos) y *Media docena de robos y un par de mentiras* (2009); y las novelas, *Sangre* (2000) y *El vecino de abajo* (2007); y un ensayo juguetón y humorístico, *Sólo dime dónde lo hacemos* (1991). Además es autora de diversas obras de teatro y de varias adaptaciones. Sus crónicas para el suplemento Catalunya de *El País* fueron reunidas en el volumen *Titúlate tú* (2002).

* * *

Lo cierto es que, por más vueltas que le doy, no consigo ver una tendencia clara. He leído cuentos apreciables que proceden de la línea más romántica y fantástica de Poe y otros, igualmente apreciables, pero más realistas y de pincelada sutil, que beben de papá Chéjov y de sus hijos norteamericanos, más o menos afectos al cuento «iceberguiano». También hay una abundante cosecha de cuentos metaliterarios, y de cuentos atmosféricos, sin olvidar los cuentos que indagan en las posibilidades formales del género y rompen la estructura clásica más cerrada y prieta e incluso cuestionan la historia única y acuñan relatos corales, con estructuras en carrusel.

En cuanto a los autores, mencionaré solo a aquellos cuya obra me ha deslumbrado. Aquellos que, cuando vuelvo a leerlos, es como regresar a casa. Creo que no sería quien soy si no hubiera leído una y otra vez con fruición a Dorothy Parker, Scott Fitzgerald, Truman Capote, Boris Vian, Julio Cortázar, Kafka, Isak Dinesen, Saki, Cheever y Cristina Fernández Cubas.

Amigas

Visito a mi amiga Clara de forma imprevista. Acaba de sucederme algo que ardo en deseos de contarle a alguien. No es que busque consejos ni nada parecido, pero a menudo he comprobado que, al contar una cosa, uno descubre por sí mismo aspectos insólitos y ángulos insospechados que acaso no se te habrían ocurrido de no haber hecho el esfuerzo de sistematización necesario para relatar la anécdota más insignificante. Aunque, si he de ser sincera, más allá de la claridad mental que persigo, lo que quiero es, sobre todo, contarlo.

Mi amiga Clara no es de esas personas a quienes puede incomodar una visita imprevista. Me recibe contenta, exultante, aunque percibo en su alegría cierta nota histérica disonante. Me pregunta cómo estoy y, sin tomarse el trabajo de escuchar mi respuesta, mi amiga Clara empieza a explicarme atropelladamente que, si bien la semana pasada anduvo con el ánimo por los suelos, ahora vuelve a sentirse optimista y de buen humor. Lo celebro, apunto yo. Y aunque no da la impresión de haber registrado mis palabras, mi amiga Clara se detiene de pronto en su parloteo. Casi puedo oír el chirrido de su brusco frenazo.

—No me ves mal, ¿verdad? —pregunta. Y veo en sus ojos una expresión bronca y casi fiera, la fiereza que muestran a veces los seres que saben lo fácil que resulta herirlos.

—Te veo bien —miento yo impelida por la feroz resolución de estar bien que late en su ánimo y tratando de insuflarle a mi voz un tono convincente, inequívoco y sin sombra de ironía para que mi diagnóstico no sea puesto en duda y poder aparcar así el peliagudo asunto de las sutiles variaciones de los humores de mi amiga Clara hasta que yo haya conseguido endilgarle la historia que he venido a endilgarle.

De todos modos, pese a que estoy segura de haber logrado convicción en mi respuesta, mi amiga Clara escruta mi rostro ya no con fiereza, sino con una mezcla de aprensión, ansiedad y desconfianza.

—¿Te parezco deprimida? —vuelve a preguntar.

—La verdad es que te veo muy animada —miento como una bellaca.

Y esta vez el hechizo surte efecto aunque, para mi fastidio, Clara se lanza a parlotear con irrefrenable entusiasmo. Durante unos instantes, soy incapaz de prestar atención a algo que no sea mi contrariado deseo de soltar de inmediato mi historia. Cuando vuelvo a escucharla, Clara está contando que la noche pasada fue a una fiesta donde un chico muy atractivo estuvo coqueteando con ella toda la velada. Parece que el mayor atractivo del tipo radicaba en que, en algún momento de la fiesta, le había dicho a mi amiga, que por cierto acaba de cumplir treinta y cinco años, que al verla había pensado que no tendría más de veinticinco. Mi amiga Clara da la impresión de estar levitando de felicidad mientras me explica eso. Diablos, ahora soy yo quien empieza a deprimirse, pensando en los centenares de veces en que yo misma he reaccionado de forma similar en situaciones como esa.

—¿Crees que el tipo solo trataba de adularme o que realmente puedo aparentar veinticinco años? —me pregunta mi amiga Clara.

No tengo valor para desanimarla, pero tampoco quiero decir cosas que no pienso.

—En realidad, creo que eres una tía estupenda y que no importa lo que... —pero Clara prefiere escucharse a sí misma y prosigue con su historia.

Yo también prefiero escucharme a mí misma, así que me pongo a pensar en lo mío. Quiero mucho a mi amiga Clara, pero no consigo que en este momento su historia me interese lo más mínimo, porque mi propia historia está ejerciendo presión, oprimiéndome las neuronas. A pesar de eso, no puedo evitar oír algo de lo que Clara se cuenta. A grandes rasgos, su historia es la siguiente: el atractivo sujeto que coqueteó en la fiesta con mi amiga tiene una novia de veintitrés años, el tipo es más joven que Clara, si Clara se lanza por él a pesar de sus escrúpulos, teme sentirse mal luego y deprimirse de nuevo, pero ahora Clara se siente estupenda porque un tipo atractivo está interesado en ella, no es que vaya a liarse con él, nada de eso, pero esas cosas son necesarias para la supervivencia, y qué bonito sería tener a alguien que te quiere y te escucha y para quien todo lo tuyo es importante, alguien que te llama tres o cuatro veces al día por teléfono para contarte las cosas que le pasan por la cabeza y a quien puedes contarle todas las tonterías que se te ocurren. Y Clara le dio al tipo su número de teléfono aunque, por supuesto, no tiene la menor intención de salir con él, y Clara dice que está muy tranquila y que en realidad no espera que el tipo la llame, aunque le haría ilusión, es lógico, pero no está en absoluto obsesionada al respecto.

—¿Te parezco obsesionada? —me pregunta de repente con la angustia bailoteándole descaradamente en la mirada.

—No, qué va —contesto yo—, otras veces te he visto peor.

Me arrepiento de mi desafortunada intervención no bien la he soltado. No parece que a Clara le haya gustado mucho más que a mí porque me pregunta con mayor ansiedad aún asomándole a los ojos:

—Crees que soy una persona obsesiva, ¿verdad? Todo lo que te cuento te suena a disparate, ¿verdad? Piensas que estoy como una cabra y que no debería...

—En absoluto —la corto yo, pues todavía tengo la intención de endilgarle mi rollo como sea y para ello es preciso corregir cuanto antes el peligroso sesgo que está tomando nuestro diálogo—, últimamente te veo muy equilibrada y ponderada. Pareces más segura, más dueña de ti misma, mejor asentada en tu pellejo y, sobre todo, menos dependiente que en otras épocas de la mirada y la opinión ajenas. Seguramente por eso se te ve más relajada y de mejor humor. De veras, te veo estupenda. En realidad creo que nunca te he visto mejor.

La verdad es que cuando quiero puedo ser de lo más convincente, maldita sea mi estampa. Mi parrafada ha surtido un efecto balsámico en Clara. De nuevo exultante, mi amiga se lanza a un encendido monólogo destinado a relatarme con gran lujo de detalles todos sus proyectos profesionales y existenciales. Hasta creo que inventa algunos sobre la marcha por el mero placer de ser escuchada. Yo aguanto el tipo mientras trato desesperadamente de encontrar en su discurso algún resquicio que me permita lanzar a través de él mi artillería pesada. Y, aunque por lo general soy muy diestra atropellando discursos ajenos, hoy mi amiga Clara se muestra inexpugnable. Con toda su pirotecnia verbal funcionando a pleno rendimiento, enlaza las frases unas con otras sin concederse un instante de respiro.

Media hora después me retiro abrumada, sin haber conseguido colocar ni media palabra. Al despedirse, mi amiga Clara parece más contenta que nunca y, tras agradecerme que haya ido a verla, me dice que vuelva cuando quiera, porque le encantan las visitas inesperadas. Me asegura que soy una amiga estupenda, leal y comprensiva, siempre dispuesta a escuchar sus cuitas y ayudarla. ¡Si supiera la inquina y la rabia que me corren por las venas!

Huelga decir que, en el camino de regreso a mi casa, me siento como un sapo que acabara de rebozarse accidentalmente en un charco de mierda. No puedo evitar darle vueltas al asunto mientras el concepto que tengo de mí misma emprende un viaje sin retorno hacia lo más bajo que es posible llegar. En ese momento, le llevaría ardorosamente la contraria a cualquiera que pretendiese convencerme de que existe en este mundo alguien más insolidario, mezquino, egoísta,ególatra, hipócrita, farsante, rastrero, lameculos e ignominioso que yo. Bazofia andante, arrastro mi penoso lastre hasta casa y, en cuanto llego, tomo la valiente decisión de llamar por teléfono a mi amiga Clara para contarle lo que de verdad opino de ella. Marco su número sin perder un instante y, cuando mi amiga Clara coge el auricular, le digo que antes no le dije la verdad y que, como los amigos están para eso, he hecho votos de enmienda y ahora voy a contársela. Sigo diciéndole que la quiero mucho y que por eso le digo que no se aclara con su vida, que hace el ridículo obsesionándose con su edad e intentando ocultarla, que está como una auténtica cabra, que no conozco a nadie más confuso ni más inseguro ni más obsesivo que ella, que no sabe escuchar, que a veces da la impresión de no interesarse por ninguna cosa que no sea su propio ombligo y que la lucidez no es precisamente su fuerte.

Cuando acabo mi perorata y le reitero la profunda amistad que siento hacia ella, Clara me da las gracias por mi sinceridad con la voz temblorosa y quebradiza de quien va a echarse a llorar de un momento a otro. «A veces», me digo, «es preciso hacer daño». Al colgar el teléfono, experimento un sensible alivio en mi ánimo y corro a buscar mi agenda mientras trato de decidir a quién voy a llamar para contarle la historia que ardo en deseos de contar.

Pilar Adón

Pilar Adón (Madrid, 1971) es escritora y traductora. Ha publicado los libros de relatos *El mes más cruel* (2010), por el que ha sido nombrada Nuevo Talento Fnac, y *Viajes Inocentes* (2005, Premio Ojo Crítico de Narrativa), así como las novelas *Las hijas de Sara* (2003), considerada una de las diez mejores obras de ese año, y *El hombre de espaldas* (1999, Premio Ópera Prima de Nuevos Narradores). Asimismo, es autora de los poemarios, *La hija del cazador* (2011), *De la mano iremos la bosque* (2010), *Con nubes y animales y fantasmas* (2006) y *Alimento* (2001).

* * *

Hace unos años, no muchos, se produjo una especie de fiebre por el relato, un pequeño deslumbramiento, y tanto los medios como los lectores se mostraron muy interesados por el fenómeno. Hoy la situación parece más calmada, pero también más firme, más consolidada, y ha dejado ciertas consecuencias. Por ejemplo, una menor influencia del texto hispanoamericano y del anglosajón. En esa consecución de una voz propia y más resuelta supongo que tuvo gran peso la aparición de editoriales dedicadas al relato, que le han otorgado una importancia que ha hecho que ganara libertad e independencia. Destacaría también la decisión real de los escritores de dedicarse al género. Es decir, tras

101

épocas en que la novela predominaba y los relatos se presentaban como fragmentos o recortes de textos mayores, hay en la actualidad una seriedad en la intención, un oficio y una auténtica consagración. Y, por último, señalaría la variedad de temas y de estilos. La diversidad manda y también la falta de adscripción a un movimiento o a una «escuela», lo que dificulta la formación de grupos. En cualquier caso, como rasgo común, hablaría de un gusto por lo enigmático, lo inquietante, lo turbador, el detalle, la crueldad enmascarada y el final ambiguo.

Eudora Welty, Richard Russo, Katherine Anne Porter, Eloy Tizón, Quim Monzó, Cristina Fernández Cubas.

El infinito verde

Corrían las dos tomadas de la mano. Iban a ver el cadáver del loco con los dientes rotos que el padre de su amiga había encontrado la tarde anterior, y corrían entre los charcos, las zarzas, las ramas caídas, la hierba, las flores y las enormes piedras. Tenían prisa porque era tarde, la noche se les iba a echar encima. Así que su amiga iba delante, abriendo el camino, y Sofía se dejaba guiar. Era su amiga quien sabía dónde estaba el cadáver. Su padre se lo había descrito a ella y, por tanto, debía ser ella quien corriera rompiendo las ramas con los pies, haciendo un surco con el cuerpo, dejando un rastro tras de sí al pasar... Sofía iba detrás y a veces se reía.

Las dos respiraban una humedad constante, y cada vez que abrían la boca una nube de vaho aleteaba a su alrededor hasta desaparecer disuelta en el aire. El frío se enroscaba en sus gargantas, apretando con fuerza, y su amiga decía «ya llegamos» cada diez pasos. Sofía se reía diciendo que no llegaban nunca, y entonces la otra chica tiraba más de su mano y repetía: «Ya llegamos».

El verde las rodeaba, el verde limitaba sus movimientos, el verde no permitía ver qué había más allá, el verde ahogaba y no llegaban a su destino nunca. Sofía preguntó que por qué no se daban la vuelta.

—¡Porque no! Porque ya estamos cerca y sería ridículo abandonar ahora. Veremos al muerto, y luego se lo contaremos a las demás.

—Se hace de noche.

—¿Es que quieres que todo el mundo se ría de nosotras? —preguntó casi gritando su amiga, mientras soltaba su mano con violencia.

—No...

—¡Pues entonces vamos!

Y siguieron caminando con más decisión aunque también con menos fuerzas. El frío era cada vez más intenso, como eran más intensos los ecos producidos por los animales. Llevaban los pies empapados porque el verde no dejaba ver el suelo, el verde ocultaba los charcos, y las dos caían en ellos pensando inocentemente que todo lo que había bajo sus zapatos era tierra. Pero lo cierto era que aquel verde dominaba el recorrido.

—Tiene que ser por aquí —dijo su amiga en voz baja.

Y Sofía no se atrevió a repetir que deberían volver a casa. De todas formas, ya era casi de noche y el camino aparecería igualmente oscuro.

—No puede quedar lejos...

Eran dos excursionistas en busca de la representación fascinante que suponía un desenlace trágico. *No puede quedar lejos...* Las palabras de su amiga se fueron perdiendo en la distancia verde y, de pronto, Sofía advirtió que había dejado de oír su voz y que todo lo que podía percibir era el sonido de unas pisadas que se alejaban corriendo.

La llamó, gritó, pero no obtuvo respuesta. Tan solo el rumor de los pasos de su amiga que, cada vez más remoto, se unía a los demás ruidos de la noche, y que pronto se disiparía también, dejándola sola allí, en el centro del verde, rodeada de una aspereza húmeda y asfixiante, limitada por un verde que impedía pensar con claridad.

Repitió su nombre, esta vez en voz baja, y le pareció que la maleza se estremecía ante aquel sonido extraño, así que no volvió a hablar. Intentó avanzar en la dirección que llevaban las dos, pero decidió de inmediato que lo mejor sería darse la vuelta y emprender el camino de regreso. Sin embargo, no supo por dónde debía ir. El espacio abierto unos momentos antes había desaparecido. El bosque se había regenerado: había reconstruido en un segundo los desperfectos que ambas habían ocasionado. Tan solo el verde que ella pisaba continuaba modificado, aunque se trataba de un espacio muy reducido. Cada vez más reducido... Todo palpitaba a su lado en una transformación inagotable, y únicamente ella creía mantenerse quieta e idéntica.

Lo demás no cesaba. Todo evolucionaba en un fluir de vida y de destrucción, mientras Sofía permanecía cercada por el verde, en el interior de un reino que truncaba cualquier percepción de lo que sucedía en el exterior. Solo podía reconocer el sonido del viento entre las ramas de los árboles y el chapoteo de algún anfibio que nadaba, en círculos, junto a sus pies.

Debía pensar con tranquilidad. Debía considerar qué hacer, hacia dónde moverse, cómo encontrar a su amiga. Pero le iba a resultar muy difícil, ya que algo extraño estaba sucediendo. El espacio había comenzado a establecer sus verdes vallas en torno a ella, y, además, no era un animal deslizándose bajo el agua lo que producía aquel chapoteo que escuchaba continuamente, lo que le causaba aquel curioso cosquilleo en los pies... No supo cómo había comenzado el proceso pero, más tarde, cuando ya resultaba imposible intentar siquiera hacer algo, cuando se miró las piernas y luego fue bajando los ojos hasta llegar a los pies, comprendió que ya no tenía pies y que unas curiosas prolongaciones con pelillos flotantes habían surgido directamente de sus talones. Le habían crecido raíces.

Que absorberían las materias necesarias para su crecimiento y desarrollo, y que le servirían de sostén.

Al darse cuenta de lo ocurrido, se sorprendió imaginando lo que podría suceder si una tarde, cuando estuviera casi anocheciendo y la luz empezase a confundirse con las sombras, dos chicas tomadas de la mano se aventuraran a pasar por allí, corriendo, en busca de los restos de aquella otra chica que se había perdido al querer encontrar el cadáver de un loco con los dientes rotos del que había oído hablar. Sintió pánico al imaginar los pies veloces de aquellas dos amigas, pisoteando, arrasando, destrozándolo todo. Le aterraba que pudieran pasar sobre ella y que ella, a causa de su origen diferente, a causa de su extracción no vegetal, careciera de la capacidad intrínseca de recuperación que advertía a su alrededor. Intuía un líquido extraño, de color indefinido, saliendo de su quebrada forma. Un color que no sería del todo rojo y que, tal vez, pudiera comenzar a ser verde. Verde como aquel universo salvaje y hambriento del que ya, sin remedio, formaba parte.

Fernando Aramburu

Fernando Aramburu (San Sebastián, 1959) fue miembro fundador del Grupo CLOC de Arte y Desarte, que en su día combinó la acción contracultural con la práctica del humor surrealista. Se licenció en Filología Hispánica en la Universidad de Zaragoza. Desde 1985 reside de forma permanente en la República Federal de Alemania. Empezó su carrera literaria como poeta. La Universidad del País Vasco publicó su poesía casi completa en 1993 con el título de *Bruma y conciencia*. Con posterioridad difundió una muestra de sus poemas bajo el título de *Yo quisiera llover* (2010). Entre sus novelas están: *Fuegos con limón* (1996), *Los ojos vacíos* (2001, Premio Euskadi), *El trompetista del Utopía* (2003), *Vida de un piojo llamado Matías* (2004), *Bami sin sombra* (2005), *Viaje con Clara por Alemania* (2010), *Años lentos* (2012, Premio Tusquets de Novela) y *La gran Marivián* (2013). Es asimismo autor de un libro de prosas breves: *El artista y su cadáver* (2002), y de los volúmenes de cuentos: *No ser no duele* (1997), *Los peces de la amargura* (2006, Premio Real Academia Española, Premio Mario Vargas Llosa NH y Premio Dulce Chacón) y *El vigilante del fiordo* (2011). Colabora asiduamente en suplementos literarios.

* * *

Lo que yo percibo es una notoria variedad de asuntos y estilos. A mi juicio, no se observa por fortuna, entre los cuentistas españoles actuales, uniformidad ni escuelas ni mandangas por el estilo. A mí al menos no me consta la existencia de tertulias y cenáculos con su jefecillo literario correspondiente que dicte a sus adeptos, desde la presidencia de la mesa, cómo han de escribir y sobre qué. Me parece loable que haya en España narradores dedicados con intensidad al cultivo del género corto y que cada uno a su manera contribuya a darle variedad.

Autores fundamentales, no lo sé; pero, en fin, digamos que he disfrutado leyendo cuentos de José María Merino, de Juan Eduardo Zúñiga y de algunos norteamericanos y centroeuropeos actuales con cuyos nombres no siento especial necesidad de condecorarme.

Chavales con gorra

Acostada como de costumbre con antifaz, la mujer no advierte desde la cama el resplandor que llena de golpe la habitación donde él acaba de descorrer la cortina. Llegaron anoche, tan tarde que hubieron de pulsar el timbre de la recepción hasta que por fin vino a atenderlos un recepcionista con cara de sueño interrumpido.

El lugar (dieciocho mil almas según el prospecto que reposa sobre la mesilla) no tiene el renombre turístico de otras ciudades repartidas a lo largo del mismo litoral. Por esa razón lo eligieron con ayuda de un mapa cuando tomaron la decisión de abandonar Málaga cuanto antes.

—Josemari, si aquí no podemos escondernos, entonces ya me dirás dónde como no sea en un país extranjero.

Subían los dos solos con las maletas en el ascensor. Él la reprendió por hablar tan alto; ella negó en susurros que estuviera hablando como él afirmaba. A partir de aquel momento dejaron de mirarse a los ojos y un rato después se metieron en la cama sin darse las buenas noches.

Desde la ventana se abarca un paisaje de fachadas blancas y azoteas y antenas de televisión y alguna que otra palmera. Las casas ocultan la playa. Se avista, no obstante, una delgada franja de mar. En las aguas azules cabrillea la luz del sol. Al otro lado de la calle hay un tanatorio. Se ven dos coches fúnebres aparcados junto a una hilera de adelfas.

Una hora antes ha bajado él solo a desayunar. Mientras comunicaba el número de su habitación a la chica con traje de chaqueta encargada de tomar nota de los comensales que van llegando, ha oído voces y risas juveniles procedentes del comedor. Con mal disimulada inquietud ha dicho entonces que debía efectuar una llamada urgente y que enseguida volvería, pero no ha vuelto.

Lleva largo rato esperando que a su mujer se le pase el efecto del somnífero. En el mueble-bar había dos chocolatinas y una bolsa de almendras saladas. Ha desayunado una chocolatina y diez o doce almendras, empujando los bocados con agua mineral. El mueble-bar no refresca lo suficiente. Al final ha bebido un botellín de coñac a pequeños sorbos, ya que no tiene hábito de tomar alcohol por las mañanas.

Sentado en un sillón, ha escrito en el pequeño Moleskine que le trajo su hijo de Londres: «El padre, que en paz descanse, se revolverá en la tumba si se entera de que planeo deshacerme del taller. Se acaba una tradición, pero yo entiendo que con sesenta y tres años aún es pronto para que me manden a criar malvas. Que también se sepa esto en caso de que esos me encuentren».

El día que dejaron Alicante, ella sugirió la idea de establecerse durante una temporada en Londres.

—Hasta que nos olviden.

—¿Esos, olvidar? Ya lo dudo. Además, no creo que a nuestra nuera le haga mucha gracia cargar otra vez con nosotros.

—De carga, nada. Ventajas económicas no les han faltado. Tampoco tenemos que meternos en su casa si nos ayudan a encontrar un piso de alquiler.

—Vamos a mirar primero en Málaga. Es una ciudad grande, ¿eh? Igual hay suerte.

El tanatorio linda con una plazuela cuyo suelo, desde la ventana del quinto piso, parece arenoso. En la plazuela hay un anciano de tez morena sentado en un banco. Sobre él vierte su sombra una palmera de la que cuelgan racimos de dátiles. Cerca del viejo, tres niñas de pocos años juegan a la comba. En otro banco conversan dos mujeres jóvenes, cada una con su cochecito de bebé.

Anota en el Moleskine: «Tranquilidad por el momento».

Minutos más tarde, la mujer se despierta. Al despojarse del antifaz, se percata de la presencia del marido junto a la ventana y le pregunta sonriente:

—¿Qué, algún chaval con gorra?

—Tiene buena pinta este sitio. Hay mucha luz. Hay mar y palmeras. Estaba pensando si abrir por aquí un hotelito de lujo como dijiste el otro día. Así andaríamos entretenidos. No más de veinte camas. Y mandar todo lo demás a la mierda. Lo podríamos poner a tu nombre por si las moscas. Y luego que lo atienda media docena de empleados, ninguno de fuera de Andalucía, y nosotros nos mantenemos un poco en la sombra.

La mujer se desviste antes de entrar en el cuarto de baño. Una larga cicatriz se extiende por la zona donde hace un año aún tenía un pecho. Lo peor del tratamiento ya pasó. El doctor Arbulu le aseguró durante la última visita que en principio, salvo que se produzca alguna improbable complicación, está curada. El marido sospecha que por el camino de la clínica debieron de echarle el ojo y luego ya fue pan comido seguirla hasta Alicante.

Sale humo blanco por la chimenea del tanatorio aunque es domingo.

Escribe: «Habrá que hacer caso a Maite. Si aquí tampoco hay suelo para echar raíces, nos iremos al extranjero».

Por la acera que bordea el tanatorio camina un chaval de rasgos gitanos, melena hasta los hombros, manos hundidas en los bolsillos del pantalón. En ningún momento vuelve la mirada hacia el hotel. Sus pasos son largos y rápidos. Buena señal. Otro tanto se puede afirmar de las botas de cuero. Hay que ser de la zona para calzarse de semejante manera. Con el calor que hace. El chaval saluda al viejo de la plazuela sin detenerse. El viejo le corresponde con una leve sacudida del bastón.

Suena el agua de la ducha y él escribe: «Al padre le dolería. Hay que aguantar, hijo. Hay que aguantar como yo aguanté durante la guerra y los años de penuria. Es lo que siempre decía. Pero los suyos fueron otros tiempos. Yo no puedo sostener la empresa a mil kilómetros de distancia. Si no estás encima te la hunden. Los camiones, bueno, esos los vendo, y si me vuelve a dar por el transporte me compro otros y reabro la empresa en Sevilla. Con nombre nuevo, faltaría más. Pues igual es por el padre que aún no me he largado al extranjero. Que se sepa».

Una hora después bajan a la calle. La mujer usa un sujetador especial provisto de un relleno de gomaespuma. Los dos llevan gafas de sol.

—Avísame si ves una iglesia —dice ella—. Quiero echar un ojeada al horario de misas.

Nada más cruzar la puerta principal del hotel, él señala con un golpe de barbilla hacia el tanatorio.

—Incineran en domingo.

—¿Y tú cómo lo sabes?

—Joé, ¿no ves el humo?

—Bueno, Josemari, cambia de tema. ¿Izquierda o derecha? ¿Adónde vamos?

—Tira para el mar.

Cruzan la calzada cogidos del brazo. La costumbre de caminar enlazados les viene de cuando eran novios, hace ya muchos años. Últimamente no la practicaban por recomendación policial. Pero ahora es distinto. Ahora están lejos de su pueblo, en un sitio poblado de caras desconocidas.

Las primeras semanas del viaje fueron las peores. Maite estaba convencida de que no había justificación para el miedo de su marido. A los parientes y amigos del pueblo les contaron que se iban para una larga temporada a Inglaterra. Nadie podía saber dónde se encontraban en aquellos momentos.

Josemari no lo tenía tan claro. A cada instante se sentía observado, perseguido, acorralado. Veía individuos sospechosos en cada esquina y, cuando no los veía, se los imaginaba. Se los imaginaba con rasgos y movimientos tan veraces que era como si los viera.

Iba el matrimonio paseando por las calles de Alicante o de Málaga, y podía suceder que él dijera de repente con una vibración de alarma en la voz:

—Vuélvete con disimulo. Verás dos chavales parados junto al semáforo. ¿Los ves?

—Veo mucha gente, Josemari.

—Los de las gorras. No sé a ti, pero a mí me dan mala espina.

Maite no hacía mucho caso de los temores de su marido hasta el día aquel, en el piso alquilado, cuando sonó el teléfono a las tres y media de la madrugada y una voz confusa y medio susurrante farfulló unas cosas raras sobre un perro y unos cartuchos y algo de ir a cazar. Maite había llegado en tren por la tarde a Alicante. Venía contenta por todo lo que le había dicho el doctor Arbulu, pero la debieron de seguir. ¿Quién sino alguno de ellos podía llamar a esas horas con la excusa de preguntar por un perro?

Él no abrigaba la menor duda.

—Nos han encontrado.

—No empecemos, Josemari. ¿Cómo saben que vivimos aquí?

—Ni idea. Pero para mí está claro que esa manera de pronunciar las eses no es propia de alicantinos. El cabrón que ha llamado era uno de ellos. Mañana a primera hora anunciaré que no firmo el contrato. Ya se me ocurrirá alguna explicación. Nos vamos de la ciudad.

Atraviesan un barrio de calles estrechas, con casas bajas de paredes blancas, ventanas enrejadas y balcones adornados con geranios. Aquí y allá, corros de vecinos conversan sentados en sillas, junto a las puertas, y cuando ellos se acercan bajan la voz. También los niños interrumpen sus juegos para fijar la mirada en la extraña pareja. Josemari, al doblar una esquina, le susurra a Maite que toda esa gente de tez morena debe de tomarlos por extraterrestres. Al pasar inclinan la cabeza apocados, pues les da corte sentirse objeto de tanta curiosidad. Así y todo, algo han de hacer porque tampoco quieren levantar suspicacias. Algunas personas les responden con fórmulas de saludo a las que ellos no están acostumbrados:

—Vayan ustedes con Dios —y frases por el estilo.

Trancurrido un cuarto de hora, llegan al paseo marítimo por un callejón en cuesta donde trasciende un fuerte olor a calamares fritos. Por la ventana abierta de un segundo piso sale la voz cantarina de una mujer. Hay un gato mugriento mordisqueando una cabeza de pescado sobre un alféizar.

A la vista del mar, a Josemari le toma una acometida de desánimo, como en Alicante, como en Málaga.

—No es lo mismo.

—Agua y olas, Josemari.

—El Mediterráneo, con todos mis respetos, no es lo que yo entiendo por mar. Un mar, lo que se dice un mar auténtico, es el nuestro, con sus temporales y sus mareas vivas y sus acantilados. No se puede comparar.

—Y entonces, ¿esto qué es?

—No sé, otra cosa. Un lago grande.

Y mientras Maite se dirige a los servicios de la cafetería en cuya terraza se han sentado a tomar el aperitivo, él escribe en el Moleskine: «Puedo acostumbrarme a todo, pero siempre echaré en falta el mar de mi tierra. El mar, el mío, junto al que me crie, es fundamental en mi vida. Ahora me doy cuenta».

Luego se dedica a observar con detenimiento a los transeúntes que deambulan por delante de la terraza, sintiendo un pinchazo de aprensión cada vez que algún joven entra en su campo visual. Cree que en Málaga, el otro día, lo siguieron un chaval y una chavala, tocados los dos con gorras de visera. También pudo ser casualidad, ya que cuando cambió de calle y se refugió en una farmacia aquellos dos pasaron de largo como si nada. Después los siguió de lejos. Y en principio no encontró nada raro en ellos. Al día siguiente, yendo con Maite de paseo por el puerto, al darse la vuelta tras comprar el periódico en un quiosco los reconoció. O él se figura que los reconoció.

—Josemari, ¿estás seguro de que son los mismos?

—De las caras no me acuerdo exactamente, pero sí de las gorras y de que eran chico y chica como esos de ahí. A lo mejor se relevan, porque estos tipos, si algo saben hacer, aparte de joderle a uno la vida, es organizarse.

La camarera que les ha servido los aperitivos les explica ahora, con un cerrado acento andaluz, la forma más sencilla de llegar a una iglesia situada a unas cuantas calles de allí. Al enterarse del propósito de Maite, la chica tiene la amabilidad de llamar por teléfono móvil a su madre.

—No, pero si no es ninguna molestia.

Así pues, a la una se oficia una misa en la iglesia referida. Ahora son las doce y media pasadas. Maite y Josemari expresan su agradecimiento por medio de una propina generosa. Luego, cogidos nuevamente del brazo, se encaminan sin prisa hacia el lugar indicado. Por encima de una línea de azoteas avistan cinco minutos después la torre donde ya suena la campana.

Josemari se queda sentado en un banco de la calle, debajo de un limonero que le sirve de sombrilla. Maite trata de persuadirlo a que la acompañe diciéndole que en el interior de la iglesia habrá aire fresco.

—Aquí te vas a achicharrar.

—Aquí estoy bien. Saluda a Dios de mi parte.

La misa dura cerca de tres cuartos de hora. Poco más de dos docenas de fieles se reparten por las filas de bancos. Maite ha tomado asiento en el de la última fila y de vez en cuando echa una mirada a la puerta con la esperanza de ver entrar a Josemari. El cura es un anciano de voz cascada que habla en un tono monótono y ceceante. Las malas condiciones acústicas del templo apenas permiten que se le entienda. Pero, en fin, Maite ha cumplido con el rito, que es lo que a ella le importaba.

Al salir a la calle, se lleva un susto de muerte al encontrar vacío el banco donde Josemari había prometido esperarla. Mira a una parte, mira a la otra y no ve a nadie a quien preguntar por un hombre de camisa blanca y poco pelo en la cabeza que estaba aquí sentado hace un rato. En el centro del pecho se le forma un nudo doloroso que le dificulta la respiración y le recuerda las pasadas penalidades de su enfermedad. Los fieles que han asistido a la misa se alejan en distintas direcciones. Pronto se queda la calle desierta. En esto, Maite descubre el Moleskine de Josemari tirado en el suelo. Un mal augurio la colma de angustia. Sumida en una creciente sensación de mareo, lee lo último que su marido ha escrito: «Las mismas gorras que en Málaga». A Maite le falta poco para ponerse a gritar. Se dirige a la puerta más cercana con el propósito de que la ayuden a llamar a la policía. Entonces ve aparecer a Josemari por una esquina de la calle. Corre hacia él y, aún alarmada, le pregunta:

—¿Se puede saber dónde te has metido?

Felipe Benítez Reyes

Felipe Benítez Reyes (Rota, Cádiz, 1960) es poeta, narrador, ensayista y articulista de prensa. Sus relatos están recogidos en el volumen *Oficios estelares* (2009), que reúne los libros *Un mundo peligroso* (1994), *Maneras de perder* (1997) y *Fragilidades y desórdenes*. En 2013 ha publicado un nuevo libro de relatos en forma de calendario de historias: *Cada cual y lo extraño*. Entre sus colecciones de poesía están: *Paraíso manuscrito* (1982), *Los vanos mundos* (1985), *Pruebas de autor* (1989), *La mala compañía* (1989), *Poesía 1979-1987* (1992), *Sombras particulares* (1992, Premio Fundación Loewe), *Vidas improbables* (1995, Premio Nacional de Poesía), *Paraísos y mundos (Poesía reunida)* (1996), *Escaparate de venenos* (2000), *La misma luna* (2007), *Las identidades* (2012) y una recopilación titulada *Libros de poemas*. Destacan sus novelas: *Chistera de duende* (1991) *Tratándose de ustedes* (1992), *La propiedad del paraíso* (1995), *Humo* (1995, Premio Ateneo de Sevilla), *El novio del mundo* (1998), *El pensamiento de los monstruos* (2002) y *Mercado de espejismos* (2007, Premio Nadal); y los libros de ensayo, artículos y diarios: *Rafael de Paula* (1987), *Bazar de ingenios* (1991), *La maleta del náufrago* (1992), *Gente del siglo* (1997), *Cuaderno de ruta de Ronda* (1999), *El ocaso y el oriente* (2000), *Papel de envoltorio* (2001) y *Los libros errantes* (2002).

* * *

No puedo estar seguro. Supongo que habrá un poco de todo y que ninguna tendencia será predominante, aunque quién sabe. Por lo demás, no soy partidario de aplicar a la literatura unos criterios de tendencia. Creo más bien en la singularidad de algunos nombres propios, que son los que en cualquier caso tienen capacidad de generar una tendencia, que siempre será, al fin y al cabo, jerárquica.

No lo sé, y lo digo en serio. Para mí, son fundamentales los autores que me gustan, sean fundamentales para otra cosa o no. Se trata de un parámetro caprichoso y modesto, pero muy útil, que es tal vez de lo que se trata en este ámbito de vaguedades y de conjeturas.

Dos individuos eternos

Williams era irlandés y Tassos griego. Ambos habían recorrido el mundo infinidad de veces como dos anacronismos o dos intemporalidades desconcertadas de su condición, arrastrando por ciudades, por estepas y por junglas su sino inacabable.

Ambos habían visto cómo se escribían una tras otra las leyendas bíblicas, los libros egipcios de los muertos y las noches imaginarias que sumaron mil y una.

Tassos, de natural despistado, no supo que Williams era inmortal hasta que coincidió con él en cinco ocasiones a lo largo de varios siglos, tras reconocerlo entre el inconcreto gentío por su pelo muy rojo y crespo, dramático y vivaz como los crepúsculos irlandeses. Williams lo sabía desde el segundo encuentro, a pesar del aspecto anodino y funcionarial del griego Tassos.

Oslo, Estambul, Tientsin, Davao y Barcelona fueron las sucesivas ciudades en que se cruzaron, errantes como iban por el mundo, aunque jamás se dirigieron la palabra.

Ochenta años después de su quinto encuentro, volvieron a coincidir en Verona, justo delante de la estatua de Dante, a quien Williams, por cierto, había regalado para su *Comedia* una rima complicada.

Tassos se decidió a saludar a Williams con timidez. Se dirigió a él en un antiguo dialecto toscano borrado ya de la memoria de los hombres. Williams le respondió en la len-

119

gua de Gengis Khan, permitiéndose la broma de imitar el tono áspero y afectado que solía emplear el conquistador mongol para alentar a sus tropas.

Ambos habían visto rodar cabezas de emperadores y ambos habían comprobado cómo los niños se convertían en ancianos que confundían nombres y fechas, perdidos en su pequeña maraña de tiempo.

Ambos asistieron a la dialectización del recio latín y ambos comprobaron con resignada sorpresa cómo los pueblos se enfrentaban unos a otros por el simple hecho de haber corrompido de distinto modo la lengua de Virgilio.

Tassos le comentó a Williams que conocía ciento veintiocho lenguas y dialectos con sus respectivas evoluciones a lo largo de los siglos: podía entender, por ejemplo, el francés provenzal y arcaico de Raimbaut de Vaqueiras y el francés geométrico de Stéphane Mallarmé.

Williams, por su parte, le comentó a Tassos con un poco de jactancia que aún no había estado en ninguna parte del mundo en que no conociera él la lengua, dialecto o argot que allí se hablara.

En su peregrinar infatigable, Tassos había hecho y deshecho colecciones infinitas de caracolas, de sellos postales y de piedras curativas, aunque por su obligado nomadismo nunca pudo coleccionar sus objetos predilectos: las armaduras.

En su peregrinar infatigable, Williams había amado y perdido a infinitas mujeres que olían a infinitas esencias, y ese era el tesoro que llevaba en la memoria.

Williams había visto a Pericles, paisano de Tassos, correr en su infancia detrás de un vilano que al final alcanzó. Tassos había visto a James Joyce, paisano de Williams, correr mentalmente detrás de un trabalenguas en la terraza de un café de Trieste.

Williams tenía un temperamento bromista y Tassos lo tenía sombrío: una pieza de ajedrez blanca y otra negra desplazándose por las casillas del mundo.

Si Tassos decía con horror que había presenciado rodar la cabeza de María Antonieta en la guillotina, Williams le explicaba que él no pudo ver aquello porque en ese momento estaba ayudando al doctor Guillotin a ingeniar un nuevo modelo de cuchilla, y se echaba a reír.

Si Tassos se quejaba de su sino inmortal y errante, Williams le proponía que se fueran a Dublín a beber cerveza, y le daba una palmada en el hombro.

Tassos y Williams estuvieron hablando sin cesar durante varios años, relatándose lances de ventura y desdicha, comentando las muecas ridículas de reyes y de celebridades a las que la posteridad reverencia imprudentemente e intercambiando anécdotas de la antigua Roma y de la nueva América.

Durante esos años, recorrieron el mundo sin prestarle atención, absortos como estaban en su diálogo. Llegaban a ciudades que dejaban atrás sin saber siquiera de qué lugar se trataba.

Williams hablaba de mujeres con una melancolía confusa, porque había demasiadas en su corazón. Tassos hablaba con pesar de su destino, que le hacía desventurado, y decía desear la imposible muerte.

Al cabo de aquellos años de conversación y confidencias, una tarde helada de noviembre, cuando se encontraban los dos amigos en Venecia fumando bajo los arcos de la Pescheria, Tassos echó a andar y Williams lo vio alejarse con pesadumbre, aunque sin decirle nada, porque sabía de sobra que los individuos de su condición necesitan una soledad infinita para soportar su infinita soledad.

Jon Bilbao

Jon Bilbao (Ribadesella, 1972) es ingeniero de minas y licenciado en Filología Inglesa. Es autor de las novelas *El hermano de las moscas* (2008), *Padres, hijos y primates* (2011, Premio Otras Voces, Otros Ámbitos) y *Shakespeare y la ballena blanca* (Tusquets, 2013), así como de las colecciones de cuentos *3 relatos* (2005, Premio Asturias Joven), *Como una historia de terror* (2008, Premio Ojo Crítico de Narrativa) y *Bajo el influjo del cometa* (2010, Premio Euskadi de Literatura y Premio Tigre Juan).

* * *

La principal tendencia en los últimos años ha sido la diversificación de tendencias. Una causa se encuentra en la renuncia, más o menos parcial, a la tradición patria por parte de los autores, que adoptan lo foráneo como influencia principal. Ha sucedido antes, pero la deriva es cada vez más acusada. Otros motivos se hallan en la influencia creciente del cine, la televisión, el cómic e internet; en la pérdida de complejos a la hora de servirse de elementos propios del género; y en la combinación de códigos narrativos y no narrativos. La multiplicación proseguirá, de manera previsible. No es un mal futuro, siempre que el objetivo no sea la mera mímesis de lo ajeno, sino servirse de las fuentes, sean cuales sean, como apoyos para lograr voces literarias personales.

Para bien o para mal, nos gusten más o menos, no se puede concebir la literatura de finales del siglo xx y de comienzos del xxi sin Raymond Carver, David Foster Wallace y Roberto Bolaño; probablemente, los autores más influyentes del periodo, aunque no por eso los mejores.

Los espías

Los nuevos vecinos leen la Biblia por las noches, dijo la mujer entrando en el salón con el postre.

Su marido apartó del regazo la bandeja de la cena y se retrepó en el sillón. El televisor emitía los titulares de un informativo.

¿Cómo dices?, preguntó sin apartar los ojos de la pantalla. Después se rebañó un resto de comida de entre los dientes.

Leen la Biblia todos juntos. En el salón. Ellos dos y sus hijos.

¿Cómo lo sabes?

Los vi ayer. Y los he vuelto a ver hoy. El marido lee en voz alta y los demás escuchan. Ni siquiera corren las cortinas, dijo ella mientras se alejaba hacia la cocina con la bandeja.

Él estiró el cuello hacia la ventana. Salvo por el farol que había junto a la puerta principal, la casa del otro lado de la calle se encontraba a oscuras. Un coche familiar estaba aparcado en el camino de entrada.

Doña Rosa, la propietaria de la casa, se había trasladado a un apartamento en el centro del pueblo unos años atrás, después de enviudar, y desde entonces la alquilaba durante las vacaciones. Era una de las mayores de la calle, toda esta jalonada por viviendas unifamiliares. Disponía de una tupida enredadera de buganvilla en la fachada y de mimosas en el jardín. La playa estaba a solo cinco minutos a pie. Todo ello hacía que doña Rosa no tuviera dificultades para conseguir inquilinos. Durante el resto del año visitaba la casa con regularidad para atender en persona el jardín, que mantenía siempre en estado impecable. En algunas ocasiones los inquilinos repetían durante varias temporadas, si resultaban ser «de confianza», pero los de aquel verano era la primera vez que la alquilaban.

Podemos verlos mañana, sugirió la mujer cuando volvió al salón. Cenan temprano y después se reúnen para leer.

Él asintió sin interés. El postre permanecía sin terminar en un plato sobre su regazo. Se le descolgaban los párpados. La voz de su mujer sonaba muy lejos.

Ella guardó silencio cuando se dio cuenta de que él se había dormido. Con un suspiro, tomó asiento en una butaca, estiró las piernas y apagó el televisor. Por espacio de largo rato no hizo más que contemplar fijamente a su marido, que había empezado a roncar.

Al día siguiente, por la tarde fueron a pasear por la playa. Después se demoraron a propósito en su jardín arrancando malas hierbas. Estaban a punto de rendirse cuando apreciaron movimiento en el salón de enfrente.

La familia la componían cuatro miembros: padre, madre y dos hijos —chico y chica—, ambos en torno a los dieciséis años. A través de la ventana vieron cómo el padre extraía de un estuche de madera un voluminoso libro encuadernado en piel. Sobre la cubierta distinguieron, a pesar de la distancia, una resplandeciente cruz dorada. El padre tomó asiento, abrió la Biblia por una página marcada con una cinta de tela y dio inicio a la lectura. El resto de la familia se había acomodado a su alrededor y escuchaba atentamente. En un par de ocasiones los hijos rieron, divertidos por algo que decía el texto, mientras el matrimonio, más comedido, intercambiaba una sonrisa antes de que él prosiguiera.

El hombre y la mujer permanecieron en el jardín durante toda la sesión de lectura, aunque en su posición resultaban claramente visibles desde la otra casa.

Al cabo de media hora, su vecino cerró la Biblia. Los hijos se levantaron y abandonaron el salón. Ahora la madre hojeaba una revista, alternando la lectura con comentarios a su marido.

Ellos dos continuaron en el jardín, a la espera de que algo más sucediera. Poco después vieron salir de la casa a la chica. Se había cambiado de ropa. Pasó frente a ellos sin reparar en su presencia.

Más tarde, en la cama, el hombre y la mujer hablaron de lo que habían visto. Se preguntaron quiénes serían aquellas personas. Bromearon acerca de su poco habitual costumbre y, cada vez más interesados, acordaron averiguar más sobre ellos. Después se durmieron abrazados. Hacía tiempo que esto no sucedía.

A la mañana siguiente el hombre vio que su vecino estaba lavando el coche en la calle y aprovechó la oportunidad para presentarse. El vecino resultó ser de trato agradable. Poseía una voz profunda y bien modulada. Aceptó encantado la invitación para que las dos parejas salieran a tomar una copa esa noche. Todavía no conocían a nadie en el pueblo, dijo.

Antes de salir, los vecinos celebraron su habitual sesión de lectura de la Biblia. El hombre y la mujer volvieron a espiarlos, aunque de modo más discreto que la primera vez. Su salón estaba justo frente al de sus vecinos, así que apagaron las luces y los observaron desde la ventana, agazapados entre las cortinas.

Más tarde, en un bar cercano, la esposa de su vecino les pareció tan amigable como él. Los cuatro conectaron con rapidez. Los hombres se turnaron para pagar las rondas. Charlaron y bebieron hasta pasada la medianoche. Regresaron juntos a casa, dando un rodeo por la playa para despejarse un poco.

A partir de entonces se vieron casi a diario.

El vecino y su hijo guardaban gran parecido: apocados y de andar desgarbado; ambos lucían un corte de pelo militar que casaba mal con sus facciones huesudas, endureciéndolas demasiado. De ningún modo se les podía considerar físicamente atractivos.

La madre y la hija, por otro lado, eran bonitas y desenvueltas, moderadamente vanidosas. Se pedían consejos de vestuario. Al margen de las Escrituras, sus únicas lecturas eran publicaciones de moda extranjeras.

El resultado era una familia dividida, en apariencia, en dos mitades: la masculina y la femenina, existentes de forma previa a la creación del grupo. Esta particularidad condujo al hombre y a la mujer a prolongadas especulaciones sin fruto, y aumentó aún más el interés que sentían por sus nuevos amigos.

El hijo de los vecinos era reservado y pasaba la mayor parte del tiempo en su habitación, ocupado en lo que la madre llamaba protectoramente «sus cosas». La chica disfrutaba de modo más abierto de la estancia veraniega. Había formado un grupo de amigas con el que iba a la playa y salía por las noches.

Pero cada día, después de cenar, los cuatro se reunían para leer la Biblia. La única excepción tenía lugar los domingos. Ese día la familia acudía a la iglesia, con lo que daba por cumplida su cita diaria con las Escrituras.

Nunca hablaban de ello en público. No mencionaban las creencias que profesaban. Eso quedaba restringido al espacio limitado por las paredes de su casa.

Y el hombre y la mujer nunca revelaron que estaban al tanto de ello. Ni que cada noche los espiaban durante sus sesiones de lectura. Ni que de su observación obtenían un cálido sosiego que se prolongaba durante horas.

Tengo que verlos de cerca, anunció una noche el hombre, incapaz de contenerse.

Él y la mujer estaban apostados en la ventana y en la casa de enfrente se preparaban para la lectura.

¿Qué vas a hacer?

Acercarme. Tendré cuidado, dijo él ya en la puerta. ¿No vienes?

Ella se lo pensó.

Mejor me quedo vigilando.

Vigilando ¿qué?

Vigilando, dijo ella y señaló las figuras del salón de enfrente.

Como quieras.

Desde su puesto en la ventana, la mujer lo vio salir y alejarse calle arriba como si fuera a dar un paseo. Instantes después el hombre regresó por la acera opuesta. Caminaba agachado para ocultarse tras el muro de metro y medio que separaba el jardín de sus vecinos de la calle. La mujer meneó la cabeza. Cualquiera que lo viera sospecharía que tramaba algo.

Su marido asomó la nariz sobre el muro y, cuando nadie de la familia miraba en su dirección, saltó y se dejó caer al otro lado, desapareciendo de la vista de la mujer. Ella supuso que se habría emboscado entre las hortensias que crecían contra el lado interior del muro, y que eran el orgullo de doña Rosa. Las flores tenían un vivo color azul, fruto del alto contenido en hierro de la tierra donde crecían. Antes de plantarlas, doña Rosa se había tomado la molestia de revolver el terreno y verter en él un saco de virutas de acero.

Como se las estropees, pensó la mujer en voz alta, te las verás con ella.

El farol de la entrada estaba apagado y los árboles del jardín cubrían este de sombras. No veía al hombre. Lo imaginó arrastrarse al estilo comando para obtener una mejor línea de visión.

Cuando alguien bajó caminando por la calle, a la mujer se le heló el pecho. Un hombre se acercaba sin prisa, con las manos en los bolsillos. Al llegar frente a la casa de los vecinos, se detuvo. Daba la espalda a la mujer pero a esta le parecía que miraba el salón de enfrente, donde la familia había iniciado la lectura. El desconocido sacó un cigarrillo y lo encendió sin perder detalle de la escena. Las emociones de la mujer se sucedían con rapidez: en primer lugar, nerviosismo ante el riesgo de que el recién llegado descubriera a su marido; a continuación, algo que luego identificaría como celos, al ver a un desconocido inmiscuirse en un ritual que ella consideraba privado; y por último, extrañeza ante la actitud de sus vecinos, un sentimiento que estos le venían produciendo desde el primer día pero que la presencia de aquel desconocido enfatizó. Si los vecinos nunca hacían gala de sus creencias religiosas, si incluso parecía que cuando iban a misa lo hacían a escondidas, yendo y volviendo sin entretenerse, ¿por qué cada noche ofrecían ese desusado cuadro doméstico a la vista de todos, invitando a cualquiera que pasara por delante a hacer un alto para observarlos?

Minutos después el desconocido siguió su camino. Al hacerlo dejó libre la visión de la ventana de enfrente, que hasta entonces había obstruido a medias. La mujer descubrió así que se había producido un cambio en el salón de los vecinos. Una de las figuras había abandonado el grupo en torno a la Biblia y su silueta aparecía ahora recortada en la ventana, en posición de firmes. Era el chico. La mujer supuso que había visto al desconocido y se había levantado para correr las cortinas o ahuyentarlo por el simple método de devolverle la mirada.

El chico permaneció en la ventana mientras los demás seguían con la lectura. Giraba la cabeza a un lado y al otro, inspeccionando la calle, y entonces sucedió algo. Su cabeza se paralizó en mitad de un barrido del terreno. Al instante siguiente su silueta se agitaba y señalaba un punto del jardín.

La mujer supo que había descubierto a su marido.

Hubo gran agitación en el salón. Todos se pegaron a la ventana para mirar hacia donde señalaba el chico. Luego se

130

encendió el farol de la entrada y el padre salió lanzando miradas furiosas. Desde el salón el chico continuaba señalando un punto del jardín. El padre se dirigió allí y miró a su alrededor, al parecer sin encontrar nada. En el salón la silueta del chico se encogió de hombros. Un momento después todos estaban fuera.

La mujer se había agazapado aún más tras las cortinas. Suponía que su marido había conseguido escabullirse, pero debía de seguir en el jardín, y, con toda la familia buscándolo, no tardarían en encontrarlo.

Tenía que hacer algo.

Realizando un gran esfuerzo por aparentar calma, salió a la calle.

¿Pasa algo?

Sus vecinos dieron un respingo. Con una mano apoyada en el pecho, la madre se acercó al muro.

Nos ha parecido ver a alguien.

¿Dónde? ¿En el jardín?, preguntó la mujer simulando alarma.

Sí. Lo hemos visto desde el salón.

¿Seguro que era una persona?

Eso creemos. Un hombre.

La mujer cruzó la calle y se aproximó al muro. El jardín rodeaba la casa y el padre y los hijos habían ido a inspeccionar la parte trasera.

Mi hijo lo ha visto allí, señaló la vecina. Estaba escondido detrás de esa acacia.

¿Ha visto quién era? ¿La cara?

No. Solo una silueta.

¿Qué estaba haciendo?

Creo que espiarnos, dijo la vecina, y se agitó presa de un escalofrío.

Yo acabo de ver a alguien corriendo calle abajo. Justo antes de que salierais todos.

¿Sí? ¿Por dónde?

La mujer señaló hacia un extremo de la calle.

Puede que fuera él. Saltaría el muro cuando lo descubristeis.

¿Estás segura?

Era alguien corriendo. De eso estoy segura.

La vecina llamó a gritos a su marido. Cuando este apareció, seguido por los hijos, ella le repitió lo que la mujer acababa de contarle. El marido se había armado con un trozo de tubería y su hijo con un rastrillo. La chica iba detrás de ellos, con los pulgares enganchados en el cinturón y aire de aburrimiento. Mientras la familia hablaba entre sí, la mujer lanzaba vistazos disimulados al jardín. No vio rastro del hombre.

Parece que se ha largado, concluyó el padre.

La chica resopló como si lamentara un final tan decepcionante y regresó adentro. El chico devolvió las improvisadas armas al garaje. Los adultos se quedaron hablando de lado a lado del muro.

Es por culpa de este muro, dijo el padre. Es demasiado bajo. Cualquiera puede entrar. En nuestra casa tenemos uno de tres metros, y rejas en la entrada y sistema de alarma.

Estas cosas no pasan por aquí, dijo la mujer en un intento por calmarlos. Es un vecindario tranquilo. Que yo sepa nunca ha habido robos.

Pues solo ha sido cuestión de suerte, declaró el hombre.

Tras desearse buenas noches, regresaron a sus casas. La mujer estaba apenas más tranquila que antes. Su marido seguía sin aparecer. Supuso que permanecía oculto, a la espera de poder abandonar su escondrijo.

Volvió a apostarse tras las cortinas del salón. La familia no retomó la lectura de la Biblia. En sus movimientos se apreciaba nerviosismo y fastidio. Varias veces se asomaron a la ventana para observar el jardín. Hasta dos horas después no se apagó la última luz en la casa. Al cabo de un rato, una sombra se deslizó sobre el muro y, agachada, se alejó calle abajo.

132

Diez minutos más tarde alguien llamaba a la puerta trasera y la mujer corría a abrir.

Su marido había dado un rodeo para que nadie lo viera pasar de la casa de los vecinos a la suya. Traía un aspecto penoso. Su ropa estaba manchada de hierba y tierra. Las piernas apenas lo sostenían. La mujer lo ayudó a alcanzar una silla.

Cuando el chico lo descubrió, él había corrido a esconderse. Desesperado, se zambulló en la antigua caseta de Yago, el pastor alemán de doña Rosa. La caseta ocupaba un rincón del jardín y estaba camuflada por la sombra de un árbol y una pila de bolsas de basura llenas de hierba segada, que nadie se había molestado en tirar.

Había permanecido en la caseta todo ese tiempo, con las rodillas pegadas a la barbilla y sudando a chorros. Desde allí escuchó la conversación de su mujer con los vecinos y cómo luego el jardín quedaba en calma. Fue más o menos entonces cuando recordó que era alérgico al pelo de perro. Los picores arrancaron de inmediato.

Tenía el cuerpo cubierto de ronchas y los ojos irritados. La cara se le había hinchado.

No te rasques, dijo la mujer. Te prepararé un baño.

Poco después el hombre se metía en la bañera.

Tendrás suerte si no has cogido pulgas, dijo ella. Luego vertió gel hipoalergénico en una esponja y empezó a frotar suavemente el cuerpo de su marido.

Tenemos que tener más cuidado, dijo él.

Y añadió:

Lo has hecho bien cuando has salido a hablar con ellos para distraerlos. Si no, seguro que me habrían encontrado.

Lo hice sin pensar.

Pues ha estado muy bien. Como si hubieras nacido para ello.

La mujer sonrió.

Sí, dijo. Pero tienes razón: tenemos que ir con más cuidado.

133

Después del baño ella lo ayudó a secarse y le aplicó pomada antihistamínica en la cara. Cuando él se tumbó en la cama con un suspiro, la mujer se acomodó a su lado.

Ahora cuéntame lo que has visto, pidió.

Él desgranó los datos recopilados durante su incursión, como que durante la lectura los hijos asentían en silencio de cuando en cuando, mostrando su conformidad con lo leído; o que si alguno de ellos bostezaba recibía una mirada amonestadora de su madre; o que el padre, mientras leía, en un par de ocasiones se había acomodado disimuladamente los testículos; pequeños detalles que cobraban una dimensión especial gracias al riesgo con que habían sido obtenidos.

Cuéntame más, dijo ella.

Y cuando a él ya no le quedó nada más que contar, repasaron juntos lo sucedido esa noche. Luego ella le preguntó si ya se encontraba mejor, si le había bajado la inflamación del cuerpo. Él dijo que sí y entonces hicieron el amor.

Les fascinaba aquella familia. Cuando las dos parejas salían juntas, el hombre y la mujer no perdían detalle de cada palabra y gesto de los otros. Su vecino era topógrafo y trabajaba para una empresa de construcción civil. Su mujer trabajaba en una tienda de fotografía. Las cejas de él eran anchas e hirsutas. Se depilaba el entrecejo, gesto de coquetería en el que se apreciaba la influencia de su mujer. La nariz de ella parecía demasiado perfecta.

La actitud del hombre y de la mujer combinaba el fanatismo del coleccionista con la indagación detectivesca.

Un día, mientras curioseaba en una librería, el hombre se encontró por casualidad frente a un estante repleto de Biblias. Tomó una con la vaga intención de comprarla. El finísimo papel y el modo como se arrugaba cuando intentaba pasar las páginas le desagradaron de inmediato. El diminuto tamaño de los caracteres le hizo bizquear. Un rápido vistazo al índice: *Levítico... 2.º Libro de los Reyes... Abdías... Miqueas... Carta a los Romanos... Carta a Tito...*, le llevó a devolver el libro a su lugar, presa de una desazón que creía superada y olvidada hacía largo tiempo.

En lugar de la Biblia compró unos prismáticos.

Diez aumentos. Diseño ultracompacto. Solo ciento setenta gramos de peso, recitó mientras se los enseñaba a su mujer.

Ella asintió apreciativamente. Los estrenaron esa noche. El hombre se hacía el remolón cuando ella le pedía que se los prestara.

A la mañana siguiente la mujer visitó la misma óptica donde él había comprado sus prismáticos. Volvió a casa con unos de modelo profesional, de doce aumentos, diseño ergonómico, enfoque rápido y lentes con revestimiento múltiple para optimizar el brillo y el contraste.

No están mal, reconoció él a regañadientes.

Decidieron reforzar su vigilancia empleando dos líneas de visión. El hombre se quedó con la ventana del salón y ella se instaló en una de la planta superior. Después ponían en común lo que veía cada uno.

En sus respectivos lugares de vigía colocaron un asiento cómodo, y antes de apostarse se proveían de bebida y algo para picar. Para entonces las sesiones de vigilancia iban más allá de la escasa media hora que duraba la lectura de la Biblia.

Vieron al hijo de los vecinos afanarse durante varias noches en montar la maqueta de un biplano. Pegó las piezas. Uniformizó las uniones con masilla epoxídica y las lijó. Aplicó la pintura sirviéndose de un aerógrafo. Cuando la maqueta estuvo terminada la contempló acercándosela mucho a los ojos. Luego se puso en pie y, sosteniéndola con el brazo extendido, recorrió la habitación simulando que volaba.

Una noche vieron besarse a sus vecinos. Estaban en el salón, después de haber terminado por ese día con las Es-

135

crituras. El chico estaba en su habitación y la chica había salido. El padre y la madre se besaron durante largo rato en el sofá. En los descansos se susurraban al oído. A los espías se les aceleró el corazón.

Los vecinos se quejaban a menudo de la casa que habían alquilado. Los muebles, decían, eran feos y anticuados. Despotricaban sobre las cañerías, que no dejaban de emitir lamentos; sobre las ventanas, que cerraban mal; y sobre el olor a alfombra mohosa que llenaba la casa. Aseguraban haber encontrado un murciélago en una habitación de la planta superior.

El hombre y la mujer nunca habían estado en la casa pero, conociendo el meticuloso carácter de Doña Rosa, les extrañaron mucho aquellas críticas. Sospechaban que solo eran una disculpa para no invitarlos a su casa. Los vecinos no ponían pegas para salir a cenar o a tomar unas copas o para alquilar una motora y dar un paseo por la costa, pero nunca permitían que alguien ajeno a la familia pusiera un pie en su casa. El hombre y la mujer disimulaban el enojo que esto les producía.

Había un momento de la semana en el que, en especial, se sentían excluidos de la vida de sus vecinos: los domingos por la mañana, cuando estos iban a misa. En tales ocasiones el hombre y la mujer se quedaban hasta tarde en la cama y mataban el tiempo como buenamente podían.

Un domingo, en cuanto los vecinos salieron hacia la iglesia y su casa quedó vacía, el hombre y la mujer cruzaron la calle, se aseguraron de que nadie los miraba y saltaron el muro del jardín.

Verificaron si la puerta estaba cerrada. Lo estaba. Y también todas las ventanas. Fueron a la parte trasera. Aquella zona del jardín estaba protegida por sus tres costados por un seto de ciprés de tres metros de alto. Ninguno de los dos había estado antes allí, con la salvedad de la noche en que el hombre se había escondido en la caseta de perro, pero entonces la oscuridad y la urgencia de la situación no le habían permitido ver nada.

Los vecinos empleaban esa parte del jardín como segunda sala de estar. Había tumbonas de lona y una mesa con botellas de cerveza vacías y vasos con restos de bebidas, algunos manchados de carmín. También había un cenicero repleto de colillas. La brisa empujaba las páginas de los *Vogue* y *Elle* que la vecina y su hija leían y que estaban esparcidos por la hierba, alrededor de los asientos. En un rincón había una ducha de jardín y de ella colgaban las piezas de un biquini rosa chicle.

Se los imaginaron allí sentados, bebiendo y conversando con indolencia. El padre y la madre un poco achispados. Los hijos, avergonzados y regañándolos. Pero luego todos reirían.

La mujer estudió el seto. Con cuidado apartó las ramas para comprobar cómo era de espeso.

Cuando se volvió, vio a su marido repantigado en una de las tumbonas, mirando a su alrededor satisfecho. Se había puesto unas gafas de sol con cristales de espejo que había encontrado abandonadas en la hierba.

Siéntate un rato, dijo él. Todavía tenemos tiempo.

Esa tarde, después de comer, el hombre se quedó amodorrado delante del televisor. La mujer aprovechó la ocasión para salir de casa sigilosamente.

La vivienda de los vecinos lindaba por su parte trasera con un solar vacío. Estaba cerrado por una valla de cañizo pero a la mujer no le costó trabajo abrir un hueco por donde colarse.

Le bastó un vistazo para entender la altura del seto plantado por doña Rosa en la parte trasera de su casa. El solar estaba tomado por la maleza y sembrado de basura. Varios gatos se escabulleron nada más verla. Esquivó botellas rotas y excrementos renegridos hasta llegar al seto. Con cuidado, apartó las ramas. Abrió una mirilla por la que atisbó el jardín trasero. La vista era perfecta.

Fabricó un nido entre la maleza del solar: su nuevo puesto de vigía. Cuando lo visitaba cuidaba de que nadie la viera entrar o salir. Y por supuesto de que sus vecinos tampoco la vieran ni la oyeran. Por si acaso evitaba la ropa de colores llamativos.

A su marido no le dijo nada. Se reservaba para ella lo que veía.

Una mañana, mientras volvía del supermercado sintió un impulso repentino, dio un rodeo y se deslizó en el solar. No había nadie en el jardín. Decidió esperar un poco. El puesto de vigía olía mal y había moscas. No tenía nada para guarecerse del sol. Se enjugaba el sudor con pañuelos de papel. Al cabo de un rato vio aparecer a su vecino, que volvía de la playa. Este dejó caer al suelo una toalla y una novela de bolsillo. Preguntó alzando la voz si había alguien, lo que hizo que a la mujer se le erizara el cabello de la nuca. Al no haber respuesta, se dirigió a la ducha que había en un rincón. La mujer lo vio quitarse el bañador. Se duchó empleando las manos para frotarse el cuerpo. Se llenó la boca de agua, hizo gárgaras y escupió en la hierba. Después se quedó en el jardín, desnudo, con los pies separados y las manos en las caderas, dejando que el sol lo secara. Estaba justo frente a la mirilla de la mujer, de cara a ella.

Cuando salió del solar, la mujer estaba bañada en sudor. A mitad de camino tuvo que dar media vuelta. Se había olvidado las bolsas de la compra.

Su vecino nunca le había resultado atractivo, pero contemplarlo de aquel modo, desnudo a la intemperie, con su pene reaccionando a los rayos del sol, mientras ella permanecía emboscada entre arbustos y basura, le había hecho

138

sentirse excitada y cohibida a partes iguales. Dejó pasar tres días antes de volver al solar.

Se asomó a la mirilla. El hijo de los vecinos estaba en una tumbona. No hacía nada. Parecía limitarse a esperar. También parecía nervioso. Se llevó una mano frente a la boca y exhaló para comprobar si le olía el aliento.

Al cabo de un minuto, su hermana salió de la casa.

Se han ido a la playa, dijo.

¿Estás segura?

Claro que sí, respondió ella. Hazme sitio, dijo, y se sentó junto a él en la tumbona.

La chica suspiró y añadió:

Bien, vamos allá.

Se inclinó hacia su hermano y lo besó en la boca.

Fue un beso ni largo ni corto. Cuando ella se apartó, su hermano mantuvo los ojos cerrados. La chica se pasó el dorso de la mano por los labios.

Ahora tú, dijo.

Esta vez le tocó al chico tomar la iniciativa. Se lanzó hacia ella con demasiado ímpetu, lo que provocó una queja. Lo intentó de nuevo más calmadamente. Este beso fue un poco más largo. De nuevo fue la hermana quien le puso fin.

Ahora ya sabes cómo se hace, dijo dándole una palmadita en el muslo. Y ahora yo también me voy a la playa.

El chico se quedó en el jardín. Se pasó la lengua por los labios. Se estiró en la tumbona y miró a su alrededor para asegurarse de que su hermana se había ido. Después se desabrochó los pantalones y con un sentido suspiro empezó a masturbarse.

Al principio, la mujer apartó la mirada.

El hombre no tenía un puesto de vigilancia privado. Él había llevado su labor de observación a campo abierto. Seguía a la hija de los vecinos.

Resultaba complicado porque ella lo conocía y, viviendo en un pueblo pequeño, también mucha otra gente, y un comportamiento que se apartara de lo normal habría llamado pronto la atención. Optó por un proceder casual. No seguía propiamente a la chica, sino que frecuentaba los lugares donde era probable que se encontrara con ella. Un par de veces no pudo evitar que lo descubriera. Él la saludó y simuló seguir a lo suyo. Uno de esos encuentros se produjo un sábado por la tarde, en un supermercado al que la chica y sus amigas habían ido a aprovisionarse de bebida para esa noche.

Mientras él se alejaba, después de haberle recomendado una marca de cerveza mejor que la que ella había escogido, oyó que una de las amigas preguntaba a la chica:

¿Quién es ese viejo?

Y que esta respondía:

Nadie.

El hombre y la mujer no tenían plan para esa noche. Los vecinos les habían anunciado que se quedarían en casa. Al parecer ella tenía migraña.

Tras asistir a distancia a la sesión de lectura de la Biblia, el hombre dijo que le apetecía salir a estirar las piernas. La mujer respondió que prefería quedarse, y él se alegró.

Fue a la playa, donde los jóvenes acostumbraban a reunirse las noches de fin de semana. La arena estaba sembrada de grupos, localizables por las brasas de cigarrillo que levitaban en la oscuridad.

El hombre recorrió el paseo que bordeaba la playa. Sabía qué zona les gustaba a la chica y sus amigas: el extremo más alejado del pueblo, donde la concentración de viviendas era menor y también donde menos luz había. Identificó el grupo y tomó asiento en un banco. Llevaba sus prismáticos en el bolsillo; una ventaja de que fueran ultracompactos, a diferencia de los de su mujer. Los llevaba solo por si acaso; en realidad no le hacían falta. Para entonces estaba lo bastante familiarizado con la silueta y la gestualidad de la chica como para distinguirla sin problemas.

De las carcajadas que provenían del grupo, cada vez más ruidosas gracias al alcohol, varias eran masculinas. Una pareja se apartó de los demás y buscó un rincón discreto donde tumbarse. Poco después otra siguió sus pasos. El hombre continuó esperando. En la tercera pareja que se levantó distinguió a su chica. También reconoció la silueta que la acompañaba: el novio que, para amenizar el verano, se había echado nada más poner el pie en el pueblo.

Los vio trastabillar hasta una hilera de patines acuáticos varados en la orilla. Se tumbaron entre dos de ellos. Con disimulo, el hombre sacó los prismáticos y echó un vistazo para comprobar si hacían lo que él pensaba que hacían. Y así era. Volvió a guardarlos. No necesitaba ver de cerca lo que estaba pasando, le bastaba con saber que sucedía y con estar allí, vigilando.

Se reclinó y estiró un brazo sobre el respaldo del banco. Vio a la pareja cambiar de postura. La silueta de ella se montó sobre la de él.

Yo... soy... nadie, susurró el hombre. No puedes verme. Pero yo sí te veo a ti.

A unos metros de allí había una explanada que servía como aparcamiento. Desde uno de los coches, la mujer, con sus prismáticos profesionales, vio moverse los labios del hombre y la sonrisa satisfecha que dibujaron a continuación.

En cuanto él había salido de casa, ella había sentido la picazón de entregarse a algo privado y censurable. No le apetecía seguir espiando a sus vecinos por la ventana. Eso había perdido todo su poder de excitación después de las incursiones en el solar. Pero tampoco le apetecía ir allí en ese momento. Nunca había estado en el solar de noche y, aunque sabía de memoria el camino hasta el puesto de vigía, podía tropezar con algo y alarmar a los vecinos.

Sin necesidad de haber seguido antes a la chica, basándose en lo que sabía de ella, dedujo que un sábado por la noche la encontraría en la parte más oscura de la playa. El aparcamiento que había al lado sería un buen lugar de observación. Escribió una nota informando al hombre de que ella también había ido a dar un paseo, cogió sus prismáticos y sacó el coche del garaje.

Se sorprendió solo a medias al ver a su marido. Su presencia allí le confirmó la de la chica. Al abrigo del coche barrió la arena con los prismáticos. Localizó a la pareja entre los patines. No pudo distinguir si la chica era la hija de sus vecinos, pero se dijo que era ella. Era lo que cuadraba con la situación.

Sí le sorprendió no ser presa de los celos. La amargura que le estrujaba el pecho provenía más bien de que su marido se dedicara a espiar por su cuenta. Pero ella había hecho lo mismo desde el solar.

Gracias a los prismáticos, apreció la experimentada forma de moverse de la chica y el modo como dirigía la acción. Cuando terminaron, la chica se sacudió la arena y se acomodó la ropa. Después volvió junto a sus amigas, que la recibieron con ovaciones alcoholizadas. El novio se quedó tumbado entre los patines, como si le hubiera absorbido toda la energía.

El hombre se puso en pie y emprendió el regreso.

La mujer esperó a que se alejara un poco para poner el coche en marcha. Llegó a casa antes que él y tiró la nota que le había escrito.

Cuando él entró, encontró a la mujer en la cama. Se desprendió de la ropa y se deslizó a su lado. Tal como ella había imaginado, llegaba dispuesto. Y ella lo estaba también. Se colocó encima e imitó los movimientos de la chica, lo que tuvo el efecto inmediato de acelerar el ansia de su marido.

Poco después yacían contemplando el techo. El pecho del hombre subía y bajaba mientras recobraba el aliento.

¿Estabas allí?, preguntó.

Ella dijo que sí.

¿Me has seguido?

No. Ha sido una casualidad. Iba por la chica.

Yo también.

Me he dado cuenta.

¿Te importa?

No. ¿Y a ti?

¿El qué?

Que haya estado allí. Que te haya visto.

No, dijo él, no me importa.

La mujer se despertó en mitad de la noche. Él roncaba. Fuera descargaba una tormenta de verano. Había sido el ruido de la lluvia lo que la había despertado. Se levantó para ir al cuarto de baño. Al pasar ante la ventana del dormitorio algo la hizo detenerse y mirar hacia fuera.

La lluvia caía recta, como plomo líquido. La casa de los vecinos estaba a oscuras, pero en la ventana del salón vislumbró una silueta. Permanecía inmóvil y parecía escudriñar la calle, o la casa de enfrente, la del hombre y la mujer. No pudo identificar la silueta, aunque por su estatura creyó que se trataba del padre o del chico.

La mujer se apartó de la ventana y se pegó a la pared. Al cabo de un momento se asomó con cautela. La silueta seguía allí. Parecía estar mirándola a ella. Un escalofrío le recorrió la espalda. Volvió a apartarse. Cuando se asomó de nuevo, la silueta continuaba donde la había dejado. La mujer observó a escondidas. Se dijo que alguno de sus vecinos no podía conciliar el sueño y mataba el tiempo mirando por la ventana. Después se dijo que no tenía ningún motivo para ocultarse como lo estaba haciendo. Estaba en su casa, se había levantado en mitad de la noche y contemplaba la tormenta. No había nada malo en ello. Abandonó su escondrijo y se plantó frente a la ventana.

No supo durante cuánto tiempo se quedó allí, sin apartar la vista de la silueta y sin saber si ésta de veras la miraba a ella. Ninguno se movía. Hasta que la mujer no pudo resistirlo más y alzó una mano en un gesto de saludo. La silueta continuó inmóvil y ella se dijo que no la había visto.

Cuando se levantó a la mañana siguiente lo primero que hizo fue echar un vistazo a la casa de los vecinos. Estaba en calma. Era domingo, así que supuso que habrían ido a misa. Seguía lloviendo, aunque a ritmo más pausado que por la noche. Las nubes parecían posadas sobre los tejados. Era una mañana para quedarse en casa.

Preparó el desayuno mientras su marido se duchaba. A mediodía seguían en la mesa de la cocina, en pijama y bata, tomando café. El marido se desperezó y llevó su taza al fregadero.

¿Te apetece ir a algún sitio?, preguntó.

Ella dijo que no.

Aburrido, el marido salió de la cocina, pero volvió al cabo de un momento.

Doña Rosa está en el jardín de los vecinos, anunció. En su jardín, mejor dicho.

¿Qué hace?

Me parece que pasarle revista.

Se asomaron a la ventana del salón. En el jardín de enfrente, doña Rosa, protegida de la lluvia por un chubasquero, inspeccionaba los parterres. No había rastro de los vecinos.

¿Vamos a ver?, propuso él.

Claro que sí.

Se vistieron a toda prisa y cruzaron la calle simulando indiferencia.

Buenos días, dijeron.

Ella les dedicó un breve saludo. Luego señaló el jardín.

Mirad cómo está todo.

144

Se asomaron sobre el muro.

¿Qué tenemos que mirar?

¡Las flores! No las han regado. Menos mal que está lloviendo. Porque ellos no las han regado nunca. Y mira que se lo dije. Les pedí que lo hicieran. ¡Mirad las flores!, exclamó señalando la mata de hortensias que crecía contra el muro.

Efectivamente, las hojas colgaban mustias por la falta de agua y las flores habían perdido su color habitual.

Pero ¿dónde están los inquilinos?, preguntó el hombre, confundido.

Se han ido, respondió doña Rosa.

Los dos la miraron sin comprender.

¿Cómo que se han ido? ¿Cuándo?

Esta mañana. O esta noche. No lo sé. He encontrado en el buzón las llaves y una nota donde decían que se iban.

¿Así, sin más?

Así, sin más.

Pero, ¿por qué?

No lo sé. En la nota no había explicaciones.

El hombre y la mujer no sabían qué pensar. Doña Rosa seguía lamentándose por sus flores.

No las han regado nunca, decía con la voz rota por la indignación. Creo que se lo expliqué bien.

¿De veras no han dicho nada? ¿No han dejado una dirección o número de teléfono?, insistió la mujer.

Nada. Siempre fueron ellos los que se pusieron en contacto conmigo. ¡No hay derecho! ¡No hay consideración!

Dieron media vuelta y la dejaron en el jardín sin prestar atención a sus lamentos. Se encaminaron a su casa en silencio. La duda de si ellos habrían sido causantes de la marcha de los vecinos les rondaba la cabeza sin que ninguno se atreviera a plantearla en voz alta. La mujer recordó la silueta de la noche anterior: un centinela encargado de avisar a los demás cuando el terreno estuviera despejado. Los imaginó moverse por la casa a oscuras, hablar en susurros, cargar su equipaje en el coche y alejarse calle abajo, bajo la lluvia, antes del amanecer.

Se desplomaron en un sofá. Al cabo de un rato el hombre preguntó:

¿Qué vamos a hacer?

Transcurrió un rato más hasta que la mujer pudo decir algo. La idea de no contar con los vecinos le hacía temblar de angustia. Ya no tendrían nada para ocupar el tiempo. Y a esas alturas del verano era difícil que doña Rosa volviera a alquilar la casa, que permanecería vacía hasta un año después.

Tenemos que encontrarlos, dijo.

Sabían dónde vivían, en qué ciudad. Sabían sus nombres pero no sus apellidos. La suya había sido una de esas amistades pasajeras que pueden prolongarse durante meses o años, pero donde los apellidos no resultan necesarios. Sabían que él era topógrafo y para qué empresa trabajaba. También sabían que ella estaba empleada en una tienda de fotografía. Y sabían alguna cosa más. Había por dónde empezar.

El hombre había seguido la misma línea de pensamiento que ella, porque dijo:

Supongo que podríamos dar con ellos. Podemos contratar a alguien.

No lo necesitamos, respondió la mujer. Los buscaremos nosotros.

Y diciendo esto se puso en pie con energías renovadas y fue a la ventana. El hombre la siguió. Había dejado de llover y las nubes empezaban a abrirse. Doña Rosa apilaba bolsas de basura en el camino de entrada de la casa. La anciana renqueaba y hablaba sola. Por lo visto los inquilinos no se habían molestado en limpiar antes de irse.

¿Crees que solo sabe lo que nos ha contado?, preguntó el hombre.

Ella meneó la cabeza.

Por supuesto que no, dijo.

Yo pienso igual.

Y puede que en la casa hayan dejado alguna pista.

Sin una palabra más salieron a la calle.

El sol asomaba entre las nubes y se reflejaba con violencia en el asfalto mojado. Doña Rosa quedó deslumbrada cuando vio a aquella pareja que avanzaba hacia ella hombro con hombro, como una sola persona, dispuesta a arrancarle todo lo que sabía.

Juan Bonilla

Juan Bonilla (Xerez, Cádiz, 1966) es autor de los libros de relatos *El que apaga la luz* (1994), *La compañía de los solitarios* (1998), *La noche del Skylab* (2000, Premio NH de Relatos), *El estadio de mármol* (2005) y *Tanta gente sola* (2009, Premio Mario Vargas Llosa NH de relatos), así como de las novelas *Yo soy, yo eres, yo es* (1995), *Nadie conoce a nadie* (1996), *Cansados de estar muertos* (1998), *Los príncipes nubios* (2003, Premio Biblioteca Breve) y *Prohibido entrar sin pantalones* (2013). Ha publicado los volúmenes de poesía: *Partes de guerra* (1994), *El belvedere* (2001), *Buzón vacío* (2005) y *Cháchara* (2010); y diversos ensayos, entre ellos, *El arte del Yo-Yo* (1995), *La holandesa errante* (1999), *Teatro de variedades* (2002) y *La Costa del Sol en la hora pop* (2007). También ha escrito *La vida es un sueño pop. Vida y obra de Terenci Moix* (2012, Premio Gaziel de Biografías y Memorias).

* * *

No tengo mucha idea. Leo libros de cuentos desordenadamente y sin pensar en tendencias, que en cualquier caso me parecen insignificantes. Un lector se enfrenta a un libro sin ánimo de historiador de la literatura o etiquetador profesional: dentro de cien años, con un poco de suerte, Medardo Fraile, Cristina Fernández Cubas y Marcos Giralt Torrente serán de la misma generación.

Empecé a ser lector a principios de los ochenta y en esa época era inevitable sentir más cercano a Bukowski que a Aldecoa, era más fácil de alcanzar Carver que los heroicos cuentistas españoles de los cincuenta —entre los que mi preferido es Daniel Sueiro, cuyo cuento «El día en que subió y subió la marea» fue el primero que me impresionó de veras. Eran muy influyentes en esa época —y ahora bastante menos por fortuna— Cortázar y Borges. Yo me fui a vivir a Barcelona en el 84 y para aprender el idioma me resultó fundamental descubrir a Quim Monzó y luego a Sergi Pàmies. Tengo conciencia de que me influyeron cosas tan distintas como Quim Monzó, Julio Ramón Ribeyro y los cuentos de Nabokov, entre otros muchos; me resulta especialmente admirable la tradición del cuento norteamericano, con tan buena salud desde Scott Fitzgerald y Hemingway, pasando por Salinger o Cheever, hasta hoy, con autoras como Lorrie Moore, A. M. Homes o Alice Erian.

La ruleta rusa

Isabelo Galván es el héroe del país en estos momentos. Lleva doce semanas seguidas ganando en el concurso de televisión de más audiencia: *La ruleta rusa*. Doce semanas seguidas. Se dice pronto. Y en las doce ha vencido sin vacilaciones, mientras sus contrincantes o bien se retiraban acobardados o se descerrajaban la cabeza con un tiro.

Isabelo Galván es un hombre de exigua estatura. Habla poco. Desde luego es incapaz de negarse a conceder una entrevista, pero cuando las concede apenas se le oyen unas frases con esa voz mínima, tímida, infantil. Tiene cuarenta y cinco años.

Naturalmente, es soltero. Casi todos los que participan en *La ruleta rusa* lo son. O solteros, o viudos, o divorciados. Casi todos son también pobres. Isabelo Galván no es pobre. Trabaja en una librería como dependiente. Trabaja, o trabajaba, porque después de los millones que ha ganado en el concurso no creo que vaya a regresar a su empleo.

La primera semana que participó en *La ruleta rusa,* al verlo tomar el arma que le pasaba el concursante que acababa de apretar el gatillo sin que estallase el disparo, me dije: «este va ser el primero en caer hoy». Se colocó la pistola sobre la oreja. Me sorprendió: los demás la apoyaban en la sien. No cerró los ojos, y esto también me sorprendió porque todos solían cerrarlos. Antes de apretar el gatillo lo acarició unas cuantas veces, como si estuviera probándolo,

151

como si fuese a distinguir de esa manera si la bala colocada en el tambor iba a salir o no. Cuando pareció seguro de haber descubierto dónde estaba la bala, apretó el gatillo. No suspiró aliviado como solían hacer otros concursantes cuando, después de apretar, el gatillo sonaba indicando que la bala no había sido disparada.

Supongo que sabe en qué consiste el concurso. Hay seis participantes. La presentadora, Margot Mutis, introduce una bala en el tambor del revólver al que le da unas cuantas vueltas para desapercibir el proyectil. Entonces pasa la pistola al primer concursante que está en su derecho de sacar el tambor y darle otra vuelta sin mirarlo antes de disparar. Todos los concursantes tienen ese derecho. Gracias a él pueden pasar varias rondas antes de que la bala se dispare porque, si no contaran con esa posibilidad, inevitablemente al quinto chasquido indicando que no había bala, aquel al que le correspondiera el turno de disparar sabría que la bala le tocaba sin defecto y que se iba a volar los sesos. Y en ese caso, lo mejor sería retirarse.

A cada concursante se le asignaba un millón solo por concursar. No le permiten retirarse antes de las cinco primeras rondas. O sea, que tiene que dispararse cinco veces si quiere llevarse el dinero que le dan solo por participar. Ha habido un par de cobardes que se fueron con su dinero después de las cinco primeras rondas.

Naturalmente les abuchearon, les arrojaron tomates y huevos podridos.

Cada vez que uno de los concursantes falla y queda eliminado, o sea, cada vez que uno de los concursantes se incrusta la bala y se atraviesa el cráneo, su millón queda a disposición del resto, y se lo llevará aquel que gane, de tal manera que, si no hay cobardes que se retiren con su dinero, al que se quede vivo después del programa le quedarán nada más y nada menos que seis millones.

Isabelo Galván lleva cosechados ya sesenta y cinco millones de los setenta y dos que podía haber ganado si no hubiera sido porque en los doce programas que lleva siempre ha habido cobardes que se van después de la sexta ronda. Exactamente siete cobardes. Por el contrario, en los doce programas en que ha obtenido la victoria, Isabelo Galván ha dejado atrás un reguero de cincuenta y tres cadáveres.

Cada vez que un concursante se revienta la cabeza —aunque, según las reglas del programa, también puede dispararse al corazón, o a la boca, pero nadie lo hace—, el público se divide entre los que abuchean sin piedad al perdedor y los que lo ovacionan como homenaje. Las cámaras suelen mostrar, el momento en que el proyectil impacta en la cabeza de alguno de los concursantes, los rostros de los demás. Algunos sonríen, otros hacen gestos de alivio. Isabelo Galván no mueve una ceja. Continúa absorto en sus pensamientos. Tal vez rece. No lo sé. No sabe declararlo en las entrevistas que ha concedido. Siempre dice que no sabe en lo que piensa. Que solo espera que le toque el turno de dispararse.

Sorprendió a todos confesando que escucha lo que dice la pistola. Que podría determinar, si le dejaran, no solo si la bala está en la salida, sino también, en caso de que no se encontrase allí, en qué posición dentro del tambor se encontraba. Dice que lo escucha. Que la pistola se lo dice. Que en su casa ensaya y siempre acierta. Que nunca ha fallado. Que se dispara cientos de veces al día y nunca ha fallado porque sabe escuchar las palabras que le susurra la pistola indicándole la posición de la bala en el tambor.

Hoy emiten su decimotercer programa. *La ruleta rusa* bate récords de audiencia. Catorce millones de espectadores lo siguen. Isabelo Galván es el héroe del país en estos momentos. Supera a todos los políticos, y a todos los actores, y a todos los cantantes, y a los toreros, en popularidad. En las entrevistas asegura que le gusta leer novelas de ciencia ficción, que detesta, curiosamente, la serie negra porque no propone más que adivinanzas, que lo cambiaría todo porque no le diera miedo arrojarse en paracaídas y que, si encontrase un genio frotando la lámpara mágica, le pediría sólo un deseo: que le indicara las calles que ha de dejar atrás para regresar a la infancia. También declaró que sólo se casaría con una mujer que le permitiera poner la lista de boda en un burdel.

En *La ruleta rusa* de hoy, Margot Mutis presenta, como de costumbre, en primer lugar a los nuevos concursantes. Qué pena me dan, no sé cómo se atreven. Las presentaciones no suscitan ningún entusiasmo en el público congregado en el estudio hasta que llega el turno de presentar a la gran estrella del programa: Isabelo Galván. Margot Mutis pronuncia su nombre con fuerza, como suelen gritar el nombre de los campeones los encargados de presentarlos en las veladas de boxeo. Isabelo Galván, tan insignificante como de costumbre, calvo, bajito, con su traje modesto, mirando al suelo baja los peldaños de las escaleras mientras el público, puesto en pie, corea su nombre, se desgañita animándolo, le rinde una calurosísima acogida.

Los otros cinco están muy impresionados. Supongo que para ir a *La ruleta rusa* hay que estar muy desesperado, ser un suicida en potencia, no tener nada mejor que hacer o, sencillamente, ansiar la fama. Entre estos cinco puede que haya de todo. El muchacho barbilampiño que va a empezar habrá ido para cosechar admiradoras en el instituto en el que cursa, según información facilitada por la presentadora, con excelente nivel académico. Sonríe a la cámara y, tal como le pasan la pistola, sin variar la posición del tambor, como si se fiara de Margot lo suficiente como para saber que ella no podría condenarlo al infierno, aprieta el gatillo. Chasquido. El muchacho le pasa la pistola a un hombre de avanzada edad, desarrapado, impresentable. Es un mendigo. Vive en el metro cuando las juveniles bandas fascistas no deciden regresar al subterráneo y hacer limpieza de escoria. Nunca ha tenido un arma en las manos. No le importa morir. Aprieta el gatillo y muere. La primera explosión, la más temprana de la historia del programa, caldea los ánimos. Un trozo de la cabeza del mendigo ha ido a parar a los pies de Isabelo Galván que, ceremonioso, se agacha y lo retira del suelo para extenderlo enseguida a los asistentes que han salido a recoger el cadáver del mendigo.

Cada vez que hay un muerto en *La ruleta rusa,* se da paso, después de esos segundos en los que las cámaras muestran al público y a los demás concursantes, a la publicidad. Una compañía de seguro promociona el espacio. El anuncio es muy divertido. Unas monjas están departiendo en un parque. De pronto sale un perro vagabundo que se acerca a ellas sin que se den cuenta. Las monjas están de espaldas. El perro levanta la pata y se pone a mearlas. Entonces, una de las monjas se da cuenta y en ese momento la voz en off del locutor dice: «Porque hay veces en que no te salva ni la fe... Seguros Hulsoff».

Devuelven la emisión al plató donde ya han retirado los restos del mendigo. Turno para el tercer concursante. Una mujer gruesa. Es curioso, al principio casi no participaban mujeres en *La ruleta rusa,* pero poco a poco se han ido animando. Le dan otro color a la cosa, es cierto. Ninguna de ellas ha logrado llevarse nada, pero supongo que todo se andará. Esta es una puta vieja. Honoraria. Ella misma lo ha confesado: «Soy puta *honoris causa* por el Barrio Chino de Barcelona». Las carcajadas y los aplausos no se han hecho esperar. Margot le pregunta a la puta si alguna vez ha tenido en las manos una pistola como aquella que acaba de pasarle. La intención de la presentadora estaba demasiado clara como para que la puta se dejase escapar una oportunidad así para arriesgar un chiste: «Las he tenido más largas y mucho más dentro de mí que esta». Más carcajadas y aplausos.

La puta sí ha decidido variar la posición del tambor después de que la presentadora introdujera la primera bala. Ha cerrado los ojos y se ha apoyado el cañón del arma en la sien. Le temblaba la mano exageradamente. Antes de apretar el gatillo ha dicho: «Me encomiendo a Santa Lástima de Ypagro». Ovación. La puta pierde los nervios. «Yo solo compito por el millón», grita como pidiendo excusas. «Lo juro, solo necesito el millón y cuando lo consiga me iré. Lo necesito para operarme. Solo busco el millón», repite una y otra vez. Le faltan aún cuatro disparos para merecerlo.

El cuarto concursante es un tipo alto, bien parecido, hasta elegante. Está en el paro. Tiene dos hijos drogadictos. Va a por todas. Piensa derrotar a Isabelo. Pobre hombre. Sin contemplaciones se ha disparado en el cielo de la boca. Ha mantenido los ojos muy abiertos mirando fijamente a la cámara como si en ella buscase el secreto del universo. Chasquido. Monumental ovación para el concursante. Gritos de torero, torero.

Esto se anima: Margot recupera el arma y, sonriendo a la cámara, dice: «Antes del turno de nuestros próximos concursantes, unos consejos publicitarios».

Me levanto a mear y a coger más combustible. Sesenta y cinco millones lleva el bueno de Isabelo y a mí se me acaba el subsidio dentro de dos meses. Entre subsidio y suicidio no hay demasiadas letras. Todavía no sé qué voy a hacer, pero supongo que en ningún caso me atrevería a escribir una postal a *La ruleta rusa* expresando mi deseo de participar. No estoy loco, solo un poco harto, y para intervenir en ese programa no creo que baste estar harto. Hay que añadirle unas gotas, o unos litros, de locura. Se puede entender que en una situación tan drástica y desesperada como la del padre con dos hijos drogadictos, uno tenga que arrastrar su destino y decidirse.

A Isabelo Galván, por el contrario, no creo que le empuje la desesperación, ni supongo que el deseo de ser famoso, aunque esas cosas nunca se saben, son de diván de psicoanalista. Parece ser que nunca fue nadie, que no logró destacar en nada, y que su existencia no hubiera deparado a los anales del país anécdota ninguna si no hubiera sido por el programa de televisión. Ahora, gracias a *La ruleta rusa* no

156

tendrá que hacer cola en las panaderías, le cederán el asiento en el metro y le atosigarán pidiéndole autógrafos esas muñecas adolescentes a las que antes tenía que imaginar saliendo del baño para conseguir una erección. De todos modos, él ha confesado en varias ocasiones que hace esto solo y exclusivamente por dinero. Para exiliarse a Río, supongo.

En los bloques de publicidad, para no desalentar a la audiencia, intercalan siempre alguna repetición de las incidencias del programa. Cuando llego ante la pantalla cargado con cinco botes de cerveza y una lata de espárragos, repiten el instante en el que el mendigo se vuela la cabeza. Es curioso. Me fijo ahora que al fondo aparecen tres chicas, rubias las tres, bellas y refrescantes las tres, que visten camisetas en las que se lee: «¡Pena de muerte para las abortistas, Ya!». En el instante en el que los sesos del mendigo abandonan la cabeza de este, las chicas dan un salto como si su equipo hubiera marcado un gol.

Un mendigo menos, habrán pensado. Son muy guapas.

De entre mis amigos, que yo sepa ninguno tiene pensado escribir a *La ruleta rusa*. Y eso que, en casi todos ellos, la desesperación hace mella a diario y les da motivos más que suficientes como para impedirlos a buscar una salida a sus situaciones. Hombre, los cartones de tabaco contrabandeado y el hachís les da unas monedas que ganar a la mayoría, y así van tirando, pero eso ¿hasta cuándo lo soportarán? Tal y como se están poniendo las cosas no puede durar mucho. Arturo es el que mejor lo lleva, con sus braguetazos. Se le da bien la cosa de las mujeres maduras. El otro día lo vi cabalgando una moto nueva. «Buena yegua te agenciaste, maricón», le grité. «Mejor es la que me espera en cueros», me contestó. Y, sin embargo, es Arturo al único al que puedo imaginar concurriendo a *La ruleta rusa*.

El quinto concursante es otro arquetipo: un clon de Isabelo Galván para resumir: insignificante. Algo más alto, más tímido, más oscuro que Isabelo. Está en el paro hace años. Como anécdota personal refiere que, en una ocasión en la que una encuestadora le detuvo por la calle para solicitarle una lista con los nombres de los personajes esenciales de la Historia, él colocó tres veces sin darse cuenta al boxeador Mohammed Alí. Es significativo. Yo creo que es maricón, que sueña con efebos y no se atreve a reconocerlo. Que viva solo con una hermana mayor no hace sino reafirmarme en mi convicción. Estoy convencido de que es un reprimido, que si se atreviera marcaría uno de esos números de teléfono con los que los boys se anuncian en los periódicos. En la manera de tomar la pistola se cerciora uno enseguida de que si no es la primera vez que este coge un arma de fuego, debe de ser la segunda. Pero, de momento, no será la última. Chasquido al apretar el gatillo.

Llega el gran momento. Ese es Isabelo Galván. El que ni siquiera se inclina saludando la salva de aplausos que le dedica el enfervorizado público. Margot Mutis se le acerca. Le saca tres cuartas. La verdad es que Margot, más que una hembra, es un harén. La recuerdo en un par de películas encendidas, dejándose taladrar por un indio en un western porno y suave titulado *El feo, el malo y la buenísima.* Ya se sabe que para los títulos no están muy dotados los productores de ese tipo de cine.

Margot le pregunta a Isabelo qué tal transcurrió la semana. Galván contesta que como siempre y aprovecha para agradecer las muestras de adhesión de tantos desconocidos a los que alienta a participar en el concurso. Margot le pasa el arma a Isabelo que no varía la posición del tambor. Escucha lo que le dice la pistola. La bala le informa de su posición y él localiza el lugar de la bala. Parece ser que ya lo ha captado. No hay peligro. Aprieta el gatillo por fin. Chasquido, naturalmente. Es impresionante el dominio de Isabelo Galván, cuyo nombre es coreado ahora por todo el público y servirá un día cercano para bautizar colegios, calles, guarderías. En la repetición ofrecen un primer plano de su dedo en el gatillo: lo acaricia, lo examina con la yema del dedo, lo aprieta levemente, como si, según su dureza, la resistencia que le opusiese pudiese determinar la posición de la bala en el interior del tambor. Luego lo acciona y sigue vivo.

La segunda ronda va a empezar. Lidia llega del trabajo, harta de limpiar aulas, escaleras, retretes. Sirve en una escuela de las afueras a la que le han enviado como castigo por no admitir entre sus tareas la de chuparle la verga al director del otro colegio donde servía. Gajes del oficio. Se sienta a mi lado en el sofá. Pica un espárrago y abre una lata. Me pregunta cómo va la cosa y le miento diciéndole que Isabelo ha sido eliminado. No logro engañarla, como era previsible. Si Isabelo se hubiera atravesado el cráneo se hubiera enterado antes de llegar aquí: los gritos de pesadumbre y duelo en toda la ciudad se lo hubieran anunciado, y yo mismo tendría apagada la televisión.

Isabelo es el héroe del país en estos momentos. No puede perder. Es un símbolo. De ninguna de las maneras puede perder.

El muchacho toma el revólver. Está visiblemente afectado por la eliminación del mendigo. Seguro que no pensaba que la cosa era así. Ya se sabe: tras el cristal la muerte sigue siendo muerte, pero no huele. Si no se elimina antes, este es de los que se irá en cuanto cumpla con el requisito para embolsarse el millón (si es que resiste).

Vuelve a fijarse en Margot y no gira el tambor. Aprieta el gatillo y sigue adelante, da un salto de alegría y se dirige al público donde unas animosas estudiantes celebran que haya pasado la segunda ronda.

Le toca a la puta. «Solo vengo por el millón», se repite. Vuelve a encomendarse a una santa que la sigue protegiendo. Pasa. Ya le queda menos. Otra pausa para la publicidad.

Lidia se levanta y va a la alcoba. Se cambia de ropa, se pone cómoda. Está destrozada. Como cada noche: Yo he hecho lo que he podido hoy. Recogí la cocina y fregué el suelo del salón. No he lavado la ropa como ella me sugirió, pero es que no me ha dado tiempo. Tuve que salir sin tenerlo previsto. Grito su nombre: «corre, que ya vuelven». Ella viene. Se ha puesto el chándal azul. Evidentemente no está de humor. Se tiende en el sofá y me ordena que le vaya por un poco de carne de membrillo al frigorífico. Se la traigo. Después me sugiere que me traslade a una silla para disponer del sofá íntegro. La obedezco porque qué va a hacer uno.

Lidia está muy desmejorada. Apática y a veces hasta intratable. Hay que comprenderla, claro, no digo que no, pero ya no es como antes. Yo tampoco soy el mismo, lo reconozco, pero a veces anhelo aquellas sesiones que nos marcábamos cuando los dos regresábamos de nuestros respectivos trabajos. A Lidia le gustaba cabalgarme en Semana Santa, cuando yo me colocaba un capirote de penitente ocultándome el rostro. Era como follar con los cientos de nazarenos que salían por Sevilla. Luego nos íbamos a la calle y tenía la impresión de que todos los penitentes habían sido cabalgados por ella y eso la ponía tan caliente que teníamos que volver a casa y hacerlo de nuevo. ¿Dónde coño estará ahora ese capirote?

El tipo con dos hijos drogadictos también ha pasado la segunda ronda. Menos suerte ha tenido el clon de Isabelo Galván. Se veía venir. Isabelo no hay más que uno. Se ha abierto la cabeza. Eliminado. La repetición muestra el momento en que el proyectil abre un surco en su cara porque el tipo se ha disparado entre ceja y ceja. También se puede observar cómo la bala sale de su cabeza y va a incrustarse en la mampara que protege al público. Otra pausa para la publicidad.

Lidia abre otra lata de cerveza y dice:

—Voy a escribir a *La ruleta rusa*.

La miro como si me hubiera dicho: te estoy engañando con un profesor del colegio, o peor aún, con tres alumnos de parvulario. Algo así. Lo dice en serio. Necesitamos plata y yo necesito dejar esta mierda de trabajo, añade. Lidia acabó Filología Clásica pero no consiguió aprobar las oposiciones que le permitieran acceder a un puesto docente. La acosan los remordimientos por ello. De nada sirve que yo intente convencerla de que resultaba muy difícil aprobar. Salieron muy pocas plazas y ya no es probable que salgan más a no ser que mueran los titulares. Ya nadie estudia esas cosas. La sensación de fracaso la expolia y quiere participar en *La ruleta rusa,* no sé si para ganar algo de plata fácil o para acabar con esta comedia cuanto antes. A mí me entran ganas de ir a por el capirote de penitente —¿dónde coño estará?—, ponérselo y follármela, follarme en ella a todas las nazarenas de Sevilla. Lo ha dicho muy en serio y acabará escribiendo. Un millón por participar. Cinco disparos al menos para merecer esa plata. Lo hará. Lidia lo hará. Tengo treinta años y voy a ser viudo. Fantástico.

Isabelo Galván vuelve a renovar la confianza de la mayoría en su victoria. Es imposible que falle, el tipo sabe qué lugar ocupa la bala en el tambor y si se decide a variar la posición de este es porque ha intuido el pálpito de la bala en el disparador. Acciona el gatillo y nada. Camino de un nuevo triunfo.

Tercera ronda. El estudiante pasa. La puta que solo va por el millón también pasa. Pasa el padre de los drogadictos. E Isabelo Galván, no hace falta decirlo.

—¿De verdad estás hablando en serio? —le pregunto a Lidia.

—Por supuesto, sabes que sí —contesta.

Siempre habla en serio. Suele pasarle a los que han estudiado lenguas muertas, no sé por qué.

—No durarías ni dos rondas —insisto.

—Es cuestión de suerte —replica—. Fíjate en Isabelo.

Isabelo, sí, es normal que quiera que me fije. Un tipo que, no sé como se las apaña, se ha disparado miles de veces y no se ha dado nunca. Tiene un ángel de la guarda que debe de cotizar altísimo en las esferas celestiales. Tal vez haya hecho un pacto con el demonio para el que está recaudando fondos. Es imposible comparar a Lidia con Isabelo. Para bajarla de las nubes le pregunto:

—¿Y si en vez de con Isabelo te comparas con el mendigo que se pegó un tiro a las primeras de cambio?

—¿Qué mendigo? —pregunta.

—Tú no habías llegado todavía —le explico—. Un mendigo que concursaba hoy. En su primer disparo, eliminado.

Ella vuelve a argumentar que es cuestión de suerte.

Devuelven la emisión al plató. Cuarta ronda. El estudiante pasa. La puta pasa y se acerca a su objetivo. Le queda un solo disparo. El padre de los drogadictos pasa. E Isabelo. Publicidad.

Lidia cierra los ojos. Treinta años. Simulo una pistola con mi mano y me la coloco en la sien. Lidia iría a por todas, la conozco. No se conformaría con el millón. Querría ganarle a Isabelo. Si yo encontrara algún trabajo ella podría dejar de fregar baldosas, pero dónde.

De repente oigo un clamor: uno de esos clamores en que se combinan gritos y maldiciones. Como si la selección de fútbol hubiera fallado un penalti. Ese tipo de clamor, el que se produce en todos los hogares por un hecho que les llega desde la televisión. Una reacción unánime, una sola voz múltiple que se levanta en la ciudad. ¿Qué ha pasado? Lidia también gritó. Ahora me llama. Corro hacia el salón y allí está, la cabeza de Isabelo Galván en la pantalla, abierta como un melón.

Pregunto exasperado qué coño ha sucedido, qué ha podido pasar, y Lidia no sabe explicármelo, y yo insisto, desde luego no puede ser que se haya pegado un tiro a sabiendas cuando estaban emitiendo publicidad, no puedo creerme que se haya suicidado, pero es lo que se me ocurre.

Margot está consternada. Hipa. No puede hablar. Balbucea que ha sido algo terrible. Lo cierto es que, junto a ella, solo se ve al estudiante aterrado, y a la puta que solo busca el millón. No está el padre de los drogadictos. Margot se sosiega. Cuenta que el padre de los drogadictos le pidió el arma para comprobarla, ella ingenuamente se la

162

alcanzó y, cuando la tuvo en sus manos, el padre de los drogadictos apuntó a Isabelo retándole: «Di, enano, ¿crees que podría matarte?, ¿crees que la bala está en el disparador?». Isabelo no contestó. El otro disparó y la bala se le alojó a Isabelo en un ojo. Redujeron al padre de los drogadictos y devolvieron la emisión en este instante.

Margot pregunta al realizador si se han grabado las imágenes del atentado. Le informaron de que no está preparada la cinta. Le traen un vaso de agua. La puta le comenta algo al estudiante. Seguramente ahora se pensará lo de abandonar cuando se dispare por quinta vez ganándose el derecho a embolsarse el millón. Ahora está muy cerca de ganar seis millones en vez de uno. Basta con que el estudiante se elimine. Se enerva ante esa perpectiva.

Por fin las imágenes del momento en que la bala derrumba a Isabelo Galván. Lidia no pestañea. Dice: «Qué hijodeputa». Supongo que ahora no habrá quien la apee de la idea de ir a *La ruleta rusa*. Me da igual lo que haga con su vida. Han matado a Isabelo Galván.

Apago el televisor y me voy a la cama con la sensación de que me tendré que levantar a vomitar las cerezas y los espárragos. Una presión en el pecho me lo avisa. Pongo la radio y ya están los periodistas difundiendo la noticia, ilustrándola con urgentes hagiografías del difunto. Han interrumpido todos los programas. Una de las opinadoras oficiales propone que se declare luto nacional durante un par de días. Intentan encontrar un responsable. Dicen que a partir de ahora el programa deberá proteger a unos concursantes de los otros. Participar en él no debería conllevar más riesgos que los propios a los que expone la mecánica del concurso, apunta alguien. «Tu puta madre», escupo.

Lidia ha vuelto a encender la televisión. Le ha bajado el volumen de voz para no molestarme. No pienso levantarme a ver quién gana, quién hereda el cetro de Isabelo Galván. Seguro que gana la puta. Iba solo por el millón, decía,

la muy cobarde. Querrá hincharse los pechos o rebajarse las
nalgas para poder cobrar unos duros más por cada polvo.
Mañana me enteraré de quién ganó. Vendrá la esquela de
Isabelo en las primeras páginas. Yo guardo todo lo que sale
sobre él. Tengo una carpeta llena de recortes.

Gonzalo Calcedo

Gonzalo Calcedo Juanes (Palencia, 1961) reside en Santander. Ha publicado los libros de relatos *Esperando al enemigo* (1996), *Otras geografías* (1998), *Liturgia de los ahogados* (1998), *La madurez de las nubes* (1999), *Apuntes del natural* (2002), *La carga de la brigada ligera* (2004), *El peso en gramos de los colibríes* (2005, Premio Tiflos), *Mirando pájaros y otras emociones* (2005), *Chéjov y compañía* (2006, Premio Caja España), *Saqueos del corazón* (2007, Premio Iberoamericano de Relato «Cortes de Cádiz»), *Temporada de huracanes* (2007), *Cenizas* (2008), *Picnic y otros cuentos recíprocos* (2010), *El prisionero de la avenida Lexington* (2010, Premio Mario Vargas Llosa NH de Relatos) y *Siameses* (2011). En 2003 publicó su única novela hasta el momento, *La pesca con mosca*. Habitualmente imparte conferencias sobre el género, colabora en revistas literarias y, participa como articulista, en medios de comunicación.

* * *

Afortunadamente los senderos del cuento son menos estrechos que los de la novela. No se trata de falta de enunciados, sino de una saludable emancipación. Cabe de todo y con soltura. La fragmentación que proporciona internet también influye: el cuento, por naturaleza, tiende al atrevimiento, tolera el ensayo, el experimentalismo o el costumbrismo soterrado. Nos acoge a todos con generosidad. Nadie se queda fuera, exceptuando, quizás, más lectores. Espoleado por la descolonización editorial y el duelo de soportes, seguirá su inconformista andadura. Un aerolito en permanente rozamiento con la atmósfera, generador de belleza y luz.

Me supone un esfuerzo ser estricto con fechas y generaciones; siempre he leído desordenadamente, así que, cómo dejar fuera a autores que siguen deslumbrándome. Unas cuantas décadas arriba o abajo no deberían coartarnos. Pero el linaje del cuento es enorme, desmesurado incluso. Para no obviar a docenas de autores maravillosos, solo voy a citar uno, un digno heredero de toda una tradición: Tobias Wolff. Alguien dotado por igual para la transparencia y el cinismo. Un enemigo del cuento onanista, ensimismado, capaz de, con lo mínimo y sin aspavientos, encogerte el corazón.

El prisionero
de la avenida Lexington

Se había hecho de noche durante el trayecto en taxi, como si los rascacielos hubieran presentido la lluvia y desplegado sus magníficos paraguas. Vivian soltó la mano de su hijo para rebuscar en el exiguo, inservible y carísimo bolso Sissi que había estrenado ese día. El lápiz de labios Serendite y la polvera Dior con visos de paleta de pintor emparedaban la billetera de Ralph Lauren. La santísima trinidad de la moda en sus manos. Un *kleenex* usado se descolgó como un suicida. Lo aplastó contra la alfombrilla del taxi con la puntera de sus sandalias de Emma Hope. A quién se le ocurre, sandalias con esa predicción meteorológica: tormentas a partir del mediodía y una humedad del noventa y cinco por ciento. Ya llovía, agrios goterones que dejaban huellas en la ceniza urbana de las ventanillas. Pellizcó un billete temiendo romperlo. Estaban detenidos frente al Sponsor, el edificio donde habían vivido sus padres toda su vida. Tras el reposo espiritual apadrinado por su amiga Gina y el pertinente divorcio era su morada; no le tenía gran simpatía a su herencia, aunque algún amante ocasional incapaz de resistirse a descuartizar la ciudad por cotizaciones le hubiese otorgado un diez —también para ella y su cama, claro está—, y solía culpar a los altos techos y sus lúgubres volúmenes del decaimiento de su hijo. Tenía que ser por el edificio, no por lo que un padre y una madre incompetentes le habían hecho.

—Quédese el cambio —le dijo al taxista, que ya había puesto en marcha los limpiaparabrisas, y empujó a su hijo para que saliese primero—. Mueve el culo, cariñito. Y no pares de correr. Peligra la cabellera de tu madre.

La obra de arte de Federico, su peluquero, no iba a echarse a perder en un irrisorio tramo de acera. Correría como una posesa y eso hizo, mientras el portero le salía al encuentro llevado en volandas por una sombrilla que rebajaba la estampa militar de su uniforme.

—¡Tocan a rebato! —gritó Vivian bajo aquella carpa con publicidad de Finkbräu, una marca barata de cerveza.

La tormenta se miraba en el espejo de las fachadas con tristeza, las letras giraban sobre su cabeza.

—Mamá... —su hijo requirió su atención por algo que sucedía a unos pasos; un perro escapado de su paseante que ladraba a los truenos desquiciado.

—¡Corre! —volvió a gritarle, mientras aplastaba en la mano del portero los dólares de propina por su último favor: trasladar el armario apolillado del cuarto de invitados hasta el despacho convertido en trastero.

Los batientes de la puerta giratoria removieron la polvareda del tráfico atosigándola; luego olió a la madera de los revestimientos, a sus padres cogidos del brazo, a la reverente atmósfera de los domingos y todo lo que habían sido. Su hijo caminaba detrás, mohíno y sufrido, como si acudiera a una cita con el director Balamendi tras una trastada en el patio de juegos. Vivian habría mostrado más compasión de no tener tanta prisa. Tenía que intentar remendar su corazón con un compañero de trabajo de la agencia, un recién llegado que se había fijado en ella con la educación de un caballero español. Hasta tenía bigote. Como su padre. Un hombre con bigote, entrado en años, con promesas sólidas y diversión contenida: un paseo en la motora de un amigo, cenas en Ignacio's con vino yugoslavo y un poco de sexo de batín y pijama; aunque quizás aquí se llevara alguna sorpresa.

168

La puerta del ascensor se rasgó en dos automáticamente. Era nuevo, recién instalado, y transmitía esa seguridad de lo moderno que se echaba en falta en la entraña ratonil del edificio. Dentro, su hijo abrió más los ojos, hechizado por la parafernalia digital del cuadro de mandos, como si el resto del Sponsor fuera un despojo y aquella cápsula el modo de huir de él. Fueron ascendiendo, diez, veinte pisos, hasta el treinta y dos, donde otra cápsula, la del tiempo, les aguardaba como a descarriados.

Vivian ya tenía la llave en la mano y la hora de la cita grabada en el entrecejo como una prodigiosa conjunción de arruguitas gestuales.

—No pongas la tele muy alta —gritó a su hijo al tiempo que se desprendía de sus responsabilidades de madre.

Fue dejando puertas abiertas y nada más entrar en la *suite* prohibida a todo hombre con un coeficiente intelectual y emocional inferior a ciento cincuenta, se recitó a sí misma, se descalzó; le hacían daño las sandalias, así que elegiría otro calzado. Pero, ¿cuál? La cena era a las ocho, tarde para su gusto, y Marucha, la canguro, tenía que llegar a las siete y media. Con la lluvia el tráfico se desbocaría y quizás tardase más de lo esperado. Disponía de poco tiempo para decidirse. Trató de calmarse. Necesitaba que la tormenta pasara de largo cuanto antes para brillar sobre los charcos, pero con el sol despabilándose.

—Piensa en algas —se dijo—. Algas meciéndose en el fondo marino.

Estaba en una fase alga que intrigaba a su hijo: las algas como alimento, como hidratación, como ungüento milagroso, como ejercicio mental. No era una histérica. Sabía contenerse y reflexionar en el trabajo, cuando los clientes rozaban el llanto y sus lamentos estallaban en el auricular por un desplome bursátil de principiante. Todo era cuestión de experiencia.

Se sentó apaciguada en el borde de la cama. Llevaba las uñas de los pies pintadas de un color arena difícil de combinar con otras sandalias. Claro que la lluvia podía ponerse de su parte permitiéndole elegir un zapato cerrado. Aunque fuese primavera. Ah, la insolente primavera, el esplendor de su profesión, cuando la gente se asomaba a las ventanas de sus pisos y apartamentos y de repente se hartaba de los riscos de hormigón armado y cristal y pensaba en mudarse al campo, en vender, vender, vender... Ella estaba allí para complacer sus deseos silvestres, acomodándoles en barrios primorosos de altivas casitas y espacio de sobra para aparcar. Recién casada Vivian había habitado uno de esos hogares. Había plantado tomates chinos en un recodo del jardín y había abrazado un gato a pesar de la alergia. Había invitado a vecinos curiosos y acudido a barbacoas donde acababas sintiéndote como una piel curtida al sol. Había discutido de baloncesto sin saber cómo era una cancha y a modo de represalia se había bronceado desnuda en el jardín lateral tras una discusión con su exmarido, aquel buen chico que, cuando se mudaron a la ciudad para que ella no se agotase tanto en sus desplazamientos laborales, comenzó a beber *bourbon* en demasía, como si tuviese una cuenta pendiente con la destilería y quisiera saldarla ahora.

El divorcio apenó a sus padres, que murieron poco después, octogenaria ella, nonagenario él. Vivian no pensaba que por su culpa. Sencillamente habían culminado su recorrido tras numerosas prórrogas y habían vivido una buena vida en la ciudad. Regresó a su apartamento como única heredera, con un bebé en brazos. Dios mío, tenía un hijo, eso no podía olvidarlo, pero su problema hoy era el calzado y la lluvia y el maldito tiempo, que conspiraba contra ella y su necesidad de ser amada por unas, calculó, cuatro horas todo incluido. No toleraría por mucho más tiempo a un hombre.

Entró en tanga y sujetador al vestidor, donde fue recibida por los espectros que asustaban a su hijo: algunos de los trajes de su padre, los más recientes, y los vestidos que su madre había lucido en fiestas de azotea, entre naranjos y cerezos florecidos en macetas. Apenas les echó el vistazo de rigor y se puso a charlar consigo misma acerca de su cintura, de las pantorrillas, del vello como purpurina dorada de su vientre y de la pelea de sus hombros con cualquier tirante fino.

No había resuelto nada cuando recibió una llamada de Marucha en su móvil.

—Si me dejas tirada —le advirtió tras escucharla entre bocinazos—, te enviaré a uno de nuestros abogados.

—El taxista es un gilipollas —dijo la chica.

—Trata de convencerle de que ataje.

—No me escucha.

—No sé, haz algo.

—¿Algo provocativo?

—Lo que se te ocurra.

—¿Qué has dicho?

—Podrías enseñarle las tetas.

—No tengo, ya lo sabes. Soy plana. Y es un problema.

—Te dije que fueses a ver a ese cirujano amigo mío.

—Ya sabes que no estoy muy segura de lo que quiero.

—Me importa una mierda. Haz lo que te venga en gana, pero llega a la hora. ¿Cómo dices que está el tráfico?

—De locos.

—No hagas nada que ponga en peligro tu vida, cielito mío —añadió arrepentida y ambivalente un segundo—. No quiero que tus padres me demanden.

—¿Quieres que te pase con el tipo?

—Quiero que te bajes del coche y cruces el puto puente corriendo si es necesario. *Ciao.* —Cerró la tapa del móvil y salió al pasillo principal.

No regresó al dormitorio. Aguardó allí, sobre la moqueta densa como el musgo. Apenas había luz natural en aquella parte del apartamento. Entonces le extrañó algo: no había ruido. Su hijo no había puesto la televisión. Era la hora de los Mumys y su prole y no se escuchaba la cancioncilla de fondo, ese ir de la mano al parque para bailar en círculo. Echó a andar descalza por el corredor, como la protagonista de una película de terror barata. Se oía la barahúnda del tráfico colapsado, su intimidación. Retumbó un trueno muy cerca y supuso que ahora su hijo lloraría. Correría hacia ella para abrazarla y ella le escatimaría los minutos de amor. Quizás, se dijo, su caballero con bigote no se mereciese tanto detalle.

—Cariño... —se dirigió a él sin verle—. ¿Qué estás haciendo?

La lucecilla que escapaba a través de la puerta de doble hoja del salón se apagó y se encendió.

—¿Por qué no estás viendo...?

La respuesta fuese esa misma luz, otro guiño apático.

—Cariño, ¿qué estás haciendo? Te he dicho mil veces que no juegues con la lámpara.

Allí estaba su hijo, junto al ventanal donde se ubicaba la vieja mesa de trabajo de su padre, convertida ahora en mostrador para la correspondencia. La lámpara era la misma de décadas atrás y tenía una tulipa amarillenta y gastada, sucia pensaba Vivian. Había pretendido sustituirla muchas veces y ese pensamiento la embargó mientras observaba a su hijo. Qué mezquina se sentía. Qué miserable y desdibujada.

El pequeño estaba sentado en una sobria silla, sin que los pies le llegasen al suelo. Tenía siete años y al mirar hacia la figura que entraba distinguió a una madre medio desnuda, escalofriada. La ropa interior era granate y destacaba sobre la piel muy blanca. La piel de su madre era así, como nácar, como nubes. La mano del niño, aún regordeta, como un recordatorio de sus días de bebé, quedó inmóvil, el dedo que iba a pulsar el acharolado interruptor de baquelita en el aire. Tenía puchero, aunque no era consciente de haber cometido ningún delito. Ella no extendía los brazos hacia él a pesar de los truenos y relámpagos.

—¿No ves la tele?

Movió la cabeza de lado a lado.

—¿Qué haces ahí sentado?

Respondió que nada.

172

—Marucha vendrá enseguida y podréis dibujar juntos.

—¿Un barco?

—Sí, un barco estaría bien. Y luego un elefante.

Asintió cariacontecido y su madre dijo:

—No juegues con la lámpara.

—No.

—Puede que Marucha llegue tarde y tengas que quedarte un ratito solo, cariño. Mamá no tiene más remedio que irse, ¿lo comprendes?

Asintió otra vez.

Ella ya se había ido cuando volvió a pulsar el interruptor y el ventanal se convirtió en un espejo. Se vio reflejado en él, pequeño y bastardo, lejano. Parecía navegar por el tiempo, rodeado por muebles severos y rancios que eran como centinelas escapados de un penal. Le dio miedo y apagó la luz, pero la visión de la ciudad envuelta en lluvia tampoco fue lo bastante tranquilizadora. Le embelesaban los rascacielos y sus gorilas de peluche rellenos de serrín, pero de día, bajo el sol redondo y amarillo de sus dibujos. Ahora únicamente le distraía el juego con la luz. Como si fuera un pequeño mago que enseñara a una tribu el poder más enigmático de todos.

Se miró en el cristal; el centelleo de la bombilla, otro hechicero. La apagó. La volvió a encender. Llegaban gotas hasta el vidrio decorado con volutas, pedrería y líneas de plomo, como los tragaluces de la catedral donde se había perdido por primera vez. Gotas desperdiciadas que eran como pensamientos.

Apenas una hora después de haber intervenido en el encuentro sobre poetas italianos de entreguerras, el profesor Pirelli volvió a enclaustrarse en su habitación del Roger Smith Hotel, en el cruce de la calle Cuarenta y siete con la avenida Lexington. Tras los desabridos aplausos había rechazado todas las invitaciones, evadiéndose como un fariseo de sus deberes sociales. Ahora solo ansiaba cerrar su maleta y encaminarse a la terminal del aeropuerto, cruzar el océano como si leyera un gran verso y regresar a su hogar. Se sentía irremediablemente viejo. Hastiado quizás. Todos lo habían notado: durante su discurso algo cambió. Las palabras se agriaron en sus labios y los elogios a la vieja generación se tiñeron de resentimiento. El profesor Pirelli pudo detectar cruces de miradas, gestos torcidos, brazos que se cruzaban para contener la incredulidad. El público dejaba de asentir, como si ya nadie estuviese de acuerdo con lo que contaba, y su voz provocaba en los lejanos muros de la sala un eco de soberbia.

Había descargado una premonitoria tormenta de primavera al principio de su discurso. El cielo se había resquebrajado anunciando su rencor y no pudo o no supo hacer nada por evitarlo: su infame Apocalipsis literario cabalgó sobre las filas de asientos. Parecía desarbolado por una ira de gabinete, como si solventara una conspiración. Su última amante le había abandonado tras un fin de semana de asueto en un hotelito junto a una playa de guijarros, las alumnas jóvenes ya no tentaban su despacho para agasajarle y había dejado de dirigir aburridas tesis. Interesarse en otras opiniones le suponía un esfuerzo desproporcionado. La vida académica resultaba a la postre lasa, sin demonios siquiera. Era un jardín desecado con senderos de grava por los que arrastrar la suela de las zapatillas de felpa que se calzaba nada más entrar al despacho, a escondidas de la gente.

Su habitación del Roger Smith estaba en la planta séptima, sobrevolando apenas la adoquinada realidad de la calle. Ninguna distancia le enaltecía. Podía distinguir a la gente enfrascada en el galimatías de cruces, a los coches estancados en los charcos, el rectángulo amarillo de los taxis embaldosando la avenida. La lluvia no parecía descolgarse de un cielo invisible, sino de los mismos edificios trocados en gárgolas. Hoy la ciudad anunciaba su despedida. Envejecía a ojos vista. Semejaba una vetusta factoría colmada de máquinas de vapor y pasarelas, de operarios en hilera.

Fue al lavabo y orinó sentado en el retrete, como un anciano incontinente, las fláccidas posaderas encajadas en una gangrena pasajera. Se recreó en la ridícula imagen de sí mismo que ofrecía el espejo colgado tras la puerta, un gran paño de azogue con las dos esquinas inferiores carcomidas por fregados sin cuento. Pirelli tenía una sincera tendencia a la frugalidad, pero aquel cuarto de baño le incomodaba con su muestrario de antigüedades; una de las tres bombillas que iluminaban el espejo sobre el lavabo derramaba una luz caduca, como si estuviera ya desfalleciendo. La cortina de la ducha pendía de ojales desgarrados. La loza del lavabo estaba saltada y el material se descascarillaba con la uña. Si se concentraba podía escuchar los gorgoteos de las cañerías, el viciado bufido de los conductos disimulados por abolladas rejillas de ventilación, donde las serpentinas de polvo oscilaban soñolientas. Más arriba los techos morían en un funerario recuadro de mohosa escayola.

Se lavó la cara y las manos falange a falange, como un cirujano. Se secó con una toalla acartonada. Luego fue a la habitación, pero no tuvo fuerzas suficientes para iniciar ninguna tarea: revisar la maleta, repasar sus notas, atender alguna llamada recordada con un garabato en una hojilla con el membrete del hotel. Como aludido, sonó el teléfono. La penumbra de la habitación se animó con el ruido. Uno de sus colegas, pensó mirando el aparato, aquel caparazón con el brillo acharolado de un gran ciervo volante. Alguien empeñado en rescatarle e invitarle a cenar; tal vez un filántropo interesado en sus pesares, en dialogar o en tomar represalias contra él tras un par de engañosas copas. En nombre de toda aquella poesía vilipendiada, se sonrió adusto. Pero no contestó y la llamada fue uno más de los recados que se traspapelaban húmedos y amortiguados entre los huesecillos de sus oídos.

Terminó acercando la silla del escritorio a la ventana. Enderezó la espalda combada, de abuelo. Se estaba haciendo de noche y en el edifico de oficinas de enfrente pululaban las limpiadoras, cada planta un terrárium con sus especímenes. No se afanaban demasiado. El profesor Pirelli bautizó a algunas con apodos sugeridos por sus poses y volúmenes, le tomó simpatía a un par de ellas; por distracción siguió los movimientos de sus favoritas de sala en sala, desentendiéndose a veces. Fumaban sin recato, charlaban y por sus gestos supuso que disfrutaban. Se les unió en un despacho un hombre joven, de uniforme, que se llevaba las manos a los genitales como si se atusara el cabello, mientras la pantalla de lluvia crepitaba eléctrica y otras luces iban apagándose y el envoltorio de los edificios perdía prestancia. Llegaba la deserción. Los titanes se iban a dormir, el añejo hormigón empapado, ya ciego, pero el tráfico no cesaba. Es más, se dijo Pirelli como un observador neutral de los vicios urbanos, empeoraba. Y se imaginó a sí mismo en otro país, cabalgando osado su bicicleta con el pan redondo trastabillando en la cestilla, la campiña desdoblándose a su paso como un recortable de colores y perfiles nítidos, en cada pedalada el encono de las rodillas ya resentidas.

Suspiró con cierto aplomo, como si aceptara no rubricar nunca más ese grado de felicidad. Le llevaría poco tiempo hacer la maleta, pero tampoco tenía prisa. Igual que las noches anteriores no podría dormir. Llevaba poco tiempo en la ciudad, no se había adaptado al horario, a la irrespetuosa arrogancia de las avenidas siempre en movimiento. Y qué decir de las comidas, del mundo subterráneo donde todas aquellas castas creaban reinos.

La silla crujió con un comentario astillado.

Pirelli respiró despacio, avaro con el oxígeno que requería su organismo. Se había dejado la luz del baño encendida, un olvido de niño asustadizo. La claridad que proyectaba la puerta superponía varios reflejos en la ventana, mundos submarinos, evanescentes. Apoyó una mano en el cristal y sintió la reverberación de la ciudad, su natural hipocresía, su suntuoso abandono, toda aquella gente marchándose hacia los suburbios, algunos para morir esa noche, creyó. En accidentes, asesinados, de amor, colapsados, por decisión propia. Compadeció a la mayoría, recitó algo de memoria mientras mujeres jóvenes y exquisitas convertidas en ánimas dejaban la huella de sus pies en el cemento blando de las avenidas. Sintió una fúnebre inspiración, como si fuera un artista. Tenía que trabajar, hacer honor a su nombre. Hubiera podido hacerlo postrado en aquel escritorio, como un escribiente de otro siglo bajo una luz de gas, pero continuó junto a la ventana en la misma postura, impertérrito, sucediéndose a sí mismo minuto a minuto. Dos días atrás, en su malévolo pasado neoyorquino, se había dejado arrastrar por una madeja de estudiantes hasta un bar llamado Under the Vulcano, donde su arisca persona se convirtió en atracción circense. Una estatua clásica arrancada de su pedestal, de su jardín de otoño y sus hojas inmoladas. Bebió whisky de centeno en exceso y acabó sintiéndose mal, como si faltara la gravedad y aquellas doncellas con los estómagos al aire y piedras preciosas en el ombligo danzaran para él. Excepto la vergüenza de vomitarse encima, poco más recordaba. Una zarpa de uñas como gemas, un pañuelo, alguna burla, la contrariedad de un camarero.

Retiró la mano del cristal. La sintió adormecida, fría. La muerte empezaba así, por un miembro, e iba avanzando dulcemente hasta poseerte. Lo pensó complacido, una media sonrisa en los labios. Luego tuvo miedo y tanteó la mesa en busca del interruptor de la lamparilla. Fue entonces cuando se fijó en una luz que se encendía y se apagaba en la lejanía. No debía ser demasiado lejos, puesto que distinguía aquel pestañeo con claridad. Un fallo eléctrico, pensó, pero leyó entre líneas lo que parecía un mensaje de un alma perdida. Por qué no interpretarlo así. Contuvo la respiración. La luz se apagó y tuvo la impresión de que a su alrededor, en la fachada de aquel edificio, otras luces se extinguían para crear un cerco de negrura y pesadumbre. Dios mío, se angustió. Y con toda la precipitación del mundo acertó a pulsar el interruptor de su lamparilla. Una, dos, tres veces. Procuró mantener un ritmo intencionado y volvió a apagarla.

No sucedió nada durante un triste minuto más en la vida del profesor Pirelli. Luego su luminosa plegaria fue atendida y la diminuta luz del horizonte urbano se recreó en su respuesta. Se apagó y se encendió en nerviosa cadencia. El profesor Pirelli respondió de igual manera y la comunicación fraguó en un instante de absurda plenitud. Casi había perdido el resuello, de nuevo la respiración de ciclista. La casualidad hacía que le importase a alguien, el azar estaba de su parte durante su contemplación de la ciudad y sus duendes.

Casi se le saltan las lágrimas cuando la luz osciló de nuevo entre la lluvia. Esta vez sin nerviosismo, como si aceptado el ritmo de los mensajes se pasara a la intimidad. Pirelli trató de hacer música con aquella lámpara de bronce. Era un juego que practicaba con el aliento de la juventud, como si se sintiese otra vez un barbilampiño poeta y no un demiurgo sin rumbo, un profesor jubilado al que ya solo se le abrían las puertas de los homenajes. Festejó aquel norte de luz que le guiaba generosamente. Ya no oía el tráfico, sino los resortes de su pensamiento, el tenue chasquido de la emoción desentumeciéndose en su cuerpo. Llegó a sonreír. ¿Quién podría ser? ¿Un alma gemela? ¿Una heroína perdida? También se dejó llevar por la ironía pensando que se tratara de un ser desangelado, un borracho o una estudiante enfrascada en reflexiones drogadictas, con el álgebra consumiendo su vista. Alteró el ritmo de sus señales y la luz titubeó, como si ahora no comprendiera el idioma. Acto seguido se apagó y aquella zona remota de la ciudad quedó a oscuras.

Qué ingenuo, pensó. Cuántas luces similares estarían oscilando en una fracción de segundo en aquel infinito humano. Imposible comprenderlas todas. Aquella en la que él se había fijado era una más. No había habido comunicación, sino coincidencia, fortuna. Pero no se amargó por ello. Apagó su lámpara y dejó que la noche le envolviera.

Aun así permaneció junto a la ventana, el tiempo una sustancia estancada que los sumideros de la ciudad no podían digerir.

Si se despertaba cada poco era para mirar hacia aquella tiniebla. La luz se había borrado de su mapa, la tormenta se retiraba a sus aposentos y los silentes relámpagos iluminaban la habitación sin crear sombras. Estaba de nuevo solo.

Volvería mañana a casa. Sonreiría a las azafatas en el avión y les recitaría rimas picantes mientras sus alas de acero le sostenían en el aire incandescente. Fue un pensamiento agradable que buscaba compensar su decepción de farero.

Fue al baño, orinó el agua de la conferencia.

De vuelta a su silla intuyó una ciudad refrescada y perfumada que saludaba a la noche. Antes de abandonarse a la amargura y quedarse dormido a lomos de su montura, como un caballero sostenido por la armadura, aún tuvo tiempo de pensar algo hermoso: que todos los niños de la ciudad ya dormían en sus camitas de madera y coral y que el gato de Shakespeare & Company, el minino prosaico y gandul que dormitaba en medio del local y se había restregado contra sus tobillos mientras buscaba un libro cualquiera, había leído con sabiduría millares de historias y podía contárselas.

Carlos Castán

Carlos Castán (Barcelona, 1960) es licenciado en Filosofía por la Universidad Autónoma de Madrid. En la actualidad vive en Zaragoza. Ha publicado los siguientes libros de relatos: *Frío de vivir* (1997), *Museo de la soledad* (2000), *El aire que me espía* (2005) y *Sólo de lo perdido* (2008, Premio Mario Vargas Llosa NH de Relatos). También es autor del volumen de artículos *Papeles dispersos* (2009), de la novela corta *Polvo en el neón* (2013), ilustrada con fotografías de Dominique Leyva, y de la novela *La mala luz* (2013).

* * *

Yo creo que el cuento español es bastante variado en cuanto a enfoques y tendencias. Me parece que en algún momento se produce una ruptura tanto con nuestra propia tradición cuentística, que podría estar representada por autores como Jesús Fernández Santos o Ignacio Aldecoa, como con la línea emprendida por maestros europeos como Maupassant o Chéjov en beneficio de dos grandes corrientes predominantes: la que proviene a grandes rasgos del mundo de Cortázar y la que se sabe deudora del relato norteamericano actual. Y cabría añadir una tercera: los intentos de síntesis de estos dos modos de concebir el género.

Quizá sea pronto para saber cuáles son los autores fundamentales de este momento. A mí me interesa bastante la obra de Tobias Wolf y Ethan Canin. En nuestro país el panorama es rico y de un nivel más que interesante. Quizá los nombres fundamentales sigan siendo Eloy Tizón, Juan Bonilla y Gonzalo Calcedo, aunque hay autores algo más jóvenes que están renovando el género con un vigor sorprendente.

El acomodador

El tío Avelino no me dejaba ir al cine. Se supone que estaba alojado en su casa para estudiar y eso es lo que, según él, debía hacer a todas horas. Qué me había yo creído. «La vida no es un picnic —repetía—, alguien se está matando a trabajar allá en el pueblo para que tú no seas un mierda el día de mañana». De manera que solo las tardes en que él se quedaba hasta última hora en la oficina podía, con la complicidad de tía Feli, que a desgana hacía la vista gorda para evitar alborotos, escabullirme de tapadillo en alguno de aquellos refugios tibios que eran las salas del barrio, balcones a un edén en tecnicolor de bandidos y muchachas, batallas y mares que me hacían olvidar por un momento la gris monotonía de unos días vividos sin ganas ni esperanza.

Luego cayó enfermo, mi tío Avelino, y yo tenía que leerle *El Alcázar* en la penumbra de un dormitorio lleno de fiebre. Tía Feli nos interrumpía cada dos por tres con vasos de leche o zumo de limón y cucharadas de un jarabe viscoso que impregnaba todo de un aroma como a agonía y que acababa siempre por ensuciar el embozo de la sábana con unas gotas negras que para mí eran ya el anuncio de algo terrible.

La ausencia de alguien que se ha muerto es algo que ciertamente no se puede tocar, pero casi. No es ya solo esa especie de sombra que se desliza por los pasillos y se escon-

183

de en los armarios donde se almacenan los trajes que dejó vacíos, sobre todo un par de zapatos negros que siempre parece que van a echar a andar con su leve cojera de excombatiente y perseguirme otra vez por las habitaciones, «yo te enseñaré, pequeño bastardo». No es esa vieja leyenda de toses en medio de la noche que suenan desde lo que fue su cuarto entreabierto, ni fantasmas de piel de agua, ni lamentos de cañerías o viento que golpea las persianas. La ausencia de un muerto reciente es por encima de todo una porción de aire ligeramente más espeso que el resto, que guarda su olor y se posa sobre las cosas como una sombra de nube.

Antes de morir, tío Avelino me había pedido que cuidase de su mujer, la pobre tía Feli, que quedaba rota entre costuras inútiles y programas de radio. Me agarró bien fuerte del brazo para decirme que nada de cine, nada de dejarla sola; merendar juntos, estudiar a su lado mientras cosía. Y eso es lo que comencé haciendo. Llegaba del colegio sin entretenerme por el camino y extendía sobre la mesa de la cocina deberes y tebeos, resignado a una tarde casera de transistor y tía Feli, seriales y suspiros, aburrimiento y pan con chocolate.

Pero yo necesitaba como el comer esas sesiones dobles y pronto empecé a dejarla sola para perderme en aquellos templos de sueños remotos que eran los cines del barrio. Una tarde, en la oscuridad del Savoy, creí reconocer en el acomodador aquel olor de mi tío a sopa vieja y a tabaco, el mismo paso renqueante entre las butacas, la misma respiración podrida. Me las arreglé para vencer el temblor de las piernas y salir a toda prisa buscando el refugio de la calle que a esas horas era un tranquilizador estallido de tráfico y de luz.

No volví más a ese cine, pero lo mismo me ocurrió al cabo de un tiempo en el Metropolitano, y días después en el Montija, y más tarde en el Lido: siempre esa silueta de tío Avelino con la linterna en la mano, ese olor inconfundible, sus ojos muertos escrutando la oscuridad de la sala, quizá buscándome entre las filas de asientos deshilachados, pidiendo cuentas por mi promesa rota, por una viuda que merendaba sola.

Una noche, tras la última sesión, me atreví a esperar a que saliera del cine aquella silueta. Me quedé agazapado en la acera de enfrente esperando a que saliese aquella figura, con el cuello del abrigo subido, como en las películas de espías, y la débil esperanza de que todo fuesen imaginaciones mías, reflejos en el pozo de culpa que era yo a veces por dentro. En la oscuridad, creí distinguir su contorno alejándose calle arriba. Caminé a cierta distancia tras aquellos pasos fatigosos que no se detenían en los escaparates iluminados ni en los semáforos cerrados a los peatones. Las fuerzas que nos conducen a la perdición uno no sabe nunca de dónde salen, por un instante pensé en correr para darle alcance, preguntar qué estaba pasando, pedir perdón, tomar aquella mano que, en ocasiones contadas, me había acariciado el pelo mientras le leía en voz alta las noticias de un mundo que empezaba ya a no ser el suyo. Pero por alguna razón ralenticé mi paso y se me acabó perdiendo aquella figura al confundirse entre una legión borrosa de cojos bajo la lluvia, todos de espaldas y con abrigos idénticos, que cruzaba el puente camino al cementerio.

Mercedes Cebrián

Mercedes Cebrián (Madrid, 1971) es licenciada en Ciencias de la Información por la Universidad Complutense de Madrid y tiene un Máster en Estudios Hispánicos de Birkbeck (Universidad de Londres). Ha publicado los libros de cuentos *El malestar al alcance de todos* (2004), *Cul-de-sac* (2009) y *La nueva taxidermia* (2011). También es autora del volumen de poemas *Mercado Común* (2006) y de la crónica *13 viajes in vitro* (2008). *Oremos por nuestros pasaportes* (2012) es una antología de sus textos. Ha coordinado y participado en el libro colectivo de textos sobre barrios de Madrid titulado *Madrid, con perdón* (2012). Colabora asiduamente con los suplementos *El Viajero* de *El País* y *Cultura/s* de *La Vanguardia*.

* * *

Creo que los autores españoles, ya desde hace una década al menos, miran más hacia fuera. Es decir, están más en contacto con el cuento latinoamericano (esencial, creo, para la formación de los cuentistas) y también de otras lenguas, en concreto pienso en el cuento estadounidense. Por eso me parece detectar ciertos aires experimentales cercanos a «estrellas» del relato corto como David Foster Wallace, por ejemplo.

Debo decir que comienzo a desconectarme poco a poco del género relato a favor de textos de más largo aliento. Eso me conduce a leer cada vez más nouvelles y novelas cortas, pero sigo interesada en autores de relatos como el argentino Edgardo Cozarinsky (al que descubrí hace pocos meses), la también argentina Samanta Schweblin y su libro *Pájaros en la boca* y la española Nuria Labari. Y no quiero que se me olvide Lorrie Moore (Estados Unidos), de quien aprendí mucho en su momento, y al argentino Rodolfo Fogwill, claro. Me doy cuenta de que me ha salido una lista muy rioplatense.

Retóricos anónimos

> La culture me paraissait une compensation nécessaire liée au malheur de nos vies.
>
> MICHEL HOUELLEBECQ, *Plateforme*

Para qué ocultarlo: soy de las personas que, cuando van a una conferencia, siempre hacen preguntas llenas de alusiones a pensadores franceses y alemanes en las que por fuerza aparecen las palabras *maniqueísmo* y *exégesis*. No sé si os habéis visto en esa situación alguna vez, es muy incómodo: de repente se crea una atmósfera de rechazo casi irrespirable alrededor, como si hubieran pulverizado la sala con un spray de hostilidad tras vuestra intervención, y enseguida empiezan a brotar los comentarios del resto del público. Yo antes era ajeno a la ojeriza que provocaba en los otros oyentes; es más, verdaderamente *no oía* sus chasquidos de lengua ni sus murmullos de desaprobación. Ahora que sí los escucho me afectan sobremanera, más que nada porque me impiden hilar un discurso coherente. Pero al menos ya sé que esto de las preguntas es un síntoma típico de mi adicción, comparable, por ejemplo, al de atesorar más y más versiones de la tetralogía wagneriana: tengo las de Knappertsbusch, Furtwängler, Solti... —impecable la de Solti, más alejada de la tradición hiperromántica que la

189

de Knappertsbusch pero mucho más analítica y...—, ¿cómo?, ah, sí, que siga. Disculpadme, es que cuando hablo de ópera alemana pierdo la noción del tiempo. Decía que es un síntoma similar a muchos otros que en su momento consideré virtudes únicas, galones flamantes que solo yo lucía en la pechera y que me hacían brillar frente a un ejército anodino de gente menos condecorada.

Imagino que a muchos de vosotros os pasaba como a mí: las mujeres al principio están encantadas. Ellas (perdonad las que estáis aquí, no me tachéis de reaccionario) disfrutan tantísimo escuchando y aprendiendo de tu saber, que a los cinco minutos ya te hacen sentirte Mr. Higgins (¿no habéis visto *My Fair Lady*? Ya está en DVD, es deliciosa). Y además, como uno tiene las manos huesudas y finas, acostumbradas a tratar con delicadeza pequeños objetos de coleccionista, reproducciones de beatos y códices o grabaciones históricas de mezzosopranos en vinilo, pues claro, es inevitable que las chicas se queden prendadas de ellas, queriendo ser también disco o facsímil para recibir caricias de esa índole.

No obstante, enseguida vienen los problemas: mi ruptura con Lola, que está aquí entre nosotros y que ha sido quien se empeñó en que viniéramos, es buena prueba de ello. Yo le induje a engancharse a esto y ya os imaginaréis el tremendo deterioro de la calidad de vida que se produce cuando los dos miembros de la pareja están metidos en el asunto. La casa era un espacio inhabitable con pilas de libros y revistas por todas partes, recortes de prensa mal archivados, rascacielos de discos... Ya no podíamos más. Estuve a punto de perder mi trabajo al hacer que me firmaran una baja fraudulenta para ir al Maggio Musicale de Florencia. El resto del tiempo lo pasaba en esas macrolibrerías tan dañinas consumiendo a escondidas. Lo peor vino a partir de agosto: nos tuvimos que quedar en Madrid por razones económicas y ahí entendí verdaderamente lo que era la nada, y sin tener que leer a Sartre: la cartelera vacía como una nevera de piso compartido y las mismas exposiciones de la primavera. Al final tuve que ir a lo primero que pillaba: obras teatrales de humoristas televisivos, películas de superdetectives y otras inmundicias. Todo para obtener un poco de satisfacción de baja calidad. Y a mediados de septiembre, cuando las aguas volvieron a su cauce, me metí una sobredosis que por poco no lo cuento: un maratón de cine documental por la mañana, después una sesión de videoarte, luego un recital de laúd y finalmente, cuando estaba de nuevo en la taquilla del cine para entrar a la sesión de madrugada, tuvieron que llamar a una ambulancia. Lamentable, ¿verdad?

Pero, afortunadamente, toda esa vorágine de excesos ha quedado atrás. Ahora acepto la gravedad de mi problema y sé que he de luchar contra él hasta eliminarlo totalmente. También sé que me va a costar mucho lograrlo. Por eso estoy aquí y por esa razón me atrevo a presentarme ante vosotros, que sabéis bien lo duro que es esto, y deciros que yo, Ignacio Castaño, soy adicto a la cultura.

14 de enero. Llevo una semana yendo a terapia, tanto individual como de grupo. El psiquiatra me ha recomendado escribir este diario —por cierto, nunca acabé de leer los de Pavese, se los presté a no sé quién— para recordar qué actos y productos consumo cada día y de esta forma ir viendo la evolución del tratamiento. Por lo pronto, al pedirle que me pusiera al día en las terapias más efectivas para tratar las adicciones y que me diera algo de bibliografía al respecto, me hizo callar enseguida. No es muy simpático el Miranda ese.

Como he tenido que dejar las clases de idiomas, esta tarde, que era cuando me tocaba ir a italiano, estaba que me subía por las paredes. A cambio fui a ayudar a Lola a montar las estanterías de su nueva casa. Nunca lo había hecho y confieso que no ha sido tan terrible; me ha entretenido contar las piezas por ver si faltaba alguna, mirar el plano adjunto y tratar de ensamblar aquel armatoste, aunque he tenido que repetir el proceso dos veces porque al principio lo armé todo al revés. Le he dicho a Lola que si piensa comprar más yo le ayudo a montarlas o a colgarle percheros, que eso me hará avanzar mucho en la terapia. Dice que me olvide, que juntos no nos apañamos para montar nada. Y tiene razón.

Miranda es de los que opinan que a un profesor titular de Teoría Económica no le hace ninguna falta aprender italiano, solo inglés y punto. Le he mostrado mi completo desacuerdo. Sin el italiano, la lengua del goce estético por antonomasia, es como si me faltara algo, como si me hubieran extirpado un órgano vital sin reemplazo posible. Cada cosa que me prohíbe me duele tanto como la amputación de un miembro así en vivo, porque finalmente ¿qué soy yo sin la cultura? Eso quiere Miranda que me pregunte, a ver si llego a dar con una respuesta válida. Dios mío, no quiero ni pensar en todas esas obras de Petrarca y Dante que compré en el viaje a la Toscana que hice el año pasado con Lola y que aún ni he hojeado. En cambio ella, con lo de la mudanza, ha tirado a la basura todas las guías de museos italianos. Eso sí que es fuerza de voluntad.

Le he hecho mucho daño a Lola, ella no tenía nada que ver con todo esto, solo mostraba cierto interés por el arte sacro, la generación del 27 y poco más, y claro, por ahí la enganché. Le hice entender sin palabras que cualquier ápice de relación conmigo era imposible si no se sabía al dedillo las claves del gótico tardío, sin ir más lejos. Muchas chicas entran en esto inducidas por nosotros, en cambio los tíos parece que lo llevamos en la sangre. Según Miranda, la incidencia de la enfermedad es mucho más alta en varones que en mujeres, y quitarse cuesta mucho sufrimiento y mucho, mucho dolor. Hasta de riñones, que llevo toda la tarde montando muebles para desarrollar «habilidades psicomotrices», como nos dicen en la terapia. Me voy a poner la manta eléctrica y a dormir.

23 de abril. Estoy hiperansioso, todo me irrita. Hoy he sufrido una recaída muy fuerte tras tres largos meses sin consumir nada: he ido a una exposición de arte del Japón Meiji (me ha convencido de mala manera Marcos, uno del grupo de apoyo que es también profesor de mi facultad) y después he comprado una obra que ya tengo: el *Libro del desasosiego* de Pessoa, pero en una edición bilingüe muy cuidada y con un montón de anotaciones, a sabiendas de que el doctor Miranda me ha prohibido terminantemente las ediciones anotadas. Comprende que suprimir de cuajo todo lo referente a la cultura crea un desequilibrio hormonal importante, comprende también que hoy es el día del Libro y que es inevitable no caer en la tentación con tanto bombardeo publicitario, pero dice que en lo sucesivo todas las ediciones, *todas,* han de ser de bolsillo, sin prólogos ni notas de ningún tipo; que el ciudadano medio las lee así y que estos excesos son los que más daño hacen. No sé si seré capaz. Además, por ahora solamente me deja leer libros relacionados con la economía y como mucho alguna novela gorda de las que están en las listas de éxitos para que pueda hablar con mis conciudadanos de tú a tú, dice el memo de él.

Y en efecto: ayer en la secretaría de la facultad me vieron con uno de esos novelones infectos (lo llevaba forrado pero se transparentaba el título) y allí estuve casi veinte minutos rodeado de administrativas químicamente rubias contándome lo guapísimo que es el autor y lo apasionante que es su obra. La jefa de negociado, Luisa, incluso se atrevió a tirarme los tejos. Me habló de ver juntos la peli basada en el libro, que la acaban de estrenar. Desde luego, esa mujer no tiene nada que hacer conmigo.

Por la tarde he pagado mi rabia con Miranda. Le he dicho que sus métodos eran embrutecedores y que cuando saliera de allí me iba a ir directo a una conferencia sobre el papel de los *castratti* en la ópera italiana y después me iba a tragar dos películas iraníes seguidas. Me ha dicho que peor

193

para mí, que eso era tirar por tierra todo el trabajo que habíamos hecho en estos tres meses y que me preguntara a qué se debía ese *horror vacui* repentino y esa actitud rebelde por mi parte. No se lo he dicho. Me avergonzaba darme cuenta de que, gracias a sus métodos de curación, ahora les gusto a tías del estilo de Luisa, que no entiende mis alusiones a Magritte cuando me pongo a fumar en pipa ni mis bromas sobre Duchamp si pregunto por el baño de caballeros.

Finalmente, ya un poco más tranquilo, me metí en un atasco para así llegar tarde a la conferencia. Es una táctica que nos enseñaron en el grupo y que da resultado. Aun así, desengancharme de la cultura me está resultando heroico. Si al menos tuviera cerca a una mujer sofisticada a la que pudiera conquistar con la excusa del estructuralismo. Eso me relajaría un montón: simplemente seducirla, hablarle durante un paquete entero de tabaco sobre Barthes y Lacan y, mientras, mirar de reojo su carita entre aburrida y fascinada; verla coger apuntes mentalmente y reparar en sus intentos fallidos de meter baza y de cambiar de tema en vano, como si fuera un insecto boca arriba, toda agobiada esperando que alguien le dé la vuelta, creyendo que va a llegar el momento en que me callaré y se me ocurrirá besarla. Pobre ilusa. Y después el morbo de quedar con ella una segunda vez y regodearme ante sus torpes avances en el tema que tocamos en la cita anterior, ver cómo en su ignorancia temeraria quiere opinar tras haber leído de refilón *El grado cero de la escritura* y algún que otro capítulo de los *Escritos*. Uf, cómo me estoy poniendo. Mejor no seguir pensando en estas cosas ahora que me prohíben practicarlas.

4 de mayo. Parezco un adolescente de barrio conflictivo: Miranda me ha pillado trapicheando tras la reunión de grupo. A estas alturas de la terapia ya no controlan las conversaciones que tenemos entre nosotros y por eso nos confiamos. En qué hora: Marcos tenía una flauta de pico barroca preciosa, de palosanto, y me la quería vender o canjear por algo; yo le ofrecía una primera edición de *La tía Tula,* que a él le vuelve loco la prosa de Unamuno, y en el momento en que estábamos sacando el material... zas, llega Miranda y nos requisa la flauta y el libro, como cuando de pequeños nos quitaban los cromos en clase.

Después he tenido sesión individual. Miranda, que en el fondo me aprecia, me ha aconsejado que no me junte con malas compañías como Marcos. Él dice que ya soy mayorcito (ayer cumplí cuarenta) y que juegue a ser un niño si quiero, pero que si tengo alguna posibilidad de salir de esto es alejándome de esa clase de gente. Es cierto, Marcos ha llegado hasta a delinquir por culpa de su adicción. Parece salido de un cuento de Woody Allen que leí hace siglos en el que un hombre paga para que unas putas le hablen de literatura. Pobre Marcos, yo le aprecio pero veo que está acabado. En realidad, si no quiero terminar como él, quien verdaderamente tiene que acabar con esto ya mismo soy yo. Me está costando tiempo, dinero y finalmente me acaba mermando la autoestima aunque, de nuevo según Miranda, no debo pensar que mis únicos valores están en ese terreno. Debo ser consciente de mis otras virtudes, que, a decir verdad, no sé cuáles son. Por eso he invitado a Lola a cenar mañana, a ver si me cuenta cómo ha hecho para dejar este asunto, que ya tiene un nuevo novio la tía, un vigilante jurado. Le he propuesto ir a un restaurante de cocina de autor: empezar con una ensaladita de rúcola y *foie,* luego algo de fusión asiática y tal, pero no ha colado. Que si es un engaño, que Miranda nos lo ha prohibido, que nada de gastronomía, comida y punto. O sea que iremos al gallego de enfrente de mi casa a comer unas raciones: pulpo, oreja y cosas así. Lola se lo toma muy en serio, señal de que está casi curada. Hemos intentado liarnos, para recordar viejos tiempos, pero me ha costado un poco porque hacía siglos que no lo practicaba en serio. Quiero decir que hablar de ello sí, del sexo en la Grecia clásica, de la *Historia de la*

195

sexualidad de Foucault y todo eso, pero lo que es hacerlo, el acto en sí, me ha resultado muy raro. Es una sensación de realidad que, no sé, no me acaba de convencer.

Para más inri, la jefa de negociado sigue persiguiéndome. Lo último que me ha propuesto es ir a bailar salsa, el paradigma de la alegría facilona. Pensar que algún día, cuando por fin acabe la terapia, me veré envuelto en todo eso: en la ilusión de que te inviten a un chupito nada más entrar, en el contoneo tontorrón de caderas, en la risa boba que da el pisarse sin querer. No, si encima seré un erudito en letras de rima manida: *Cariño mío, sin ti yo me siento vacío; ay amor, eres la rosa que me da calor.* Dios, pensar que mutaré hasta el punto de encontrar realmente simpática a toda esa gente y de lograr que su estilo de vida no solo no me rechine, sino que me resulte casi propio.

Luisa hoy me ha tocado las manos de refilón, las tengo tan finas y huesudas que parezco famélico, dice. Y que un día me va a hacer un botillo típico de su tierra a ver si engordo un poco. Pero eso a condición de que le ayude a colgar unas baldas en la cocina, que ella no tiene fuerza para atornillarlas, y a ver si entre los dos. Otra vez con lo mismo. De qué me habrá visto cara esa mujer, yo le he dicho que soy malísimo con el bricolaje pero bueno, ella verá.

Hola a todos. Hoy es el último día que acudo a la reunión quincenal. Han sido seis meses muy arduos para mí, pero gracias a vosotros y al doctor Miranda creo que estoy completamente curado, que empiezo a salir de la caverna para llegar al mundo de las ideas, si me disculpáis la alusión a Platón.

Había mantenido esto en secreto y ahora quiero compartir la noticia con vosotros: desde hace un mes tengo una nueva pareja con la que las cosas marchan bien, no me puedo quejar. Aquí no la he querido traer, ella no pertenece a este mundo tan sórdido y no veo por qué ha de pasar un mal trago innecesario. Se llama Luisa y la conocí en la facultad. No, no es una alumna, qué os pensabais. Por supuesto que lo pasamos bien juntos y claro que la dejo hablar a ella: me cuenta cosas de sus cuñados, de sus compañeras de clase de aerobic y de su perro Bimbo (un cocker graciosísimo, creo que tengo por aquí una foto donde salen los dos, mirad, mirad).

Los fines de semana solemos ir a la sierra a pasear y a hacer chuletas con otras parejas —qué, no os lo esperabais, ¿eh?— y ahora que ya empieza a hacer bueno nos damos un chapuzón en el pantano y echamos allí la tarde. El otro domingo se reían de mí porque resbalé en la orilla y, además de torcerme el tobillo, menudo cardenal me hice en pleno culo. Esos terrenos pantanosos son malísimos, no sabes dónde pisas y a nada que te descuides estás en el suelo. Otras veces alquilamos un vídeo —en versión doblada, tranquilos— algo entretenido: una comedia americana o española, aunque Luisa, que es quien elige, las ha visto casi todas. Después, por la noche... bueno, no os voy a dar muchos detalles, pero os adelanto que me tiene asustado. Esa mujer es una fiera.

El mes que viene nos iremos de vacaciones al norte, a un parque natural que hay por la zona. Yo estoy aún un poco indeciso, tengo este tobillo débil por lo del otro día y no sé... es que cuando te adentras en un sitio con tanta vegetación, como no lleves una brújula te desorientas rápido. Lo bueno es que cerca hay un conjunto de iglesias románicas en muy buen estado. Me ha dicho el doctor Miranda que vaya sin miedo, que un par de iglesitas al año visitadas con moderación no hacen mal a nadie, ¿verdad, doctor? Y por eso antes de venir aquí he comprado este libro de iconografía del románico cántabro y este otro tan famoso de Duby, que es esencial para entender la sociedad y el arte del medievo. Luisa se ha empeñado y los quiere leer a toda costa.

Cristina Cerrada

Cristina Cerrada (Madrid, 1970) es licenciada en Sociología y coordina cursos en los talleres de escritura creativa Fuentetaja. Es autora de los libros de cuentos *Noctámbulos* (2003, IV Premio Casa de América) y *Compañía* (2004, II Premio de Narrativa Caja Madrid); de las novelas *Calor de hogar S.A.* (2005, Premio de Novela Ateneo Joven de Sevilla), *Alianzas duraderas* (2007), *La mujer calva* (2008, XIV Premio de Novela Lengua de Trapo) y *Anatomía de Caín* (2010); y de la novela corta *Cenicienta en Pensilvania* (2010, XLI Premio Internacional de Novela corta Ciudad de Barbastro).

* * *

Es difícil precisarlo, en unas pocas líneas, sin correr el riesgo de ser demasiado tendencioso, o parcial, o sencillamente ignorante. Diría que, desde los primeros años del nuevo siglo, el cuento ha roto muchas de las ataduras que lo mantenían encorsetado, fiel a una larga tradición, ligeramente pesada, lastrante, en ocasiones; y poco dada a la innovación, tanto en sus estructuras como temáticamente.

Los modelos de representación clásica, centrados en temas de interés agropecuario, rural, con un marcado aire nostálgico y vuelto hacia el pasado (en la contienda civil y en personajes de largo recorrido literario), dieron paso a una profunda transformación.

En las formas, se hicieron eco (quizás habría que decir, gracias a Dios) de la posmodernidad, cediendo, la tradición, terreno a la innovación: la metaliteratura, el fragmentarismo, el hibridismo con otros géneros cortos, como la poesía, el diario, el informe, el artículo periodístico, el texto dialógico y hasta los documentos pseudo técnicos o científicos.

Pero lo más notable, creo yo, en la transformación del cuento durante los últimos veintitrés años ha sido quizá la revolución temática. Los viejos centros de interés temático preferidos del cuento, anteriormente citados, dieron paso a otros de un nuevo carácter marcadamente urbano, algo psicótico y desintegrador. El centro del cuento deja de ser, quizá, el personaje para serlo el contexto, o podríamos decir, la atmósfera, y siendo más técnicos, el modo. Del sujeto pasamos al objeto.

Sí, aún marcadamente realistas, incluso en sus incursiones en otros géneros, diría que lo más característico de los cuentos producidos durante los últimos años es que ya no se viven a sí mismos como «cuentos», en el sentido fuerte, más literario o tradicional del género, sino como textos. Y esto hace que puedan rastrearse producciones fronterizas, híbridas, a caballo entre las de la tradicional narrativa larga y la nueva narrativa corta.

Toda esta revolución sufrida por el cuento durante los últimos años ha tenido, a mi modo de ver, su origen en dos factores controvertidos, aunque decisivos, en la vida cultural española de los últimos años del siglo xx y los comienzos del xxi, y que, me atrevería a decir, son de naturaleza incontestable: más allá de la influencia de tales o cuales autores (menor de lo esperable, debido quizás a la gran nómina de cuentistas en activo durante este período), creo que el empuje definitivo del cuento en los últimos treinta-cuarenta años en este país ha venido de la mano de los Talleres de Creación Literaria y de la difusión, a través de ellos, de otro tipo de lecturas, apartadas del canon, discutidas y discutibles a veces, y casi siempre ausentes de los curricula académicos más tradicionales. Pero, eso sí, refrescantes.

Una, quizá de las más importantes durante la primera década del siglo, fue sin duda la tardía, pero prolija influencia del realismo sucio norteamericano debido a su amplia recomendación y lectura en los Talleres.

Pero hubo más. Y las sigue habiendo.

Sería interesante averiguar cuántos de los cuentistas cuya obra se ha publicado durante estos últimos treinta-cuarenta años han pasado por algún Taller de Creación.

Creo que el papel del Taller de Creación Literaria en esta revolución sufrida por el cuento requiere mucho más espacio del que corresponde a una pequeña reseña como esta, y para ello remito a futuros trabajos.

Naturaleza muerta

Había robado ese cuadro el miércoles anterior. Lo cogió de la cafetería, antes de marcharse, cuando vio que ningún camarero le estaba mirando. No sabía por qué lo había hecho. Simplemente se lo llevó. Había quedado allí con Virginia, su mujer, para hablar de los niños. Habían hablado, sí, de los niños. Y luego, él se llevó aquel cuadro.

Ahora los niños vivían con Virginia. Virginia y él se habían separado hacía nueve meses, después de las Navidades, y ahora los niños vivían con ella. Al principio, ella y los niños siguieron viviendo en la casa donde siempre habían vivido. Él tomó un apartamento allí cerca, con una sola habitación en la que había una cocina empotrada, un cuarto de baño empotrado, un armario empotrado y un sofá cama; e iba a verlos casi todas las tardes. Luego empezó a ir solamente los sábados y los domingos. Fue la época en que empezó a salir con otras mujeres, casi todas compañeras suyas. Ninguna solía durarle más de una semana, pero no lo podía evitar. No podía estar sin salir con mujeres. Se sentía solo.

Un día, Virginia le llamó a la oficina, igual que cuando estaban juntos, y le dijo que, si podía, esa misma tarde quería que se pasara por casa. Podía. Llamó por teléfono a Gloria, al despacho de enfrente, y anuló la cena que tenían prevista para aquella noche. Ella le dijo que no había problema. Pudo oír su voz por encima del auricular del teléfono, al otro lado de la pared. Estaban muy cerca, Gloria trabajaba a unos metros, en el despacho de enfrente. Era secretaria de dirección. Llevaban saliendo juntos más de un par de semanas. Bastante tiempo.

Podía haberse ahorrado lo de anular la cena y haber acudido a la cita con toda tranquilidad. Virginia acabó enseguida. Solo quería hacerle saber que los niños y ella se iban a mudar de casa. Había conocido a un hombre, no dijo cuándo, y los niños y ella se iban a vivir con él. Eso había sido todo. No dijo muchas más cosas, y de eso hacía ya un poco más de tres meses. Ahora, su mujer y los niños vivían con él en el otro extremo de la ciudad, en el chalé que ese hombre tenía en las afueras. Él solo sabía que era un hombre mayor, con dinero, y dueño de una enorme casa con piscina y cancha de tenis.

También sabía que se llamaba Isaac. Lo sabía por Alice, la profesora de inglés de sus hijos. Alice y él habían salido juntos en un par de ocasiones poco después de aquello, y de paso, a él se le había ocurrido preguntarle a Alice cómo era la casa de Isaac. Alice le contó cómo era. Le dijo que era una casa enorme, con tres plantas y garaje, y que a los niños se les veía francamente contentos: estaban aprendiendo a jugar al tenis y a nadar.

A él aquello le pareció ridículo. Se imaginó a sus dos hijos, de cuatro y seis años, corriendo a lo ancho de una ridícula pista de tenis y arrastrando dos enormes raquetas que probablemente no podrían ni levantar del suelo. Se lo dijo a Alice la última vez que se vieron para tomar una copa, y ella no dijo nada. Pero después, cuando volvía a pensar en ello, hasta se sentía insultado.

No había vuelto a ver a Virginia desde que se mudaron de casa. A sus hijos sí. Veía a sus hijos todas las semanas. Iba a recogerlos los sábados. Una muchacha muy gorda con la cara llena de pecas le traía a sus hijos a una hamburguesería. Así es como lo acordaron. La nueva niñera de sus dos hijos esperaría con ellos en el Burger King, y así él no tendría que desplazarse hasta donde estaba la casa. ¿Y dónde estaba la casa? Ni quería saberlo. Él solía apurar todo el tiempo, hasta la última hora del domingo, para estar con los dos pequeños. No había problema. Virginia nunca iba a la hamburguesería para recoger a sus hijos, así que no tenía que discutir con ella. Aquella niñera gorda con la cara llena de pecas tampoco se quejó nunca de los retrasos. No protestaba. Se limitaba a meter a los niños en el coche, sin decir ni mu, y se largaba con ellos. Una vez los siguió, pero los perdió en la autopista. Después no lo intentó más veces. Qué carajo le importaban a él aquella maldita casa y su pista de tenis.

Lo del cuadro sí que no lo podía explicar. Lo tenía en casa desde el miércoles anterior, y ni siquiera lo había mirado. Para qué demonios quería él aquello. Era un cuadro horroroso, sin ningún valor. Había pensado en regresar, en volver a esa cafetería y dárselo a algún camarero. Pero qué iba a contarles. Había sido un estúpido, un loco; mira que llevarse el cuadro. Aquella tarde Virginia le había puesto furioso. Le había telefoneado ese mismo miércoles, unas horas antes, justo cuando él se marchaba. Quería que se vieran. Él estaba a punto de salir de casa. Estaba cerrando la puerta, pero la volvió a abrir cuando oyó sonar el teléfono. Sabía que se trataba de ella. Le dijo a Virginia que había quedado en el centro, con un par de amigos. Uno de ellos era un antiguo compañero de clase que había estado en su boda, y de quien ella, probablemente, ni se acordaría. No se acordaba. Le habían llamado para ir a tomar un café, y quizás ir a cenar más tarde, no estaba seguro. Pero podría anularlo. Como prefiriese, le contestó ella. Habían quedado también con tres amigas, aunque eso no se lo dijo a Virginia.

Después de colgar el teléfono se desvistió, y se metió en la ducha por segunda vez. Estuvo en la ducha casi tres cuartos de hora. Se enjabonó y se sentó en el suelo de la bañera. Luego volvió a enjabonarse, mientras tarareaba *My baby just cares for me* a gritos. Cuando acabó de ducharse, no se puso la misma ropa. Eligió otra camisa y otro par de pantalones, más formales; y antes de salir de casa se echó sobre los hombros el abrigo que Virginia le había comprado el mismo invierno anterior. Le pareció increíble. El invierno pasado estaba prácticamente a la vuelta de la esquina, solo hacía unos meses. Sin embargo, ahora le parecía que no había existido nunca. Que nunca había existido el invierno anterior, cuando ellos dos aún seguían pensando que lo eran todo el uno para el otro.

Llegó a la cafetería cinco minutos antes, pero ella ya estaba allí. Llevaba puesto un sombrero. Un sombrero. ¿Qué hacía con un sombrero? Era un sombrero ridículo, de esos de ala ancha. Nunca en su vida había visto a Virginia llevar un sombrero puesto. Seguramente era un regalo de él. Ese Isaac debía de ser un tío de lo más petulante.

Cuando llegó a la mesa donde le estaba esperando, Virginia se levantó. Estaba estupenda. No había engordado, ni adelgazado. Llevaba las uñas pintadas y un vestido con escote. Él le miró el escote, y luego echó un vistazo rápido a su alrededor. Había montones de mesas, de muchos tamaños, y muchas estaban vacías; pero ella había ido a escoger una mesa en mitad del local, frente a la misma barra.

—Hola —le dijo. Y le ofreció la mejilla para que él la besase.

—Hola —repitió él. La besó en la mejilla, y después ella le ofreció la otra.

Se sentaron.

—Nunca había estado aquí —le dijo a Virginia. Por decir algo.

Realmente había sabido escoger el peor sitio de todos. Era la peor mesa. Estaba esquinada, en uno de los recodos, en medio de un lugar de paso. No era sitio para poner una mesa. Un camarero le golpeó en el hombro cuando pasó por allí, de camino a otra mesa. Durante un instante, sintió suspendida por encima de él una bandeja oscilante, repleta de copas. Encogió los hombros, y agachó la cabeza. Entonces se fijó en el cuadro. Sobre Virginia. En la otra pared.

—¿Cómo va todo? —preguntó ella.

—Va bien, muy bien. Todo es diferente, ahora. Las cosas cambian.

Virginia sacó un cigarrillo del paquete que había en la mesa, junto a su Coca-Cola. Le ofreció uno.

—Lo he dejado —mintió él—. Eso sí que no lo esperabas, ¿verdad que no? Vaya, he cambiado un poco. Quiero decir que, ahora, ya no fumo. Nada.

Seguía mirando el cuadro.

—Eso está bien —dijo ella.

Eran pájaros muertos. Lo que había en el cuadro. Sí, eran perdices, o codornices. Pájaros muertos. Estaban sobre una mesa, junto a un pistolón.

—Tenemos que hablar —dijo ella. Se estaba estirando la falda sobre las rodillas.

—Claro —contestó él—. Pensaba llamarte cualquier día de estos, para que hablásemos. He estado pensando mucho.

—Quiero hablarte de los niños —le dijo Virginia.

Naturalezas muertas. Así era, así es como solían llamarlos. Aquello era una jodida naturaleza muerta. Cuadros representando comida: animales muertos, animales de caza de los que después se comen. Pero recién muertos.

Lo volvió a mirar. No podía apartar los ojos.

—Los niños son lo más importante —continuó Virginia—. Estarás de acuerdo conmigo en que los niños son lo más importante.

—Claro —repuso él.

Parecían perdices, o codornices. Era un cuadro espantoso.

El camarero volvió a golpearle el costado. Era el mismo de antes.

—¿Qué va a tomar? —preguntó.

Sintió otra vez la bandeja, suspendida en el aire por encima de él, esta vez vacía.

—Una cerveza —pidió.

Virginia se había incorporado. Cuando el camarero se fue, volvió a estirarse la falda.

—Hemos pensado..., bueno, quiero decir que he pensado enviarlos fuera.

—¿Cómo que fuera?

—No mucho tiempo, por Dios, no empieces a protestar. Solo un par de meses. A un colegio de Southampton.

¿Qué demonios era eso de Southampton?

—¿Me tomas el pelo? —protestó Virginia—. Southampton. Inglaterra.

No había sangre. Era horroroso. No había sangre por ningún lado del cuadro. ¿Dónde estaba la sangre de aquellos asquerosos bichos?

Virginia estaba esperando. Esperaba que él le dijese algo.

Le dijo:

—¿No crees que sería mejor que aprendiesen a hablar su propio idioma primero?

Ella no contestó. Miró al camarero, que venía con la cerveza. Luego, se echó hacia atrás en su asiento antes de contestar. El cuadro le quedaba encima, a menos de un metro. Ponía los pelos de punta. Ponía los pelos de punta que alguien se dedicara a pintar aquellas asquerosidades.

—Está decidido —dijo Virginia—. Es un colegio muy caro. Tú no tendrías que preocuparte de nada. Es por los niños, solo por ellos. Tú no podrías pagárselo. Bueno... Al menos no se lo quites.

Tenía razón. Le pareció que siempre había tenido razón. Y él, en cambio, se sentía exangüe, igual que aquellos espantosos bichos del cuadro de enfrente.

Aún siguieron hablando otro rato. No mucho rato, solo un poco más: Virginia tenía que marcharse. Le habló de los niños. Dijo que estaban contentos, que se habían acostumbrado. Habló de las clases de tenis. Al mayor le gustaban

208

mucho, aprendía rápido y se le daba bien. Decía que quizás de mayor, quién sabía, llegase a ser alguien. Habló de los niños, pero no dijo nada de Isaac. Casi fue peor.

Antes de irse volvió a poner las mejillas para que él las besase.

La besó.

Y la vio desaparecer por la puerta.

Después esperó a que ningún camarero le viese y se llevó aquel cuadro.

Así que había robado ese cuadro y ahora no sabía qué rayos hacer con él. Una semana más tarde aún lo tenía en el suelo de su apartamento, en el mismo sitio, apoyado contra la pared. Acababa de volver del trabajo, una de aquellas tardes, y no tenía ganas de nada. Pero se fijó en el cuadro. Lo cogió. Cogió aquel cuadro, y lo estuvo mirando un momento. Aquellos asquerosos bichos estaban tiesos, acabados, fritos. Estaban fiambres, habían pasado a la historia. A lo mejor, ni siquiera existieron.

Sin dejar de mirar el cuadro fue a la cocina empotrada, abrió uno de los armarios, y lo puso en el fondo del cubo con el resto de la basura. Luego se sentó en el sofá. Cogió el teléfono, y marcó el número de Gloria. Habló con ella de hacer un viaje.

—No tiene que ser muy largo —le dijo—. Solo una excursión.

Cristian Crusat

Cristian Crusat (Málaga, 1983) es autor de los libros de relatos: *Estatuas* (2006), *Tranquilos en tiempo de guerra* (2010) y *Breve teoría del viaje y el desierto* (2011, Premio Internacional de Cuentos Manuel Llano y *European Union Prize for Literature*). Ha publicado ensayos, traducciones y artículos de literatura comparada en diferentes revistas de España e Hispanoamérica, como *Revista de Occidente, Letra Internacional, Revista Atlántica* o *Punto de partida*.

* * *

Tratándose de un arte esencialmente *temporal,* el cuento cambia y se transforma en función de la idea que del tiempo tienen las sociedades. A mi modo de ver, el modo en que comprendamos y expliquemos las diferentes experiencias del tiempo determinará el rumbo del género, especialmente flexible gracias a sus vínculos con el mito y la tradición popular. La literatura evoluciona de manera singular: mientras algunos elementos aparecen y perviven, otros desaparecen o resurgen. Considero que se están abriendo nuevas posibilidades frente al clásico doble alineamiento del cuento moderno (junto a la línea chejoviana-carveriana y la emprendida por Poe y Kafka, cumple aún redefinir la labor de numerosos autores que no pueden ser adscritos cabalmente a ninguna de estas tendencias: pienso en Borges o

Barthelme, por ejemplo). Entre esas aportaciones, diría, se encuentran la disolución de la unidad de efecto, cierta transversalidad estructural (si el cuento clásico contaba dos historias, ¿podrá el cuento futuro contar más de dos, o ninguna, apenas una atmósfera, como quiso Medardo Fraile?) y una concepción mucho más abierta, compleja y heterogénea de lo que es o puede ser un libro de cuentos.

A mi entender (es decir, entre los que he leído), las propuestas más sólidas han sido o están siendo planteadas, en español, por Hipólito G. Navarro, Ángel Zapata, Eloy Tizón, Andrés Ibáñez, Roberto Bolaño, Enrique Vila-Matas, Patricio Pron, Javier Calvo, Juan Gómez Bárcena, Manuel Moyano, Matías Candeira, Álvaro Enrigue, César Aira, Paul Viejo o Rodrigo Rey Rosa. Y en otras literaturas, al menos, por Sherman Alexie, Richard Ford, Lorrie Moore, J.G. Ballard, Antonio Tabucchi, Don DeLillo, Aleksandar Hemon, Peter Stamm, Robert Coover, Wells Tower, Haruki Murakami, Nancy Lee, W. G. Sebald, David Foster Wallace, Milorad Pavić o Lydia Davis.

Breve teoría del viaje
y el desierto

El mundo acaba de dar una vuelta completa. Ahora gira en torno a un coche del que se acaba de bajar un autostopista ruso.

—No me gusta Almería —gruñe con tosquedad Ben desde el asiento del copiloto, con un regusto a gasolina bajo su lengua—. El coche de mi padre tenía matrícula de Almería y eso siempre me pareció una mierda.

Aunque Ben y Magali se hallen confinados voluntariamente en el vasto paisaje desértico almeriense, sus terminaciones nerviosas todavía no han abandonado las paredes roblonadas de los lavabos de la gasolinera, la primera parada de este viaje iniciado en cualquier rincón de la Costa del Sol. Es julio.

(A pesar de que Ben y Magali hablan el mismo idioma, su comunicación atraviesa un momento particularmente confuso).

Después de conducir varias horas en paralelo al mar Mediterráneo —mientras observaban la sucesión de torsos musulmanes apuntando al suelo durante los rezos matinales (la religión acorralada entre badenes y sucios túneles de lavado) y la maraña de mansiones frente a la costa—, han llegado al desierto y a la gasolinera que ahora abandonan: un oasis de asfalto, vidrios rotos y plástico.

Al tiempo que mira a la bella Magali y sus brazos firmes y escuálidos sobre el volante —brazos de una delicada estudiante de música en el conservatorio—, Ben siente cómo en sus oídos aún resuenan los acordes de «*Woman driving, man sleeping*», de EELS. Al otro lado del cristal, el horizonte tiembla por el calor como si un niño intentara pellizcar un vaso de agua.

Minutos antes, los altavoces de la estación de servicios habían emitido una serie de agudos chispazos eléctricos que lograron inquietar a Ben: parecían anunciar el timbre imposible de un gigantesco teléfono móvil agazapado tras una colina calcárea, la sombra de algún animal monstruoso proveniente de fotogramas *hentai* o *anime* (o así se tradujeron los chispazos en su imaginación, incendiada por el sofocante calor del mediodía almeriense). El hedor a combustible y a goma quemada los persiguió hasta la curva en que el autostopista empezó a caminar elegantemente nimbado por la nada absoluta, como en un videoclip de música country. Porque, y Ben lo adivina, *la culpa de todo esto* la tiene el autostopista ruso que recogieron en aquella rotonda y que acaban de abandonar en un kilómetro perdido de cualquier mapa que incluya a Almería. (Cuando descendió del coche, ni siquiera dijo «adiós»). Además, la descripción de la playa que les ha recomendado tiene todas las trazas de ser una perversa mentira soviética.

Hipótesis primera: Quien llega a un desierto —Magali, Ben, o aquel autostopista— escapa de algún otro lugar.

El desvío que ha tomado el Renault Mégane, señalado con profusión de detalles por aquel autostopista ruso, una delgada arteria que comunica con la costa, su sucesión de terrenos áridos, polvorientos y mezquinos, parece ser la prolongación alucinada de los resuellos de las máquinas, barriles y barricas, jarcias y bidones con olor a carburante de la estación de servicios. Hacía años que Ben no veía aquellos antiguos mojones señalizadores, esos trozos de cemento rematados con un semicírculo rojo. (No son las únicas formas que en este viaje evocarán su infancia: su padre recogiéndolo a las puertas del colegio, con una bolsa de plástico verde y un cigarrillo quemando el reborde amarillento de sus uñas, cada día). Todo son grietas en el cemento y el asfalto de la carretera. Ben observa la sucesión de montañas de arena, de gravilla, de balasto, hormigoneras, escoriales, depósitos, la fábrica de gas, bombas y varias torres de alta tensión: el horizonte se modula a la manera que lo hacen las pesadillas determinadas por los genios del destino de algunas películas de ciencia ficción, personajes capaces de alentar comportamientos desquiciados en el resto del reparto, uno de los cuales indudablemente Ben identifica con el ruso que acaba de bajarse del coche: el fiel, intachable y ejemplar guardia de corps de cualquier héroe infame de Hollywood. Por un momento, Ben lamenta su presencia en el interior del vehículo, que identifica con un mal sueño. Quiere bajarse y volver a su casa, encontrarse en el desportillado Peugeot matrícula de Almería de su padre. Despertar de una puta vez.

Pero Magali...

Ella tuvo la idea. *Ella* es quien lo ha invitado a acompañarla en este viaje. *Ella,* después de cruzar algunas estúpidas palabras que sacaron a cada uno de sus respectivas soledades, lo invitó a cruzar la costa española. Cualquiera que los viera actuar —el autostopista ruso, sin ir más lejos— pensaría: Han reñido y están peleados. O: son un par de subnormales que se dedican a desconcertar a la gente, aunque ella es muy guapa, *extrañamente guapa* para ir acompañada de un tipo tan desastrado y autoabsorto. Además, esa cicatriz en la cabeza de él... Confiere virilidad a su rostro aniñado. Sin embargo, es mucho más sencillo, incluso prosaico: Ben y Magali no se conocen (aunque Ben tiene la certeza, desde el día que hablaron por primera vez en aquel parque y Magali lo invitó a ir con ella, de haberla conocido *siem-*

pre: suficiente motivo para mentir a su padre diciéndole que va de excursión con unos amigos. Le ha dicho que lleva todas sus medicinas, que no se preocupe).

El malestar de Ben se acentúa cuando Magali, cuya frente se ha perlado de sudor y cansancio a lo largo de los kilómetros, acelera en un tramo perfectamente recto que no parece tener fin o que, en caso de tenerlo, nunca llegaría por la natural voluntad del conductor. Ese ruso era un demonio, piensa Ben, todo ha ido bien hasta ahora, pero su sombra nos ha poseído, a ella y a mí, en el lugar de donde no se vuelve: el desierto.

El desierto de Almería.

Se ha agarrado a la enganchadera sobre la ventanilla de su derecha, y los posibles significados de la escena estallan sin orden en la mente de Ben. Entre espirales de polvo arcilloso y partículas de grava levantadas por la presión de las cuatro ruedas a gran velocidad, a través de las escasas acumulaciones arbóreas que tal vez sean tomillo, o anís, o simplemente mala hierba, los dos ojos abrasados de Ben divisan un amplio y en un perfecto estado sillón de dentista, delicadamente reclinado y con la base sobre la que se sustenta, entre tallos de arbusto, un poco corroída. Es de un blanco esmaltado y luminoso, percepción realzada grotescamente merced a los dos roquedales rojizos que enmarcan el espacio distante. La soberana acción del sol a esas horas posteriores al mediodía crea la ilusión de que se ha encendido el foco iluminador de la boca del paciente. Los rebordes de aluminio perfilan el sillón y, bajo el respaldo de cuero, un brazo articulado conecta con un diminuto caño de agua que hará desaparecer la sangre tras las extracciones dentales (Ben recuerda una fotografía: Marilyn Manson, su dentadura amplia y groseramente a la vista gracias a un aparato ortopédico compuesto de varillas y clavos, algunos oxidados, además de un gorro de aviador nazi sadomasoquista). Se trata de un elemento cargado de una polisemia tan brutal que Ben no es capaz de desviar la mirada, aún

216

cuando el sillón ha quedado atrás (entre lo que ahora parece un campo de girasoles) y solo puede seguir su desaparición definitiva por el cristal del espejo retrovisor. Lo hace hasta que en su campo visual se impone el azul marino de la playa (concluyendo que siempre habrá algo que genere una distancia, un desequilibrio entre ella y él).

Hipótesis segunda: El desierto es, por definición, un espacio árido y deshabitado, estrictamente impersonal, en congruencia perfecta con los estratos más profundos de la psique humana.

La figura del autostopista ruso evaporándose entre espirales de polvo y de luz fue la última figura humana que vieron a través de los cristales del coche. Pero: tenía razón. La playa de la que ha hablado existe efectivamente. Magali está maniobrando por fin para entrar en un aparcamiento delimitado por una empalizada de madera, un espacio levantado sobre grava al pie de un desmonte que habrán de encumbrar mientras cargan con un parasol y una bolsa de esparto guardada en el maletero junto a su preciado violín.

Magali cierra el coche con un mando a distancia y permanece muda en su ascensión.

Ben odia al ruso. ¿Qué les llevó a apiadarse de él en la gasolinera? Dice cualquier cosa para evitar que ella —en caso de que efectivamente lo esté haciendo, tal y como teme— piense en el diabólico autostopista:

—¿Tienes ganas de darte un baño, el primer baño del verano?

Ben sigue sin ver nada. Intuye que no habrá nadie en la playa hasta que repara en un tipo de unos cincuenta años que parece un guardia de seguridad: es gordo, lleva bigote y está fumando bajo el sol, multiplicando la sensación de calor que late en su cabeza. Ha hecho además de girarse ladinamente después de que pasara Magali por su lado, pero el taladro de la mirada de Ben ataja sus intenciones. Cuando han comenzado el descenso hacia el agua, un pequeño hoyuelo emerge con picardía junto a los labios de Magali, de quien Ben ha aprendido en apenas unas horas que siempre se muestra ajena al mundo circundante (a esta playa almeriense, o a los atolondrados patos del estanque donde coincidieron por primera vez: ella estaba llorando. Entonces, *su llanto lo ha elegido*). Magali, en las antípodas del lamento, se adentra con decisión en la arena, iniciando una infantil y estúpida carrerilla:

—Hay un dato que nuestro amigo de la vieja Unión Soviética nos ha ocultado, ¿no crees, Ben?

Transcurren varios segundos hasta que él relaciona estas palabras con las vistas que se le ofrecen más allá, a uno y otro lado de la orilla, encontrando una correspondencia entre la profusión de nalgas, pechos y triángulos púbicos al descubierto con una leyenda aherrumbrada indicadora de que están en una playa nudista. Advierte la valla cubierta por una lona oscura cuyo propósito es disuadir a probables *voyeurs* de la zona. Por supuesto, Ben nunca ha estado en una playa nudista. Pero ¿y Magali? Nunca se atrevería a preguntárselo, temiendo la única respuesta posible.

Ya en la playa y rodeado de personas desnudas, calcula sin mirar a Magali —cuya sombra en la arena se ha detenido— todo el tiempo que ha pasado desde que se sumergió en el mar por última vez. Al hacer la cuenta, advierte, nunca lo contempla, únicamente puede adivinar, sentir en el fondo de sus ojos, la translúcida desnudez de Magali desplegada sobre una toalla de algodón. Prefiere observar la orilla, la gradación de tonos ambarinos hasta la línea donde la espuma interrumpe la serie. Contemplado a la luz del prisma sangrante de la bóveda del cielo, el mar adquiere una modulación rojiza, ferruginosa, como si le acabaran de cercenar los testículos al padre de Venus. Sin mirar en ningún momento a Magali, se dirige hacia el mar arremolinado. Su pene sigue igual: gélido, inmóvil, asustado. Se ha ido acumulando calor en su cabeza y se baña, una ablución que tiene algo de huida y de rito iniciático. Desde el agua, al abrir los ojos y observar la playa con la vista humedecida como la de un cocodrilo deslizándose apaciblemente sobre la superficie acuática, las lejanas imágenes humanas multiplican los perfiles de sus piernas y sus brazos mientras pasean, duermen o leen ajenos al calor. El agua está muy fría, aunque no logra deshacerse de la bola de fuego detrás de sus ojos. Decide cerrarlos. Olvida cerrar la boca en su inmersión. Y la sal del mar que se introduce por sus orificios traza en su mente el dibujo de las raíces que conectan con un mundo acuático, primigenio: un mundo entre la nada y la vida. Inundado por estas sensaciones, conducido por el sabor petrificado de la sal, una conducta grabada a fuego en la cadena de ADN se hace paso entre las olas: siente mucha hambre bajo la saliva de su lengua. Es una impresión que no se localiza en el estómago, sino un poco más arriba, a la altura de la tráquea, a través de la cual las partículas de sal van haciéndose paso segundo a segundo hasta anegarla definitivamente, encharcando cualquier nuevo pensamiento.

Desde ahí, balanceado dulcemente por las olas, el niño puede ver a su madre: se ha levantado y abandonado una silla plegable bajo la protección de una sombrilla con la publicidad de una cerveza sin alcohol. Su pelo oculta la mitad de su cara, aún pálida pero muy bella. Con el ojo que permanece a la vista mira a uno y otro lado de la extensa playa al tiempo que ajusta bajo sus axilas la parte superior de un biquini estampado con flores, los pétalos de las cuales representan el bordado que contornea la prenda de baño. La distancia es grande: pero el niño sabe que ella lo está mirando, sabe que su madre se dirige hacia él. Junto a la silla que acaba de desocupar hay otra en la que nadie está sentado. Esta silla, cuyas patas aparecen corroídas por el óxido, está hundida en la arena. Ella le está haciendo señas mojando los pies en el agua. En la mano de su madre resplandece un pequeño paquetito de papel albal arrugado con descuido, la prueba de que alguien ha consultado su interior, desechándolo y volviéndolo a empapelar. El niño recuerda un pan de siete cereales que empareda varias lonchas de salami. La madre ha sonreído al hacerle entrega del bocadillo y todo su ser se ha colmado de sal y de mar. Ella se da la vuelta, no se sienta, continúa andando pausadamente; cuando el niño levanta la vista de su merienda, no hay nadie en las sillas.

Alguien ha abierto las pestañas de Ben para hablarle a través de ellas. Es Magali. Ha separado sus labios, secos y carnosos, de los de Ben. Nota unos dedos, las finas yemas de unos dedos, pellizcando sus pestañas hasta abrirlas e inundarlas de luz, tan deslumbradora que la primera reacción consiste en volver la cara y esconderse del sol. La ceguera momentánea contrasta con una nitidez auditiva completa y perfecta. Es capaz de localizar la procedencia de las voces desde cualquiera de los ángulos que lo rodean. La luz. La luz es blanca, piensa Ben. Y ella me ha elegido. Detrás de su cabeza apoyada en la fina arena, chisporrotea un viejo walkie-talkie, aunque por encima de todas las señales sonoras se sitúa la voz de Magali, quien anuncia que no hay motivos para preocuparse.

Alguien está sugiriendo un golpe de calor o un corte de digestión.

Ben cree sentirse mejor que nunca. Su espalda está fresca, propagándose esta sensación por todas las conexiones de su cuerpo hasta arrancar la bola de fuego de su cabeza. En realidad no tiene calor ni frío, las dos sensaciones se anulan la una a la otra, y no abre los ojos. Ha olvidado su cuerpo desnudo, también la cicatriz en forma de diadema que surca su cráneo, convertida su piel ya en arenilla; percibe el agua a su alrededor y la única y silenciosa presencia de Magali.

Empiezan a hablar sin que Ben abra los ojos. Boca arriba. Percibe los movimientos de ella a su derecha. Mientras Magali le cuenta lo que ha pasado, los pies de ella y de él se acoplan y la arena se desliza con suavidad por el empeine de Ben. Le está diciendo que harán noche en el camping más cercano para que él descanse todo lo posible.

El viaje no ha hecho más que empezar. Ahora. El ruso, Málaga, la gasolinera: un vómito grumoso que segregan los intersticios del mundo fraccionado.

Él ha estado asintiendo dulcemente todo el rato; una ligera brisa acaricia su pecho, su abdomen y —lo recuerda a causa de un temblor originado por la cercanía de Magali— su pene blanquecino. Pero si estoy perfectamente, dice Ben bamboleándose, y entonces abre los ojos frente a los de ella, se incorpora, y lo que ve (el cuerpo nevado de Magali) concuerda con lo que había presentido.

(Debo llamar a mi padre, va a estar muy solo estos días, piensa Ben cuando vuelve a cerrar los ojos, el mundo da otra vuelta completa y la espalda de Magali entra en el agua).

Hipótesis última: Nuestras almas están vacías, pero necesitan el movimiento.

Óscar Esquivias

Óscar Esquivias (Burgos, 1972) ha publicado los libros de cuentos *La marca de Creta* (2008, V Premio Setenil), *Fuegos artificiales* (2008), con fotografías de Asís G. Ayerbe, y *Pampanitos verdes* (2010, Premio La Tormenta en un Vaso). Es autor también de las novelas, *El suelo bendito* (2000, Premio Ateneo Joven de Sevilla), *Jerjes conquista el mar* (2001, Premio Arte Joven de la Comunidad de Madrid), y de la trilogía compuesta por *Inquietud en el Paraíso* (2005, Premio de la Crítica de Castilla y León), *La ciudad del Gran Rey* (2006) y *Viene la noche* (2007). Junto con el fotógrafo Asís G. Ayerbe, ha publicado el libro de artículos *La ciudad de plata* (2008) y *Secretos xxs* (2008). Además, ha escrito novelas para jóvenes.

* * *

Tengo la impresión de que no ha habido una tendencia dominante. En los últimos años he leído desde relatos de un crudo realismo hasta fantasías galácticas. Creo que los cuentistas están acostumbrados a los cambios de registro y a la experimentación.

Voy a hablar de libros concretos y no de autores, y lo haré desde una perspectiva personal porque no me siento con conocimientos ni perspectiva suficientes para elegir las obras fundamentales de la historia literaria en ese período.

Diré sencillamente los que más huella han dejado en mí y haré listas breves, con solo diez títulos, para que sean significativas, aunque con ello deje fuera libros de altísima calidad. Mi selección nacional está formada por *Submáquina* de Esther García Llovet, *Ropa tendida* de Eva Puyó, *Como una historia de terror* de Jon Bilbao, *La senda de nieve oculta* de Alberto Luque Cortina, *Sólo de lo perdido* de Carlos Castán, *Los peces de la amargura* de Fernando Aramburu, *Intemperie* de Care Santos, *La novia parapente* de Cristina Grande y *Parpadeos* de Eloy Tizón. Entre las novedades de autores extranjeros: *Historias de hombres casados* de Marcelo Birmajer, *La sonrisa de la Gioconda* de Blas Matamoro, *Infierno grande* de Guillermo Martínez, *Putas asesinas* de Roberto Bolaño, *Todo arrasado, todo quemado* de Wells Tower, *El progreso del amor* de Alice Munro, *Pasar el invierno* de Olivier Adam, *En las nubes* de Ian McEwan, *Viaje de invierno* de Charles Baxter y *El taco de ébano* de Jorge Riestra (este último libro se publicó en Argentina en 1962, pero no tuvo una edición española hasta 2007).

Maternidad

Una semana después de morir la señora Leonides, apareció en su piso una cuadrilla de obreros, todos extranjeros y —según les juzgó Teresa— con trazas de delincuentes. Hoy tiraban las paredes, mañana cambiaban las tuberías, pasado acristalaban la terraza y al día siguiente todo estaba pintado y listo. Pese a su aspecto, los trabajadores desaparecieron sin haber violado a ninguna vecina ni haber atracado a nadie.

Teresa, que tenía sus ventanas frente a las de la señora Leonides, había seguido con envidia los cambios en la casa de la difunta. La suya estaba llena de humedades, las puertas se abrían y se cerraban solas, el techo tenía grietas y la nevera padecía tiritonas propias de un agonizante. Pero ella no tenía dinero para arreglos ni humor para soportar una obra.

Una semana después, un grupo de estudiantes ocupó el piso de la vecina. Teresa les veía al otro lado del patio, apenas a dos metros de su ventana. Acabó conociendo sus costumbres, los turnos de cocina, cuándo iba a clase cada uno, cómo se repartían las labores domésticas. También les espiaba desde la ventana del cuarto de baño y observaba sus cuerpos desnudos, tan masculinos, sin tacha. Los miraba con indiferencia, quizá con cierta nostalgia, a veces con alegría por tener cerca tanta juventud y tanta perfección. Hasta tenía su favorito entre ellos: Jaime, el más guapo, el más delicado.

Un día Jaime discutió con los demás, recogió sus cosas y se fue. Gritó que ya podían buscar a otro, que él no volvía. Dio un portazo terrible.

Las persianas de su habitación llevaban un par de semanas sin levantarse. Entonces llamaron a la puerta de Teresa. Era un muchacho con un recorte de periódico:

—¿Es aquí donde alquilan una habitación?

Le miró de arriba abajo. Era joven, de unos dieciséis años, desgreñado y mal vestido, como si llevara las ropas de un hermano mayor o de un pariente más gordo. A su lado, una maleta enorme, furiosamente atada con cinchos. El primer impulso de Teresa fue indicarle que debía llamar enfrente, pero se contuvo. Sin decir una palabra, le cedió el paso y le condujo hasta el cuarto de la plancha, donde tenía una cama turca que nadie había usado jamás.

—¿Cuánto cuesta? —preguntó el chico.

—¿Cuánto puedes pagar?

—Yo había pensado... —tragó saliva—. Había pensado unas quince mil al mes. Todavía no tengo trabajo y...

—Está bien. Ahora te vacío el armario para que metas tus cosas.

Sin duda, el chico no esperaba encontrar refugio por un precio tan bajo y su rostro se iluminó. Se animó a preguntar.

—¿Está incluida la comida?

—¿Qué te gusta comer?

—No sé. De todo.

—Si te gusta todo, sí. Me da igual cocinar para uno que para dos, ya ves tú.

Preparó macarrones y frió unas platusas. El chico había venido a la capital con la intención de trabajar en una fábrica. Aborrecía la vida en el pueblo. Había acabado los estudios y necesitaba salir de casa: allí se asfixiaba, se sentía muy desgraciado, sin otro destino que ser ganadero, como su padre.

—Di que sí, has hecho muy bien —le animó Teresa.

El chico era locuaz. Repitió mil veces que odiaba las vacas y los cerdos y los conejos, que a su pueblo no llegaba la señal de la televisión ni la de la radio, que se iba a morir de tristeza si seguía rodeado de viejos, de páramos y de bichos. Por fin, confesó que tenía miedo de su padre, que le arreaba a menudo y que temía que le buscara y le obligara a volver. No se había despedido de él, solo le había dejado una nota sobre la mesa. Fue incapaz de contener el llanto.

—Tú no te preocupes. Tienes dieciséis años, ¿verdad? Ya puedes independizarte.

—Tengo diecisiete.

—Pues mejor. Aquí vas a estar de maravilla, claro que sí.

El chico se llamaba Esteban. Era delgaducho y nervioso, tenía mal color, el rostro lleno de ronchones y unas manos ásperas y agrietadas. No era guapo pero sí joven, y eso era —para Teresa— el mejor elogio que se podía hacer a una persona. A partir de su entrada en la casa, ella sintió una continua y secreta alegría de la que a veces se avergonzaba.

El muchacho pronto consiguió un contrato en un taller mecánico. Era hábil con los motores y con las herramientas. La casa se llenó de olores masculinos: el cigarrillo de después de la cena, la grasa de los buzos, el sudor en las sábanas, la loción del afeitado. Ella desempolvó sus libros de cocina, se esmeró en las comidas y vio con satisfacción cómo poco a poco el chico mejoraba de color y se ponía lustroso. Teresa le compraba ropa, le aconsejaba cómo peinarse, le regalaba frascos de colonia. El joven se volvió presumido. Llevaba varios anillos en los dedos y se desabotonaba la camisa para enseñar su pecho velludo, donde brillaban las cadenas que se colgaba del cuello. Le encantaba bailar. Los sábados por la tarde se vestía de negro, se echaba encima su chupa de cuero y salía a divertirse con un brillo en los ojos que a Teresa le desazonaba. Pasaba la noche en vela hasta que, de madrugada, oía cómo Esteban llegaba y se dirigía tambaleante al cuarto de la plancha. Dormía hasta la tarde del domingo y se levantaba hosco y retraído, pero con media sonrisa en los labios. Al anochecer, el chico solía salir a la terraza y fumaba un pitillo tras otro, a oscuras, mientras miraba las ventanas iluminadas. A veces cantaba.

—Ayer vi a su hijo. Se parece mucho a usted —le dijo a Teresa una vecina cuando coincidieron en la panadería.

—Sí, ya es todo un hombre, ¿qué edad tiene? —preguntó el tendero.

—Diecisiete años —respondió, estupefacta, Teresa. Llevaban toda la vida en el mismo barrio y ambos sabían que ella nunca había sido madre. Sin embargo, no les desmintió y les agradeció su interés. Después del asombro, se sintió invadida por una inexplicable felicidad y por la certeza de que, pese a todo, aquellas palabras no estaban equivocadas. Volvió alegre a casa y aquel día hizo una paella, como si fuera fiesta. Ni siquiera se extrañó cuando llegó Esteban y la saludó:

—Hola, mamá.

Patricia Esteban Erlés

Patricia Esteban Erlés (Zaragoza, 1972) es licenciada en Filología Hispánica. Ha colaborado como columnista en el *Heraldo de Aragón*. Ha publicado tres libros de cuentos: *Abierto para fantoches* (2008), *Manderley en venta* (2008) y *Azul ruso* (2010). También tiene un volumen de microrrelatos, *Casa de muñecas* (2012).

* * *

Creo que resultaría difícil agrupar en tendencias el cuento español de las últimas décadas, porque si echamos un vistazo a los autores del género veremos que en muchos casos no tienen nada que ver unos con otros y sería artificial buscar mínimos puntos en común cuando las divergencias son mucho más evidentes y, por qué no decirlo, enriquecedoras. Si hablamos de ejes temáticos, puede que el ya archiconocido margen que separa lo realista de lo fantástico pudiera servirnos, pero aun así habría que entrecomillar esa división, más útil que cierta. Si repaso a los autores y autoras que más me interesan veo que en muchos casos esto es así porque introducen un margen de extrañamiento, una puerta por la que escapar de la realidad más cotidiana, pero esa realidad está muy presente y pesa como una losa, de ahí la salida o el intento de fuga.

Me parecen autores fundamentales para el género en los últimos años del siglo xx y principios del xxi nombres como Eloy Tizón, Carlos Castán, Hipólito G. Navarro, Cristina Fernández Cubas, Jon Bilbao, Félix J. Palma... Como autores no españoles creo que Raymond Carver ha influido mucho en diversos cuentistas nacionales, como Cortázar en generaciones anteriores, con buenos y malos resultados en los dos casos, porque la imitación no ha sido el germen de una creación, sino de una copia más o menos lograda del original. Entre los nuevos cuentistas norteamericanos a mí personalmente me interesan más Michael Chabon, David Foster Wallace, Richard Ford... Y también me parece muy estimulante el humor como mecanismo narrativo en dos autores, el grecoamericano David Sedaris y el israelí Etgar Keret.

Piroquinesis

Para Fernando Iwasaki,
crisantemo japonés

EL FUEGO, SEGÚN RENATO

No, Darío no estaba en la cuna cuando volví del trabajo y por raro que parezca, señor agente, yo lo supe enseguida; nada más abrir la puerta de casa, en realidad. Si usted no me mirara así, como si yo fuera una broma de mal gusto que ha venido hasta su mesa solo para impedirle terminar el crucigrama del periódico, me explicaría mejor, le daría todo tipo de detalles. La casa es otra si *Darío no está.* Ni siquiera huele igual.

Es verdad que ando un poco obsesionado y que desde que pasó lo del incendio en el otro piso siempre temo que a Darío vaya a sucederle algo terrible. Pero no se lo digo a usted, que sigue mirándome con cara de café helado, mientras coge la estilográfica negra que reposa sobre el crucigrama a medio hacer y da golpecitos con ella a la esquina de la mesa, como si cada uno de esos golpes midiera el tiempo que está dispuesto a concederme. Luego mira la foto de Darío, un niño de meses aparentemente normal en brazos de su madre y vuelve a mirarme a mí, incrédulo. Todo esto debe de resultarle descabellado, me hago cargo. No es para menos, la verdad: de pronto un enano entra como un golpe

231

de viento en su comisaría y le muestra temblando la foto de un bebé rubio, le dice que es su hijo, su hijo, y que ha desaparecido de su cuna. Sí, señor, no hace falta que disimule, ojalá pudiera decirle que yo también sé que él y yo no nos parecemos en nada y que soy consciente de lo raro que resulta todo esto. Pero es mi hijo y en cuanto he entrado en casa yo he sabido que no estaba allí, porque una voz estrangulada como de bufón enloquecido se ha puesto a gritar en mi interior Darío no está, no está, y entonces he recordado las llamas, y he echado a correr en dirección al cuarto que pinté de azul cuando nos mudamos.

Tres fines de semana me pasé subido en lo alto de una escalera a pesar del vértigo. De vez en cuando Lucía se asomaba a la puerta con su viejo kimono de flores y un cigarro lánguido en la mano. Me miraba dar brochazos allá arriba, y antes de alejarse en dirección al dormitorio me decía que era un insensato y que iba a romperme la crisma. Pero yo había leído en una de esas revistas para futuros padres que el azul es un buen color porque tranquiliza y me empeñé en que la habitación de Darío en nuestra segunda casa fuera azul, bien azul para que durmiera como un angelote de museo y sonriera feliz nada más abrir los ojos. No quería que recordara el fuego que aquella noche surgió de ninguna parte, por eso me daba igual lo que dijera Lucía, ni caso le hice, y terminé de pintar la habitación de mi hijo. Sí señor, Lucía es mi mujer, la madre de Darío, mírelos, aquí están los dos, en esta foto que tomé en la galería de la casa vieja, poco antes del incendio. La he traído por si sirviera para imprimir carteles con su cara y un número de teléfono y pegarlos por el barrio, quizás. Usted mira a Lucía, saca una libreta de uno de los cajones, la abre y garabatea algo con la estilográfica. Me pregunta por ella. No, señor, Lucía no ha podido acompañarme, es que está con depresiones hace tiempo la pobre, no se entera de nada por culpa de la medicación y apenas sale de casa, ni siquiera a la compra. Yo le traigo el tabaco y todo lo demás. Me callo lo de que me da un poco de miedo dejarlos solos a los dos tanto rato, pero no queda otro remedio, vivimos de lo que gano en la tienda. Sí, soy el dueño del negocio, una sastrería, Trajes Renato, confecciono ropa a medida para gente como yo, y no, la verdad es que no da muchos beneficios. Según mis cálculos apenas somos unos treinta enanos en toda la ciudad y además nos morimos pronto, así que dejamos de preocuparnos por la ropa antes que el resto, pero los clientes son bastante fieles, los tiempos han cambiado y ya nadie quiere vestirse en la sección infantil de los grandes almacenes, gracias a eso vamos tirando. Nos arreglamos así, yo paro en el súper a la vuelta del trabajo y traigo la leche en polvo, los potitos y el resto de las cosas que necesita Darío. Hoy mismo venía cargado con pañales, había comprado dos paquetes de los más grandes para no hacer corto el fin de semana pero los debí de soltar por el pasillo, antes de llegar al cuarto de mi hijo, ahora ni siquiera lo recuerdo. Al pasar vi sobre la mesa de la cocina el plato de plástico con los restos de la papilla que yo mismo le había dado para desayunar con su cuchara hundida dentro. A lo lejos aún se oía la radio de Lucía sonando en el dormitorio. Me mira, yo lo entiendo. Estoy acostumbrado. Sé que usted se pregunta qué hace una mujer como ella, ajada pero aún hermosa, con alguien como yo. Observo mucho las reacciones de la gente, no crea, por eso nada más sentarme frente a usted he visto la marca blanca de la alianza en su dedo anular y me he fijado en esa esquina desierta de la mesa donde hasta hace poco quizás hubo un marco con un retrato. Pero no le digo nada de eso, no es el momento, me limito a contestar a su pregunta de qué hice a continuación.

Al asomarme la habitación de Darío fue el vértigo. Como asomarme al vacío fue entrar en esa pequeña habitación azul. Ya sé que muchos pensarán que me he vuelto loco, pero es que entre mi hijo y yo existe un lazo irrompible, un vínculo que va de esos ojos líquidos que nadie se explica aún de dónde han salido al centro exacto de mi pecho. Muchos dirán que soy solo un hombrecillo ridículo que ha depositado todas sus esperanzas en ese niño normal que midió medio metro al nacer y es hasta guapo, sin entender que yo pasé noches enteras retorciéndome de dolor cuando le dieron los cólicos, mientras acariciaba sus deditos a través de los barrotes de la cuna para intentar calmarlo. Yo nunca he tenido mucha suerte en la vida, es verdad. Nací sin ella. Mido un metro treinta, ya ve, señor agente, según dicen las estadísticas la china se sorteaba entre veinte mil bebés y fue a tocarle al pobre Renato, sí, me llamo Renato, Renato Domínguez. No hace falta que disimule, entiendo que sonría, porque vaya guasa tuvieron mis padres, no creo que pudieran haber encontrado en el santoral un nombre más parecido a «e-na-no». Qué se le va a hacer. Con las mujeres tampoco me ha ido demasiado bien, soy muy tímido y siempre me ha costado hablar con chicas que no sean las clientas de la sastrería. Bueno, con las chicas y con todo el mundo, en realidad. Ojalá tuviera más confianza con usted, para poder decirle que está a punto de perder el segundo botón de su camisa, que si me deja yo se lo coso en un periquete. Nunca salgo de casa sin aguja y un poco de hilo negro en la cartera.

Sí, la conocí gracias a un anuncio de la sección de contactos del periódico, cuando ya había casi desistido de que alguien se fijara en mí apareció ella, con su eterno cigarro y unos ojos tan tristes como una pecera vacía. Ya entonces fumaba demasiado, yo he intentado que lo dejara muchas veces, lo malo es que a mí no me hace mucho caso. Pero volviendo a lo que usted me pregunta de aquella tarde. Ella, a su manera, también parecía un animal de otra especie, sentada frente a un cenicero lleno de colillas, con aquella gabardina gris ratón que no llegó a quitarse en todo el tiempo y sus labios fruncidos, como un paraguas cerrado. Qué quiere, el amor es así yo me enamoré de cada trozo de aquella mujer desencantada, y aún la quiero, pero después de un tiempo Lucía pareció arrepentirse de estar con alguien como yo, hasta que una noche... bueno, me buscó en la cama, usted ya me entiende, supongo que por soledad pero me buscó y a los ocho meses nació Darío. Qué puedo decir. Cuando él me mira y agita sus manos de galleta en el aire, yo lo entiendo todo, por eso no dudé la noche del incendio. No, nadie sabe qué provocó el fuego, señor. A mí me despertó un resplandor caliente en el pasillo. Lucía no se movió, pero yo, que siempre les he tenido un miedo atroz a los perros negros y a las tormentas me levanté de un brinco y corrí a la habitación de Darío como alma que lleva el diablo. Allí todo estaba naranja, las cosas ardían y dejaban de arder por momentos, sus peluches y las paredes se quemaban a medias como en un infierno que parpadeara, hasta la lámpara con ositos dibujados era una antorcha y Darío estaba sentado en la cuna con su pijamita blanco, señalando el chupete que chisporroteaba en el suelo. Arrastré una silla para poder tomar a mi hijo en brazos, a lo lejos aullaban ya las sirenas de bomberos. Todavía no me explico cómo salimos de allí, señor agente.

O EL FUEGO, SEGÚN LUCÍA

Nunca supe su nombre y aunque me lo hubiera dicho, tampoco creo que ahora fuera capaz de recordarlo. Él solo hablaba una lengua rara, llena de palabras que parecían no terminarse nunca. Recuerdo que era flaco como un Cristo y que la primera vez que me miró con esos ojos azules de piscina a mediodía me sentí por dentro como si sangrara. Había entrado al bar de la esquina a tomar un cortado de lunes, quería buscar en la sección de colocaciones del periódico, encontrar un trabajo de lo que fuera para poder marcharme. Solo habían pasado tres meses de mi ridícula boda con Renato y ya entonces me odiaba a mí misma por no haber sido capaz de escaparme corriendo en la primera cita en la cafetería, en cuanto descubrí horrorizada que sus piernas no tocaban el suelo, pero él se había puesto corbata y tenía una sonrisa de comulgante que me empujó a ocupar la banqueta de al lado. *Un café y me voy*, me dije, pero no me fui, porque acababa de cumplir cuarenta y dos años y terminé casándome con el sastre para pigmeos que cosió su propio chaqué de juguete y que al salir de la iglesia me tomó de la mano como un niño conformado.

Entonces él me miró y yo sangré, o ardí, o las dos cosas.

Seguí sangrando y quemándome por dentro, enredada con él en la cama de matrimonio de la casa vieja, la que luego se quemó de verdad. Y lo mismo pasó el martes, y el miércoles, y el jueves, y el viernes. El hombre huesudo que estaba de paso en la ciudad se asomaba a la puerta del bar hacia las once y me buscaba con sus ojos azul de metileno. Yo le seguía hasta mi propia casa, sin importarme lo que pudieran pensar los vecinos, le abría la puerta y empezaba a desnudarme allí mismo porque tenía calor, me quemaba la piel y solo deseaba exactamente eso, quemarme del todo. En realidad no había prisa. Renato se quedaba a mediodía en la tienda a terminar sus disfraces para adultos a medio cocer, pero yo quería desnudarme delante del extranjero flaco, que me atrajera hacia él sin dejarme respirar, cerrar los ojos y sentirme en el centro justo de un incendio que me hacía olvidar quién era y qué me había traído hasta allí. Ser el fuego y lo que se quemaba dentro. El hombre de los huesos como ramas de olivo nunca hizo otra cosa que abrasarme y convertirme cada día laborable de aquella semana en un siete de cenizas que se quedaba tatuado sobre el colchón. Luego se marchó de la ciudad y yo ya no volví al bar de la esquina. Una mañana me despertaron las náuseas. Después de vomitar vi los ojos de cobalto del extranjero reflejados en el fondo de la pila del lavabo y pensé que quizás aquel hombre no estaba tan de paso.

Renato llora en la habitación de al lado, sentado junto al teléfono. Espera noticias de la policía, *Darío, Darío,* no sabe cómo quemaba ese niño dentro de mi cuerpo, no tiene ni idea de cómo se cerraron los poros de mi piel, impidiéndome respirar a partir del segundo mes de embarazo. Me escocía la piel y me lloraban los ojos desde que los abría cada mañana, el aire no llegaba a mis pulmones y yo salía corriendo a la galería, pero no había oxígeno en ningún lado. Renato llora y parece un hombre normal, no entiende que es mejor para todos que la vida siga, que Darío fue creciendo fuera de mi vientre como un incendio en medio de un bosque de hayas y yo contuve la respiración todo ese tiempo, ocultando los bordes quemados de las cortinas, tirando a la basura los primeros juguetes chamuscados. Yo supe que debía hacer algo desde el principio, pero después de que la casa vieja ardiera he estado buscando el día adecuado, el momento oportuno. Una mañana con sol y algo de viento como la de hoy, para salir a pasear con el carrito de mi bebé por primera vez. Una mañana fresquita, animada por los gorjeos de Darío, mi pequeña catástrofe con su abriguito rojo, que parecía tan feliz de ver el mundo y palmoteaba entusiasmado a cada paso. Los dos buscando las aceras soleadas del centro, una zona residencial flanqueada de palmeras enanas, casas blancas de dos pisos donde viven matrimonios jóvenes que acaban de mudarse y todavía no tienen hijos. Yo deteniéndome un momento ante la cancela de uno de los dúplex, aplastando con el tacón una colilla, fingiendo buscar algo en mi bolso un paquete de kleenex o el chupete de repuesto, alejándome de espaldas, como quien no quiere la cosa, de esa silla de bebé, de Darío que balbucea en su propia lengua extraña y agita los brazos. Deshaciendo el camino de vuelta a casa, recobrando el aliento, disfrutando la caricia de un día de sol que no llega a quemar y de una brisa fresca que agita las copas de los árboles.

Pienso que dentro de un rato entraré en la sala de estar y le diré a Renato que no llore más, que tal vez a partir de ahora podremos ser felices, mientras aflojo el cinturón de raso de mi bata y dejo que caiga hasta el suelo. Pero antes me acerco a la ventana, retiro un poco la cortina y miro esa columna de humo gris que se eleva a lo lejos, que flota entre dos edificios y parece mirarme también, como unos ojos azules muertos de sueño.

Esther García Llovet

Esther García Llovet (Málaga, 1963) vive en Madrid desde 1970, donde estudió Psicología Clínica y Dirección de Cine. Ha publicado el volumen de relatos *Submáquina* (2009) y las novelas *Coda* (2003) y *Las crudas* (2009), además de reportajes y relatos en diversas antologías. Es colaboradora habitual de los magacines electrónicos *El Asombrario* y *Micro-revista*.

* * *

Apenas leo relatos ya, cada vez me interesan más las novelas largas, cuanto más largas mejor, la Literatura de Dieta Dukan, pura proteína, hipercalórica. En esta literatura densa suelo encontrar relatos, textos ajenos al resto de la novela que tienen un relieve diferente y la hacen más verosímil o más real. Encuentro textos así en *La broma infinita* de Wallace o en Denis Johnson o en cualquier caso en gran parte de la literatura anglosajona. También leo mucha novela gráfica y cómics ahora, creo que hay muy buena literatura ahí: Max me parece un autor genial.

Si pueden llamarse así sus libros, me gusta mucho Pierre Michon y en castellano tuvimos a Juan José Saer y a Roberto Bolaño como dos cabezas del mismo monstruo, cada uno tirando para un lado diferente. Como están muertos creo que ahora solo cabe confiar y dejar esto del relato en las manos de Luis Magrinyà y ver qué pasa. Algo bueno, seguro, si no mejor.

Recámara

Ese lunes al regresar del colegio me encontré a mi padre sentado en una silla contra la pared del recibidor. Tenía el pelo aplastado de un lado y los pliegues de la almohada marcados en la mejilla como si acabara de levantarse. Llevaba todavía la ropa del domingo.

—Tu madre se ha marchado.

Se levantó. Apretaba algo muy fuerte en el puño cerrado, algo que no vi. Echó a andar hacia atrás, sin apartar la vista de mi cara, y cuando llegó a su despacho cerró la puerta tras él.

Me quedé un minuto allí, de pie. Luego me senté en la silla y pensé que mi padre había pasado todo el día ahí, esperando. Olía muy fuerte a Coty, el perfume de mi madre, como si hubieran roto un frasco en algún lugar.

El martes me hice socia del videoclub. Vi *Toro salvaje,* vi *Rocky* y la serie completa sobre Parques Nacionales.

Un día llamaron al teléfono. Mi padre no estaba en casa y al descolgar oí como si alguien contuviera de golpe la respiración al otro lado. Pregunté varias veces quién era pero nadie contestó. No le dije nada a mi padre cuando llegó a casa pero quince días después volvió a ocurrir, a la misma hora.

Las llamadas se repitieron una semana tras otra, siempre cuando mi padre estaba fuera. Mi padre ocupaba una cátedra de Estadística en la universidad, tenía un horario regular y mucho tiempo libre que ocupaba arriba, en su despacho, trabajando. Enseñaba Conjuntos de Mandelbrot y Análisis de Senderos. Le gustaban las fórmulas. Solo dejaba el despacho a la hora de cenar frente a la tele y los domingos para comer. Salíamos a media mañana, íbamos a almorzar a algún restaurante del puerto y luego nos acercábamos al parque, a pasear, o a mirar las fuentes o a sentarnos en un banco a ver cómo jugaban los niños. No a verlos jugar sino a ver cómo lo hacían.

No le dije nada de las llamadas pero yo las esperaba, los martes a las siete, sentada junto al teléfono. Descolgaba y colgaba de inmediato, ni un segundo.

A finales de curso tuve un accidente jugando al fútbol con los de quinto. Me partí el labio de un cabezazo y mi padre me llevó al médico. Él caminaba delante de mí, con sus zapatos crujientes. La consulta se encontraba al final de un largo pasillo y la sala de espera estaba vacía cuando llegamos. No tenía ventanas y había folletos de viaje y revistas viejas sobre la mesa de metacrilato. Alguien había recortado la cara de una actriz en todas las fotos de las revistas, siempre la misma. Podías meter la mano que ahí no había nada, solo el collar y los pendientes a juego y el crucigrama de la página siguiente en lugar de su rostro. A mí me dolía el labio y lo apretaba con un pañuelo para que no sangrara.

Cuando entraron los reconocí enseguida. Él llevaba todavía el uniforme corto del colegio, de tres cursos por debajo del mío, y a su madre la había visto miles de veces esperándolo a la salida del patio. Era la mujer del hombre con quien se había marchado mi madre. Mi padre se levantó nada más verla. Ella se llevó la mano a la frente, luego a la boca, y después la retiró. Él hizo un gesto despacio, señalando hacia la puerta, y ella se inclinó sobre su hijo y le dijo que iba al baño y que la esperase sentado, y salieron al pasillo. Los zapatos de ella también crujían y de pronto pensé que los dos caminaban por sitios de los que los demás preferiríamos no saber nada. Yo veía sus dos sombras sobre la moqueta verde y pendulaban como si fueran a desmayarse de un momento a otro. Ella tenía una voz ronca, muy lenta, y le dijo a mi padre que creía que se estaba volviendo loca por segundos, que le dolía todo el cuerpo y que mi madre y su marido se marchaban del país en dos semanas y no había nada que hacer.

El niño me miraba. Llevaba una etiqueta con su nombre en el bolsillo de la chaqueta y se tiraba del pedazo de gasa que sobresalía del calcetín. Me señaló el labio y me preguntó si me dolía. Yo le dije que no. Y que me llamaba Tifa.

Lo busqué al día siguiente en el colegio. Lo encontré en el patio, jugando al fútbol. Jugaba de portero y le metieron cinco goles. Llevaba los cordones de los zapatos desparejos y volvía a casa en una bicicleta de llantas rojas. Se llamaba Escalo.

Dos semanas después dejaron de llamar a casa.

Ese verano no fuimos a la playa. Tampoco se fueron Escalo y su madre. Ella se arreglaba el pelo en una peluquería cerca del colegio, los jueves, antes de recoger a Escalo. Yo la miraba desde la esquina de enfrente. Lavar y cortar. El pelo: siempre hasta los hombros, con raya en medio, a veces un poco más largo, cubriendo la solapa negra de la gabardina.

Cuando a mi padre le encargaron el libro sobre Análisis de Interacciones dejó prácticamente de salir a la calle. Yo me sentaba junto a la puerta de su despacho, arriba, escuchando cómo escribía con la tiza en la pizarra. A veces le oía caminar con sus zapatos que sonaban como los pasos de un baile mutilado. Mi padre decía que la magia de las matemáticas reside en que la respuesta correcta está siempre ahí, esperando, y que solo hay que saber encontrar el sendero preciso. Que está siempre en alguna parte aunque no sepamos dónde. A la espera. Sin moverse.

Los fines de semana también los pasaba en el despacho y una tarde de domingo abrí la puerta de la cocina y me marché a la calle sin decirle nada. Me había citado con una amiga en su casa, al otro lado de la urbanización. Nos encerramos en el garaje y nos metimos en el coche de sus padres. Me prestó unos vaqueros color naranja y unas pulseras de pasta y me pegó un bindi entre los ojos. Ella se maquilló con las pinturas de su madre, mirándose en el retrovisor. Se pintó la raya y los párpados de color azul turquesa. Lo hacía muy bien. A ella ya le había bajado la regla. Yo la única forma que tenía de llamar la atención de mis compañeros era clavándome chinchetas en las suelas de los zapatos y haciendo ruido al caminar por los pasillos del colegio.

Saltamos por la ventana del lavadero y nos fuimos andando por la carretera abajo. Los coches nos pitaban y nos decían cosas y ella agitaba los hombros y los brazos por encima de la cabeza. Hacía frío y no llevábamos más abrigo que las camisetas de tirantes.

Cuando llegamos a las vallas del Club de Golf ella se fue directo a una hondonada que había entre los matorrales y nos deslizamos por un hueco abierto al pie de la verja. Ya no había nadie jugando a esa hora y solo se veían las banderas de los hoyos ondeando al viento y las luces de la pérgola donde se estaba celebrando la fiesta. Ella avanzaba delante de mí, hundiendo los tacones en el césped, y cuando llegamos a la galería hizo como que saludaba a algún conocido aunque yo sabía que no conocía a nadie. Dijo: «Coge un vaso de ahí y empieza a hablar con quien primero te encuentres», y se fue directo a la pista de baile, agitando sus pendientes de plumas. Yo cogí un vaso vacío, miré a mi alrededor y descubrí un hueco en una esquina, entre la puerta de los servicios y un altavoz. Sonaba música disco y los camareros me sonreían con cada pase de bandeja. Pedí un zumo a una camarera con pajarita que asintió despacio y luego se dio la vuelta sin dejar de mirarme y al cabo de un minuto se acercó un hombre abriéndose paso entre la gente. Llevaba un polo negro y gafas de sol y me traía el zumo. Me lo alargó con una pequeña servilleta. En la servilleta vi manchas de carmín y manchas de grasa. Sonreía y dijo algo y le hice señas para indicarle que no podía oírle por la música. Se acercó más. Se inclinó sobre mi oído y me preguntó si me gustaba la mantequilla de cacahuete y entonces me deslizó un dedo entre la cintura y el pantalón. Luego hundió la mano. Intenté apartarme pero me apretó contra la pared y apenas podía ver siquiera por encima de su espalda. Me pegó la boca abierta contra el cuello y en ese momento lo sentí apartarse, se dio la vuelta y allí estaba ella tirando del cuello de su polo. «Lárgate ahora mismo», le dijo la madre de Escalo. Ahí estaba, el rimmel espeso, las arrugas en los párpados, el pelo muy corto. «Fuera», le dijo. El hombre levantó las manos y sonrió como si no supiera de qué hablaba y desapareció bailando entre la gente. Ella me miró y asintió muy despacio como si contestara a una pregunta imaginaria. Yo bajé los ojos a sus zapatos. Me puso una mano en la cara. Luego mojó la servilleta en su vaso, me dijo que cerrase los ojos y empezó a limpiarme los párpados de maquillaje. Yo sentía el alcohol de su bebida escociéndome los ojos y recuerdo las lágrimas. Cuando volví a abrirlos ya no estaba ahí. No estaba entre la gente. No la vi más esa noche. Encontré el patio de las cocinas y esperé allí hasta que mi amiga se cansó de bailar y salimos a la carretera ya de madrugada y entonces reconocí su coche, que pasó muy despacio junto a nosotras y luego aceleró de golpe y desapareció detrás de una curva.

En primavera mi padre acabó el libro. Se publicó en junio y al mes siguiente empezó una investigación para una universidad extranjera. Trabajaba día y noche, con la puerta cerrada. Casi siempre dormía en el despacho. Una vez salió a correr y se dejó la puerta abierta. La pizarra estaba borrada, el ordenador apagado, en el suelo, y nada más. No había libros, ni notas. Ningún sendero. El papel escocés de las paredes se desprendía en las esquinas del despacho y de las escaleras y el sótano de las calderas se inundó en diciembre.

Repetí curso tres años seguidos. En los libros de texto no encontré más que lo que ya está hecho y acabado y lo único que aprendí fue que si se puede hacer algo es fuera de ellos. Me quedaba en los pasillos del instituto durante las clases, mirando a mis compañeros sentados en las aulas. Parecían asustados o seguros o seguros de estar asustados. Ya no volví más por el instituto. Un amigo me enseñó a montar en moto y a veces cogía prestada su Honda y recorría la ciudad, despacio, muy despacio, y con mucho cuidado como si me fuera la vida en ello.

Una noche pasé junto al instituto, por la entrada trasera que daba al gimnasio, y aparqué la moto. Salté la valla. Me había llegado el rumor de que en el gimnasio se preparaban peleas. Apagaban todas las luces y cegaban las ventanas y solo había que llamar a la puerta y dar una contraseña para entrar en la sala a oscuras. Cuando llegaban a doce personas, que no se habían visto las caras ni se las verían nunca, se atrancaban las puertas. Cualquier tipo de arma estaba prohibida pero en la oscuridad cerrada del gimnasio todos golpeaban contra todos y las puertas no se abrían hasta que empezaba a amanecer. No se corrían apuestas. No se avisaba a nadie. No había ganadores. Solo el dolor y los golpes y la carne cruda.

Cuando me acerqué vi que las ventanas estaban cubiertas con adhesivo. Había algún coche aparcado cerca. Había bicicletas amarradas a un árbol. Vi la bicicleta de Escalo. El perro guardián del colegio dormía de lado, con los ojos abiertos.

No salió nadie en toda la noche. No se oía nada. Solo algún grito aislado, un alarido interminable como si cayera por la espiral de un sumidero y que acababa de cuajo, y luego ya no hubo sonido alguno hasta pasadas las cinco, cuando sentí llorar a alguien cerca de la ventana, un gemido ahogado que asustó al perro, y no supe si era el llanto de un niño o el llanto de un adulto.

Ese verano alquilé una moto y estuve viajando cerca de tres meses, o cuatro, no recuerdo. Viajaba por la carretera de la costa, con el sol de frente, dejando atrás las playas vacías justo el instante antes de ponerse el sol. Me acuerdo de las sombras de los rascacielos avanzando por la arena de la playa hasta llegar al mar. Una mañana entré a comer a un restaurante y al sentarme en la barra la camarera me saludó y me preguntó adónde iba. Se llamaba Corina, lo ponía en su chapa. «No estoy segura», le contesté. Y era verdad.

—Pues eso ya es demasiado lejos.

Me sirvió una hamburguesa doble que no había pedido y que no me cobró. Luego Corina me dijo que eso es lo malo de los viajes. Que siempre hay que llegar a alguna parte. Y que todos los sitios existen ya.

De vuelta a la ciudad encontré a mi padre con mucho mejor aspecto. Había perdido peso y volvía a afeitarse. Ya no trabajaba en el despacho y salía a correr todas las mañanas. Le pregunté por su libro y me contestó que ya no tenía interés y que ahora hacía otras cosas aunque no me dijo cuáles. Me dijo que las matemáticas cansan como cansan todas las ciencias. Que todo conduce invariablemente al mismo sitio porque siempre preguntamos lo que no queremos saber. Parecía alegre al explicarme esto frente a su café de desayuno; parecía alegre, no feliz, y eso me pareció suficiente.

Cerca del hipódromo había un bar en el que encontré trabajo. Salvo los fines de semana era un sitio tranquilo. Servía las mesas, ponía a Lou Reed, me llevaba buenas propinas. Pero las noches de domingo, cuando había carreras, era otra cosa. Venía mucha gente, se montaban broncas, siempre había quien le debía dinero a otro o quien había ganado una fortuna pero en cualquier caso el resultado era el mismo. Bebían demasiado y se marchaban sin pagar. No eran raros los accidentes de coche los días de carreras.

Una de esas noches llegaron tres deportivos que dejaron sin aparcar, con las puertas abiertas, en medio del aparcamiento. Se bajaron cinco o seis personas de cada uno y entraron al bar cantando algo parecido a un rap, hablando a gritos y dando palmas, las mujeres con las sandalias en la mano, arrastrando los bolsos de pedrería. Algunos se fueron directo a la barra donde atendía mi compañero y otros se sentaron en las mesas que servía yo. Pidieron Bloody Maries y café, mucho café, y cigarrillos. Había uno que pagaba todas las rondas. Otro se subió a una mesa para sintonizar el televisor con las noticias de las carreras que acababan de ver. Aplaudían y daban gritos a destiempo y una mujer agitaba un pañuelo como si despidiera a los jinetes. Los caballos corrían con las venas saltadas en los cuellos.

Una mujer se había sentado sola en la barra. Cuando la vi, de espaldas, iba por el tercer Martini. Llevaba las horquillas descolocadas y los tacones manchados de alquitrán y entre los dedos sostenía un cigarrillo sin encender. Cada vez que pasaba por detrás de ella veía el bolso que se le había caído hacía rato y que descansaba abierto en el suelo, mostrando una polvera y un pastillero y unas llaves. Lo recogí y lo dejé sobre la barra.

—Señora, su bolso.

Volvió la cara hacia el bolso. Era la madre de Escalo. Estaba muy blanca, llevaba las cejas sin depilar y parecía muy borracha desde hacía mucho tiempo. Quise tocarla.

Vi sus manos sin anillos y el bolso sin cierre. Estaba mayor que como la recordaba pero también vi algo en ella más joven que yo, o más desnudo, o algo tan crudo y escaso que se retira rápidamente del mercado. Murmuró algo y arrastró el bolso hacia sí sin levantar la vista de su vaso vacío.

Me aparté. La estuve observando desde la puerta de la cocina; apenas se movía. Le hice una seña a mi compañero para que no le sirviera nada más. Ella fumaba de vez en cuando el cigarrillo sin encender.

Llegaron unos gritos de los servicios, una pelea de tantas que se montan en los baños cuando entra la gente para meterse algo que nadie quiere pagar y la bronca pasó enseguida a la sala. Ella parecía no enterarse. Una mujer gritó y un grupo de cuatro o cinco se precipitó a la puerta y se subieron a uno de los coches. Alguien insultó a una camarera, rompió una botella y otro hombre le dio un puñetazo en el estómago. Empezó a darle patadas en el suelo. Una niña vestida de Gucci los miraba, se reía y lloraba a la vez y yo me fui al teléfono a pedir un taxi.

Luego me dirigí a la mujer.

—Le he pedido un taxi, señora. Llega en unos minutos.

Por un momento pensé que no me había oído.

—Gracias. —Se bajó del taburete. La conduje del brazo hacia la salida de servicio, atravesamos la cocina. Salimos. Hacía una noche espléndida, una noche meridiana. Yo me quedé a un lado de la puerta y ella al otro, de pie, esperando, mirando al frente las dos, hacia las luces lejanas del hipódromo, blancas como el halo de los santos. A veces rompían el silencio el ruido y los golpes de la pelea en el bar.

Marcos Giralt Torrente

Marcos Giralt Torrente (Madrid, 1968) es licenciado en Filosofía por la Universidad Autónoma de Madrid. Ha publicado los libros de cuentos *Entiéndame* (1995), *El final del amor* (2011, Premio Internacional de Narrativa Breve Ribera del Duero) y la recopilación de cuentos y microrrelatos *Cuentos vagos* (2010); también la novela corta *Nada sucede solo* (2000, Premio Modest Furest i Roca). Es autor de las novela *París* (1999, Premio Herralde), *Los seres felices* (2005) y *Tiempo de vida* (2010, Premio Nacional de Narrativa). Es colaborador asiduo del periódico *El País*.

* * *

Frente a otras épocas en que el panorama era más uniforme, con un predominio del cuento de tipo costumbrista o realista, y algunas atrevidas excepciones que frecuentaban el género fantástico de influencia latinoamericana, ahora mismo se han multiplicado las tendencias y no cabe hablar por fortuna de ninguna escuela predominante. El fenómeno es hermano de lo que sucede en el campo de la novela, donde se han abolido las antaño sofocantes diferencias nacionales. Sí observo con cierta preocupación que, dejando a un lado el auge del microrrelato, se ha impuesto una extensión media bastante uniforme que ronda las quince páginas, olvidando o siendo muy minoritariamente practicadas extensiones mayores que tienen sus propias exigencias y potencialidades. Probablemente no sea casual y obedezca a romas enseñanzas practicadas desde tantas escuelas de escritura creativa como las que, centradas en el relato, han proliferado en los últimos años.

Alice Munro, Cristina Fernández-Cubas, Pedro Zarraluki, Ignacio Martínez de Pisón, Luis Magrinyà, Edgar Keret, Claire Keegan, Yoko Tawada, Quim Monzó, Jordi Puntí, Julian Barnes, Lorrie Moore, Ethan Canin, Isighuro, Murakami, Thom Jones, Guadalupe Nettel, Samantha Schwelin, Ismael Grasa, Cristina Grande, Miljenko Jergovic, Gustavo Nielsen, Ingo Schulze...

Juego africano

Para Luz

Esta noche, al poco de meterme en la cama, recibí una llamada que me impidió conciliar el sueño durante unas horas. Pasaban de las tres y el teléfono cayó de la mesilla con estrépito al tratar de cogerlo en la oscuridad. Mientras tanteaba el suelo en su búsqueda, tuve tiempo de preguntarme si sería una noticia urgente, un bromista nocturno o alguien que me requería desde un continente y un horario distintos. Pero no fue hasta ponerme el auricular en la oreja y escuchar una voz fría de telefonista pronunciando mi nombre cuando relacioné la llamada con el recado que había encontrado en el contestador al llegar a casa. Me extrañó tanta perseverancia en un antiguo compañero de consulado al que no me unían vínculos desde mi agregaduría en Nairobi y, en los segundos que tardó en confirmarse la sospecha, hasta que la operadora me conectó con él, no logré explicarme a qué obedecía su interés en hablar conmigo. Estaba seguro de no haber dejado ningún asunto pendiente al abandonar Kenia para incorporarme al servicio en Madrid y no acertaba a dar con una razón de otro tipo.

Después de un breve saludo más apresurado que tímido por parte de ambos, la conversación tomó el derrotero que suele ser habitual en esos casos: unas cuantas preguntas de compromiso en las dos direcciones, él sobre mi estrenada vida en la península, yo sobre la rutina que hasta unos meses compartíamos, un silencio trabado, y, por fin, la transición al verdadero motivo de la llamada.

—No es nada oficial, descuida —aclaró con tono de sorna cuando le inquirí, con diplomacia, por él—. ¿Te acuerdas del marino que vivía en Lamu?

La pregunta resultaba superflua tratándose de la única persona de la gris colonia española de Kenia con la que había tenido un trato amistoso.

Cuando llegué al país hace seis años procedente de la embajada de San Juan de Puerto Rico, África distaba ya mucho de ser el territorio que unos cuantos escritores y aventureros de la época colonial habían aureolado de leyenda y tiniebla. La aventura era difícil y los occidentales que en ella se encontraban tenían poco que ver con Rimbaud, Karen Blixen o el capitán Burton. Con suerte, era posible tropezarse con alguna vieja inglesa instalada, en compañía de sus perros y de su amante nativo, en una aldea remota de la sabana. Pero la gran mayoría era gente que se sentía a disgusto y que consideraba su existencia allí un destierro. Los que más, los españoles. Aparte del personal diplomático y de las riadas de turistas y cazadores que año tras año aparecían calcándose unos a otros con asombrosa fidelidad, la colonia la formaban unos pocos empresarios, dos o tres periodistas y media docena de empleados de agencias turísticas o de aviación. Ninguno de ellos hubiera tenido una palabra que decir a los otros en caso de ser vecinos en una ciudad española y, no obstante, todos coincidían en una cosa: creían estar perdiéndose algo fundamental. No hallaban satisfacción en casi nada y gastaban las escasas energías que el calor sofocante les dejaba en una lucha inútil por vivir como en Valladolid, Castellón o Badajoz. Esto, que por sí solo no representaba un inconveniente, adquiría sin embargo cualidades de auténtica persecución desde el momento en que daban por hecho que los demás éramos también víctimas de su misma pesadumbre. Si se les permitía tomar confianza se metían en la vida de uno y era imposible escapar a la rueda de cenas y banquetes que organizaban para matar el hastío.

De José Rodrigo Fouces, en cambio, nadie sabía. Hasta que unos meses antes de su muerte lo conocí por casualidad era un simple número en la lista de residentes españoles. No mantenía contacto con el resto y no creo que en los más de veinte años que llevaba viviendo en Lamu se hubiera molestado en renovar el pasaporte siquiera una vez. Había llegado a la isla con un inexplicable deseo de apartamiento y a ello se dedicó con ahínco mientras tuvo ocasión.

Me cuesta imaginar un lugar más idóneo para ese propósito que Lamu. Situada por cultura entre dos mundos, entre el negro ligeramente desvaído de sus mujeres y el velo islámico que esas mismas mujeres llevan cubriendo su rostro, Lamu es uno de esos enclaves comerciales del pasado que se mantienen casi intactos merced a un extraño equilibrio entre el esplendor residual de otros tiempos y un medio no tan adverso como para no resistir su acabamiento con dignidad. Los minaretes de las mezquitas y sus estrechas calles blancas de edificios con interiores labrados como piezas de marfil le confieren una belleza ante la que no cabe resistirse. África se deja sentir, pero tanto o más que África el Índico y las rutas mercantiles abiertas en él por los árabes que durante siglos atravesaron sus aguas en un constante trajín de aceites, sedas, piedras preciosas, orfebrería, ébano y especias diversas.

Cuando visité la isla por primera vez no pensaba permanecer en ella más de dos días ni tenía previsto, por supuesto, importunar con mi presencia al compatriota que vivía en ella, aunque reconozco que lo tuve presente desde el principio. Fue un viaje de recreo que planeé breve y que si duró más fue solo porque no pude emprender el regreso cuando quise. El tráfico aéreo con Nairobi quedó interrumpido el día de mi vuelta a causa de una avería en la torre de control del aeropuerto y la otra alternativa, cruzar al continente en barco para llegar por tierra a Mombasa, resultaba demasiado peligrosa debido a que los autobuses que cubren la ruta eran con frecuencia atacados por bandas de somalíes armados que penetraban desde la frontera cercana. No soy persona a la que los imprevistos agobien en exceso y por lo general acepto las cosas como se presentan. De modo que no me impacienté y tomé el asunto con la calma requerida. Compré unas camisas de hilo blanco, como las que allí visten los hombres para acudir a la *azala* de los viernes, y me dispuse a disfrutar los cuatro días que tardarían en recibirse las piezas necesarias para solucionar la avería como una merecida prolongación de mis vacaciones.

No sé con qué elementos jugó el destino para hacernos coincidir en esa primera jornada de estancia obligada, ni sé tampoco si en él era corriente tomar al atardecer una copa en el hotel en el que yo me hospedaba. De lo que estoy seguro es de que si no llega a ser por la intervención ajena ninguno de los dos hubiera hecho nada por entablar conversación con el otro. Yo había entrado en el bar procedente de mi habitación unos minutos antes y no reparé en él hasta que el camarero que me atendía en la barra lo señaló con la cabeza y me dijo que era español. En ese momento no llegamos a más porque él estaba sentado y no pudo oírlo. Pero no ocurrió lo mismo cuando, tras ultimar su bebida, se levantó y pasó a mi lado camino de la puerta. El camarero repitió la maniobra en voz alta, esta vez dirigiéndose a él, y no le quedó otra opción que detenerse. Era alto, de modales antiguos, con una edad indefinida entre los sesenta y los setenta y cinco, y un cuerpo fuerte y rotundo al que los años no parecían haber restado un ápice de vigor. Iba vestido con guayabera color azul claro y hablaba un castellano rico, de resonancias galaicas, en el que empezaba a ser palpable su escasa práctica. Fuese por mis apellidos gallegos o por la mirada vigilante de quien forzó la presentación, lo cierto es que, superada la comprensible violencia inicial, sobrepasamos sin mayor problema ese intervalo después del cual no hubiera sido abrupto ni maleducado despedirse y terminamos arrimándonos a la barra, yo para recuperar mi copa y él para pedir que le pusieran otra. Esa noche cenamos en su casa servidos por su mujer, una suahili de magnífica figura y costumbres tradicionales que comía aparte, y tres horas más tarde recogía el equipaje del hotel y me convertía en su huésped.

A decir verdad, en cuanto me quedé a solas en el cuarto que se me asignó para dormir, lo juzgué precipitado y en cierto sentido lamenté haber aceptado la invitación. A pesar de que esta se había producido de forma natural y de que mi anfitrión me parecía una persona franca, en absoluto susceptible de empeñarse por compromiso en algo que no deseara, no pude evitar el pensamiento de que me había colocado sin reflexionar en una posición incómoda, o cuando menos imprevisible, y tuve miedo de que la convivencia degenerase en una guerra sorda de susceptibilidades y malentendidos mutuos.

Nada más lejos de lo que sucedió en realidad. Tanto en las cuestiones de orden doméstico, que en su casa funcionaban casi por milagro, sin un ruido o chirrido de los ejes, como en lo que se refiere a su relación con el mundo, José Rodrigo Fauces tenía un carácter sereno, de buen vividor, que imprimía un ritmo distendido y relajado a cuanto le rodeaba, y al que no cuadraba cultivar subterráneamente una tensión. Aunque tímido, era alegre y despreocupado en su trato con los demás y, salvo las que pudieron surgir en la conversación, la única pasión que le descubrí aparte del whisky escocés y de los cacahuetes salados que tomaba para acompañarlo, no llegamos a sostener diferencias sustanciales. Disfrutaba, más que con ninguna otra cosa, contando historias y anécdotas, y en ellas no quedaba lugar para la discrepancia. Como la de tantos narradores natos, su afición se había fraguado en soledad y era difícil permanecer al margen porque atrapaba la atención desde la primera frase y después de eso no importaba ni su dicción entrecortada ni, mucho menos, las ideas que destilaba entre medias. Solo llegar a la extraña coletilla con la que invariablemente concluía cada relato: «Esto es».

Antes de retirarse y establecer su residencia en Lamu había trabajado como técnico cualificado en mercantes de medio mundo, principalmente petroleros, y gran parte de su inspiración provenía del mar y de los países y gentes que había conocido en esa época. Pero eran las historias de sabor gallego, que transcurrían en Galicia o que tenían protagonista gallego, las que contaba con más devoción. Daba igual que fueran inventadas, de segunda y tercera mano o referidas a acontecimientos y a personas reales. Sabía cientos y todas sin excepción las bordaba con maestría y humor.

Solía despertarse tarde y hasta poco antes del almuerzo, cuando su mujer irrumpía vestida de gala y con la majestad callada de una primera concubina, se mostraba huidizo, presa de un pertinaz mutismo. Si se le preguntaba algo, reaccionaba tarde y, cuando lo hacía, sus respuestas eran breves, sin color. Al llegar ella, desentumecía los músculos y mejoraba en disposición, pero aun así permanecía más atento al tintineo de pulseras y aretes en torno a la mesa, que a mis forzados intentos de involucrarlo en una conversación. Perdía el hilo con facilidad y se demoraba en detalles que no hubieran requerido su atención en condiciones normales. Era al desaparecer su mujer con los restos de la comida cuando despertaba como una oruga que llevara largo tiempo dormida.

Durante esas sobremesas, pero también en las que seguían a la cena y en los paseos que dimos a diario por los entresijos vedados de la isla, relató cuentos, refirió leyendas y retrató un sinfín de personajes estrafalarios con los que había compartido la casualidad de un corto encuentro, en unos casos, y horas enteras de diversión, añoranza o desánimo en otros. Pero no solo eso. En el interior de la casa y en los recorridos por playas y mercados mantuvimos, asimismo, un diálogo fluido acerca de las cuestiones más diversas.

Hablamos de África y de España, se interesó por aspectos de la política nacional que su aislamiento le impedía conocer a fondo y hasta me interrogó por la marcha de dos o tres equipos de fútbol. Tenía opiniones originales fuera cual fuera el tema que se tratase y en todos los casos las manifestaba con libertad.

Era exclusivamente en lo personal donde su carácter se tornaba casi opaco. Evitaba las confidencias y nunca hablaba de sí mismo ni de los motivos de su exilio. Era reservado, no encontraba placer en exhibirse, y si bien había ocasiones en las que no le era posible soslayar hechos concretos de su vida, cada vez que los mencionaba lo hacía de manera aséptica, huyendo del sentimentalismo y de las referencias demasiado personales o íntimas. No es que esta escrupulosidad me indujera a sospechar que escondía algún secreto, pero no voy a negar que alimentó en mí el convencimiento de que la mejor de todas sus historias era la que se callaba.

Fue la víspera de mi partida, después de cenar, cuando estuve más cerca de quebrar su defensa. Estábamos en la terraza, una azotea con la mitad del espacio cubierto por la techumbre de paja característica de las casas más antiguas de Lamu, y, sabiendo que no dispondría de otra oportunidad, le pregunté si le quedaba familia en España. Él no me contestó inmediatamente. Me miró un instante como calibrando algo, apartó los ojos y los hundió sin pronunciar palabra en el fondo de su vaso. Al cabo de unos segundos, levantó la cabeza y posando en mí una mirada neutra, sin expresión, me dijo que no lo sabía con seguridad. Confieso que me extrañó la naturalidad con la que aludió, para explicarlo, a su origen ilegítimo y quizá por eso juzgué un poco afectado el relato que hizo a continuación, pero es ahora cuando me doy cuenta de que el problema residía en el papel que se adjudicaba en él.

La historia que con esfuerzo y llena de pausas fue desgranando aquella última noche era sencilla y en cierto modo hasta tópica en una región como Galicia. Lo que tenía de singular es que, a diferencia de otros casos en los que, una vez satisfecho el trámite engendrador, el hombre desaparece y no se molesta en reconocer al hijo, su padre no solo le había dado su nombre sino que se había involucrado en su educación. Durante años lo visitó en casa de su madre a razón de dos o tres veces por semana y durante años cumplió, salvando las distancias, con el papel que cabe esperar de un padre convencional. Se mostraba rígido cuando las circunstancias lo exigían y cariñoso y afectuoso cuando había motivos para ello. Era fuera de las cuatro paredes de la casa donde se comportaba de acuerdo con la hipocresía y la frialdad habituales. Pues si coincidía con él en la calle, evitaba saludarlo. No lo miraba. Pasaba a su lado como hubiera pasado al lado de cualquiera de sus compañeros de escuela. Esto, que en un principio había sido para él fuente de confusión y de conflicto, acabó representando en su ánimo apenas un sin sentido más entre muchos otros. Aprendió a respetarlo y se cuidó de llevar las cosas a un límite del que no hubiera sacado nada. Después de todo, me dijo, las visitas y los regalos que recibía mitigaban traiciones como esa y alguna más. Con el tiempo, su padre se casó con otra mujer y tuvo otros hijos, pero tal cambio no trajo consigo un cambio en la relación. Continuaron encontrándose a escondidas hasta que el padre desapareció de la ciudad con su familia. Fue entonces cuando experimentó por primera vez la injusticia de su condición. Quiso deshacerse del dolor maldiciendo al culpable, pero no tardó en darse cuenta de que era más añoranza que rencor lo que sentía. Tenía dieciséis o diecisiete años y, con ingenio y algo de mano izquierda, logró averiguar la ciudad a la que se habían trasladado. A partir de esa fecha, fue él quien cargó sobre sí la responsabilidad de no romper el lazo. Cuando tenía dinero y tiempo para el viaje, cogía un autobús y se presentaba allí. Llegaba a la casa (una casa grande, de tres plantas, subrayó), se apostaba en un lugar desde el que poder ver sin ser visto y esperaba. A veces se volvía en el mismo autobús sin que de la casa hubiera salido un alma, y a veces tenía éxito y adivinaba a su progenitor a través de una ventana, o lo observaba salir y entrar por la puerta. Nunca, en esos viajes, se dejó ver ni trató de entablar conversación. Hizo de ellos una costumbre y no la abandonó ni siquiera cuando tuvo que empezar a trabajar. A lo largo de diez años, en los descansos de su oficio de marino, asistió de esa forma a la madurez de su padre y vio crecer a sus hermanos con unas comodidades que él no había tenido. Curiosamente, fue al quedarse más solo, tras la muerte prematura de su madre, cuando decidió terminar con las visitas furtivas. Había descubierto Lamu en una escala casual mientras trabajaba para una naviera saudí y, temiendo que cada retorno a España se transformara en un nuevo combate interior que algún día podía no ganar, escogió la isla como asiento regular de sus períodos de descanso. Según me contó, en el origen había sido una medida transitoria, pero la vida lo ató tan en firme con la que luego sería su mujer que ya no dejó escapar un permiso sin regresar con ella. Por eso, nada más natural, me dijo, que establecer su residencia en Lamu cuando sus ahorros le permitieron retirarse. Había estado fuera de España treinta años y no tenía ganas ni aliento para comenzar de nuevo.

—Menos aún si lo que me espera es el asilo —bromeó, sorbiendo el hielo derretido de su tercer whisky, y para descargar el ambiente del peso de su relato.

Para entonces, llevábamos varias horas de charla en la terraza, era bien entrada la madrugada, y ambos sabíamos que no quedaba tiempo para más. La prolongada incomunicación con el continente había provocado una avalancha de gentes dispuestas a embarcarse a cualquier precio y tenía que ir muy temprano al aeropuerto si quería conseguir plaza en el único avión que saldría rumbo a Nairobi. Estuvimos un rato en silencio, cada uno esperando que fuera el otro el que tomara la iniciativa, y al final opté por hacerlo yo. Cuando ambos nos pusimos en pie, convinimos en vernos a la mañana siguiente y emprendimos el empinado descenso hacia nuestras habitaciones, él para reunirse con su mujer y yo con la maleta aún sin preparar.

Por la mañana no tenía previsto despertarlo, pero recién cruzado el umbral de mi habitación lo encontré vestido y tan fresco como si hubiese descansado doce horas. Desayunamos juntos hablando de cosas sin importancia, y al terminar, cuando manifestó su intención de acompañarme, le rogué que no lo hiciera. Contrariamente a lo que esperaba, no me fue necesario insistir. Llamó a su mujer, que con turbación me dirigió de despedida una frase aprendida en castellano, y accedió a que nos separásemos en la puerta de su casa con la condición de que le prometiese regresar en cuanto me surgiese la menor oportunidad.

No pude cumplirlo. A los tres meses de mi vuelta a Nairobi, mientras planeaba un segundo viaje a Lamu, me enteré de su muerte. Lo leí en una comunicación interna del consulado y me sobrecogió con toda la fuerza añadida de lo que se descubre por casualidad. Supongo que sería en la inmediata perplejidad del golpe cuando hablé de él a mi interlocutor telefónico de esta noche. No sabía qué hacer. Tuve tentaciones de no suspender el viaje y de darle a su viuda el pésame en persona, pero me di cuenta a tiempo de lo desacertado de semejante idea. Aunque estaba seguro de la sinceridad de mis sentimientos no sabía si ella, dada la brevedad de mi trato con su marido, lo consideraría normal. Decidí escribirle una carta y entonces, al escribirla, se me ocurrió publicar una esquela con su nombre completo en la prensa española. Hasta ese instante no había vuelto a pensar en la última noche que pasamos juntos ni en el relato que me hizo de su infancia, pero es indudable que influyó en una decisión tan extravagante. De alguna forma, abrigaba la esperanza de que llegase a manos de su familia.

Cuando finalmente encargué que la publicasen, no confiaba en enterarme de si cumplía o no ese objetivo. Tampoco en que sus destinatarios identificaran al difunto en el caso de que llegaran a leerla. Mucho menos, en que les afectara. Puse la esquela como quien cae en el consabido ritual de tirar una botella al mar, y me olvidé de ella.

De ahí que esta noche, al oír por teléfono la voz de mi compañero de consulado, me faltaran reflejos para comprender el porqué de su llamada. «¿Recuerdas la esquela que mandaste publicar?», preguntó tras hacerme la misma pregunta acerca de José Rodrigo Fouces. «¿Recuerdas que en ella ponías que había fallecido en Kenia?». No entendía qué interés podía tener en traerme a la memoria aquello y no respondí. Él no hizo caso, o no percibió la aspereza oculta en mi silencio, y continuó hablando sin esperar mi asentimiento.

—Pues bien —dijo en tono reposado, como quien gana tiempo para poner en orden sus pensamientos—, ayer vino por aquí un español que estaba de paso en Nairobi y que solicitaba información sobre un residente ya muerto. Yo estaba en el mostrador hablando con una secretaria y escuché la conversación por accidente. Al oír el nombre de tu amigo, me acordé al instante de ti y por eso, saltándome la norma, quise atenderlo yo. Tendría unos cuarenta años y di por supuesto que sería uno de sus medio hermanos. De todos modos, como no se mostraba demasiado explícito en el tipo de datos que deseaba, no me costó encontrar un hueco para interrogarle. Comprenderás mi sorpresa cuando me dijo que no era su hermano sino su hijo.

En ese punto interrumpió la narración y se quedó a la espera del efecto que producía en mí la noticia. Yo, por mi parte, no consideré que fuera como para justificar la llamada y le dije que no me sorprendía, que había convivido con el protagonista de nuestra conversación pocos días y que no era raro que tuviese un hijo del que no me hubiera hablado. Con mayor motivo si tenía la edad que él le calculaba. Aunque percibí que mi reacción le desilusionaba, enseguida se repuso.

—Espera, que ahí no acaba —respondió con presteza—. Cuando me dijo que era hijo y no hermano, procuré que no advirtiera mi desconcierto. No lo consideré tan fríamente como tú, pero me comporté como si en efecto supiera que había tenido hijos. Al principio se mostró reticente y algo reservado, fingiendo un mayor desdén del que revelaba su presencia en el consulado, pero luego pudo más su necesidad de saber. De pronto, sin transición, me preguntó si había estado acompañado hasta el final por su mujer y por sus hijos. Me quedé aturdido, no supe qué decir. Él repitió la pregunta y yo tuve que decirle que me figuraba que por su mujer sí, pero que no sabía nada de otros hijos. «Por lo que sé, en el consulado no consta que haya habido otro residente con sus apellidos», le expliqué. De inmediato percibí que mi respuesta le excitaba. Terminó con su reserva y me dirigió una cascada de preguntas. Quiso saber desde cuándo vivía el padre en Lamu, con quién vivía, qué hacía, si salía con frecuencia de la isla y si teníamos noticia de que le visitara algún español... Como cada pregunta suya era una sorpresa para mí y cada dato que yo le proporcionaba era un motivo de asombro para él, llegó un momento en que no quedó otro remedio que empezar a hablar claro. Yo le referí lo que tú me habías contado y él me contó, a su pesar, la parte que conocía.

Hizo una pausa retórica que me pareció eterna y prosiguió en el mismo tono:

—Las dos historias eran casi iguales. Naturalmente, había cosas que tu amigo puso de su cosecha pero...

—En concreto —corté, desconfiando aún de que fuera a ponerme al corriente de algo de verdad relevante—, ¿cómo era la suya?

—El relato que me hizo de su infancia tenía demasiado en común con lo que yo sabía por ti del padre. Dijo que su padre nunca se había casado con su madre, que durante unos años no rompió con ellos pero que, después de casarse con otra mujer y tener otros hijos, había desaparecido.

No lo había visto desde los dieciséis años y hasta que leyó tu esquela siempre dio por hecho que vivía en España. Por eso, le extrañó enterarse de que llevaba tanto tiempo residiendo en Lamu con una nativa, y sin mantener contactos con España.

Después de la última frase, mi interlocutor estuvo callado unos segundos, como en espera de que yo dijera algo, y al ver que no era así, apostilló:

—En fin, que tu amigo el marino era un espécimen de cuidado, curioso pero de cuidado.

—No entiendo.

—Era un farsante. No sé por qué lo hizo, pero se apropió de la historia de su hijo.

—¿Qué quieres decir? —Seguía negándome a comprender.

—Que ese lío que te contó de que no sabía si tenía familia en España era falso. Él no era el hijo de su historia, él era el padre. Había abandonado a su primer hijo y, por lo que parece, había acabado haciendo lo mismo con su mujer y con sus otros hijos.

El corazón me dio un vuelco. El teléfono ya me produce de por sí sensación de irrealidad pero entonces fue como si se hubiese multiplicado por diez. Por un momento dudé, incluso, de la voz que estaba oyendo.

—¿Y cómo era? —acerté a preguntar cuando me hube recuperado de la impresión.

—¿Quién? ¿El que vino aquí?

Dije que sí.

—Alto, moreno...

—No digo físicamente —interrumpí con ansiedad. Pensaba que de esa manera abreviaría, pero se tomó su tiempo. Dejó pasar unos segundos, como si necesitara meditar la respuesta, sopló en el auricular para hacerme ver que lo que iba a decir le producía cierta gracia, y retomó la palabra:

—Si quieres que te diga la verdad, no me gustó. Por lo que me hablaste del padre, no creo que hubiera comparación posible entre ellos. Estuve con él cerca de una hora y constantemente procuró dejarme claro que no había venido a Nairobi para saber de su progenitor. No sé si era cierto o no, pero hizo especial hincapié en que estaba de paso por un negocio y que solo en un momento de debilidad se le había ocurrido entrar en el consulado para preguntar. Cuando al final de la conversación le sugerí que podía proporcionarle la dirección exacta de Lamu donde vivía la mujer de su padre, esbozó una sonrisa despreciativa y me dijo que tenía mejores cosas que hacer.

Isabel González

Isabel González (Ejea de los Caballeros, Zaragoza, 1972) es licenciada en Ciencias de la Información y tiene un Máster en diseño gráfico. Imparte clases en la Escuela de Escritores, le gusta dibujar y trabaja como infografista en el periódico *El Mundo*. Ha publicado un volumen de cuentos: *Casi tan salvaje* (2012). Forma parte de un grupo de escritoras (Las microlocas) con quienes ha publicado *La aldea de F.* (2011).

* * *

Ojalá lo supiera, pero no soy una erudita. Trato de escribir. Leo. Y no lo hago según tendencias ni modas. La única intuición que se me impone es que tras un rechazo al costumbrismo popular español, hubo una explosión de cuentos anclados en las bases minimalistas de Carver que ahora están dando paso a un tipo de escritura más explicativa, ingeniosa y formal por un lado, y más inspirada, arrebatada y personal por otro.

En mi caso, Flannery O'Connor, Clarice Lispector, Amy Hempel, Cheever, Herta Müller y Ana María Shua. En su momento, Cortázar, Carver, Ana María Matute, Monterroso y Quim Monzó, que me abrieron la puerta. Últimamente me han impresionado los microrrelatos de

Eugenio Mandrini, los cuentos de Carola Aikin, la escritura tan actual de Djuna Barnes, la poesía narrativa de Ted Hughes y el último libro de Clara Obligado, una novela desestructurada que adquiere forma de libro de cuentos.

La mujer inolvidable

Nora quería ser inolvidable. Pero no como esa tapia apuntalada que rodea el parque. Las enredaderas han cubierto las vigas y forman un túnel bajo el que juegan los niños y procrean las ardillas. Si ahora arreglaran el muro y retiraran los puntales la gente se quejaría. Hace veinte años, la pared se combaba, llegaron unos hombres y colocaron esos postes provisionales. Hicieron demasiado bien su trabajo. Erradicaron la posibilidad de hacerlo bien del todo.

Se te rompe un tacón en la fiesta donde se encuentra el amor de tu vida:

A. Te las piras.

B. Tratas de caminar con normalidad.

C. Te quitas los dos zapatos.

Nora rellenaba cientos de tests de este tipo. Tan estúpidos que una opción eliminaba el resto. Ella se habría quitado los dos zapatos y habría caminado con normalidad hasta el amor de su vida para convencerle de que se las pirara con ella. Así lo hizo en cuanto tuvo la oportunidad. En cuanto cumplió los trece. Incrustó el tacón de sus sandalias entre las bisagras de una puerta, la cerró de golpe y caminó descalza hasta Octavio.

La madre de Octavio adoraba al Dúo Dinámico. Le gustaban las canciones con chaleco rojo y soltó el volante para introducir la cinta en la ranura del salpicadero. Fue un segundo. Pero el coche se salió del trazado, dio dos vueltas de

269

campana e impactó contra un toro de Osborne. El asunto es que un neumático mal calibrado reventó en el preciso instante en que la madre de Octavio estiró el brazo. Ella todavía permanecía inconsciente. Su hijo contestaba a las preguntas de la compañía de seguros. «Primero oímos una explosión y después nos salimos de la carretera e impactamos contra el cartel», decía. «Se salieron de la carretera, impactaron contra el toro y se produjo la explosión», anotaban. La escritura era un asunto de coherencia, no de casualidades. De eso hacía medio año y aunque Octavio todavía no caminaba, sus amigos le habían obligado a ir a la fiesta. Dos férulas con mucho velcro mantenían rígidas sus piernas de los talones a las ingles. Llevaba la cabeza rapada. Muletas. La cara con cicatrices.

—¿Sabes que el velcro se le ocurrió a un suizo que paseaba a su perro por un campo de cardos? —se le acercó Nora.

—Por mí, como si lo paseaba por un campo de minas —contestó Octavio.

Sus colegas le traían las bebidas a la mesa y él las vaciaba.

—Cuando el suizo llegó a casa, resultó que su chucho y sus pantalones estaban infestados de bolas marrones.

—¿Ves? Eso nunca le habría pasado en un campo de minas.

—¡Olvídate de las minas! ¡Eran semillas! Las semillas de los cardos que se recubren de púas y se enganchan a todo. Entonces se le ocurrió lo del velcro —señaló sus férulas.

—¿Sabes qué? —Octavio la miró fijamente—. Que si yo fuera ese suizo, yo no habría inventado el velcro. Yo habría inventado algo para quitarme la mierda de encima. ¿Lo pillas?

—Lo siento, Robocop. No puedo largarme. Se me han roto los tacones.

Nora puso uno de sus zapatos sobre la mesa y vació su cubata dentro. Pretendía usarlo como seductora copa, pero había olvidado que se trataba de una sandalia y el líquido se escapó por la abertura delantera.

Hablaron de estrategias de subsistencia. De camaleones y de ciertas culebras rojas e inofensivas que imitan los anillos de las culebras rojas y venenosas. También de osos polares, que no por ser tan blancos son tan bondadosos.

—Los machos matan a las crías para que las hembras vuelvan a entrar en celo.

—No me lo creo. Es extravagante.

—La naturaleza es extravagante. Las murciélagas tienen pechos; los tiburones, dos penes.

—Y yo tengo ganas de mear. Acércame las muletas.

Octavio y Nora alcanzaron los servicios sin titubear ante la inminencia de los acontecimientos.

No era la desgracia lo que atraía a Nora. Era la fragilidad. El modo definitivo con que lograba arraigar en ella. A veces, la devastación era patente, física. Octavio. Un brazo quemado. Otras, había que intuirla. Y mientras las amigas de Nora buscaban semejanzas entre sus parejas y Tom Cruise, ella afinaba la puntería en otras dianas. Aquel chico ciego que se acarició las mejillas con sus pechos y, durante la carrera, ese profesor de redacción que les contó el caso de un hombre a quien robaron la cámara de fotos en Berlín. De vuelta a España, el hombre recibió un paquete con las fotos reveladas y una nota que decía: «Estimado señor. Robo por necesidad, pero los recuerdos son irrecuperables».

El profesor les ordenó que redactaran esa noticia y los alumnos obedecieron. Señalaron las fechas, describieron la Puerta de Brandemburgo y recalcaron la nobleza del gesto de aquel ladrón. El profesor apiló las hojas sobre la mesa y una vez reunidas comenzó a romperlas.

«¿Ustedes creen que *esto* es una noticia? —rasgó el primer folio—. En serio. ¿Ustedes creen que pueden presentarse en una redacción con *esto* y exigir que detengan las rotativas? ¡Y una mierda! La debilidad de un hombre no es información. No es noticia. Recuérdenlo. ¡Se trata del coraje! ¡Del hombre! ¡Es el hombre quien debe morder al perro!», gritaba.

Una mañana de domingo, Nora lo siguió y lo asaltó a la puerta de su casa.

—Disculpe, señor.

—¿Sí?

—Es que no estoy de acuerdo.

El profesor la miró intrigado. Nora paseaba un pequinés y quiso ser noticia.

Al principio hubo más posibilidades. Después tuvo que ingeniárselas. Después significa cuando Nora alcanzó esa edad en que reparaba más en las otras que en los hombres que las acompañaban. En cómo llevaban lo de las arrugas.

—Pase por favor —una mujer le abrió la puerta. Era fácil imaginar lo atractiva que debía de resultar con el cabello, la ropa y los pensamientos sueltos.

Nora sacó el anuncio de su bolso, lo alisó sobre la mesita y lo leyó en alto:

—Se busca señor con experiencia en el cuidado de ancianos.

—Eso es —dijo la mujer—. El asunto es que yo buscaba un señor porque...

—Porque su padre no quiere ver el fútbol con una imbécil como yo —Nora rio escandalosamente y se golpeó el muslo con la palma de la mano.

—¡Mire, no estoy para bromas!

—Disculpe —recuperó su tono—. Lo que quiero decir es que su padre necesita alguien que lo vista y que lo bañe. Pero también necesita alguien que comparta con él sus destellos de lucidez. Que le hable de goles y de lesiones de menisco —le tendió su carpeta de recomendaciones.

«Imbatible al dominó. Responsable. Cuidó a mi hermano y a mi loro. Gracias a su masaje cardiaco puedo escribir estas líneas. Socorrista, paseadora de perros y licenciada en Periodismo».

272

—¿Licenciada en Periodismo?

—En realidad, soborné al profesor de redacción —respondió Nora. En este oficio solían desconfiar de los títulos.

Un hombre apareció en la sala. Traía las piernas desnudas y bajo la chaqueta del pijama asomaban sus partes íntimas. La mujer corrió hacia él con la manta del sofá y lo envolvió de cintura para abajo. Como si fuera un rollito de primavera.

—Mi padre.

—Una amiga de su hija —se presentó Nora.

Le tendió la mano y el hombre caminó hacia ella con pasos muy cortos. Sus tobillos aprisionados por la tela estampada. La geisha más improbable del planeta.

—Tú tienes la culpa —rechazó el saludo.

—¿Por qué yo? —preguntó Nora.

—Porque le cuentas cosas raras a la niña —la confundió con su esposa—. Cuentos raros. Esa patraña de la Cenicienta.

—¿Qué tiene de malo Cenicienta? —Nora le siguió el juego.

—Que es incongruente.

Nunca antes había usado esa palabra.

—Querrás decir improbable. Que es improbable que una sirvienta se convierta en princesa.

—No, no es eso. Es que si a las doce todo vuelve a su ser, si el carruaje se vuelve calabaza y los cocheros, ratones y el vestido de fiesta, harapos, ¿por qué el zapato de cristal no se vuelve pantufla?

Coraje o debilidad. ¿De qué hablan los periódicos?

Hipólito G. Navarro

Hipólito G. Navarro (Huelva, 1961) es autor de una novela, *Las medusas de Niza* (Premios Ciudad de Valladolid 2000 y Andalucía de la Crítica 2001), y de los libros de relatos *El cielo está López* (1990), *Manías y melomanías mismamente* (1992), *El aburrimiento, Lester* (1996), *Los tigres albinos* (2000) y *Los últimos percances* (2005, Premio Mario Vargas Llosa NH de Relatos). La antología *El pez volador* (2008, Premio *El Público* de Narrativa), preparada por el escritor Javier Sáez de Ibarra, ofrece una cuidada selección de sus cuentos.

* * *

Tengo a las dos últimas décadas por uno de los períodos más fecundos del cuento español, una etapa en la que conviven múltiples estéticas y en la que trabajan juntas, nutriéndose mutuamente, admirándose sin reservas, varias generaciones de cuentistas. Autores mayores como Medardo Fraile, Zúñiga o Tomeo, o más jóvenes como José María Merino o Manuel Longares, continúan creando su obra a la par que nace la de los jovencísimos Cristian Crusat, Patricia Esteban Erlés, Isabel González o Sara Mesa. Es también un momento de encuentro feliz con magníficos autores latinoamericanos que trabajan en España. Y la etapa del rescate definitivo de las mujeres para el cuento, su desembarco sin retorno en el género, secuestradas como estaban ellas por la novela desde hacía tanto. No creo que hayan predominado unas estéticas por encima de otras, en tanta variedad, así descubra en los últimos años un empacho preocupante de realismo, de veta constreñidamente anglosajona, además.

Ojalá no sepamos nunca qué dirección tomará el cuento, que no sea previsible su evolución, que nos asombre y deslumbre con nuevas propuestas cada poco tiempo. Seguro que será así. Ya lo hemos visto: cuando parecía que no había posibilidad de dar muchas más vueltas de tuerca aparecen tipas y tipos del talento de Mercedes Cebrián, Isabel Mellado, Inés Mendoza y Paul Viejo para ponerlo todo otra vez patas arriba...

Los autores fundamentales de estos años —Fraile, Merino, Fernández Cubas, Monzó— ya lo eran en las décadas precedentes. De los surgidos en este período considero imprescindibles a Javier Sáez de Ibarra, Ángel Zapata, Eloy Tizón y Juan Bonilla. Me interesan mucho también Elvira Navarro, Carlos Castán, Cristina Grande, Ángel Olgoso, Ignacio Vidal-Folch, Gonzalo Calcedo y Fernando Aramburu, y autores poco conocidos aún como Pablo Andrés Escapa, José Manuel Martín Peña, Víctor García Antón y Jesús Ortega. No entiendo el cuento español último sin el aporte de nuestros vecinos americanos, especialmente Andrés Neuman, Clara Obligado, Fernando Iwasaki, Andrés Ehrenhaus, Eduardo Berti y Juan Carlos Méndez Guédez. Y aunque más dedicados a la novela, me fascinan Adolfo García Ortega, Ricardo Menéndez Salmón, Eduardo Jordá y José María Conget, cuentistas extraordinarios igualmente.

Qué cuento se estará escribiendo hoy en Tailandia, en Dinamarca, en Portugal incluso, me pregunto. No nos engañemos: lo que llega del exterior proviene de seis o siete países, siempre los mismos. Apenas habré leído a dos docenas de autores penúltimos: me gusta la obra entera del polaco Mrozek, leo con placer a Fleur Jaeggy, Lydia Davis y Alice Munro, me quito el sombrero ante los cuentos de Don DeLillo y los primeros libros de Wells Tower y Miroslav Penkov, me encantan algunos relatos de Murakami, me aburre el Foster Wallace cuentista...

El aburrimiento, Lester

Después de tres pasadas por el estante de la música sin saber qué poner, oigo como en sueños Lester Young; vale, digo Lester Young y dejo caer suavemente la aguja sobre el disco y comienza a llover, doblemente comienza a llover, una lluvia eléctrica procedente de una mala copia de los viejos discos de pizarra y una lluvia mojada de esas que parece que a San Pedro se le han roto las puertas y el refrán de los cántaros se queda chico. Lester Young, un saxofón retorcido que se me mete por las orejas, los ojos trepándome por la cara para enredarse en las macetas de la ventana y asomarse nuevecitos al otoño, primer día que llueve en cuatro o cinco meses, una cortina de agua que moja la azotea, una cortina de saxofón que moja mi oído, y yo en medio, «ventana asomao», «en los días de lluvia ventana asomao»; me doy la vuelta, levanto la tapa y quito el disco, deja de llover dentro, mientras afuera sigue San Pedro erre que erre, y pongo a los Caligari (enseguida una asociación: Jekyll y Hyde, Mary Shelley, Byron), los chavales del Gabinete (la alquimia, aquelarres, Percy, el gótico por el Gothic, Ken Russell, tras el gótico, ¿qué viene?, por delante esos macizos románicos, vampiros), los chavales que cantan modernos lo de «en los días de lluvia ventana asomao», y «la suerte es como un pez», podrido, pescado podrido en un rincón de agua varada en la dársena de un río, estancamiento para los mosquitos, el tedio, él te dio el aburrimiento, mientras ya la lluvia tan solo es una y esa está fuera, que ya la azotea es un espejo donde se reflejan las antenas de los aparatos de televisión, por cierto, quito el disco, los chavales se me quedan a medio camino, con tanta lluvia los recorridos están embarrados, Soria queda lejos, parece; pongo la televisión: cara redonda de Manuel Hidalgo, tal cual, como tantas tardes, tantas otras tardes, y siempre llegarme a la memoria ese día tan importante, el día más grande de tu vida, hijo, haciendo la primera comunión vestido de capitán de un barco a la deriva, todos nosotros, tan asustados y tan pelados y repeinados, que veo las fotos y no puedo hacer otra cosa que reír, el día más grande de tu vida, hijo, y Manolo Hidalgo con su cara redonda sacándole la lengua al cura para que le pusiera aquello redondo en la boca; cuidado, que eso no lo pueden rozar los dientes, pecado horrible darle un bocado a Dios, demasiado atrevimiento, tiene que entrar despacito, licuándose entre la lengua y el paladar, poco a poco, y Manolo confesándome después que sí, que lo rozó con una muela, ya casi al final, es que esto es muy difícil, ¿y no te hacía cosquillas en el cielo de la boca? (Dios tiene sus cosas, sus métodos para meterse dentro de uno, te hace cosquillas en muchos sitios), y Manolo Hidalgo compungido porque sus dientes, los mismos dientes con que me había mordido en una mano el día que le gané las treinta canicas, esos dientes habían rozado a Dios el primer día que entró en él, ¿qué me pasará ahora?, y nosotros diciéndole que no tenía importancia, Dios se iba a hacer un lío con todos nosotros una vez que nos arrancásemos las condecoraciones de capitán, de almirante, de marinero raso, mañana todos otra vez con los pantalones cortos en el paseo jugando al tú la llevas; hombre, más jodidos, ya no se podía decir cabrón qué patada me has dado, hijoputa, te la debo, ahora va a ser más difícil jugar si ya nos han quitado medio vocabulario del juego, y a las canicas, cuando yo te gane otra vez treinta bolinches ya no me podrás morder, Hidalgo, porque..., en fin, que me acuerdo, cómo no acordarme cada tarde cuando sale tal cual por la tele tu tocayo, Manuel, Hidalgo, pero qué pena tan mayor ya, debéis de tener los mismos años, comulgando casi a la vez, creo, y tú me cuentan ahora que eres representante de zapatos, ¿no?, y este en la tele representante de, representante de, presentador, yo qué sé; quito la televisión, el cielo está prácticamente López, San Pedro sigue con la puerta jodida, increíble que en el primer día que llueve caiga tanta agua, ¿y ahora qué hago?

¿Y ahora qué hago? Lester Young, vale, pongo Lester Young, aunque Billie Holiday estaba al lado con una flor en el pelo invitándome, ¿cómo vas a cantar con esta lluvia, mujer? (mujer, ¿has dicho mujer?, yo siempre pensé que era un hombre) (y yo también, es que con ese nombre cualquiera mete el patinazo). Bueno, Lester Young, estoy como al principio, ya está lloviendo dos veces otra vez, pero ahora está saliendo el sol por una esquina de la tarde tal cual y una docena de rayos se ha clavado en la torre de la iglesia de ahí enfrente, que empieza a brillar sobre un fondo de nubes negras, y las palomas están alineadas en un alero viendo llover y viendo cómo les llueve encima después de tres o cuatro meses, y miran sonriendo al sol que anda asustado escondiéndose otra vez en una nube, y vuelve a salir entre un artefacto de percusión que sale del tema «You're driving me crazy» de Lester confundido con un relámpago y un trueno que me han puesto los pelos de punta y han asustado a siete palomas y media, porque siete huyen que se las pelan mientras la otra se queda dando vueltas sobre el pararrayos, paloma Benjamin Franklin que en uno de esos vuelos comprueba cómo las gotas penetradas violentamente por el sol (en defensa propia) le obsequian su periplo con una virginidad de arco iris recién naciendo apenas, media naranja de colores concéntricos igual que su periplo, concéntrico, lo dice la misma palabra, un arco iris que es una tregua en la negrura del cielo, una ventana (otra) para combatir el tedio; yo que me levanto como loco para revolver

279

cuatro cajones de la mesa buscando la cámara fotográfica, y en uno de esos cajones..., oh, descubrimiento, la solución de la tarde, ¿cómo no se me ha ocurrido antes?, pero bueno, ¿estás loco o qué?, me digo, la cámara tiene que andar por aquí (tiene que andar, ¡cuidado con las expresiones!, la cámara andando por ahí, ¿y cómo anda una cámara?, ¿tiene seis patas, ocho, cuatrocientas veintitrés, una?, ¿andará despacio, saltando, a la pata coja?), o bien está en el cajón de la mesita de luz, efectivamente; quedan seis fotos en el carrete, voy a salir, hasta ahora, Lester (del otro no me despido, Manolo Hidalgo está dentro de la cajita de la tele, apagada) (y pagada, menos mal), voy a salir pero llueve tela marinera (las expresiones, las expresiones, tela marinera con la que se confeccionan trajes para la primera comunión), el paraguas sabe Dios ahora dónde andará (los paraguas también andando, saltando, a la pata coja, montando en autobús, olvidándose en el autobús, qué estúpidos); vuelvo adentro, el paraguas debe estar en el paragüero (los paraguas son bichos de mal agüero, te sacan los ojos si no van bien conducidos, deberían expedir carnés de conducir paraguas, tan peligrosos). Lester, ¿dónde estaba el paragüero? Detrás de la puerta, carajo. Salgo con el paraguas, con la cámara turista colgada del cuello y: 1) la azotea ya es navegable, 2) mis zapatos ya están calados, 3) el arco iris ya es un recuerdo, 4) la foto ya es un futuro pasado por agua, 5) mi boca ya es una mueca, y 6) las palomas ya han vuelto a su sitio, me miran y se ríen, y yo, verdadero profesional del circo, resbalo, como tiene que ser, y mi culo también, como 1), ya es navegable, calado, penetrado por la primera entrega de San Pedro, y empiezo, como 2), a calarme, y mi boca, como en 5), se instala definitivamente en la mueca, y en esas miro el paraguas boca abajo, cáscara de nuez negra, varada a mi lado, inútil para su cometido de techo portátil, pero a la vez materia para una historia inverosímil, arco iris sustitutorio al que fotografío con todo cariño una, dos, tres, cuatro, cinco, seis veces, hasta completar el carrete con esa especie de coleóptero pataleando al aire, escarabajo, antena parabólica, casco de melocotón en almíbar negro pinchado por un bastón, toda una teoría de las artes de vanguardia (vanguardia civil, dice Ricardo M. M.), fotografiar un paraguas boca abajo y luego, en las paredes de una sala de exposiciones, colgar repetidamente ese arco iris frustrado y poner debajo el cartelito con el título: por ejemplo, escarabajo patas arriba, antena parabólica en negro, sin título, melocotón sin almíbar, sin título, homenaje a Lester Young, y otras más sin título, no hay que condicionar al expectador (con equis (x) de expectación), al espectador, etcétera, etcétera, para que la crítica llegue después y diga: (mirando al auditorio, expectante, el auditorio, claro, y bebiendo agua mineral que tiene en un vaso y en una jarra clasiquísimos (la crítica de arte, claro, esa cosa necesita la jarra y el vaso de agua; el auditorio solo necesita ojos y orejas, una silla, una invitación del autor de los paraguas sin título, unas horas libres en la tarde, etetcétera)); vuelvo atrás: para que la crítica llegue después y diga: las características intrínsecas del objeto retratado se subliman al extrapolar la acción del, puntos suspensivos, etcétera (características intrínsecas, qué estupidez, cuando las características de un paraguas son más bien intrinmojadas); tres palomas vienen a verme, y yo ya estoy 1), 2), 5), y las palomas vuelven a 6), y el arco iris sigue en 3) mientras Lester suena dentro, yo sentado en el suelo 1) con la cámara llena de paraguas intrínsecos y mojados, la tarde que sigue en sus trece o en sus catorce sin parar de llover, y el tedio agazapado igual que al principio. ¿Qué hacer? De momento entro otra vez a casa, dejo el melocotón en el mal agüero y la cámara alejada de la vista y de la jarra y el vaso de agua mineral de la Crítica Especializada de Arte, es decir, en otro cajón, y me voy a la ducha; hasta ahora, Lester.

En la ducha, las espumas que resbalan por los azulejos le hacen perrerías a la ley de la gravedad (la otra, la manzanera, no la de la Crítica Especializada; ya estamos en otra cosa); cuatro pompitas que se arrastraban rápidas hacia abajo se frenan en medio de esas losetas y le sacan la lengua a Newton y a sus manzanas. Otras pompitas y espumarajeos me van recorriendo con sus cosquillas intentando arrastrar de mi piel el aburrimiento que me socava como si fuese la misma lepra, pero el aburrimiento saca de los bolsillos sus miles de patitas y con sus uñas diminutas se aferra fuerte a mi cuerpo y trepa y adelanta el territorio cedido en el primer descuido con el gel y la manopla; al final, cuando ya me estoy secando, está tan enganchado a mi piel que aunque me miro en el espejo y yo sé que él está conmigo, su mimetismo, esa capacidad camaleónica de adoptar mi color y mi forma, me impiden arrancármelo de cuajo y tirarlo al váter, y para más inri, Lester, que andaba dando saxofonazos por el salón, termina el último tema de la cara B y el aparato hace clac, y viene un silencio hacia el baño que, cuando me fijo bien, más que un silencio es una puñetera retahíla y meada de San Pedro que me tiene los nervios tan hechos polvo que si en vez de ser nervios fuesen uñas ya me las habría comido, puf, ¡pues bueno soy yo!

Salgo del baño en bolas, como suele decirse, y desde el estante de la música me miran curiosones Count Basie, Duke Ellington, Louis, Parker, baboseando Muddy Waters, Miles más negro que el betún, pero, ¡qué carajo!, vuelvo a poner a Lester, que sale con «She's funny that way» a toda máquina, y yo con estas pintas.

Me oigo por dentro, por fuera todo es esa lluvia doble, y llego, en bolas, a la conclusión de que el aburrimiento tiene plazas, esquinas, farolas, bares, sofás, personas, maneras de hablar, de leer los cuentos en voz alta, maletas, bolsillos, ruletas rusas, etcétera de elementos «intrínsecos», entre comillas, que refuerzan el sentido de tener uno el derecho a aburrirse, y el aburrimiento mío, el de por las tardes de la primera comunión de Manolo Hidalgo, mi lluvioso aburrimiento, tiene en el armarito del cuarto de baño una cuchilla de afeitar (jamás he pensado en el suicidio, lo juro;

bueno, hace ya mucho tiempo, por los años que rodearon a la primera comunión, pero eso es normal, a ver cómo iba uno a castigar a los viejos cuando no te dejaban ir al cine sino suicidándose; pero era una tontería, porque para qué servía el suicidio, para el cine no, por supuesto, que era el motor primero de los suicidios de todas las noches llorando en la almohada; pero, aparte de esos suicidios dominicales de Dumbo y ciento un dálmatas, jamás he pensado en el suicidio, lo juro), tiene una barra de afeitar el jabón, digo una barra de jabón de afeitar, que el orden de los factores sí altera el producto, espero que haga espuma; una loción para antes y otra para después, y yo, qué maravilla, tengo una barba de seis años que no me llega al ombligo porque no quiere, y no porque yo no la deje a su aire (el aire de las barbas es un aire revuelto, debe serlo, un aire laberíntico, dando vueltas por caminos infinitos; lástima no saber el principio y el final de ese laberinto, tal vez sean demasiadas las entradas y las salidas, pero considerar por un momento el principio en un rizo al lado de la boca, colocar ahí la boquilla del saxo de Lester, y soplar, impulsar ese aire por esa boquilla, interpretar lo que suena, el «She's funny that way», a través de la barba, inventar otra vez la Historia de la Música a través de las barbas, barbas flautas, barbas pianos, barbas violonchelos, barbas sexos, digo saxos, barbas trombón, toda la música de esa manera enmarañada, cambiarlo todo, los Conservatorios Superiores de Música por los Conservatorios Superiores de Barbas, las cátedras ocupadas por barberos, peluqueros, con sus batas blancas, recortando conciertos y sonatas, acortando patillas para el swing, redondeando perillas para el be bop).

El aburrimiento.

Bueno, ¿qué hago? Primero con unas tijeras me corto el pelo de los lados, y me afeito hasta dejar la perilla y el bigote rodeando las palabras que me salen empujándose unas a otras para decirme apresuradas desde el espejo ¿qué haces?, ¿te vas a quitar una barba que eres tú desde hace más de seis años? Es verdad, era yo, ahora el aburrimiento me ha convertido, ¿en qué?, está clarísimo, actor para los dramas de Shakespeare, barítono de ópera, cateto de pueblo en feria de la capital; no, no, antes estaba mejor, barba de ruso, de poeta maldito, esos que se morían de hambre y de ganas de afeitarse, la bohemia (palabra en desuso, palabra en baúl con naftalina, bolitas de alcanfor, palabra rancia, vela podrida, palabra barba, ataúd, habitación de pensión cochambrosa); aquí hay que cortar más, rehacer la perilla en punta, El Greco, señor Orgaz, conquistador extremeño —¡cuántos extremos!— zurrándole de lo lindo a un indio; cortar el bigote, fuera bigote (¿cómo puede tener uno un labio tan gordo?, qué horroroso, y el tramo desde la boca hasta la nariz, si parece una autopista, anchísimo); ¿qué parezco, Lester? Respuesta: cuatro tirabuzones de saxo que se me enredan en las piernas, como para caerme; vuelvo al cuarto de baño; mentira, vuelve un tipo en bolas con una perilla sin bigote horrorosa; cuchilla, cuchilla, últimos pelos escapados del conservatorio superior de barbas por el desagüe (el desagüero, melocotón en almíbar negro, sin título, no se me ha olvidado, no), hacia las cloacas de la ciudad, barba para las ratas y los detritus, seis años de historia cañería abajo.

El aburrimiento.

Ahora, ya sin la posibilidad de la barba, ¿qué hacer? Como en una novela de Monterroso (el de los buenos augurios), coger una silla, cómoda, y sentarse frente a la biblioteca a mirar los libros en los estantes (sin título, no hay que condicionar al espectador), a mirar los libros con sus lomos dorados, unos más altos, otros libros fideos, libros espaguetis, macarrones, libros livianos como sopas de verdura, libros quijotescos magnífico cocido de garbanzos con su pringá, tiempo para hacer la digestión, lomos repujados en cuero, incunables falsos adquiridos como falsos y pagados como troppo vero (Inocencio, inocente, inocente), libros de bolsillo para los que aún no encuentra uno bolsillos lo suficientemente grandes; sentado frente a los estantes, en bolas, sin barba, Lester por el salón tirirí tirirá, y el aburrimiento echado a mis pies, disimulando, agazapado. Manolo Hidalgo estará ya hasta en su casa, seguro; el otro Manolo Hidalgo estará con los zapatos, representando zapatos (otros representan obras de teatro, otros representan menos edad de la que tienen, otros representan a gente que ya te han presentado anteriormente, otros...), y yo, aquí, representándome a mí mismo, pero sin barba, en bolas, contemplando esa escenografía de los libros en los estantes, y mis manos, después de tocar la extraña piel de la cara huérfana del laberinto de aire que la escondía, mis manos revoltosas en las últimas fases o pasos o boqueadas de una tarde aburridísima, mis manos lujuriosas se me van hacia abajo, donde la piel conserva aún (gracias, aburrimiento, gracias) su otro laberinto de aire, donde la piel crece desmesurada y urgente para matar definitivamente el tedio; la excitación que proporciona ver esos libros cerraditos, muy callados, absurdos, hay qué ver. Ahora me acuerdo, mientras buscaba la cámara, en ese cajón, la solución última, eso ya no es un libro, pero se le parece, sus páginas tan llenas, y ni una palabra impresa, solo las fotos, y ninguna foto de paraguas ni paragüeros, solo las fotos de ellas, tan ligeras de ropa, las piernas tan abiertas, esos lugares tan tan... (pornografía, qué palabra tan fea para estas formas tan hermosas, mararvigrafía, masturgrafía).

Uy, uy, uy, vamos otra vez al cuarto de baño, Lester, tú sigue, no te preocupes, que llevo compañía, a todas ellas... uy, uy, uy, se me van las manos, aunque no quisiera tan rápido, no voy a poder verlas a todas, tan así (Hidalgo, no te lo vas a creer pero desde aquel día, cuando te gané todas tus canicas, todas todas, hasta las que tenías guardadas en casa, y tuviste que pagarme con aquella revista mararvigráfica que trajo tu primo de Alemania —digo Alemania, podría haber dicho cualquier sitio de Europa, España era de Europa todavía menos que ahora, solo venía en los ma-

pas—, desde aquel día la conservo y a ellas me las conozco
centímetro a centímetro, puedo hasta reconstruir lo borrado por las manchas, parece que no hubiera pasado el tiempo por ellas), tan así, uy...

He puesto el cuarto de baño todo perdido (afuera sigue
lloviendo, que no se me olvide); ya lo he limpiado, y ahora
empieza a llegar la noche. Lester, la noche cambia el aburrimiento, es distinto, se vuelve algo compañero. Ahora prepa-
ro la cena, como algo viendo una película (algo compañero,
el aburrimiento) y me acuesto. San Pedro ya se aburrirá, eso
creo, pero ahora, carajo, han tocado al timbre, ¿quién puede ser?, vamos a ver primero por la mirilla... Dios, si es ella,
ahora precisamente.

—Hola, vengo a verte.

—¿Sí?

—Bueno, a quedarme esta noche, si puede ser.

(No se ha dado cuenta del afeitado, joder, no se ha dado
cuenta; pues no seré yo quien se lo diga.)

Ella entra ya por el pasillo (ella es mi mujer, que viene de
unos cursillos de jardinería, pero a ella no le gusta que yo
vaya diciendo sus cosas por ahí; estas últimas noches estaba
quedándose en casa de su hermana porque no le venía bien
la combinación de autobuses para dormir aquí y levantarse
después tan temprano, y por eso he llegado yo a afeitar al
aburrimiento y esas cosas, pero ahora me ha cogido con más
cosas afeitadas, vaya por Dios), yo cierro la puerta, y al cerrar,
Lester, ¿qué veo?, ¿qué crees que veo al cerrar la puerta? Efectivamente, Lester; el paragüero, Lester, el paragüero.

Cristina Grande

Cristina Grande (Haro, La Rioja, 1962) vive en Zaragoza desde 1980. Licenciada en Filología Inglesa, ha cursado estudios de posgrado de Cine y Televisión en la Universidad de Zaragoza, y de Fotografía en la Galería Spectrum, en la misma ciudad. Ha publicado los libros de relatos: *La novia parapente* (2002), *Dirección noche* (2006), *Tejidos y novedades* (2011), recopilación de los volúmenes anteriores junto a otros cuentos nuevos, y *La vitrina* (2011). *Naturaleza infiel* (2008) fue su primera novela. Desde 2002 es columnista del *Heraldo de Aragón,* y ha recogido parte de sus artículos periodísticos en *Lo breve* (2010) y *Agua quieta* (2010).

* * *

Me parece que en el cuento español, como en otras cosas de la vida, atravesamos una época de eclecticismo muy interesante. El florecimiento del relato breve es síntoma de que el lector agradece que la buena literatura no lleve demasiado envoltorio. Como lectora yo busco la verdad, más allá de la extensión del texto, y agradezco que esa verdad —casi siempre dolorosa— me la cuenten con cierta ligereza y sentido del humor. Observo que la línea entre ficción y realidad cada día es más delgada y a mí siempre me han gustado los textos memorialísticos, los dietarios, las autobiografías, etc. No sé hacia dónde se dirige el cuento español. Lo importante es que la oferta es tan variada que nunca nos faltarán buenos libros que leer.

Todavía está por ver qué autores serán fundamentales en este cambio de milenio en el que se publican tantísimos libros de cuentos. Para mí siguen siendo fundamentales Chéjov, Julio Ramón Ribeyro, Hemingway, Katherine Mansfield, Marguerite Duras, Miguel Torga, Carmen Martín Gaite, por citar algunos. Y más próximos a mí en el tiempo y en el espacio, como Ismael Grasa, Ignacio Martínez de Pisón, Cristina Cerrada, Jon Bilbao, Elvira Navarro, Daniel Gascón, Pepe Cervera, Carlos Castán, Óscar Esquivias, Isabel González, Eva Puyó, y muchos más. Acabo de terminar un libro precioso de Jordi Puntí que se titula *Los castellanos*.

Aves y pájaros

Nunca me han gustado los hombres demasiado guapos, y mucho menos los guapitos tipo el último James Bond. Por eso no entiendo que el enamoramiento se me echara encima como una manta raya cuando conocí a Ricardo.

En esa época yo solo tenía un amante que se parecía al conde Lecquio, y al que veía muy de tarde en tarde cuando pasaba a visitarme por la tienda. A mi socia le gustaba mucho. Fue ella quien le sacó el mote y el parecido con el conde, aunque no fuera tan guapo, decía. El Conde era muy alto y vestía un poco rancio, al estilo de los futbolistas de moda. Lo que más me gustaba de él eran sus orejas ligeramente de soplillo y la forma en que agachaba el cuello como si le diera vergüenza ser tan alto. Tenía un algo de pelícano que me hacía gracia.

Yo no tenía su número de teléfono, ni creo que él tuviera el mío. Puede que alguna vez me llamara a la tienda, que sale en las páginas amarillas en la sección de animales de compañía pero en realidad solo es una tienda de pájaros. Seguramente, más de una vez pasaría por la tienda mientras yo estaba en el gestor o en el banco y luego a mi socia se le olvidaba decírmelo, o se acordaba muchos días después. Me daba mucha rabia enterarme porque me imaginaba que tardaría semanas o meses en volver a saber de él. También es cierto que el disgusto se me pasaba enseguida y que no volvía a pensar en el Conde hasta que reaparecía en escena. Hacía bastantes años que lo conocía, pero no podría decir cuántos, pues ni siquiera podría recordar cómo ni dónde lo conocí.

Ricardo fue otra historia. Entró una tarde en la tienda justo a la hora del cierre, cuando mi socia ya se había marchado. Quería una jaula para una cotorra que iba a heredar de su hermana, que acababa de casarse. El marido de su hermana no soportaba los silbidos del animal al punto de la mañana, y aunque la cotorra llevaba con ella siete años, no tenía más remedio que desprenderse del animal. Ricardo me contaba todo esto como si yo conociera a su hermana, a su cuñado y a la cotorra. Lo cierto es que su narración me hizo reír, y mi risa le hizo reír a él como si fuéramos personajes de una comedia romántica. Se parecía un poco a Hugh Grant. Demasiado guapo para mi gusto, pensé, sin poder borrar de mi cara una estúpida sonrisa de adolescente.

Ricardo no tenía ni idea de jaulas ni de pájaros y acabé invitándole a una caña en el bar de la esquina. Le expliqué la diferencia entre aves y pájaros. A partir de ahí todo fue muy rápido, como en las películas. Enseguida conocí a la cotorra. Se había adaptado muy bien a su nuevo hogar, un piso rehabilitado en la calle Manifestación que también a mí me gustó mucho.

La cotorra se llamaba Riego porque, entre su reducido repertorio musical, lo que más a menudo silbaba era el himno de Riego. Ricardo quería que yo enseñara a hablar al animal, del que no sabíamos si era macho o hembra, y yo hacía como que lo intentaba. Le decía «qué passa, qué passa» una y otra vez, aunque sabía que un pájaro de su edad ya no querría aprender nada que no fuera un nuevo silbido. A veces, cuando salía por la mañana temprano casi de puntillas y demasiado perfumada, el pájaro me silbaba como un obrero desde el andamio.

Habían pasado unos meses desde la tarde en que conocí a Ricardo cuando entró en la tienda el Conde. Estaba más alto que nunca. Quizás no nos habíamos visto en medio año y le reñí cariñosamente como si le hubiera esperado cada día. Me fui con él al bar de la esquina. Mi socia había dicho que ella se encargaría de cerrar la tienda y nos había guiñado un ojo.

Entre caña y caña, le dije que ya no podríamos seguir siendo amantes porque me había enamorado de un tipo maravilloso. Se lo describí como un mirlo blanco, que se supone que es algo bueno y al mismo tiempo no deja de ser una rareza. Puso cara como de haberme oído esa misma historia otras veces. Me extrañó que no hiciera ningún comentario al respecto, ni tan siquiera sobre Riego, del que le hablé casi más que de Ricardo.

Después de darle una calada a su cigarro, me dijo que había sido padre de una niña a la que habían puesto mi nombre. Lo dijo como si nada, con el cuello levemente ladeado. Ah, bien, dije yo, también como si nada, como si no fuera conmigo la cosa.

Luego estuvimos un rato abrazados. Noté que no quería soltarme. Siempre me había gustado su olor, y mucho más sus besos. Me pregunté entonces por qué tendría yo que renunciar a esos besos incuestionables. Y más aún, por qué mi viejo y aristocrático pelícano iba a merecer menos consideración que un extraño mirlo blanco.

Almudena Grandes

Almudena Grandes (Madrid, 1960) es licenciada en Geografía e Historia por la Universidad Complutense. Ha publicado las novelas *Las edades de Lulú* (1989, Premio La Sonrisa Vertical), *Te llamaré Viernes* (1991), *Malena es un nombre de tango* (1994), *Atlas de geografía humana* (1998), *Los aires difíciles* (2002), *Castillos de cartón* (2004), *El corazón helado* (2007, Premio Fundación José Manuel Lara y Premio del Gremio de Libreros de Madrid), *Inés y la alegría* (2010, Premio Iberoamericano de Novela Elena Poniatowska, Premio de la Crítica de Madrid y Premio Sor Juana Inés de la Cruz) y *El lector de Julio Verne* (2012). Es autora de los libros de relatos *Modelos de mujer* (1996) y *Estaciones de paso* (2005); y ha recopilado algunos de sus artículos en *Mercado de Barceló* (2003). Varias de sus novelas y uno de sus cuentos han sido llevados al cine por distintos directores. Colabora de forma asidua con el periódico *El País*.

* * *

Rasgos más característicos de la última narrativa en castellano: la variedad, el eclecticismo, la recuperación del narrativismo y los géneros clásicos, incluyendo los subgéneros narrativos antes despreciados y que hoy se han incorporado a lo que podríamos llamar «el cánon del prestigio», el desplazamiento de experimentación desde el estilo —la

293

experimentación formal prácticamente ha desaparecido—hasta el argumento —relación ficción-no ficción, mezcla de géneros antes insolubles entre sí, disolución de fronteras—, y en el caso de España, la obsesión por la memoria en todos los planos, desde el más personal hasta la dimensión más colectiva.

Nombres que me han interesado más: Ginés Sánchez, Sara Mesa, Jesús Carrasco, Javier Pérez Andújar.

Bárbara contra la muerte

El tarro tenía cuerpo de vidrio esmerilado, y una tapa hermética de metal pintada de blanco. Más allá de sus paredes, marcadas por la aspereza de una pelusa grisácea —herencia de sucesivos fracasos, los lavados que no habían conseguido desprender del todo las huellas de la etiqueta adhesiva que identificó una vez su contenido—, se distinguían aún algunos restos de mermelada de moras, pequeñas gotas brillantes de color púrpura, como dicen que es la sangre de los negros, hacia las que trepaban los diminutos gusanos de cuerpo translúcido que saben caminar sobre muros de cristal.

El abuelo, que llenaba su mochila de mimbre con mucha parsimonia, levantó una esquinita de un envoltorio de papel de plata para confirmar que, en lugar del filete de ternera que había pedido, la abuela le había vuelto a preparar un bocadillo de queso, y tras emitir un templado juramento, hizo ademán de coger el tarro y reunirlo con el resto de los objetos hasta entonces desperdigados por la mesa, pero yo detuve su brazo a tiempo.

—Oye, abuelo —dije, arrebatándole suavemente el recipiente de cristal donde se agitaban los viscosos hilos vivos—, ¿por qué no has dejado que la abuela lavara el tarro por dentro? Tiene mermelada, todavía...

Él se encogió de hombros y ni siquiera me miró, como preguntándose qué demonios me importaría a mí todo aquello. Yo, al contrario que mis hermanos varones, nunca me había interesado por la pesca.

—Pues no sé... —contestó después de un rato—. Parece que les gusta. Pobrecillos, para lo que van a vivir, mejor que disfruten un poco, ¿no?

—Porque se los van a comer los peces...

—Con un poco de suerte... Eso espero.

Me besó en la sien —ese lugar tan raro donde solo me besa él—, y giró sobre sus talones sin decir una palabra más. Estaba ya en el umbral de la puerta cuando eché a correr para alcanzarle.

—Oye, abuelo... ¿Puedo ir contigo?

—¿Tú, Bárbara? —Fruncía las cejas como un signo de estupor.

—Sí, yo —afirmé con la voz y la cabeza al mismo tiempo—. No he ido nunca.

—Bueno, si quieres...

Le seguí sin hablar por el camino salpicado de sombra. El viento soplaba a rachas para agitar las ramas de los chopos, que, cuajadas aún de hojas plateadas, me saludaban en su temblor como muchos brazos de señoras gordas y enjoyadas, blandas y felices, tan distintas de los famélicos esqueletos de madera que contemplaba en invierno tras las ventanas del colegio.

Siempre he pensado que el chopo es un árbol con mala suerte, todos los árboles que pierden la hoja en invierno me lo parecen, y casi puedo sentir el frío que ha mordido su corteza durante la noche cuando me levanto y descubro en su tronco las huellas de la última helada. Aquella mañana estaría pensando en eso, o en cualquier tontería por el estilo, cuando escuché a la madre Ana, eventual profesora de dibujo, que me llamaba casi a gritos desde la tarima. Volví la cabeza con los ojos bajos para encontrarla, su voluminosa figura envuelta en aquel hábito blanco que me daba tanto miedo, los brazos en jarras, el enfado pintado en los ojos y multiplicado por dos gruesas lentes bifocales.

—¡Ya está bien, Bárbara! Esta es la tercera vez que te llamo, andas siempre en la luna de Valencia... ¿Te pasa algo?

—No, madre, qué va... —contesté, ganando un tiempo que no fui capaz de invertir en una excusa convincente—. Es que Sócrates no se me da muy bien... —señalé vagamente la máscara de escayola que colgaba de un clavo, su barbilla rozando la pizarra—. Estaba mirando por la ventana.

—Siempre estás mirando por la ventana, hija mía, no sé qué misterio le encuentras al paisaje. ¡Si por lo menos fueras capaz de dibujar bien el patio...! Anda, hazme un favor. Ve a mi despacho y tráeme una caja de tizas de colores. Están en el armario, nada más entrar a la derecha.

—Pero es que no sé dónde está su despacho.

—¿No? Ya... —Una niña de la primera fila se acercó a su mesa con un dibujo ya terminado, y ella empezó a corregirlo sin dejar de hablarme—. Es muy fácil. Sales al *hall*, coges el pasillo de la derecha, tuerces otra vez a la derecha después de pasar por las clases de Jardín de Infancia... Esta nariz no me gusta nada, Cristina, tendría que ser más afilada por aquí..., y a cambio más ancha por aquí... ¿lo ves? Bueno, Bárbara, pues eso, luego subes por las escaleras del gimnasio y, a la izquierda, abres una puerta blanca que da a un pasillo. La tercera habitación a la derecha es mi despacho.

Me levanté, y salí de clase convencida de haber memorizado correctamente el camino, porque ella dijo izquierda, tuvo que decir izquierda, por eso no le di importancia al amenazador letrero que distinguía la puerta cuyo picaporte empuñé con mano firme de la situada exactamente enfrente, ambas blancas, con cristales pintados de blanco, idénticas, se contaban historias terribles de aquella palabra maldita, peligrosa y oscura como un maleficio, pero yo no me fijé, no la leí apenas, porque ella había dicho izquierda, te-

297

nía que haber dicho izquierda, y atravesé el umbral sin vacilar para no hallar pasillo alguno, solo un vestíbulo parecido al recibidor de una casa cualquiera, y allí, a una monja vieja, muy vieja y desconocida para mí, que se inclinaba con esfuerzo sobre las macetas de geranios, sosteniendo entre las manos una regadera de plástico. Tenía cara de hombre, como las brujas de las pesadillas, y creí poder escuchar cómo crujían sus huesos, tan torcida, tan decrépita estaba que al principio me dio pena, hasta que se volvió hacia mí, se me quedó mirando, sonrió para mostrarme sus encías negras, y me increpó con voz ronca, arruinada.

—Has entrado en Clausura. Nunca saldrás de aquí.

Al principio me limité a cabecear suavemente, atreviéndome a negar con la cabeza, la boca muda, mientras me decía a mí misma que aquello sería una broma, una simple y repugnante broma sin una pizca de gracia, *sois todas unas hijas de puta*, recordé, y pronuncié sin mover los labios ese horrible juramento, el ingenuo sortilegio al que me aferraba cada mañana —como se aferra un escudo, una espada, el legítimo instinto de sobrevivir— al entrar en el colegio, la torpe maldición que guiaba mis pasos de vuelta a casa, cada tarde, la fórmula que repetía en cada cambio de clase, casi insensiblemente, como una letanía o el canto de un preso bien amarrado a su cuerda, *sois todas unas hijas de puta*, y no era verdad, porque las había buenas, magnánimas, amables, yo quería de corazón a muchas de ellas, pero todas juntas daban vida al enemigo, y solo se conjura a un enemigo con palabras terribles, así que lo repetí para mí, por última vez, *sois todas unas hijas de puta* y yo no me voy a quedar aquí... Entonces ella me miró, una sonrisa terca en sus labios descamados, ¿qué pasa, no dices nada...?, será que te gusta la idea, concluyó, y el pánico me devolvió la voz, y abrió mi boca para colocar en ella palabras desafiantes, por supuesto que saldré de aquí, dije, yo no quiero ser monja, yo quiero casarme y tener muchos hijos, ella rio al escucharme, una carcajada afilada, hiriente como una flecha que da en el blanco, pues claro que te casarás, hija, con el Señor, igual que yo, y habrá muchas niñas que te llamarán madre, todas las alumnas del colegio... Movió vagamente el brazo para designar el espacio que se abría a su alrededor, un reino tan mísero, y siguió hablando, pero yo ya no la escuchaba, cuando las tetas me crezcan del todo me compraré sujetadores de encaje transparente con flores bordadas de muchos colores, me decía, muy horteras, pero preciosos, y me pondré medias negras con una costura atrás, tan fina que sea casi imposible llevarla recta, y zapatos de tacón alto, altísimo, eso haré, me pintaré los labios de rojo oscuro, y tendré la piel muy suave y oleré bien, muy muy bien, como huele mamá ahora, y los tíos se desplomarán a mis pies, todos los tíos, y yo me portaré fatal con ellos, lo siento, pero eso es lo que voy a hacer, coquetear con todos a la vez, y luego, si no llega alguno que sea estupendo, pero estupendo del todo, de verdad, como los novios de las películas, escoger al que tenga un descapotable, rojo, si puede ser, o amarillo, a lo mejor..., no, me apetece más ir en un descapotable rojo, con un sombrero, y un pañuelo de puntas muy largas enrollado en el cuello, y unas gafas de sol enormes, oscuras... Tuve que interrumpir aquel reconfortante discurso, el único artificio capaz de mantener la memoria del calor dentro de mi cuerpo, porque ella venía hacia mí, esgrimiendo el puño cerrado sobre su cabeza como el anuncio de una violencia más furiosa que los golpes, no volverás a ver a tus padres sino detrás de la reja, bramaba, serás monja de clausura, has entrado aquí por tu propio pie y no podrás salir, nadie ha salido nunca de aquí, solo las monjas muertas, todo eso me dijo, y yo ya no pude responder, estaba muda, y notaba que los ojos me escocían... Las mayores contaban historias espantosas de aquellas pocas habitaciones prohibidas, la insospechada cárcel aislada como una isla en el centro de un moderno edificio acristalado, con carpintería de aluminio, laboratorio de idiomas y piscina cubierta, clausura, allí se lavaban con jabón Lagarto, yo lo sabía bien, tenían prohibido el jabón perfumado y dormían envueltas en camisones de arpillera basta, como la tela de los sacos de patatas... Sentí que una lágrima recorría mi mejilla al recordar el misterio del peso de mi amante, el tibio secreto contra el que me estrellaba todas las noches desde que vi los ojos húmedos de aquella actriz en una serie de televisión, y era una chica muy guapa, lista y fuerte, una persona con carácter, como diría mi madre, pero hacía el papel de una mujer abandonada, y por eso, a pesar de ser tan guapa, y tan lista, y tan fuerte, estaba todo el rato a punto de llorar, porque él se había marchado, y le contaba a una amiga que por las noches no podía dormir, eso era lo peor, que se le hacía de día con los ojos abiertos porque echaba de menos el peso de su cuerpo, y desde entonces, cada noche, yo doblaba la manta en tres y amontonaba encima la colcha, doblada igual, y me quedaba muy quieta, el embozo justo debajo de la nariz, sintiendo la presión de la tela sobre mi cuerpo, calculando cuál sería el peso de un hombre de verdad, mientras murmuraba muy bajito unas pocas frases deslumbrantes como un castillo de fuegos artificiales, las paganas oraciones que había aprendido en ciertas películas, ciertos libros capaces de arder, *vete, márchate si quieres salvarme, no debería ceder, pero el deseo es superior a mis fuerzas, apiádate de mí, si no conozco más vida que tú, tu amor es lo único bueno que me ha pasado en la vida, ¡mátame!, acaba conmigo ya, de una vez, pero ¿por qué no me matas...?,* recitaba aquello y sacudía levemente los hombros bajo las sábanas, como si los brazos de un dios me aplastaran contra la cama, y me quedaba dormida enseguida, pero ahora sentía la garra de aquella vieja clavándose en mi hombro y lloraba, ya solo podía llorar, y ella parecía cada vez más furiosa, ¡desgraciada!, me gritaba, ¿por qué lloras?, si en el mundo no dejas nada, solo locura y pecado, ¿qué lamentas?, y sus uñas se hundían en mi piel mientras gritaba cada vez más fuerte, si tú no eres nada, ¡nada!, y no serás nada, apenas un puñado de polvo, un banquete para los gusanos... Me zafé como pude y conseguí llegar hasta la puerta, pero ella, en un alarde de agilidad inconcebible, logró inmovilizar mi mano con la suya sobre el picaporte, váyase, chillé, déjeme, no me quedaré aquí, yo no, yo nunca seré como usted... Sus ojos centellearon al escucharme, eres mala, gritó, ¡mala y soberbia!, te crees guapa y eres joven, por eso me desprecias, insensata, entonces acercó su cara a la mía hasta que nuestras narices se rozaron, mírame, decía, mírame bien porque mis arrugas son la enseñanza más grande que jamás recibirás de nadie, mira mi cara, mis manos... ¿Sabes cómo se llaman estas manchas? Flores de cementerio, así se llaman, y apréndetelo bien porque muy pronto, mucho antes de lo que te imaginas, crecerán por toda tu piel como han crecido en la mía, y al rato ya no serás nada, solo comida para los gusanos, que llenarán tu boca, y se pasearán por las cuencas de tus ojos, y se meterán debajo de tus uñas, y devorarán tu carne... Luego la presión de su mano se relajó, y se hizo al fin el silencio, y ya no escuché más que mi propio llanto, cerré los ojos para no verla y me resigné a morir sin haber llegado a saber nunca cuánto pesa un hombre de verdad, y quise morirme ya, cuanto antes, morirme antes que verme vestida de blanco, entonces oí el eco de unos pasos que se acercaban, y el picaporte giró bajo mi mano laxa, mientras una voz familiar repetía mi nombre con acento angustiado, al otro lado del cristal.

La madre Ana me recomendó que no le contara a nadie lo que había pasado.

—Al fin y al cabo, ha sido todo culpa tuya, porque yo te dije que mi despacho estaba a la derecha, a la de-re-cha, no a la izquierda. Además, la madre Pasión es ya muy mayor, ¿sabes? La pobrecilla no anda muy bien de la cabeza...

Yo no le di la razón en nada, pero tampoco le llevé la contraria, porque no llegué a abrir la boca en todo el trayecto. Estaba aterrada, tenía la piel de gallina y las piernas blandas, como si de un momento a otro fueran a doblarse para siempre. Aguanté de milagro una sesión de latín y me fui a ver a la tutora, que también era monja y ya sabía todo lo que había ocurrido. Antes de que tuviera tiempo para pedírselo, me dio permiso para marcharme a casa sin esperar al cambio de clase, y lo único que me pidió a cambio fue silencio, ni una palabra a nadie, por favor te lo pido, Bárbara, ni una palabra. Me costó trabajo guardar el secreto —una aventura como aquella habría disparado mi prestigio entre mis compañeras hasta niveles difíciles de imaginar—, pero al final decidí callar, ser discreta, como dijo la tutora, y no lo hice solo por miedo —que aún lo tenía, y muchísimo—, sino también por mí misma, por no tener que recordar de nuevo, y creí haberlo conseguido, porque terminó el curso y empezó el verano, y el sombrío fantasma de la clausura se desvaneció entre mañanas de sol y tardes de sombra, mientras comía pipas con mis amigas encima de una tapia.

Ahora, también el verano terminaba. Sentada en una peña, al borde del río, echaba de menos un jersey y miraba al abuelo, que ensartaba hábilmente en un ganchito metálico los diminutos cuerpos de esos gusanos que no me parecían una amenaza, aunque el tarro de cristal donde se apiñaban a ratos para disolverse al instante en todas las direcciones, acaparara tercamente mis ojos.

—Oye, abuelo... —y cuando me lancé a hablar, ni siquiera sabía muy bien qué iba a decir después.

—Qué...

Estaba lanzando la caña al agua y no parecía muy dispuesto a la conversación, pero insistí con el acento grave que les suponía a quienes dicen las cosas en serio.

—¿Tú serías capaz de hablar conmigo como si yo no fuera tu nieta?

302

—¿Qué? —repitió, pero ahora se volvió para mirarme, sonreía.

—Quiero decir que si tú crees que podríamos hablar como si yo no fuera tu nieta, sino una mujer mayor.

La primera fase de su respuesta fue una gigantesca carcajada. Luego soltó una de esas exageradas ocurrencias que a la abuela la sacaban tanto de quicio y a mí, en cambio, solían hacerme reír.

—No me digas que te has quedado embarazada...

—No seas bobo —me reí un poco, a pesar de todo—. Estoy hablando en serio.

—Muy bien. —Recogió todos sus enseres, encajó la caña entre dos peñas y se sentó frente a mí, todavía risueño—. Dispara. Intentaré estar a la altura de las circunstancias.

Hice una pausa antes de empezar.

—¿Soy guapa, abuelo?

—Sí —me contestó despacio, mirándome—. Eres muy guapa para tener trece años.

—Y... ¿tú crees que seré guapa de mayor?

—Claro que sí. Lo serás, y más que ahora, porque la edad del pavo no favorece nada.

—Pero tengo los dientes separados...

—¿Y qué? Antes de ponérselos postizos, tu abuela también los tenía, y a mí me gustaba. Le cabía la lengua en medio, era muy graciosa.

—Pero se me escapa la saliva cuando hablo.

—Bueno, no creo que eso sea demasiado importante.

—Entonces, ¿tú crees que podré tener muchos novios?

—Si te interesa tenerlos, probablemente sí, los tendrás, aunque yo creo que con dos o tres tendrías bastante. Los novios son muy pesados, ya verás...

—¿Y qué les gustará de mí?

—¡Oh...! —fingió meditar—. Pues, seguramente, tus dientes separados.

—¿Y qué más?

—Bueno, eso no lo sé, creo que eso no se llega a saber nunca. Pero de todas formas, te daré un consejo. Cuando emprendas tu carrera de mujer fatal, tira todos los chándals, no te los pongas ni para venir a pescar conmigo, hazme caso...

—Pero habrá cosas que no les gustarán.

—Desde luego —y río de nuevo, con cierto escándalo, como si no pudiera seguir tragándose la risa por más tiempo—. La coquetería, por ejemplo. Como sigas así, vas a ser una frívola insoportable...

Entonces reí con él. Mi abuelo era cálido, bueno y sabio, y cuando me hacía caso, conseguía que me sintiera una persona importante. Sin embargo, aquella mañana seguí hablando en un susurro sordo, como el acento de la gente insegura.

—Y luego me haré vieja... ¿verdad? Me arrugaré, y engordaré, y me saldrán varices en las piernas, y los brazos se me pondrán blandos, blandos, como la gelatina Royal, y después me moriré, y me comerán los gusanos...

Me miró un instante como si yo le diera miedo, los ojos profundos, y casi llegué a verle asentir con la cabeza, emitir esa sentencia que luego desmintieron sus palabras dulces.

—No —me dijo—. Cuando se mueren, las niñas como tú van al cielo de los novios.

Sonreí, como si pudiera creer en aquella promesa, antes de recorrer hasta los rincones más polvorientos de mi memoria en busca de una palabra, una anécdota, un truco poderoso, capaz de invertir el sentido de aquella conversación, porque solo entonces descubrí las manchas que habían brotado en sus brazos, en sus manos, en su cara, las flores de cementerio que se apoderaban de todo su cuerpo para que mi angustia perdiera de golpe cualquier valor. Intenté cambiar de tema pero no fue necesario, porque un lucio enorme eligió aquel preciso momento para morder el anzuelo, y al gusano que lo cebaba con él.

Mientras el abuelo luchaba contra un sedal demasiado tenso, metí la mano en la mochila y saqué el tarro, dispuesta por fin a llevar adelante el implacable plan que había concebido aquella misma mañana, mientras los gusanos se revolcaban, felices, entre los restos de mi antiguo desayuno.

Los estudié detenidamente y escogí uno muy gordo, que parecía preso en una reluciente mancha púrpura. Me costó trabajo atraparlo, y a punto estuvo de escurrirse entre mis dedos mientras intentaba sacarlo limpiamente de la estrecha boca de cristal, pero cuando ya lo aplastaba con firmeza entre mis yemas, levanté la mano hasta colocarlo a la altura de mis ojos, y sonreí.

—Si te crees que eres tú quien va a comerme a mí, vas listo...

Abrí la boca y lo mastiqué con decisión, negándome a cualquier asco en el instante triunfal, la victoria de mi cuerpo, carne dura y piel tirante asimilando la muerte. Entonces, por fin, el abuelo arrastró al lucio fuera del agua, y me lo enseñó, vivo aún, para que yo le devolviera una sonrisa satisfecha.

La venganza sabía a mermelada de moras.

Irene Jiménez

Irene Jiménez (Murcia, 1977) es licenciada en Periodismo por la Universidad Complutense de Madrid y cursó estudios de doctorado. Ha publicado los libros de relatos *La hora de la siesta* (2001), *El placer de la Y* (2003), *Lugares comunes* (2007) y *La suma y la resta* (2011).

* * *

Creo que la gran tendencia es la multiplicación de tendencias. Cada antología publicada en los últimos años da fe de que el cuento español es a la vez una cosa y la contraria. Tengo la impresión de que, en ese sentido, el cuento discurre algo menos presionado que la novela, y no se me ocurren razones de peso para que en adelante deje de ser así.

No leo todo el cuento que se publica. De entre el que mejor conozco, los españoles Juan Eduardo Zúñiga, Ángel Zapata o Gonzalo Calcedo, y los extranjeros Alice Munro y Richard Ford. Entre unos y otros, y en razón de sus cuentos, sus poéticas del cuento y su divulgación incansable de cuentistas, Andrés Neuman.

Sesi

Su hermano la había llamado por teléfono para contárselo, y en cuanto se despidieron Sesi marcó el número del móvil de su padre. Nadie le contestó. Ella fue a colgar dos vestidos que se habían quedado fuera de sus perchas y cogió otro oscuro que estaba junto a ellos, uno sin mangas, de escote pronunciado, igual que el que llevaba puesto la maniquí del escaparate. Lo metió en el bolso sin quitarle la etiqueta, pensando que ya lo tenía todo listo. Había quedado con Pablo al salir del trabajo esa tarde, *solo para hablar de algunas cosas,* pero por si acaso antes de salir de casa había doblado algo de ropa ligera y algo de ropa interior y había guardado el cepillo de dientes. Todo aquello parecía suficiente; conectó la alarma y echó el cierre. Saludó a algunos de los dependientes de las otras tiendas de la calle Piamonte, que también estaban cerrando y se dirigían a comer a los alrededores. Les dijo que iba con prisa y se alejó corriendo, aunque después se metió en el metro en vez de tomar un taxi. Una vez en el aeropuerto sí que la impacientó el personal de tierra, que parecía no haber atendido nunca a un pasajero sin billete.

El asiento que había junto a ella en el aparato estaba vacío, y el del pasillo lo ocupaba una extranjera que leía revistas de sociedad con ahínco, como si aquellas páginas contuvieran algún dato que mereciera la pena memorizar. Atravesaron una zona de turbulencias, pero Sesi no les prestó atención, ni siquiera cuando una lata de refresco salió rodando desde la fila de atrás. La asaltaban imágenes inconexas, algunas de su infancia y otras de personas de su familia, de sitios en los que había estado y de cosas que le habían dicho. Cuando se bajó del avión la alivió el aire libre, que concentraba menos esos recuerdos, a pesar del calor húmedo.

Esperaba su turno para coger un taxi cuando alguien le puso la mano en el hombro. Se volvió: era Raúl. Había engordado y también parecía más alto, aunque eso era poco probable. Le sonreía, y parecía realmente contento de verla.

—Sesi.

—¡Vaya! —le dijo ella, con los ojos muy abiertos—. Cuánto tiempo.

—Pues sí, muchísimo —Raúl no dejaba de sonreírle y de asentir con la cabeza. Llevaba puestos unos vaqueros y una camisa, y su aspecto era recio y satisfecho—. ¿Eres feliz?, ¿cómo va todo?

—Bueno —Sesi se desplazó hacia delante, haciendo avanzar la cola, y le hizo un gesto a Raúl para que la siguiera—. Vengo muy poco por Barcelona. Sigo viviendo en Madrid. ¿Y tú?

—Yo sigo viviendo en Barcelona, y voy muy poco a Madrid. Tengo bastante trabajo fuera, pero en otras zonas. Ahora mismo —Raúl señaló su maletín con el dedo— acabo de llegar de Málaga.

Sesi lo miró afectuosamente. No se le ocurría qué otra cosa decirle.

—Poco a poco me he ido especializando en anestesiar animales, y ahora es casi lo único que hago. Caballos, sobre todo.

—Supongo que eso es mejor que trabajar con personas.

Raúl sonrió, aunque sabía de sobra que Sesi no tenía sentido alguno del humor y que se había expresado con literalidad. Volvió a dar un par de pasos hacia delante, y prefirió dejar que pasaran unos segundos antes de volver a hablar.

—¿Entonces qué es lo que te trae por aquí?

Sesi también dejó que pasaran unos segundos y después respondió, mirándolo fijamente.

—Mi padre se ha muerto esta mañana. Le ha dado un infarto mientras desayunaba.

—Oh —Raúl se llevó una mano a la boca—. Lo siento, lo siento mucho. No sabía nada.

—Gracias —le dijo Sesi, y después suspiró.

Raúl tragó saliva. Ya no dejaban de caminar, porque la cola había encontrado su ritmo. También a él lo sacudieron imágenes de cosas sucedidas hacía mucho tiempo, en las que no pensaba a menudo.

—Está muy bien que nos hayamos encontrado aquí, ¿verdad? —repuso ella de repente, mirando hacia el suelo—. Hubiera sido un problema que te enterases de la noticia por el telediario. Me robaron el móvil y cambié de número. Te habría costado dar conmigo.

—Supongo —respondió él. En cuanto terminó de decirlo se sintió un cretino: aquella palabra sonaba poco amable, y era pobre para transmitir cariño o desdicha. A ella no pareció importarle; seguía atenta a la veloz distribución de viajeros en los automóviles, y quizás ni siquiera la había oído.

De perfil, Sesi se veía mayor. No es que estuviese envejecida, pero se había quedado sin el aire juvenil que arrastraba aún después de terminar la carrera. Ni siquiera entonces había sido lo que se podía entender por guapa, aunque su rostro era magnético y no se olvidaba con facilidad. Ahora tenía los rasgos más marcados, las ojeras más azules y profundas. El pelo, a la altura de la barbilla, era el mismo que antes. Y también el atuendo: colorido, informal, caro.

—Me alegro de verte, de verdad, aunque esté triste —cuando estaba a punto de llegar su turno Sesi le cogió la mano a Raúl y se la apretó—. Pero no puedo perder un solo minuto. Necesito darme una ducha antes de ir al tanatorio.

Se soltaron justo para que él pudiera abrirle la puerta de atrás del coche. Mientras Sesi hacía un ademán por acomodarse, Raúl le dijo que le gustaría subirse con ella, bajando el tono de su voz hasta hacerlo casi inaudible.

—Si no te importa.

Sesi lo miró y se encogió de hombros.

—¿Hacia dónde vas?

Él rodeó el taxi por detrás para ocupar el sitio de al lado antes de que otros conductores empezaran a dar bocinazos.

—Ya veremos.

Le dieron las buenas tardes al chófer y él los miró, inquisitivo, por el espejo. Fue Raúl quien le dijo que iban a la calle Princesa. Después miró a Sesi buscando su aprobación, pero ella no le hizo caso. Había fijado sus ojos en la ventanilla, recién lavada y translúcida, y se mantuvo en silencio durante todo el trayecto. Mientras dejaban atrás Hospitalet Raúl se dijo que al entrar en Barcelona haría que la conversación brotase de nuevo, pero cuando por fin llegó ese momento sus labios se abrieron y volvieron a cerrarse enseguida, porque se hizo cargo de que de ellos no saldría nada que sirviera de algo. Malditos coches, musitó el taxista por él.

—La vida pasa muy rápida, y a la vez muy lenta —acababan de entrar en la Vía Laietana, y ella estiró sus músculos y bostezó—. ¿No te parece?

Se bajaron frente a un edificio de finales del siglo XIX, de estilo ecléctico, con algunos derivados del gótico: al mirar hacia arriba desde la acera Raúl recordó que los balcones eran ligeramente distintos en cada uno de los pisos. Antes de abandonar el taxi Sesi le había agradecido que quisiera seguir acompañándola, pero no permitió que le llevara el bolso.

Pudieron entrar en la portería sin necesidad de llamar a un vecino, ya que el camión de unos grandes almacenes estaba repartiendo unas cajas en ese momento. Raúl notó que la habían reformado, aunque respetando la atmósfera antigua de la madera oscura y los espejos. Los ascensores de última generación, en cambio, eran tan blancos que deslumbraban. Ella le dijo que había aprendido a pulsar el botón de su planta palpando las indicaciones para ciegos, e hizo una prueba para demostrarlo que tenía el aire de las viejas travesuras. Unos instantes más tarde, en cuanto cruzaron el umbral de la puerta con ayuda de la llave que su hermano había dejado bajo el felpudo, su semblante volvió a ser severo.

Hacía seis años que Raúl no pisaba aquella casa: los mismos que habían transcurrido desde que Sesi y él habían roto su relación, los mismos que habían transcurrido sin que se vieran. Cuando abrió la primera puerta a su izquierda y entró en el salón sintió algo parecido a lo que había sentido al encontrarse con ella en el aeropuerto: una ingenua perplejidad ante el paso del tiempo. Los paños de la pared habían amarilleado. Había una montaña de diarios y de revistas sobre el suelo de madera, como siempre, y muchos ceniceros y libros.

Sesi sí había pasado unos días en esa casa durante las últimas Navidades, pero la sugestión la obligaba a hallar novedades, rarezas, signos de la desgracia entre los muebles. El piano estaba abierto, había una toalla húmeda sobre una silla.

—Fíjate, los platos del desayuno aún están en la mesa —le dijo, mirando el interior de la cocina desde el pasillo.

Había un plato con cortezas sobre el mantel, y una radio a pilas. Una débil luz, agotada, llegaba del patio de vecinos.

Atravesaron el resto del corredor sin entrar en ningún cuarto hasta llegar al de Sesi. Ella insistió para que él pasase primero.

—¡Por favor! —dijo Raúl, llevándose las manos a la cabeza—. Todo está idéntico.

—Bueno, al día siguiente de despedirnos me fui de la ciudad —Sesi sonrió, a su espalda—. Así que puede decirse que la habitación está como la dejamos.

Había dos camas, una mesa y varios estantes llenos de cintas de vídeo, de álbumes de fotos y de cuadernos. Los estantes estaban atornillados a la pared, y Raúl recordó que siempre había temido que alguno cayera sobre ellos y los lastimara. Había pasado infinidad de horas encerrado con Sesi en esa alcoba en unos años en los que el progresismo de la familia de ella les daba cobijo.

Raúl se volvió y pasaron un rato mirándose con atención. Mientras salieron juntos, entre los diecinueve y los veinticinco, Sesi nunca dejó de ser ávida, impulsiva, inconstante, enérgica y sexy. También era menos inteligente de lo que parecía, y menos culta, aunque eso apenas se le notaba porque había vivido rodeada de hombres muy cultos. Él se preguntó cuántas de aquellas cualidades permanecerían en ella, y cuántas nuevas la habrían tomado al asalto. Sesi era muy permeable a las personas que aparecían en su vida, y las utilizaba para fabricarse ella misma mucho más de lo que era consciente, y sin duda muchísimo más de lo que hubiera deseado.

—Joder, Sesi. Cuánto te quería.

Ella frunció el ceño, haciendo un gesto interrogativo. Después lo empujó, suavemente, en dirección a una de las camas, y se sentó sobre la otra.

—¿Lo dices de verdad, o lo dices como decías antes las cosas?

Durante los últimos meses de su noviazgo las relaciones entre ellos se deterioraron, y Raúl y ella habían terminado enunciando frases que significaban exactamente lo contrario de lo que cualquiera entendería al escucharlas. Una noche, por ejemplo, ambos le habían asegurado al otro por teléfono que preferían quedarse durmiendo en sus respectivas casas, y unas horas más tarde se habían dado de bruces en una sala de conciertos abarrotada.

—Te lo digo completamente en serio.

Sesi apoyó las palmas de las manos sobre la colcha y estiró la espalda, pasando por alto aquello.

—¿Te has casado?

Raúl la imitó.

—No, pero vivo con una chica desde hace dos años. Ella es algo mayor, y tiene ganas de tener hijos —Raúl se rascó la nariz—. Quizás sea el momento.

—Ojalá tus hijos se porten mejor que nosotros —le dijo ella, sonriendo con melancolía.

Raúl recordó de pronto que Marcos Julián, el padre de Sesi, había muerto. Seguro que esa noche el presentador de las noticias se condolía por él, y seguro que el sábado siguiente programaban alguna de sus películas. Él solo había visto unas pocas. La mayoría fueron rodadas hacía décadas, y su opinión era que habían envejecido mal y que mostraban una España irreconocible.

Raúl tampoco llegó a construirse un juicio definitivo sobre Marcos Julián fuera de los escenarios. Nunca dejó de verlo como alguien que formaba parte de Sesi, como un brazo, un lunar o un tic. Ellos dos no se llevaban bien, y aunque Raúl no alimentaba sus desencuentros tampoco era cálido con él. El carácter del padre de Sesi complicaba enormemente cualquier intercambio. No es que fuera malo, pero tejía unas espesas redes con las personas que siempre estaban llenas de nudos. En una ocasión había entrado en casa tras grabar un anuncio. Llevaba unos años sin hacer cine; en realidad en esa época ya solo se dedicaba al teatro. No los saludó. Se sentó en un sillón con una copa en la mano y, cuando su hija entró al salón a pedirle prestado el coche para ir a la playa, Marcos Julián giró la cabeza con indolencia y le contestó que no. No hubo forma de persuadirlo. Sesi llegó a derramar lágrimas de rabia ese día, pero unos meses después Raúl había visto por televisión el anuncio, que era de un zumo de frutas, y se había sentido más indulgente con su mal genio. En otra ocasión, por el contrario, había llegado a casa con una gran pecera, muy sofisticada, habitada por veinte peces de distintas especies. Quería obsequiar a Sesi, que cumplía veinte años, y consiguió volverla loca de alegría. Despejaron con mucha ceremonia un mueble que había en el salón y le otorgaron a la pecera un sitio para que pudiera ser admirada desde cualquier asiento. Un mes más tarde, sin razón aparente, murieron un par de peces, y a casi todos los demás les ocurrió enseguida lo mismo. Sesi estaba desconsolada, a pesar de lo cual su padre le reprochó ferozmente haberlos descuidado y le prohibió que volviera a traer ningún otro a casa.

—¿Y tú? —Raúl acababa de pasarse una mano por el cuello y se había dado cuenta de que tenía las puntas del pelo humedecidas. Con semejante bochorno, lo que en realidad le hubiera gustado era quedarse en calzoncillos—. ¿Tú te has casado?

—No. He tenido dos o tres novios, pero ninguno me ha servido.

Parecía que Sesi, mirando a la pared, no sintiera lo asfixiante de la temperatura. Llevaba puestos unos pantalones anchos de cuadros escoceses y una camiseta. Sin embargo, antes de que Raúl dijera nada se levantó de su cama.

—Voy a traer agua.

Salió de la habitación dando pasos cortos, moviendo las caderas, con la espalda recta. Raúl ya se imaginaba que no se habría casado, a pesar de que era fácil enamorarse de ella. Ahora que él mismo había empezado a pensar en el matrimonio se daba cuenta de que este era como una suerte de edificio que había que levantar con materiales macizos. Uno de esos materiales era el amor, por supuesto; pero el amor no cuajaba en solitario. Y la amorosa Sesi no parecía sino un árbol plantado en el jardín del matrimonio, en sus alrededores. Al acercarse a sus ramas, los hombres percibían enseguida cómo el viento se colaba por los huecos.

—Creo que les he prestado a esos chicos más atención de la que se merecían —le dijo, mientras regresaba con una bandeja en las manos. La apoyó sobre la mesita de noche, y le alargó un vaso a Raúl antes de volver a sentarse en la cama—. ¿Pero sabes por qué lo hice? Porque me aburría en el trabajo. Necesitaba entretener mis nervios, la energía.

Raúl se bebió el vaso de un trago y llenó otro de una botella de cristal. Mientras hacía todo eso miraba fijamente a Sesi y asentía con la cabeza, para que ella no creyese que estaba prestándole menos atención de la que merecía.

—Pero quizás consiga terminar con eso muy pronto —continuó explicándole ella, que en cambio no lo miraba y que muy bien podría haber estado hablando sola—. Tengo decidido que voy a alejarme de los hombres durante una temporada, y que voy a darme una nueva oportunidad en el trabajo. Debo buscar algo nuevo, otra historia.

—¿Qué estás haciendo ahora?

Sesi resopló y volvió a estirar la espalda. Su anterior decisión pareció esfumarse. Se la veía menguada.

—Cuando llegué a Madrid di algunas vueltas y terminé trabajando en una tienda de ropa. Es muy exclusiva. Muchas actrices van allí a vestirse, las conozco a todas.

Raúl hizo una mueca.

—No suena tan mal.

Sesi también hizo una mueca.

—No te creas. Paso allí demasiadas horas. Las actrices se dejan llevar, son simpáticas conmigo y me cuentan su vida. Pero me fastidia mucho que casi todas se crean que soy la dueña. Porque es mentira, y en realidad siempre voy justa de dinero.

Sesi se había pasado la juventud quejándose, a pesar de que Raúl la recordaba como una persona muy alegre. La enojaban su familia, sus profesores, el frío, sus tacones rotos, el metro que la hacía esperar, él mismo. En aquel momento lo recorrió una oleada de ternura, y se incorporó y fue a sentarse en la misma cama que ella. Sesi no se quejó, sino que bajó la vista.

—¿Y hay algo que te gustaría hacer?

Ella negó con la cabeza, y luego sonrió, como avergonzada.

—Pero ya se me ocurrirá. Tengo que ponerme.

—Claro que sí —Raúl le acarició el pelo, y se lo colocó detrás de la oreja.

—Para ti es muy fácil —repuso Sesi repentinamente, en lo que volvía a parecer una queja—. Cuando uno estudia veterinaria, lo normal es que se haga veterinario. Pero cuando una estudia idiomas no es nada, es cualquier cosa.

Raúl se rio.

—Me he pasado la vida desobedeciendo —siguió diciéndole ella—, y ahora, a veces, pienso que estaría agradecida si alguien me diera unas instrucciones, unas órdenes que me ahorraran tener que ser yo quien lo decida todo.

Sesi lo miró a los ojos.

—Por supuesto, no me refiero a un novio. Tal vez lo que necesito es un padre.

Raúl la abrazó, primero con delicadeza y después con fuerza, hasta que cada uno pudo sentir los latidos del corazón del otro. Fue un gesto limpio y sereno, que imponía el orden entre los dos. Años atrás había habido terceras, cuartas, quintas personas entre ellos, aunque en ese momento ninguno pensó en aquello.

Unos minutos más tarde, Sesi se separó de él suavemente.

—Se hace tarde —le dijo.

* * *

Mientras ella se duchaba, Raúl revisó las cintas de vídeo de los estantes. Fue divertido encontrarse con algunos títulos: él ya se había desprendido de todo eso. Al hacer la mudanza para irse a vivir con Gloria habían juntado los cedés y los deuvedés de ambos. Su pasado, los casetes y los vinilos, los habían dejado en alguna otra parte.

Gloria era rubia, alta, vigorosa. Un poco gruesa. Poseía una mezcla extraordinaria de sentido práctico y capacidad especulativa: se trataba de una especie de sabia con manos diestras. Además tenía habilidad, y paciencia, para enseñar a los otros todo aquello que sabía. Para ella, prácticamente nada era grave. Raúl pensaba que aquellas virtudes estaban relacionadas con el hecho de que su madre se hubiera ido de casa cuando ella era adolescente, porque eso la obligó a suplir su papel con un hermano y una hermana aún más jóvenes. No le restaba ningún mérito. La admiraba, la quería. A Gloria le gustaba simplificarlo todo: le encantaba utilizar refranes en las situaciones adecuadas, y elaboraba teorías sencillas para que la gente que la rodeaba comprendiera al vuelo los secretos de la existencia. Una de sus teorías, por ejemplo, era la de la suma y la resta. A decir de Gloria, mucha gente entendía la vida como una resta, la de todo aquello que nunca iba a poder hacer. Pero la vida había que entenderla como la suma de lo que se había hecho, porque así el resultado no era equivalente, sino siempre superior.

Estuvo a punto de explicarle aquello a Sesi cuando la vio entrar, pero se calló. Raúl había terminado por tumbarse en la cama, y ella lo miró y tampoco le dijo nada.

Llevaba una toalla enredada en la cabeza, y otra sobre el cuerpo. Sesi tenía los hombros más hermosos que él hubiese visto nunca. El resto de su cuerpo era alargado y huesudo, con muy poco vello. Se volvió de espaldas a él y sacó un vestido del bolso.

—Cuando dejé de salir contigo —empezó a decirle Raúl— me juré que nunca iba a volver a acompañar a una chica a comprarse un traje para una fiesta de fin de año.

Sesi sonrió, pero no se dio la vuelta para compartir su gesto. Estaba arrancándole la etiqueta al vestido tratando de no estropearlo, porque no tenía ni idea de dónde se guardaban las tijeras en aquella casa. Cuando por fin lo logró se quitó la toalla del pelo y se lo sacudió. Algunas gotas llegaron hasta Raúl y lo refrescaron.

Después también sacó unas bragas negras del bolso, y se agachó y se las puso. A continuación trató de ponerse el traje sin haberse quitado la toalla que tenía agarrada sobre el pecho. Era muy complicado, porque no le cabía.

—Sesi.

Ella seguía intentándolo y no respondió.

—Sesi —insistió entonces Raúl—. ¿Es que no quieres que te vea desnuda?

Ella pareció darse por vencida y se sacó el vestido por el cuello.

—La verdad es que no —le dijo. Se había quedado parada en medio del cuarto, y su rostro expresaba consternación. En algún lugar del piso sonó un teléfono.

—Voy a salir del dormitorio, ¿de acuerdo? —Raúl se dirigió torpemente hacia la puerta. De repente estaba nervioso—. Será mejor que te espere fuera.

Antes de girar la manivela y abandonar la habitación, sin embargo, se dio la vuelta y se quedó mirándola unos segundos. Ella también lo estaba mirando.

—Qué pena, ¿no crees? —le dijo.

—La verdad es que sí —respondió ella.

Ninguno de los dos se lamentaba porque el deseo los hubiera abandonado: eso, bien mirado, suponía un alivio. Pero que el pudor los embistiese de aquella manera sí que era lúgubre e incomprensible.

Cuando Raúl cerró la puerta Sesi se vistió a toda velocidad, aunque antes de salir al pasillo tuvo que volver a sentarse en la cama y dejar que pasaran unos segundos. Se sentía mareada y bebió agua de la botella mientras volvía a escuchar, a lo lejos, el sonido del teléfono. Quizás aquel vértigo se debía a la temperatura inclemente del verano, o a que Sesi no había comido a mediodía.

O quizás era que no podía dejar de pensar en todas las cosas que, aunque siguiera viva, habían muerto en ella. En la cantidad enorme de cosas que morían todos los días, aunque la gente se olvidara de enterrarlas.

Berta Marsé

Berta Marsé (Barcelona, 1969) ha trabajado en el mundo del cine y ha publicado dos libros de cuentos: *En jaque* (2006), donde se recoge el cuento «La tortuga», con el que obtuvo el Premio Gabriel Aresti, y *Fantasías animadas* (2010). Colabora en diversas revistas y suplementos dominicales.

* * *

Me parece haber notado, en los cuentos españoles de los últimos años, cierta tendencia hacia lo fantástico que se destaca del realismo y de la temática actual que venía funcionando de años atrás; y que de todos modos sigue funcionando, y siempre funcionará. Pero me da la sensación —porque es más una sensación que una certeza—, que de un tiempo a esta parte se incide más en el aspecto más fantástico y aventurero del género, y en el gusto de contar por contar, donde quizá radica el origen del cuento. Lo cual me alegra mucho; a pesar de que la mayoría de mis cuentos tiendan, a veces fatalmente, al realismo puro y duro.

Para mí —los autores fundamentales son una cuestión bastante personal—, los escritores que dio el Sur de los Estados Unidos en la década de los 50, bueno, más bien entre los años 40 y los 60, fueron totalmente fundamentales y dejaron relatos gloriosos. Los cuentos de Truman Ca-

pote, de Carver, de Dorothy Parker, de Cheever, y un largo
etcétera. Y fundamentales también los autores sudamerica-
nos del llamado realismo mágico, incluso anteriores, como
el gran Horacio Quiroga. De los últimos 20 o 30 años,
destacaría la generación de autores ingleses —Ian McEwan,
Julian Barnes, etc.—, así como a grandes autoras desperdi-
gadas por diversas partes del mundo, como Alice Munro, o
la italiana Elena Ferrante —último descubrimiento. ¿En español? Aldecoa, Carmen Martín Gaite, José María Merino,
Cristina Fernández Cubas, Sergi Pàmies... No es fácil dar
nombres, porque una no quisiera dejarse a nadie, pero...

Lo de don Vito

> ¿Por qué uno corre a toda prisa
> hacia la propia ruina? ¿Por qué la des-
> trucción resulta tan fascinante? ¿Por
> qué, cuando uno está en la cumbre,
> no puede sino saltar? Nadie lo sabe,
> pero así son las cosas.
>
> OSCAR WILDE,
> *en una carta a su amigo Carlos Blacker*

La amistad entre Eva y Olga se remontaba a casi veinte años atrás, desde que Olga llegó a Barcelona desde Santander para ejercer de maestra en un colegio de monjas, justo frente a un local donde Santi, entonces novio formal de Eva, abrió una tienda de chucherías que sorprendentemente no funcionó. Santi traspasó el negocio, pero la amistad entre su novia y aquella profesora siguió adelante. Creció, floreció y se marchitó. Fue por lo de don Vito. Sucedió más o menos así.

PUNTO NÚM. 1: OLGA SE LO MERECE

Todo empezó cuando Olga ganó un viaje al Caribe por su fidelidad a determinado producto para la limpieza, y le pidió a Eva un gran favor: cuidar de don Vito durante dos semanas. Era del todo incapaz de dejarlo en una residencia.

No podía soportar la idea de que don Vito, que según Olga lo entendía todo, pensase que le iban a abandonar de nuevo y se deprimiese mientras ella tomaba el sol bajo una palmera. No podría perdonarse si le pasaba algo malo justo cuando había decidido separarse *un ratito* de él. Estaba viejo y tal vez no le quedase mucho tiempo de vida; aunque eso lo venía diciendo desde que se lo encontró, hacía ya nada menos que siete años.

Don Vito era un viejo pequinés de color blanco. Los ojos saltones, legañosos y velados por las cataratas. Los dientes inferiores apuntando al frente. Renqueaba a causa de un perdigón instalado en la cadera, y padecía bronquitis crónica.

Eva creía que Olga le había puesto don Vito porque el animal gruñía constantemente para exhibir, como el temible padrino de la mafia, su mal genio. Pero no era exactamente así. Ocurría que el gruñido era su forma de expresión, debido más a su cuerpo deforme y maltrecho que a una muestra de su carácter, en realidad bonachón y bastante tímido. La lealtad incondicional del chucho Eva la atribuía a la naturaleza algo estúpida de estos animales. A Olga no le ofendía la ignorancia de Eva; si bien esta era más importante de lo que su amiga estaría dispuesta a reconocer, hacía aún más valioso su amor por un chucho decididamente feo, su pulsión por el indómito vejestorio que le dio nombre. Y Eva sentía un afecto tan profundo por Olga, un afecto que mezclaba sutilmente el cariño y la compasión; su amiga se había quedado solterona y su naturaleza la impulsaba constantemente a ayudar a los demás, y, según Eva, una cosa tenía mucho que ver con la otra. Nunca olvidaría los consejos y el apoyo de Olga cuando, tras el fracaso comercial de Santi, y justo cuando se había quedado en estado, una duda planeó en círculos sobre el futuro de su relación. Ni tampoco lo cerca que estuvo de la cabecera de su cama durante los casi nueve meses que tuvo que guardar reposo. Olga le hizo mucha compañía y después de la cesárea la siguió ayudando con la casa y el bebé. Como no podía ser de otra manera, Olga era madrina y profesora de la niña, Pili, que cuando lo de don Vito contaba trece años y acababa de aprobar con nota su educación primaria.

Total, que si Olga creyó que don Vito estaría más tranquilo y seguro en casa de Eva era porque tenía razones suficientes para creerlo. Y a Eva simplemente le entusiasmaba la idea de corresponder a Olga, de devolver favor por tantos favores, de saberse al fin útil y generosa y necesaria; si bien su euforia era algo desproporcionada, Olga conocía demasiado a su amiga y a punto estuvo de renunciar al premio por don Vito. Fue Eva quien tuvo que convencerla a fuerza de insistir en que se ocuparía de él gustosamente, en que podía y debía marcharse tranquila, en que no fuera tan tonta para desaprovechar su primera oportunidad de viajar gratis al extranjero, a todo lujo tal vez la única. Se lo merecía y punto. Y seguro que el chucho, de ser cierto que todo lo entendía, pensaba lo mismo. Vacilante y aún abrumada, Olga entregó a Eva las llaves de su apartamento alquilado y a su receloso don Vito, y luego se marchó en un taxi.

Bien, pues lo que ocurrió es que don Vito pasó el primer par de horas de su veraneo en casa de Eva tumbado en su canasto, mirando a la familia entre el desconcierto y el mosqueo, huraño y desconfiado, probablemente asustado, soportando comentarios del tipo: pero mira que es feo, parece un mocho sucio, etc., etc., con los que Santi y Pili habían acogido la iniciativa de Eva.

Visto lo cual el perro giró la cara, la apoyó en el canasto y suspiró ruidosamente.

—Hablad más bajito, que lo entiende todo.

Eva tuvo que repetirlo un par de veces a los suyos, pero no hubo caso, así que prohibió tajantemente cualquier comentario humillante o queja sobre la estancia del perro de Olga en su casa. Y punto. Entonces Pili salió a regañadientes a comprar unos helados al chiringuito. Vivían en las afueras de Barcelona, en una casa adosada en una urbanización a dos manzanas de la playa. Acababan de empezar las vacaciones de verano. Voluntariamente, es decir, sin que nadie hiciera nada por evitarlo, don Vito salió tras la niña a trote derrengado, y en el primer cruce lo atropelló un camión.

Así fue la cosa, más o menos. Pili no dio muchos más detalles cuando volvió, un poco pálida y avergonzada, con los tres cucuruchos. Simplemente oyó un bocinazo de la hostia, dijo, y cuando se giró el Don era una calcomanía en el asfalto. Qué fuerte, repetía sin cesar. Apenas unas horas después de que su madrina lo dejara a cargo de su madre, eternizando la despedida entre promesas y disculpas, dudas y remordimientos, don Vito ya estaba muerto. Demasiado fuerte.

Eva se sintió tan horrorosamente mal que casi perdió el conocimiento. Veía doble y le zumbaban los oídos. Al final vomitó y su marido y su hija tuvieron que ayudarla a subir las escaleras y acostarla hasta que se le pasara el disgusto. Antes de la cena, Eva convocó una reunión de urgencia en la cocina para tratar el asunto.

PUNTO NÚM. 2: LO DE DON VITO

La preocupación más urgente de Eva era la llamada de Olga, que no tardaría en hacer su entrada en escena por vía telefónica, estaba crispadamente segura. Olga llamaría cada día antes de la cena para dar las gracias y pedir el parte. Esa era su meticulosa y agradecida forma de ser. Según Eva, lo mejor era ocultarle a Olga lo de don Vito, disimular durante quince días, y si era necesario mentir como bellacos, con la piadosa intención de no estropear a su amiga del alma las vacaciones de su vida.

—Cuento con vosotros —concluyó, emocionada.

Se hizo un silencio desconcertante. Ni Santi, en vistas a levantar otro negocio a principios de otoño, ni Pili, preocupada por si su aparato dental hacía sombra al brote incipiente de sus pechos, percibieron nada de las verdaderas preocupaciones de Eva, los verdaderos miedos que se ocultaban tras tan ingenuo plan. Para ellos lo de Don Vito había sido un accidente fortuito y fatal, y así era como había que afrontarlo. Olga entendería, ¿qué otra cosa podía hacer?, y aceptaría sus sentidas disculpas. Así que oyeron a Eva sin escucharla, y la vieron sin mirarla. Al comprobar que no la apoyaban ni el marido ni la hija, Eva se vino abajo.

—Vamos... —dijo Santi, con cierta pereza—. ¿No crees que estás exagerando un poco?

—En realidad es mejor así, mamá —dijo Pili—. Ten en cuenta que estaba viejo y sordo, seguro que no se ha enterado de nada.

—¡Tú sí que no te enteras de nada! ¡Todo esto ha sido culpa tuya! Si hubieras cerrado la puerta, o cogido la correa, o si por lo menos hubieras tenido la precaución de volverte...

—¡Yo no sabía que me estaba siguiendo! —saltó Pili, que esperaba la acusación—. ¡Y tú también podías haber estado al loro, si resulta que tanto te preocupaba!

—No os peleéis, va —medió Santi, y luego le pasó a Eva su pañuelo—. La niña tiene algo de razón. El pobre no ha sufrido y seguramente le hemos evitado lo peor. Una vejez patética, una enfermedad lenta y denigrante, un lastre para Olga en cualquier caso.

—Olga... La pobrecilla. ¿Cómo hemos podido hacerle algo así? Se sentía más segura si lo dejaba a nuestro cargo. —Ese *nuestro* hizo coincidir las miradas de padre e hija—. De hecho, si lo tiene que dejar en la residencia es que no se va... ¡y yo se lo prometí! El primer día, de su primer viaje, en el primer cruce... Pero qué vergüenza, por favor... ¡Santi, casi no puedo soportarlo!

—Mortificarse no sirve para nada, Eva, lo que hay que hacer es dar la cara cuanto antes. —Y Santi levantó la cara de su mujer por la barbilla, desencajada, mocosa; pero ni así captó la gravedad del lamento, el anuncio de su quiebra: *Santi, casi no puedo soportarlo*—. Ahora bien, si tú crees que debes ocultarle a Olga lo de don Vito, pues hazlo. Al fin y al cabo tú tomaste sola todas las decisiones respecto a este asunto, así que no veo por qué ahora debería ser de otra manera, ni por qué de repente necesitas contar con nosotros.

—¿Y cómo crees que voy a ser capaz de mentir a Olga durante quince días? Ya la conocéis, me hará toda clase de preguntas, querrá detalles, y no se conformará con cualquier cosa... Solo pido que me ayudéis a no estropear el premio de Olga por algo que ya no tiene remedio, supongo.

—Sigo sin entender qué es lo que quieres que hagamos Pili y yo.

—Papá, yo sí.

—Tú te callas.

Eva se sonó la nariz. Luego se quedó largo rato mirando las cortinas de ganchillo que ocultaban la cocina de la calle.

—Pues aún no lo sé exactamente... —dijo al fin—. De momento, fingir conmigo.

—La familia que finge unida, permanece unida —apostilló Pili de perfil.

—¡Deja de jorobar, Pili, que te la estás buscando! —gruñó Santi.

—Olga se lo merece —dijo Eva—. Y punto.

Santi se levantó para masajear la nuca de su esposa, que había empezado a llorar de nuevo. Le decía que todo iría bien mientras dirigía a la hija adolescente una mirada severa. Pili permaneció un buen rato con el dedo índice levantado. Tenía algunas dudas: ¿fingirían hasta la vuelta de Olga y entonces le dirían la verdad: que le habían estado mintiendo para no arruinarle el premio, que a su perro lo espachurró un camión en el primer cruce de la comarcal en dirección Barcelona? ¿O la verdad se perdería en algún punto del cuento, por fea y cutre, y tendrían que fingir para siempre jamás? ¿Era eso lo que Olga merecía realmente? ¿La familia que fingía unida, permanecería realmente unida?

PUNTO NÚM. 3: LA COCINA VERDADERA

A medianoche, harta de dar vueltas en la cama, Eva se levantó y se dirigió a la cocina. La suya era una de aquellas cocinas que representan, con su acceso a la calle y al interior de la casa, el núcleo de la célula familiar de clase media, donde la familia se alimenta y se miran las caras, donde se discute el asunto en cuestión. El aspecto de una cocina, Eva solía decir, revela el alma de quien la trajina, y de quien no la trajina también. Una cocina a imagen y semejanza del ama de casa.

La cocina de Olga era impecable pero austera. La suya también era sencilla, pero en general resultaba más coqueta. Unos palilleros simpáticos por aquí, unos ramilletes secos por allá, detalles aparentes para colorear los vacíos. No era una cuestión de gustos, era una cuestión de estilos. Olga no tenía reparos en exhibir sus vacíos, mientras ella tendía siempre a embellecerlos, sí, eso era lo que pasaba, y en el caso de que no tuviesen arreglo, en sepultarlos de cosas bellas y necesarias. Bueno, tal vez no fuesen necesarias, pero ¿acaso no eran bellas? Y si ni siquiera eran bellas, bueno, pues en ese caso... ¡¿qué mierda eran y qué estaban haciendo allí?! Fue solo una impresión inmediata, e inesperada. Eva se había colado silenciosamente en su propia cocina desprevenida, en plena noche cerrada, y le pareció encontrarse de pronto en cualquier tenderete de mercadillo barato, donde todo estaba expuesto a la vista y al juicio del público.

Lo que pasó en realidad durante aquellos segundos fue que un doloroso fogonazo de lucidez enfrentó a Eva, por primera y última vez en lo de don Vito, a sí misma y a la magnitud de su cagada: había fallado a su amiga del alma. Y había sido la suya una cagada estrepitosa, funesta, imperdonable. Algo que no podía suceder, nunca, bajo ningún concepto. Y punto. No obstante, no solo había sucedido, sino que en esos instantes de sinceridad se sabía del todo incapaz de asumirlo, ni tan siquiera de aceptarlo. Menos aún de confesárselo a Olga... De confesarle que mentía cuando le decía que era capaz de cuidar del perro, que mentía cuando decía que deseaba hacerlo, que mentía por amor, pero mentía. Y ahora esa mentira se había materializado en lo peor que podía suceder. No se lo diría nunca, ni por teléfono ni cara a cara, ni a la primera ni a la segunda. No se lo diría nunca jamás. Sin embargo, algo le tendría que decir... Había que empezar a buscar, en nombre de su amistad, una mentira más aparente para lo de don Vito.

PUNTO NÚM. 4: LA MENTIRA INAUGURAL

A la mañana siguiente la cabecita de Eva había esbozado ya algunas ideas. Lo primero era sacar el cuerpo de don Vito de la carretera. Hizo acopio de valor y visitó el lugar de la tragedia pero, al ver la maraña de pelo ensangrentado, tan pegado al asfalto como el musgo a la piedra, solo logró sentirse aún peor y por la tarde hubo que llamar al médico. Unas pastillas para los nervios, y otras para frenar la descomposición, la sumieron en un letargo que la tuvo el resto del día flotando en una marea de sensaciones contradictorias.

Al anochecer, un telefonazo la arrancó de un sueño agotador en el que no hacía más que perder trenes y cargar con bolsas y maletas muy pesadas. No tenía condenadas ganas de atender la conferencia, con la lengua áspera de un gato, pero no podía hacerle eso a Olga... A la pobre le había costado tanto, tanto decidirse. Su humilde y provinciana amiga acababa de cruzar el océano por el aire, sola a sus cincuenta años, y ya debía estar instalada en un hotel caribeño de cinco estrellas. Sus emociones, honradamente merecidas, estaban en manos de Eva, que ahora podía arruinarlas o convertirlas en una farsa. Aunque era esta una decisión que ya había tomado la noche anterior, cuando oyó que Santi respondía la llamada desde la cocina se sintió tan aliviada que se le escaparon unas gotitas de orina en la cama. Pero la puerta de la habitación estaba entornada y le escuchó perfectamente:

—¡Hombre, Olga! ¿Cómo va todo? (...) Me alegro (...) Eso dicen, sí (...) Pues hala, a disfrutar (...) Bien, supongo (...) Nooo, qué va a dar murga el animalito... (...) Bueno, no sé, ya sabes que es Eva la que se ocupa de todo (...) Es que yo no sé nada, Olga, soy el último en enterarme de todo lo que pasa en esta casa (...) ¡Ja, ja! (...) Espera que te la paso y ella te cuenta, ella te cuenta.

Santi subió las escaleras de tres en tres y anunció:

—Es Olga.

Eva se hizo la dormida, pero de nada sirvió.

—Quiere saber cómo está Vito. Anda, cariño, ¿por qué no te pones y le dices, para tantearla, que está como ausente y casi no ha comido nada?

Eva se incorporó como un resorte, con todo el pelo apelmazado a un lado de la cara.

—¡¿Por qué coño no la tanteas tú?! —Debía de estar muy furiosa, porque no era mujer de decir tacos en voz alta—. ¿Eh? Y si no tienes huevos ¿por qué no le has dicho que me encuentro mal y que me llame mañana, por ejemplo?

—Oye, oye —dijo Santi, dando unos pasos hacia atrás, agitando las manos—, que fuiste tú la que se empeñó en cuidar al perro, tú la que le dejó salir alegremente tras la niña. Yo solo trato de ayudarte, Eva. Y ahora haz el favor de coger el teléfono si no quieres arruinar a tu amiga, quiero decir, también económicamente.

Santi volvió a la cocina, pero no a preparar la cena, sino a espiar la conversación desde el otro teléfono. Olga estaba abrumada por el lujo del hotel, decía que le daba tanta vergüenza lo bonito que todo le parecía que se sentía ridícula y no podía ni hablar de los nervios. Pues que se lo contase todo en una postal, sugirió Eva, porque las llamadas internacionales desde hoteles de lujo eran un robo a mano armada. Tras la conmovedora confesión de Olga vino la ráfaga de temidas preguntas sobre don Vito, que Eva respondió con monosílabos de patetismo. ¿Estaba triste? ¿Había comido ya? ¿Creía que la añoraba? ¿Había hecho la caca bien? ¿Qué estaba haciendo en esos momentos? Eva le dijo que no debía preocuparse por él, pero Olga insistió en que lo estaba y quería estarlo, porque era lo único que tenía en este mundo, su Vitorino y ella. La verdad, añadió, para mayor escarnio de Eva, era que no sabía qué habría hecho sin ella... Hubo un silencio transoceánico durante el cual Santi escuchó a Eva tragar una bola de saliva amarga. Y cuando Eva le dijo a Olga que tanto don Vito como ella habían perdido el apetito y estaban como ausentes, solo consiguió preocuparla y prometer que llamaría más tarde para saber cómo estaban los dos. Eva intentó disuadirla, pero fue inútil. Santi empezaba a vislumbrar la magnitud de lo de don Vito, el espectáculo de la ruina familiar que prometía, pero en vez de subir las escaleras para tranquilizar a su mujer y ayudarla a asumir su culpa, concertó una cita para firmar el alquiler de un local en la ciudad y desapareció sin cenar ni despedirse.

Más tarde, de nuevo en la cocina, Santi y Eva retomaron la discusión. Santi culpó a Eva de haber cometido una imprudencia al aceptar ocuparse del perro, cuando no era capaz ni de cuidar de sí misma. La acusó de irresponsable al no haber tomado ninguna medida de precaución, sabiendo que don Vito estaba tan torpe y era tan importante para su amiga del alma. Y Eva acusó a Santi de desentenderse de las cosas sin tener la humildad de omitir cómo deberían o no haberse hecho, siempre después, siempre demasiado tarde. Le hizo saber lo inútiles e inoportunos que eran sus juicios a toro pasado. Salieron algunos trapos sucios, viejas rencillas, y no se dieron cuenta de que Pili acababa de llegar del cine con una amiga y la estaban avergonzando.

—¡Sí, claro, tú quieres que tu amiga disfrute de las vacaciones por encima de todo, aunque sea a costa de arruinar las de tu propia familia!

—¡Te recuerdo que Olga también es mi familia! ¡De no ser por ella yo ni siquiera tendría una familia!

—¡Pues si de verdad consideras a Olga de la familia, miedo me das, Eva, miedo me das! ¡Dudo que nadie pueda comportarse de forma más cobarde e insensata, precisamente con alguien de la familia! ¡Por Dios, mujer, dile lo que ha pasado y punto!

El timbre del teléfono empezó a atacar.

—¡Díselo! —chilló Santi—. ¡Díselo o se lo digo yo!

Puede que Eva desease oscuramente que Santi cumpliera su amenaza y pusiera fin a aquella pantomima. Pero, cuando los tres se abalanzaron sobre el teléfono, fue Eva la que se hizo con el control del aparato y envió a todos al jardín con un gesto de cabeza. Sentados en el balancín, bajo la penumbra estrellada, Santi se reafirmó en su teoría de que lo mejor era mantenerse al margen y lanzar pelotas fuera, a medida que se le viniesen encima. Pili había recibido un codazo y le sangraba un labio. Cuando vio a su amiga correr avenida abajo se sintió diferente e incomprendida.

PUNTO NÚM. 5: PILI LA AUDAZ

Pero, de algún modo que no sabía precisar, Pili había intuido que su madre no quería ni podía dar aquel paso, e intentó ayudarla a buscar una mentira sino más aparente, menos cutre para lo de don Vito. Entonces recordó a aquel pequinés que sobrevivía con una manada nocturna de perros abandonados, cojeando cerca de la estación, y no se lo pensó dos veces.

A Santi, que seguía pensando que todo lo que no fuera decirle a Olga lo que había ocurrido en realidad era un auténtico disparate, le pareció una locura propia de su ingenuidad. No solo Olga reconocería a don Vito entre un millón, y viceversa, es que además no podía haber demasiados perros con las características de don Vito. Pero Pili defendió que su idea no estaba del todo hueca con tres argumentos de peso: primero, que a ninguno se le ocurría algo mejor; segundo, que nada perdían por intentar domesticarlo y dar el cambiazo, mientras esperaban la vuelta de Olga y fingían al teléfono; y tercero, que Olga valoraría cualquier iniciativa con buena voluntad, y en cualquier caso tener otro perro en quien ocuparse a su vuelta mitigaría la ausencia de don Vito. Eva y Santi miraron a su hija como si aquel sentido práctico fuese algo nuevo en lo que ninguno de los dos tenía nada que ver. Pero Pili no les dio ninguna oportunidad para sacar conclusiones: el nuevo pequinés ya estaba en el garaje, escondido debajo del coche, absolutamente aterrorizado. A Santi le mordió en una mano y quiso acercarse al ambulatorio para vacunarse de la rabia lo antes posible. Eva parecía muy decepcionada:

—No se parece a don Vito... ¿Es que no ves que tiene el lomo lleno de pelos oscuros? Y no tiene ni los lagrimales ni el hocico tan rosas como Vito. Hola, perrito. Te han abandonado, ¿eh? Pobrecito... Parece más joven que él. Y menos fiero.

—¿Menos fiero, dices? —intervino Santi—. ¡Pero si al lado de este el otro era un bendito!

—Tú tranquila, mamá —se destacó Pili, asumiendo el mando con decisión—. Ya verás como se le parece bastante. Tú hazme caso. Es que está muy sucio. Primero vamos a lavarle bien, y si es necesario lo teñimos un poco con Andina.

—¿Qué es eso? —preguntó Santi, pero madre e hija se habían puesto manos a la obra con tanta determinación y coordinación que Santi se sintió de pronto como un estorbo—. ¿Pero qué estáis haciendo? —preguntaba a una y a otra, que actuaban como si hubieran hecho aquello, lo que

334

fuera, millones de veces: la una frotar y refrotar el lomo del perro, la otra preparar un ungüento espeso a base de mezclar unos polvos y una crema, la una inmovilizar al perro con una toalla alrededor del cuello, la otra extender el potingue con una espátula sobre la cara, evitando el hocico y el contorno de los ojos, según las indicaciones que daba la una:

—Ponle más ahí, ahí... —Pili se refería a los penachos negros que le nacían en la base de las orejas, y que resultó que no eran roña como ambas creían.

—¿Se puede saber qué pretendéis con ese potingue apestoso?

—Afloja un poco, hija, que lo estás estrangulando —dijo Eva.

—¿Me estáis escuchando? —seguía Santi—. ¿Acaso os habéis vuelto locas?

Eva metió sin querer un poco de Andina en el ojo del animal y este se quejó.

—Hostia, mamá —la increpó Pili.

—Es tu padre, que me pone nerviosa.

—¡Creo que tengo derecho a saber qué mierda le estáis haciendo a este pobre perro! ¡No voy a permitir que termine como el otro!

—Andina es con lo que nos teñimos los pelos de los brazos, papá —dijo Pili, más por evitar una discusión que por poner a su padre al día.

—¿Que os teñís los pelos de los brazos con qué? ¿De qué está hablando, Eva?

Eva y Pili se burlaron de Santi, que en aquella carrera de obstáculos iba en último lugar, y derribando todas las vallas. Fueron los únicos momentos un poco distendidos de aquel verano. Además, desde el garaje no podían oír el timbre del teléfono y, mientras ninguno de los tres cometiese el error de recordarlo en voz alta, se sentían seguros. Fue la única llamada de Olga que no atendieron. En algún lugar paradisíaco, Olga se apiadó y no insistió.

PUNTO NÚM. 6: SE BUSCA

A la mañana siguiente Eva y Pili cogieron el coche y llevaron el perro al veterinario porque tenía convulsiones. Pasaron un mal rato cuando les dijeron que padecía una intoxicación química a la que difícilmente sobreviviría. Volvieron a casa sin decirse nada. Cuando llegaron Santi no estaba; a pesar de que se había ofendido tanto que había decidido hacerse el mártir y no vacunarse para ver si se le infectaba, en cuanto le había parecido que aquello amarilleaba se había ido hasta el ambulatorio andando. Eva propuso a Pili lavar el coche a cambio de dinero para el cine, y Pili aceptó. Una vez sola, Eva anestesió su mala conciencia con ayuda de una pastilla, una cerveza helada y un programa de televisión. El carácter de la crisis que se estaba viviendo en aquella casa quedaba reflejado en la postura adoptada por cada uno de sus habitantes: la deserción de Santi, la audacia de Pili, el hundimiento de Eva.

—¿Qué te pasa? —le preguntó Pili a su madre, al verla tan pálida y cubierta con una manta, pese al calor sofocante de la tarde—. Parece que hayas visto un fantasma...

Lo que Eva acababa de ver era un documental sobre naturaleza salvaje.

—El pez payaso vive inmóvil en el fondo del mar —dijo con aflicción—. Tiene que permanecer siempre quieto, como petrificado, porque al más mínimo movimiento los cuarenta tiburones que nadan tensos y acompasados sobre él, ¡se le abalanzan y lo despedazan en medio segundo! Un leve gesto y el pobre pez payaso es desintegrado violentamente, y no queda ni la raspa, Pili.

—Bueno. Al menos no sufre.

—¡Y dale con lo de que no sufren! —Eva parecía realmente traumatizada—. Qué sabrás tú de lo que es sufrir en vida, sufrir de terror, de hostilidad...

Y cuando Pili suspiró y estiró la mano para recibir el billete, a Eva la traicionó el subconsciente:

—Ya que sales, tráeme de la farmacia algo para los remordimientos, anda.

Eva pasó toda la tarde silenciosa y enfadada, hasta que se le ocurrió esta idea: redactar un anuncio como si don Vito se hubiese perdido. El anuncio era un señuelo, evidentemente, entre otras cosas porque sus vecinos estaban de vacaciones lejos de la urbanización. Era solo para dejar constancia de su búsqueda, de su desesperado intento por recuperar a don Vito para Olga, pues eso es lo que le dirían a su vuelta, que don Vito se perdió, que hicieron todo lo posible, que sembraron la urbanización de carteles y movilizaron toda la comunidad. Y punto. Era menos trágico para Olga, y a Eva la haría sentir menos culpable.

Más tarde, y en vista de que a Eva no había quien la apease de esa idea, Santi redactó el anuncio en el ordenador de la niña. Recortó la cara del perro de una foto, don Vito con jersey de invierno en brazos de Olga, y la cosa quedó más o menos así: SE BUSCA (en mayúsculas bajo la foto), pequinés macho, blanco, viejo, sordo, cojo. Responde al nombre de don Vito, si es que responde. Para cualquier información ponerse en contacto con tal al teléfono cual. Cuando Eva sugirió que no estaría de más ofrecer algún tipo de compensación económica, Santi se negó categóricamente. En medio de la discusión Pili intentó averiguar quién de los dos estaba bromeando, quién, su padre o su madre, estaba perdiendo la noción de la realidad y estaba más majareta. Porque si nadie podía de ningún modo y nunca jamás avistar al pobre don Vito ¿a qué venía una recompensa? ¿Y a qué venía negarse? Pero Pili nunca hallaba eco cuando sus padres discutían de dinero, y como estaban discutiendo en su habitación, se fue al jardín a mirar las estrellas.

Entrada la noche, Santi pegó algunos carteles por las calles desiertas de la urbanización, pero enseguida se sintió ridículo y acabó quemando el resto en una fogata en la playa, por lo que fue reprendido por los mossos d'esquadra. Eva estuvo dándole más vueltas a la cabeza hasta que decidió echar mano de los ahorros y enviar a Pili, cuya conciencia despertaba en un momento de lo más inoportuno, de colonias al valle más húmedo del Montseny. Y punto.

Pero todavía más húmedo era el valle al que Eva se dirigía, ciegamente, punto a punto.

PUNTO NÚM. 7: EL PEZ PAYASO

Santi madrugó para ayudar a su hija a preparar la mochila. Una vez en el coche, totalmente cubierto de humedad, Pili le pidió por favor que la ayudase a desincrustar el pellejo del asfalto y enterrarlo en algún lugar discreto. Era lo último que podían hacer en todo aquel fúnebre asunto.

Amanecía mientras padre e hija cavaban al borde de la carretera. Luego, Santi despegó el cuero del asfalto y lo dejó caer de la pala al pequeño hoyo. Entonces a Pili le vinieron una serie de recuerdos muy concretos de don Vito: la preocupación en sus ojos grises cuando el taxi de Olga desapareció de su vista, la discreción y la timidez con las que se adentró en casa, su disposición a seguirla con alegría, a pesar del perdigón y de sus deteriorados bronquios. ¡Qué injustos habían sido con él, qué mal le habían recibido su padre y ella, qué imprudente había sido su madre! Y encima, tras la muerte violenta lejos de su dueña, y tras siete días pudriéndose al sol, don Vito era enterrado en hoyo anónimo mientras tal vez otro ocuparía su lugar junto a Olga, o en el peor de los casos, en el hueco de una tumba más aparente. Y sintió tanta lástima que robó las mugrientas flores de plástico que señalaban un punto negro en la calzada, y en un emotivo impulso las ató al quitamiedos entre los bocinazos de los camioneros y sus tremendas obscenidades, las primeras dirigidas a su tierna feminidad.

De camino a las colonias le preguntó a su padre qué era lo que había pasado, por qué no habían frenado el asunto cuando aún podían y le habían seguido la corriente a Eva, en vez de ayudarla a hacer frente a la verdad. Pero Santi no sabía ya qué decir, y era muy fácil para él echarle todas las culpas a Eva, quien además se sentía cómoda en el papel de mártir. A menudo, sermoneó, no eran las meteduras de pata las que lo jodían todo, sino lo que se hacía inmediatamente después. En ese caso, dedujo Pili, tampoco ellos habían estado a la altura de las circunstancias, y tenía intención de decírselo a su madre en cuanto llegase a la masía. Sí, la llamaría para decirle solamente eso, que tampoco ellos habían estado a la altura; quizá fuera suficiente para que una lucecita prendiera en la oscuridad, indicándole a Eva el camino de vuelta a casa.

Y quizá esas palabras hubiesen sido suficiente. Pero el teléfono de Eva comunicaba sin pausa. Y cuando encendieron la hoguera y las guitarras empezaron a sonar, Pili olvidó su propósito y se sumó a la fiesta.

Y es que el timbre del teléfono había empezado a aguijonear a Eva desde primera hora de la tarde, y ya no paró, atacando sus nervios como los tiburones al pez payaso. Resulta que los vecinos no solo no habían abandonado la urbanización por vacaciones, sino que al parecer no hacían otra cosa que ver pequineses blancos por todas partes. En el mismo día le vieron cagando en la playa, rastreando en las basuras junto a la estación, enganchado a una perra, y espachurrado en la carretera comarcal en dirección Barcelona. Los días siguientes Santi patrulló con el coche en busca de no sabía qué ni de quién, taciturno y secretamente harto de lo de don Vito, mientras Eva miraba documentales con una cerveza en una mano y el teléfono en la otra.

—Son pistas falsas, nos están tomando el pelo... —dijo Santi la tarde en que tiró la toalla, al igual que tiró la visera sobre la mesa de la cocina—. Me temo que hemos sobreestimado a nuestros vecinos, cariño. Están sin blanca, como nosotros. Los buzones están llenos de propaganda, sí, y las casas parecen deshabitadas, pero escucha lo que te digo, Eva, tras las respetables y siniestras cortinas de ganchillo, de cada respetable y siniestra cocina, los televisores están encendidos... Y respetables y siniestras amas de casa cocinan en la penumbra cachondeándose de nosotros. Están aquí, Eva, y se aburren. Eso es lo que pasa.

Era una teoría turbadora. Tanto si era verdadera como si la había urdido Santi, para escaquearse o para atormentarla, a Eva le pareció igual de terrorífica, y se hundió un poco más en el sofá, bajo el peso de la manta. De pronto sentía que su familia era hostil, su casa una frágil madriguera, su vida una condena que respondía a un deseo: ¿no quería tener una familia? Pues eso era una familia.

—Yo me voy al local, al fresco de la noche se trabaja mejor —dijo Santi, antes de irse.

Eva se quedó terriblemente sola, esperando la llamada de Olga, bebiendo a pie firme camino del desastre. El teléfono sonó. Y Eva mintió a Olga, que, una vez oído lo que quería oír sobre don Vito, confesó que empezaba a encontrarse cómoda sin el deber de complacer a nadie, pero sin saber aún qué hacer con su modesta persona. Ah, las confidencias de Olga, que nunca vacilaba cuando se abría hacia dentro. Pero la intimidad y el remordimiento dejaban a Eva tan exhausta que en cuanto colgaba se abría otra cerveza y se la bebía a morro bajo la manta, pensando en la suerte del pez payaso y sufriendo por él. Sufriendo.

PUNTO NÚM. 8: EVA AL TELÉFONO

Estupendamente, Olga, don Vito estaba estupendamente, como un rey... Las siete de la mañana eran, pero no importaba, estaba sola... ¿Pili? ¿Piluca? Ay, Olga, no sabía qué borde y contestona estaba, y qué pesadita con las comidas desde que llevaba hierros, pero que empezaba a vislumbrar en ella cierta astucia que la llenaba de esperanza, por-

340

que, la verdad, en el instinto comercial de Santi ya no tenía muchas esperanzas...

Que comprendía que como clínica veterinaria de urgencias estaban funcionando a esas horas, pero un poquito de compasión, hombre, que solo eran las siete y media de la mañana y en aquella casa estaban de vacaciones... ¿Qué contra todo pronóstico la perra se había recuperado? ¿Qué perra? ¡Dios santo, era una perra! No, no... No tenía puñetera idea de qué pensaba hacer con ella...

Vaya por Dios, hija, que se había olvidado la linterna y la cantimplora, pero ¿a que no se había olvidado del biquini ni de la plancha del pelo?... Que no, que su padre no estaba, las obras del local le tenían muy ocupado y no le veía el pelo... Que sí, que seguían las llamadas morbosas de los vecinos... Que si comía, qué y cuánto comía... ¿Que todas las chicas eran cursis y todos los chicos marranos? Pues que espabilase y punto. Y que si se aburría se comprase un loro, perro no, que ya tenían...

¿Qué vecino dice que era? No le conocía... Que no se alarmase, pero ¿por qué se iba a alarmar? Como que creía que su perro había tenido un accidente... Que estaba muerto lo decía él, quien quiera que fuese... Ya, que no pretendía ser desagradable pero lo estaba siendo. Pues no, que no le creía y punto, y no tenía ninguna intención de comprobarlo por sí misma... Un pegote sanguinolento lo sería él... ¡Que se fuera a la mierda! Guarro. Carroñero. ¡Carroñeros todos! ¿Acaso no tenían nada mejor que hacer? Qué cobardía y qué mala leche, cuando ella ya sabía que estaban ahí...

A buenas horas, Santi, para variar... ¿Qué tampoco hoy iba a dormir? Pues se acababa de desatar una tormenta eléctrica y tenía mucho miedo. No era ninguna broma, no, que no estaba ella para bromas... Claro que él siempre tendría demasiada poca imaginación para el miedo... Bueno, que sí, que había tomado dos o tres, quizá cuatro cervezas... ¿Le había contado ya lo del pez payaso? Pues le daba igual, se lo pensaba volver a contar y punto. Resulta que el infeliz solo vivía para impedir una muerte violenta, ¿imaginaba una vida más absurda?

No se lo podía creer, Olga de nuevo, ¿pero por qué no invertía el coste de las llamadas en un curso de submarinismo, por ejemplo? Gastarse un dineral en teléfono, ¡eso sí que era un disparate! Con una postal era suficiente... No eran petardos, que va, eran truenos... ¿Que a Vitorino le asustaban los truenos? Bueno, a ella también y se aguantaba, qué remedio... Además ¿no decía que estaba sordo como una tapia?

Que su nombre era Eva, que vivía cerca del mar, en las afueras de Barcelona, y que lo que quería decir era que había cometido una pifia imperdonable y como no había tenido el coraje de asumirlo, y aún menos de dar la cara, se había metido en un lío del copón, que su hija se avergonzaba de ella y su marido la huía, y que veinte años de amistad y otros tantos de matrimonio se habían ido a la mierda en quince días... ¿Cómo que apretase los dientes y aguantase? ¿Qué clase de consejo era ese? ¿Pero ese no era el teléfono de la esperanza? ¿Y no estaban ellos para consolar?

PUNTO Y APARTE

Qué llevó a Eva a recoger la perra en la clínica veterinaria, pagar la cuenta y llevársela a casa es el último punto de esta historia que contó con testigos indirectos; porque una vez en casa Eva cerró las respetables y siniestras cortinas de ganchillo, instaló a la perra convaleciente en el canasto de don Vito y decidió permanecer lo más quieta posible hasta la vuelta de Olga.

El local de Santi en reformas para llegar a tiempo a su inauguración, prevista a principios de otoño. Las colonias de Pili exprimidas al máximo, a fuerza de determinación y ganas de divertirse. Las vacaciones regaladas de Olga a punto de finalizar. La pesadilla en curso de Eva, amortiguada tras las ventanas de su cocina, mientras ella seguía viendo documentales con el volumen del televisor al mínimo. Con las cortinas echadas y el buzón a reventar de propaganda, enseguida cesaron las llamadas morbosas de los vecinos, y por fin se hizo la calma... Hasta que de pronto Eva abrió los ojos con asombro, señaló la pantalla y dijo:

—¿Sabías que en el fondo de los fondos oceánicos, en la helada oscuridad, se producen erupciones con fuego y todo? ¿Sabías que hay seres gelatinosos, fosforitos, absolutamente horripilantes, reproduciéndose ahí abajo? ¿En las profundidades del abismo? ¿En condiciones extremas?

Pero la perra le volvió la cara, dolida aún porque le habían arrebatado su libertad, intoxicado y luego confinado en una cocina oscura y abarrotada.

Era un mediodía cruel de finales de verano cuando el sudado cartero, harto de intentar meter una postal en el buzón de Eva, acabó empujándola por la rendija de la puerta de la cocina. Una playa de aguas cristalinas, en la orilla las siluetas de una pareja enamorada, junto a una esbelta palmera, coronada por dos cocos peludos.

PUNTO FINAL

Eva querida:

Tenías razón, una postal es suficiente para dar fe de unos hechos, aunque estos sean extraordinarios. Finalmente me apunté a un curso de submarinismo, como bien me sugeriste. Mi profesor, un hermoso moreno cargado de paciencia, me ha enseñado a bucear y me ha ayudado a encontrar el tesoro escondido. Me jubilo, Eva, y me quedo aquí, en el paraíso, junto a él. Por favor, dile a Santi que puede vaciar mi casa y vender los muebles ruinosos. Con lo que saquéis, cuidar de don Vito el ratito que le quede de vida. Quién nos lo iba a decir, amiga mía, que en el fondo del mar yo encontraría el amor... El amor, Eva. ¡El amor!

Tuya siempre:

Olga.

Ignacio Martínez de Pisón

Ignacio Martínez de Pisón (Zaragoza, 1960) es licenciado en Filología Hispánica por la Universidad de Zaragoza y en Filología Italiana por la Universitat Central de Barcelona, ciudad en la que reside desde 1982. Es autor de varios guiones cinematográficos y de las siguientes novelas: *La ternura del dragón* (1984), *Nuevo plano de la ciudad secreta* (1992), *Carreteras secundarias* (1996), *María bonita* (2001), *El tiempo de las mujeres* (2003), *Dientes de leche* (2008, Premio Giuseppe Acerbi) y *El día de mañana* (2011, Premio Ciutat de Barcelona y Premio de la Crítica); así como del ensayo *Enterrar a los muertos* (2005, Premio Rodolfo Walsh y Premio Dulce Chacón). Entre sus libros de cuentos están: *Alguien te observa en secreto* (1985), *Antofagasta* (1987), *El fin de los buenos tiempos* (1994), *Foto de familia* (1998, Premio NH de Relatos) y *Aeropuerto de Funchal* (2009), antología de cuentos. También ha publicado como antólogo *Partes de guerra* (2009), volumen de relatos sobre la Guerra Civil Española.

* * *

En el territorio del cuento me parece que hay tantas tendencias como autores, pero muchos de ellos podrían agruparse en las dos grandes tradiciones más fácilmente reconocibles: la de carácter más fantástico (en la línea de Poe) y la realista (en la línea de Chéjov). Si tuviera que elegir entre una y otra, reconozco que me interesa más esta segunda tradición.

Julio Ramón Ribeyro, John Cheever y Alice Munro, mis tres cuentistas favoritos, pertenecen precisamente a esa tradición chejoviana. La literatura española contemporánea ha dado muchos más cuentistas importantes de los que en una primera impresión podría pensarse. Tuve ocasión de comprobarlo cuando preparé *Partes de guerra,* una antología de cuentos sobre la Guerra Civil. Y en la actualidad hay estupendos cuentistas que garantizan la continuidad. Aunque podría citar más, mencionaré solo cinco autores, que representan cinco generaciones de cuentistas en activo: Juan Eduardo Zúñiga, Cristina Fernández Cubas, Pedro Zarraluki, Cristina Grande y Daniel Gascón.

Foto de familia

Se puede decir que yo era el único que conocía a todo el mundo. Se puede decir también que allí todos menos Jorge se conocían y que yo era el único que conocía a Jorge y conocía a los demás. Jorge y Julia, mi hermana mayor, llevaban catorce años conviviendo, pero en todo ese tiempo ni Jorge había mostrado el menor interés por dejarse ver por nuestra casa o nuestra ciudad ni mis padres se habían tomado la molestia de admitir su existencia con ninguna de esas convenciones sociales a las que son tan aficionados: las tarjetas navideñas, las felicitaciones por santos y cumpleaños, las frases de salutación al concluir una conferencia telefónica. Para mi padre, de hecho, era exactamente como si no existiera, como si Julia siguiera viviendo sola en el mismo apartamento de soltera que alquiló cuando se fue a Madrid a estudiar. Y en cuanto a mi madre, que siempre había tenido con mi hermana Julia una relación de sinceridad y confianza, todo lo que puedo decir es que aprovechaba para llamarla por teléfono a las horas en que Jorge estaba en su despacho, de forma que ni siquiera sus voces pudieran llegar a rozarse.

Mi madre precisamente me había dicho «Tú te encargarás de ellos», y ese mismo viernes fui a recogerlos al aeropuerto. Mientras esperaba ante la puerta de llegadas de vuelos nacionales hice un rápido recuento de las veces que los había visto en los últimos años. Diecisiete, exactamente diecisiete veces, y todas ellas en Madrid. Una vez al año durante esos catorce años aprovechando mis obligadas visitas a la feria de la alimentación, y tres veces más por motivos diversos pero siempre profesionales, relacionados con la empresa conservera de la familia, en la que desde el año pasado ocupo el puesto de gerente. Diecisiete veces, por tanto, había viajado a Madrid en los últimos catorce años, y en ninguna de esas ocasiones había dejado de acudir a Jorge y a Julia para compartir con ellos los escasos ratos libres que mis actividades profesionales me permitían. Su mundo, no puedo negarlo, siempre me deslumbró: su mundo madrileño de actores y actrices, de escritores maléficos y cineastas escandalosos, su mundo de discusiones brillantes, costumbres libérrimas y accidentadas fiestas hasta el amanecer. En contraste con mi ordenada existencia provinciana y con mi aburrido deambular entre confituras y albaranes, la vida de Jorge y Julia se me antojaba fascinante, excepcional, y cuando estaba con ellos experimentaba la rara sensación de encontrarme en el centro del mundo o muy cerca de él.

Se abrió la puerta automática y los vi venir a la cabeza de un pequeño grupo de viajeros. Jorge había engordado un poco desde la última vez. A principios de año se había recluido en una clínica para una cura de alcohol, y conservaba todavía un aspecto saludable. Julia se abalanzó hacia mí.

—¿Qué tal papá? —me dijo.

Tengo que decir que nuestro padre está enfermo. Todos en la familia lo sabemos, y también él lo sabe, pero nunca hablamos de ello. La única vez que mi madre admitió en mi presencia la proximidad de su muerte fue cuando me dijo que habían decidido anticipar unas bodas de oro que él jamás llegaría a celebrar. Para eso estaban aquí Jorge y Julia, para celebrar las bodas de oro de mis padres, que en realidad llevan solo cuarenta y tres años casados.

—Dime, ¿qué tal está?

—Sin novedades —dije—. Vamos para allá, nos están esperando.

348

Pasamos antes por su hotel para que se dieran una ducha y se cambiaran de ropa. Yo les esperé en la cafetería hojeando un periódico. Mi hermana bajó antes que Jorge.

—Hace calor —dijo—. Mucho calor.

—¿Y Jorge?

Julia sabía que lo que le estaba preguntando no era si se había duchado ya o si tardaría mucho en bajar.

—No te preocupes por él. Me ha prometido que no probará el alcohol.

Yo sonreí agradecido y, al mismo tiempo que sonreía, me decía que esa sonrisa mía podría resultar impertinente a cualquiera que no conociera los antecedentes de Jorge. Yo conocía unos cuantos. En una fiesta le había visto subirse a la mesa y ponerse a bailar *La balalaika*. En otra se propuso romper los cristales de todas las vitrinas utilizando un bastón a modo de martillo. En otra ocasión interrumpió a grandes voces la presentación de un libro para calificar de merluzo a su autor y desafiarle a dirimir sus diferencias a puñetazos.

Llegó Jorge a la cafetería con el pelo aún húmedo.

—¿Tengo tiempo de tomarme un zumo? —preguntó.

La fiesta, como no podía ser de otra manera, se celebraba en el Círculo Ecuestre, el viejo y entrañable Círculo de nuestra ciudad, tan cargado de tradiciones como privado de comodidades. El calor ahí dentro era insoportable, y los camareros llevaban la pechera de la camisa empapada en sudor.

—¿Pero es que aquí no saben lo que es el aire acondicionado? —preguntó mi hermana.

Levanté la mirada y señalé los ventiladores del techo, que daban vueltas y más vueltas sin conseguir generar la menor brisa.

—Hace tiempo que la junta lo quiere instalar —dije, como disculpándome—. Pero no todos los socios están de acuerdo.

En uno de los salones se estaba sirviendo un aperitivo. Cuando nosotros entramos, noté que algunos de los invitados se volvían a mirarnos y luego cuchicheaban entre ellos con sonrisas aviesas.

—Otro zumo —dijo Jorge—. Necesito otro zumo. Me estoy derritiendo.

A mí me correspondía ocuparme de las presentaciones y, mientras Jorge se tomaba media jarra de zumo, yo me preguntaba por dónde empezar. Había allí medio centenar de personas. Entre ellas, dos curas, un ex concejal franquista, tres o cuatro militares... Bueno, pongo estos ejemplos para dar una idea de lo delicada que era la tarea que se me había encomendado, y sin embargo pienso que, al lado de algunas de mis tías beatonas y viudas y de otros familiares particularmente intolerantes, tal vez esos curas y militares fueran los que con menos recelos podían acoger a Jorge.

—¿No es esa la tía Fernanda? —preguntó mi hermana en un susurro—. Está hecha una vieja.

Nos acercamos a los primeros grupos y hubo los clásicos intercambios de cortesías. La fama de Jorge era bien conocida en nuestra familia pero, por supuesto, a nadie se le ocurrió mencionarla en su presencia, y las conversaciones discurrieron por los cauces previsibles: algunas preguntas sobre la vida en Madrid, alguna alusión a la niñez de Julia, algún comentario sobre el calor. Sonaron unos cuantos aplausos. Me volví y vi a mis padres, lentos y majestuosos, entrando en el salón. Aplaudimos también nosotros, y en aquellos aplausos generalizados se percibía el homenaje de afecto a un hombre que no iba a tardar en dejarnos y a una mujer que probablemente estaba disfrutando de su última aparición pública al lado de su marido.

—¡Ven, Jorge! —dijo Julia, y tanto Jorge como yo la seguimos en dirección a mis padres, que desde el centro del salón agradecían el cariñoso recibimiento con suaves balanceos de cabeza.

—Julita, hija mía —dijo mi madre, echándose en sus brazos.

350

—Eres Jorge, ¿verdad? —dijo mi padre, ofreciéndole la mano.

Desde hacía varias semanas yo había tratado de adivinar cómo sería ese encuentro, y en mi imaginación ese instante nunca se me había aparecido completamente desprovisto de tensión. Unas veces lo había prefigurado como un tirante cruce de miradas, otras veces como un hostil intercambio de ironías, pero cuál sería la intensidad de mis temores que nunca lo había imaginado así, tan limpio y sencillo como finalmente fue: un viril apretón de manos, un par de besos entre mi madre y Jorge, unas sonrisas de cuya sinceridad no había por qué sospechar.

—No sabéis cuánto me alegra conoceros —llegó a decir Jorge, y yo en ese mismo momento tuve la impresión de que ya nada podía fallar, de que la fiesta sería un éxito y, lo que era más importante, de que se había cerrado una herida abierta tantos años antes.

Mi madre tenía lágrimas en los ojos.

—¿Le has presentado a todo el mundo? —me preguntó.

Ella misma agarró a Jorge y a Julia por el brazo y los llevó a un rincón en el que niños de varias edades comían patatas fritas y aceitunas. Aquel niño era de tal hija, aquellos dos de tal otra: mi madre iba pregonando nombres y filiaciones al tiempo que acariciaba cabezas o ajustaba corbatitas elásticas. Nos condujo luego a otro grupo y se detuvo apenas un instante para preguntarme:

—¿Ha venido el fotógrafo?

—Al final. Le dije que viniera al final.

Desapareció mi madre reclamada por alguien, y yo seguí con las presentaciones donde ella lo había dejado: con un trío de parientes lejanos de los que Julia ni siquiera se acordaba. Tampoco yo, la verdad, mantenía ni mantengo un trato habitual con ellos, y tanto unos como otros procuramos que el encuentro no pasara del puro trámite. Ahora, además, me parecía que la celebración no corría ya ningún riesgo, y tal vez por eso apenas presté atención al breve intercambio de cortesías. Luego sí. Luego sí supe que aquel momento fue decisivo para el desarrollo de la velada, pero en aquel instante no fui consciente de la trascendencia que acabaría teniendo una pregunta más bien banal formulada por uno de esos tíos lejanos, un general de aviación retirado.

—¿Tenéis hijos?

Eso fue todo. El viejo general se limitó a preguntar a Jorge y a mi hermana si tenían hijos y ellos negaron al unísono sin añadir comentario alguno.

—No —dijeron.

Pero en realidad eso no fue todo. Hubo además un silencioso cruce de gestos al que yo entonces no concedí importancia: un arquear de cejas, un intercambio de miradas entre el general y sus dos acompañantes, un leve cabeceo de comprensión o lástima. Lo que entonces se produjo fue un absurdo malentendido. Si Jorge y Julia no tienen hijos es solo porque nunca lo han querido y, sin embargo, aquellos tres ancianos debieron de imaginar algo bien distinto. Probablemente creyeron que detrás de aquel «no» simultáneo se escondía una herida secreta y dolorosa, la desolada tragedia de la paternidad imposible, acaso un largo y penoso calvario de clínicas y tratamientos, las noches de llanto compartido, y tal vez hasta se sintieron culpables por haber profanado de ese modo la triste intimidad de aquella joven pareja.

Lo cierto es que Jorge y Julia se miraron con perplejidad, pero no hubo tiempo para mayores explicaciones. En ese mismo momento se abrieron unas grandes puertas laterales y los asistentes fueron invitados a pasar al comedor. Las mesas estaban dispuestas en forma de U. Hubo unos instantes de confusión y de bromas corteses mientras cada uno de nosotros buscaba su nombre en unas cursis tarjetas adornadas con grecas doradas. «¡Tú aquí! ¿Y nosotros dónde? ¿Alguien ha visto mi tarjeta?», decían unos y otros, y al cabo de unos minutos estábamos ya todos sentados.

352

A mí, por supuesto, se me había situado al lado de Jorge y de Julia.

—Y en realidad, ¿por qué no? —oí decir a mi hermana cuando el camarero se nos acercó para llenar las copas de vino.

Jorge contestó con el tono de quien es cogido en falta:

—Yo creía que había quedado claro... Nada de niños.

¿Había ya un deje de crispación en estas palabras o eso es algo que solo ahora, al reconstruirlas, les atribuyo? No podía asegurarlo, la verdad, y tampoco podría asegurar si fue entonces o algo más tarde cuando vi a Jorge abalanzarse sobre su copa de vino y vaciarla de un solo trago. Después de todo, aquella cena todavía podía acabar mal.

Mi madre me hizo una seña. Me acerqué a ella.

—¿Y el fotógrafo?

—Pero ¿no te he dicho que vendría al final?

—Compréndelo. Esa foto es tan importante para mí...

Asentí con la cabeza y salí al vestíbulo en busca de un teléfono. Marqué el número del estudio pero, como era de esperar, nadie contestó. Pedí el listín y, después de dos o tres llamadas fallidas, conseguí dar con el número de su casa. Allí me dijeron que acababa de salir y me dieron el número de un móvil en el que probablemente le encontraría. Así fue.

—Sí, sí —me dijo—. Quedamos en que pasaría a eso de las doce.

—Eso es. Solo llamaba para confirmar...

Tranquilicé a mi madre con mis explicaciones y volví a mi silla. Julia me habló en tono suplicante:

—Le dije que ni se le ocurriera emborracharse esta noche... Me prometió que no tomaría ni un vaso de vino. Y mira.

En ese momento el camarero estaba rellenando de whisky el vaso de Jorge. Este se mantenía atento a la operación y de momento se comportaba como si estuviera completamente sobrio.

—Tranquila —susurré a mi hermana—. No tiene por qué pasar nada.

—¡Como si no lo conocieras! —exclamó ella, alzando la voz por encima del murmullo general.

La miré con severidad a los ojos y lo comprendí todo. Debía de llevar varias semanas preocupada por la cena, varias semanas exigiendo a Jorge la promesa de no probar el alcohol y advirtiéndole de las consecuencias que tendría una actuación desafortunada, y yo ahora comprendía que la que había acabado emborrachándose era ella, Julia.

Otro camarero fue a retirar mi plato.

—¿No le ha gustado?

—Lléveselo —dije.

No había tenido ni tiempo de tocarlo.

—¿Quiere otra cosa?

—¡No!

Para entonces Jorge y Julia ya habían empezado a discutir. Hablaban entre ellos como si estuvieran a solas, ajenos por completo a la atención más o menos disimulada que algunos de los presentes les prestaban.

—¿Por qué no te fuiste con aquel otro novio tuyo? ¿Cómo se llamaba? —decía Jorge—. No te fuiste con él porque se empeñaba en tener hijos. ¿O es que ya no te acuerdas?

—¡Pues no! ¡No me acuerdo! ¿De qué época me estás hablando? ¡Por lo menos han pasado ocho años! Y en todo ese tiempo una tiene derecho a cambiar, ¿no?

Jorge sacudió la cabeza como queriendo decir: «Si yo hablara...» Julia insistió:

—Y además, ¿quién eres tú para echarme en cara que he tenido otros novios? ¿Es que tú no hacías lo mismo? ¿Es que no lo sigues haciendo? ¿Quién es esa tal Marta que te deja esos mensajes tan largos en el contestador?

—¡Basta ya! —exclamó él, y tuve la sensación de que todos los invitados se volvían a mirarle.

—Basta ya, basta ya —murmuró ella—. Tú todo lo arreglas con un «basta ya».

Jorge se volvió hacia mí:

—No lo entiendo. Se le ocurre ahora, de repente. Un viejo le pregunta si ha tenido hijos y ella descubre que eso es lo que siempre ha querido, ¡tener hijos!, y que sin un hijo su vida no tiene sentido... ¡Camarero! ¡Póngame otro whisky!

Me pareció que el asunto estaba llegando demasiado lejos y decidí intervenir.

—Vais a levantaros discretamente —dije con autoridad—. Primero tú y después tú. Vais a salir por aquella puerta de allá y me vais a esperar en el pasillo de los lavabos. Tengo que hablar con vosotros muy seriamente.

Jorge asintió con aire compungido y obedeció.

—Ahora tú, Julia.

Mi hermana negó con la cabeza pero se levantó también.

Cuando llegué al pasillo de los lavabos habían reanudado su anterior discusión.

—¡Ya está bien! ¡No quiero oír ni una palabra más! —interrumpí—. ¡Esta es la noche de mis padres y no voy a permitir que se la estropeéis!

Guardé unos segundos de silencio para recuperar la calma.

—El fotógrafo llegará de aquí a media hora —proseguí—. Media hora, solo os pido eso. Aguantáis ese rato, sin broncas ni discusiones ni malas caras. Después posaremos para la foto y nos podremos ir.

—Un whisky —dijo mi hermana—. Yo también necesito un whisky.

—Prométemelo, Julia... —dije.

—Que sí, hermanito, que te lo prometo —dijo ella, y me dio un sonoro beso que hizo reír a Jorge.

De golpe todos nos echamos a reír. En el fondo aquello era tan ridículo: los tres parados junto a los lavabos, mi hermana mayor y su novio comportándose como niños, yo riñéndoles con aires de maestrillo.

—Es solo un juego —dijo Jorge.

355

—¡Qué gracioso el general ese! —añadió Julia—. ¡Qué extraña idea se habrá formado de nosotros! ¿Por qué no vamos y le decimos que estoy embarazada? ¡Seguro que le alegramos la noche!

—Ya digo que es solo un juego —repitió Jorge—. Todo es un juego.

Era verdad. Habíamos estado jugando y, cuando volvimos junto a los demás, teníamos la sensación de que no dejaríamos de hacerlo en toda la noche, aunque sin duda los juegos serían distintos a partir de entonces: relajados, risueños, sin rastro alguno de la anterior tirantez. Algunos de los comensales más cercanos iniciaron una conversación sobre fútbol, y Jorge se sumó a ella para demostrarles que no solo podía opinar sobre la situación de los equipos importantes sino también sobre la del modesto equipo de nuestra ciudad, perdido desde hace años en las divisiones inferiores. Julia, por su parte, se había incorporado a otra conversación sobre viajes exóticos y hablaba de un recorrido por la Tierra del Fuego que parecía más inventado que real. En cuanto a mí, diré solamente que pude comerme el segundo plato y que, mientras dejaba que mi atención fuera y viniera entre ambas conversaciones, me felicitaba a mí mismo por haber tenido la determinación suficiente para atajarlo todo en el momento oportuno.

—Tenéis que conservar a ese entrenador —decía Jorge.

—¿Sabéis la historia de los indios desorejados? —decía Julia.

Llegaron los postres y, con ellos, la hora de los brindis. Alguien pidió silencio para que mi padre tomara la palabra, y este, tras negar reiteradas veces con la cabeza, acabó levantándose con la copa en la mano.

—Está bien, está bien —dijo—. Hablaré un poco, si eso es lo que queréis. ¿Os gustaría saber qué fue lo que me enamoró de mi mujer? Me refiero a qué parte del cuerpo, ¿os gustaría saberlo?

356

Sus palabras provocaron murmullos y medias sonrisas. Yo conocía la historia y me gustaba observar la reacción de los demás. Mi padre prosiguió:

—Os lo diré. Fueron sus manos. Sí, sus manos. Vosotros estaréis pensando: ¡qué romanticismo!, ¡qué sensibilidad!, ¡enamorarse de ella por sus bellas manos! Nada de eso. Os contaré lo que ocurrió. Yo tenía entonces veintidós años, y entre varios amigos habíamos comprado una yegua con la que, unos días uno, otros días otro, salíamos a pasear por el campo. Una yegua, todo sea dicho, fuerte y hermosa pero algo excitable. Aquel domingo la yegua me correspondía y yo salí a cabalgar por los alrededores del seminario antiguo. Los más jóvenes no lo habéis conocido porque allí ahora no hay más que piscinas y apartamentos, pero en aquella época era uno de los paseos más bonitos que se podían hacer: el río a un lado, los bosquecillos del seminario al otro. Pues bien. Iba yo tan contento por aquel camino cuando, de repente, sin saber cómo, apareció algo, un proyectil, un cohete, que golpeó a mi yegua en sus cuartos traseros, de tal modo que ella rebrincó y yo salí disparado por encima de su cabeza y fui a parar al centro de un barrizal...

Yo conocía la historia y conocía las palabras, siempre las mismas, con las que mi padre la contaba, y me daba cuenta de que muchos de los que estaban en aquel salón las conocían igual que yo pero que, igual que a mí, no les importaba escucharlas por enésima vez. Ahora, por ejemplo, mi padre contaría cómo «de resultas del golpe había quedado medio aturdido» y hablaría de su «desesperado bracear» entre el barro y de la «preciosa jovencita» que con su bicicleta había provocado aquel «descalabro»...

—Ella me tendió sus blancas manos para ayudarme a salir de allí, y yo las agarré con fuerza.

Miré a mi madre, que había empezado a llorar de emoción. También Julia tenía los ojos húmedos. Mi padre alzó su copa. Los demás hicimos lo mismo con las nuestras.

—Permitid que brinde por ellas —concluyó—, por estas manos. Unas manos que desde aquel momento nunca he vuelto a soltar.

Habló después mi antecesor en el puesto, que ha trabajado durante más de treinta años en la empresa y es casi como de la familia. Con un estilo algo ampuloso elogió las virtudes profesionales y humanas de mi padre, «que le han hecho acreedor al afecto más vivo y sincero de nuestros conciudadanos». Finalmente, el viejo general tomó la palabra para alabar su «hombría de bien» y pidió que brindáramos con él por su edad dorada:

—La edad de la serenidad y la sabiduría, de la que por derecho propio mereces gozar rodeado de los tuyos, de tu encantadora mujer, de tus hijos e hijas, de tus nietos.

Hicimos chocar nuestras copas y dimos por concluido el turno de los brindis, y todo habría quedado así si no hubiera sido porque Jorge pidió un instante de atención y todos se volvieron a mirarle. Estaba ya completamente borracho y, al levantar su vaso de whisky, derramó sin darse cuenta una copa de vino.

—La familia, los hijos, los nietos, todo... maravilloso —dijo—. ¡Maravilloso!

—Muy bien —traté de interrumpirle—. ¡Brindemos!

Jorge me hizo callar con un gesto. Era tal el silencio que nos rodeaba que parecía que todo el mundo estuviera conteniendo la respiración.

—Todos hemos tenido un padre y una madre. ¡Y todos los recordamos con cariño! Decidme una cosa: ¿verdad que a todos nos gusta que se nos recuerde con cariño? ¡Claro que sí! ¡No puede ser de otra manera! Entonces, ¿de qué se trata? ¿De que tengamos hijos? ¿Os gustaría que Julia y yo tuviéramos un hijo? Nada más fácil. Repito: ¡nada más fácil! ¿Pero para qué los hijos? ¿Para que algún día haya alguien que nos recuerde con cariño? ¿Es ésa una razón suficiente...?

Julia se removió en su silla y le hizo un gesto de advertencia.

—Jorge, por favor... —susurró.

Él, irritado por esta nueva interrupción, se dirigió a mi padre:

—¡Habla, habla tú! ¡Di lo que de verdad piensas! Ahora estás contento porque te ves rodeado de hijos y de nietos. Pero ¿qué piensas cuando estás solo? ¿Te has parado a pensar en que toda esta gente seguirá reuniéndose en navidades cuando tú no estés? ¡Habla! ¡Te queda poco tiempo de vida! ¡Unas semanas, tal vez unos meses! ¡Habla! ¡Tú eres el único aquí que puede decir si vale la pena traer nuevos seres a este mundo...!

Se había elevado un espeso rumor de protesta que hacía casi inaudibles sus palabras cuando Julia, de repente, se levantó y le tapó la boca con la servilleta. Cayeron más copas de vino, pero sus palabras sí que se oyeron con claridad.

—¡Calla! ¡Eres un salvaje! ¡Calla!

Jorge retiró la servilleta y miró a su alrededor con perplejidad, como si no pudiera entender los motivos de aquella reacción. El rumor de indignación seguía aumentando, y todos se volvieron a mirar a mi padre. Este, impávido, pidió silencio con las manos y señalando a un recién llegado dijo nada más:

—Ya está aquí el fotógrafo.

Me llevé a Jorge y a Julia al pasillo de los lavabos. Jorge tenía restos de ceniza del cigarrillo en las solapas de la americana y sacudía la cabeza como los recién nacidos, incapaces de sostenerla con su débil cuellecito. Julia gritaba.

—¿Cómo has podido hacerme una cosa así? ¡No te importa nada el daño que puedas hacer a los demás! ¿Qué estará pensando ahora mi padre? ¿Y mi madre? ¿Qué estarán pensando los demás?

Jorge pidió perdón varias veces, pero lo pidió con algo de impaciencia y de desdén, como si en realidad no se sintiera culpable de nada. Por lo que pude deducir de sus explicaciones, también él había tratado de contribuir a aquel homenaje, y lo que había ocurrido era que nadie había sido capaz de comprender el sentido profundo de sus palabras.

—Y, en el fondo —dijo—, ¿qué más da lo que puedan pensar?

Fue en ese momento cuando Julia le pegó una bofetada. Jorge se llevó la mano a la mejilla y permaneció unos segundos sin moverse ni decir nada. Julia, arrepentida, corrió a abrazarle.

—Lo siento, amor mío, perdóname...

—No, perdóname tú. Lo que he hecho ahí dentro no tiene nombre.

Vi a mi madre asomarse al pasillo y hacerme una seña inequívoca con las manos.

—Julia, la foto —dije—. Nos están esperando para la foto.

Julia y Jorge seguían abrazados. Mi hermana asintió con la cabeza.

—Sí, ahora mismo. Vamos, Jorge.

—No —dije, vacilante—. Mejor que él se quede...

Julia, súbitamente colérica, se volvió hacia mí.

—¿Qué quieres decir? ¡Jorge viene con nosotros! ¡Si él no sale en la foto, yo tampoco!

No aguanté más. La agarré con fuerza por los hombros y la sacudí violentamente, y mientras lo hacía me acordaba de cuando éramos niños y nos pegábamos en el jardín de la casa de mis abuelos.

—¡Tú harás lo que yo te diga y te callarás! —grité—. ¡Jorge no va a salir en esa foto y tú sí! ¿Me has entendido o tengo que darte un par de tortas?

Jorge me apartó de un empujón y se interpuso entre los dos.

—¡Déjame! —volví a gritar—. ¡Es mi hermana!

También ellos se pusieron a gritar. Cuando me quise dar cuenta, había veinte o veinticinco invitados a nuestro alrededor, todos con gestos de alarma o de disgusto. Mi padre se abrió camino entre ellos y se detuvo delante de mí. Me miró con desaprobación y emitió un largo suspiro. Yo le vi en ese momento como lo que era, un hombre enfermo, casi un moribundo, y traté de sentir lástima por él. Sin embargo, lo único que experimenté fue miedo.

—Lo siento —dije, y bajé la mirada.

Él sacudió lentamente la cabeza y dijo nada más:

—El fotógrafo sigue esperando.

Volvieron todos a ocupar sus sitios. Un camarero llevó una silla para Jorge y yo busqué un sitio discreto en el que colocarme, lo más lejos posible de Jorge y de Julia, y mientras el fotógrafo nos pedía que no nos moviéramos y que sonriéramos un poquito, yo deseé no haber asistido jamás a esa cena y no quedar para siempre retratado en esa foto de familia.

Ricardo Menéndez Salmón

Ricardo Menéndez Salmón (Gijón, 1971) es licenciado en Filosofía por la Universidad de Oviedo. Autor de un singular libro de viajes, *Asturias para Vera. Viaje sentimental de un padre escritor* (2010), ha publicado los libros de relatos *Los caballos azules* (2005) y *Gritar* (2007); y las novelas *La filosofía en invierno* (1999), *Panóptico* (2001), *Los arrebatados* (2003), *La noche feroz* (2006), *La ofensa* (2007), *Derrumbe* (2008), *El corrector* (2009), *La luz es más antigua que el amor* (2010) y *Medusa* (2012).

* * *

En los últimos años he leído con interés la obra de Juan Eduardo Zúñiga, Cristina Fernández Cubas, Fernando Aramburu, Eloy Tizón y Jon Bilbao. No querría mencionar más autores de nuestro ámbito. Sigo pensando al respecto que los *Cuentos completos* de Juan Benet son las piezas que más me han conmovido dentro del género desde 1961, año de publicación de *Nunca llegarás a nada,* hasta hoy. En otros ámbitos lingüísticos, me atrevo a destacar a escritoras como Lorrie Moore, Mavis Gallant, Alice Munro y, sobre todo, Amy Hempel, cuya narrativa breve situaría a la altura de la de mi escritora predilecta de todos los tiempos: Flannery O'Connor. Señalaría también la importancia, seguramente más honda, que un autor como Raymond Carver ha tenido para cientos de escritores de todo el mundo, y no querría olvidar la obra breve de un extraordinario escritor, en mi opinión el mayor estilista europeo de la actualidad. Me refiero a Pierre Michon, quien en libros como *Vidas minúsculas* y *Señores y sirvientes,* sospecho que dinamita las fronteras tradicionales del género.

Hablemos de Joyce si quiere

Para Fernanda Poblet

—La última del día.

Martín pronuncia la frase como si las palabras tuvieran el poder de un talismán, como si pudieran traerle paz, alivio, consuelo.

Está parado frente a una vivienda de clase media en Herrera Oria, una vivienda con cuatro alturas y un único piso por altura. Se lleva el bolígrafo a la boca, cierra los ojos, avanza la mano derecha y pulsa un timbre al azar. Al abrir los ojos, comprueba que ha llamado al cuarto.

—¿Sí?

Es una voz de hombre, grave pero un tanto absurda, como todas las voces que hablan a través de un interfono.

—Buenas tardes. Estoy haciendo una encuesta.

Martín no tiene tiempo a añadir más. De hecho, se sorprende tanto al oír que la puerta se abre, que por un momento se siente desorientado. Desde que ha empezado a trabajar como encuestador, nunca le han abierto la puerta con tanta celeridad. Cierto que le han negado el paso con idéntica premura, pero jamás le han franqueado el paso tan deprisa.

Sube en un ascensor rojo y negro, con doble puerta y un espejo de cuerpo entero. Mientras lo hace, piensa en la cerveza que le aguarda en casa, en Diana tendida en el sofá viendo el televisor, en el pequeño Matías intentando formar sus primeras palabras.

Martín, que quiere ser escritor, se gana la vida haciendo encuestas. Ha tenido trabajos mucho más ingratos que este, así que no puede quejarse. De hecho, considera su actual empleo como una especie de aprendizaje para su vocación. Porque en las casas ajenas se esconden muy buenas historias que contar. Basta con saber mirar y escuchar, con disciplinar el ojo y el oído, para descubrirlas.

A Martín, las encuestas gubernamentales sobre cuestiones de actualidad siempre le habían parecido estúpidas, y hasta que encontró este trabajo jamás había creído en ellas. Se imaginaba una habitación llena de máquinas que vomitaban cifras y porcentajes acordes con lo que la gente podía aceptar y, sobre todo, con lo que quienes detentaban el poder en ese momento podían desear. Pero ahora, cuando es él mismo quien hace las encuestas, y aunque no duda de que luego serán debidamente manipuladas, al menos siente que forma parte de algo real.

Al salir del ascensor, advierte que un hombre alto, de unos cincuenta años, le aguarda en el umbral de su piso. Por un momento Martín recula, pues hay algo en el hombre que le resulta extraordinariamente familiar, como si acabara de encontrarse con un remoto antepasado al que solo conoce gracias al retrato hecho por un pintor mediocre. Pero esa impresión dura apenas unos segundos.

Nada más entrar en el piso, Martín percibe un olor penetrante. Alguien, en la cocina, está preparando pescado al horno.

Martín consulta su reloj y advierte que son las seis, una hora muy temprana para cenar.

—Ceno temprano —dice el hombre, como si pudiera leer el pensamiento—. De lo contrario, no duermo.

Martín está entonces a punto de excusarse y regresar sobre sus pasos. El hombre ha sido tan amable que no quiere interrumpir sus rutinas.

366

—Pero no me importa dedicarle unos minutos. En realidad —dice el hombre, dejando escapar un suspiro—, siempre es un placer tener alguien con quien hablar. Aunque sea para *eso* —y señala la maleta que Martín lleva en la mano, con el anagrama de cierto ministerio junto al cierre.

De modo que, sin más dilación empiezan.

—Por supuesto, la encuesta es anónima —informa Martín protocolariamente—. Pero siempre, para sentirnos más cómodos, pregunto a los encuestados su nombre. Así resulta más fácil hablar. —Martín contempla con agrado las paredes forradas de libros—. ¿Le importa decirme el suyo?

—Martín —dice el hombre—. Me llamo Martín.

Su voz no tiembla al decirlo. La de Martín tampoco al decir que él se llama Ernesto y pedir, por favor, un vaso de agua.

Mientras su tocayo le trae agua, Martín busca una razón para explicar su mentira. Pero como al cabo de medio minuto no termina de encontrar un motivo convincente, deja vagar su mirada, sorprendiéndose al constatar que la única imagen que alcanza a descubrir es un afiche de James Joyce con una lupa en la mano derecha, consultando unas galeradas. Martín sonríe. A él le encanta esa fotografía. De hecho, la lleva en su cartera, junto a una polaroid en la que aparecen Diana y Matías.

El Martín cincuentón responde a las preguntas del joven Martín con tanta cortesía como desgana, con la actitud de un hombre que está de vuelta de todo. Cuando veinte minutos más tarde la entrevista termina, el joven Martín tiene la impresión de hallarse ante un hombre conservador, escéptico, desencantado; un hombre más o menos como la norma; un hombre gris a quien la edad ha vuelto indolente y práctico.

Pero hay algo más en ese Martín cincuentón, algo que la encuesta no ha conseguido sacar a la luz y que el joven Martín intuye importante, algo que su curiosidad de escritor no puede evitar indagar.

—Disculpe, Martín —dice ya en la puerta—. No me considere un entrometido. Pero me ha llamado la atención que no haya una sola fotografía en la casa, salvo la del afiche de Joyce.

—Así que conoce a Joyce —dice el Martín cincuentón—. Hablemos de Joyce si quiere. ¿Es usted escritor?

—Bueno —responde el joven Martín—. Este trabajo es solo para comer.

Entonces el Martín cincuentón le cuenta su historia. Con ejemplar economía, con las palabras justas y las pausas exactas, el Martín cincuentón le cuenta una historia triste de verdad, una historia que el joven Martín preferiría no haber escuchado. El Martín cincuentón perdió a su esposa y a su hijo muchos años antes, en un incendio, mientras él estaba trabajando. Desde entonces se juró que nunca más se rodearía de imágenes.

—Si se fija bien —concluye el Martín cincuentón—, en esta casa tampoco hay espejos.

Martín se ruboriza, da las gracias y, ya en el ascensor, se llama a sí mismo entrometido. El espejo del ascensor le acusa, y el joven Martín se imagina al Martín cincuentón subiendo y bajando en el ascensor con los ojos cerrados.

Cuando abre el portal, oye la voz del hombre por el interfono:

—Ernesto —dice la voz—. Ernesto...

—¿Sí? —dice Martín—. ¿He olvidado algo en su casa? —pregunta llevándose las manos a los bolsillos.

—Ernesto —dice la voz—. Usted nunca será escritor.

Luego, el silencio.

Martín disculpa al hombre. Es obvio que su observación acerca de la ausencia de fotografías ha removido viejas heridas. Esa casa sin imágenes, esa tristeza. La soledad, el fin de los sueños. Y la muerte, sobre todo la muerte. Martín se muerde los labios. A veces la curiosidad no es buena consejera.

Martín entra en una cabina y llama a Diana.

368

—En media hora estoy ahí —dice antes de colgar el teléfono.

Veinticinco minutos más tarde, al salir del metro en Núñez de Balboa, el sonido de las sirenas le corta la respiración. Braman como demonios. La gente que asciende con él desde el subsuelo se lleva las manos a los oídos. Parecen resucitados en mitad de una fiesta.

A cien metros de la boca del túnel, Martín tuerce a la derecha y entonces el resplandor lo abrasa. Ambulancias, coches de policía, camiones de bomberos y una columna de fuego, hermosa como una cimitarra de luz, que se alza ante sus ojos con su belleza hiriente.

Martín suelta su maletín, que al golpear el suelo se abre. Las hojas con el membrete del ministerio vuelan en bandadas blancas, como pájaros en fuga. El rostro concentrado de James Joyce corrigiendo galeradas se dibuja ante sus ojos con una nitidez espantosa, como si el escritor irlandés estuviera leyendo una carta que la muerte le hubiera escrito.

Juan Jacinto Muñoz Rengel

Juan Jacinto Muñoz Rengel (Málaga, 1974) es autor de las novelas *El sueño del otro* (2013) y *El asesino hipocondríaco* (2012), del relato largo *PINK* (2012), del volumen de microrrelatos *El libro de los pequeños milagros* (2013) y de los libros de cuentos *De mecánica y alquimia* (2009, Premio Ignotus) y *88 Mill Lane* (2006). Además, como experto en narrativa breve ha coordinado y prologado las antologías de *La realidad quebradiza. Antología de cuentos de José María Merino* (2012), *Perturbaciones. Antología del relato fantástico español actual* (2009) y *Ficción Sur. Antología de cuentistas andaluces* (2008), y ha conducido durante años el programa «Literatura en Breve» en Radio Nacional de España.

* * *

Si algo caracteriza el cuento español actual es su diversidad de temas, intenciones y tratamientos. Probablemente haya más autores publicando libros de cuentos que en ninguna otra época, y al mismo tiempo se podría decir que cada cuentista es una isla. No obstante, si tuviera que señalar alguna tendencia apreciable, diría que, más allá de la aceptación de lo fantástico, ha habido también cierta inclinación hacia un tipo de surrealismo moderado, controlado, un surrealismo muy concreto dentro de un contexto ordenado y comprensible.

Empezaré a partir de Jorge Luis Borges y seguiré citando cronológicamente a Dino Buzzati, Juan Carlos Onetti, John Cheever, Julio Cortázar, Ray Bradbury, Stanisław Lem, Augusto Monterroso, Ignacio Aldecoa, Medardo Fraile, Ana María Matute, Flannery O'Connor, Kjell Askildsen, Julio Ramón Ribeyro, Alice Munro, John Updike, Leonard Michaels, Joyce Carol Oates, Raymond Carver, José María Merino, Luis Mateo Díez, Cristina Fernández Cubas, Quim Monzó, Roberto Bolaño, Lorrie Moore, Carlos Castán, Sergi Pàmies, Gonzalo Calcedo, Hipólito G. Navarro, Ángel Olgoso, David Foster Wallace, Eloy Tizón, Félix J. Palma, Alberto Chimal o Dave Eggers.

Te inventé y me mataste

Tuvimos que andar con extremo cuidado para no pisar ninguna lata a medio abrir, o para no tropezar con la compuerta herrumbrosa de una lavadora prensada, o con un parachoques en forma de garfio, de anzuelo captura-hombres. Timothy lo tenía mucho más fácil que yo, porque sus pies eran minúsculos, la mitad que los míos. Aquel suelo de colmillos de metal parecía removerse sobre sí mismo, como si pretendieran atraparnos, inmovilizarnos, engullirnos, y el aliento putrefacto se extendía kilómetros a la redonda. A pesar de ser ya media mañana, la luz de aquel paraje del mundo continuaba siendo amarilla, como en las primeras horas del día. Continuamos andando, hasta llegar a la misma boca del centro de la tierra. Allí, en la hondonada que partía en dos el vertedero, yacían los miles de cadáveres.

Nuestro cadáver pesaba una tonelada, lo llevábamos enrollado en una alfombra para hacerlo más manejable y conservarlo bien sujeto. Yo caminaba delante, por lo que el bulto se inclinaba ostensiblemente hacia atrás, donde Timothy, casi aplastado por el peso, destilaba su sudor blanco. Al tiempo que divisamos la garganta del estercolero, guiados por el hedor palpable y por los círculos de las aves carroñeras, vimos la interminable cola: una hilera de rostros sombríos, anaranjados, se perdía más allá de los últimos montículos de desechos, y cada rostro portaba consigo, en una manta, repartido en bolsas de plástico, o en un saco, en otra alfombra, su propio cadáver.

Tuvimos que guardar la cola durante horas y horas, hasta que conseguimos ponernos a la cabeza de aquella procesión taciturna. Allí, habían levantado un tenderete a partir de maderos, toldos y barras carcomidas; un hombre demandaba los datos y otro tomaba notas en un gran libro de cubiertas de cuero, para que todo fuera oficial.

—¿Género?

—Mujer.

—¿Causa de la muerte?

—¿Qué-qué quiere decir? —vacilé por un instante.

—Quiero decir que de qué murió, ¿la mató usted? —me preguntó el hombre, con la impaciencia del que ha repetido esa misma pregunta infinitas veces.

—Sí... —afirmé; la comezón que me estrujaba el estómago se me extendía ahora hasta las cuerdas vocales.

—¿Fecha del homicidio?

—Anteayer.

Después de responder las preguntas pertinentes, arrojamos el cadáver a la fosa. Nos liberamos de la carga sin ni siquiera mirar por última vez el rostro de Tzruya. Allí quedó, envuelta en la pálida alfombra, ensartada en el tumulto de cuerpos naranjas que se entrelazaban, como si su único destino fuese rellenar aquella fisura que daba la vuelta al planeta. Luego, Timothy y yo nos fuimos a un tugurio del Soho, donde apenas nos hubimos sentado en la barra, vacié media botella de Pause sobre la comezón de mi estómago, hasta quedar fuera de mí durante dos días completos.

Ya casi había conseguido olvidarme de aquel pasaje amarillo de mi vida (no de Tzruya, a la que seguía recordando cada momento, sino solo de aquellos días terribles en los que la maté y me deshice de su cuerpo), cuando llegó la policía.

—Sabemos que en la fosa común del vertedero del norte de la ciudad descansa el cuerpo de una mujer a la que usted quitó la vida —me dijo el hombre de traje arrugado nada más le abrí la puerta.

—Sí, así es. ¿Todo bien? ¿Hay algún problema? —me preocupé.

—Bueno..., sería largo de explicar, y más aquí en las escaleras. Le agradecería que nos acompañara a comisaría. Pero no se alarme —me tranquilizó—, es solo una formalidad.

Los agentes me llevaron hasta sus oficinas en un automóvil ordinario, me permitieron sentarme en el sillón junto al conductor y recibí en todo momento un trato cordial. No obstante, la culpabilidad infundada que me atormentaba aquellos días me hizo sentir, sin motivo alguno, un miedo estúpido dentro de aquel coche. Y por alguna razón, pensaba que aquello era una suerte de trampa, tramada por alguien sin rostro desde la sombra, que a la postre conduciría a mi encarcelamiento.

La jefatura de policía era un edificio compacto de formas geométricas, que espigaba hacia el cielo su hormigón y sus cristales de espejos. El hombre del traje arrugado me ayudó a resolver el laberinto que conducía a su despacho. Todas las persianas de la comisaría estaban bajadas, y por los diminutos intersticios se filtraban haces de luz celeste. Los detectives se movían de un lado a otro, ajetreados, como insectos en un hormiguero de escritorios, todos con negros entrecejos circunspectos, debatiéndose entre los formularios que parecían haberse impuesto por fin a la batalla de las balas. Ya en el despacho, comprobé que en las estrechas paredes no había ventanas, y una luz halógena en el techo teñía todo de azul.

—Verá —me dijo el agente—, supimos del cuerpo en cuestión ayer por la mañana. Como usted sabe, estos seres de barro tienen grabados en la planta del pie derecho unos datos de fábrica. Por lo que, además de la información recogida en el libro de registro del estercolero, también conocemos el nombre del fabricante, la fecha de creación, el nombre del fallecido, y el nombre de su dueño. En este caso, usted. —Después de decir esto me miró, pero yo me encogí de hombros indicándole que no sabía qué quería decirme con todo aquello—. Su homicidio es perfectamente regular, no se preocupe. El motivo por el que usted está aquí ahora es un simple trámite de *prevención*.

—No entiendo dónde quiere ir a parar.

—Es evidente: estamos preocupados por su esposa. Nos preocupa que en un corto o medio plazo usted pueda matar a su mujer real, a la de carne y hueso.

—¿Pero qué está diciendo? —estallé, de repente irritado por la sospecha de que pudiera estar allí por un absurdo error—. ¡Yo no estoy casado!

—¿Cómo? —mi respuesta provocó en el agente una reacción que yo no esperaba. Cualquiera podría haber notado que su primer gesto fue de verdadero asombro, aunque luego tratara de ocultarlo.

El hombre se reclinó hacia atrás en su sillón azul oscuro, encendió un cigarrillo mentolado, y comenzó a expulsar por la boca círculos de humo, que avanzaban en el aire de la habitación como medusas en el fondo del mar. Me miró levantando una ceja, y reanudó su discurso.

—Bueno, eso complica las cosas. O usted está mintiendo, o aquí ocurre algo muy raro. Se lo explicaré como si de verdad usted no supiera nada...

—No sé nada.

—Pues eso. Nosotros normalmente no traemos aquí a todo aquel que mata a un gólem. De hecho, son muchísimos los casos en los que la gente compra un gólem precisamente para desahogarse con él, y hacerle lo que no le puede hacer a su pareja real. Y, en última instancia, asesinarlo. Si tuviéramos que interrogar a todas las personas que compran un gólem para luego matarlo no acabaríamos nunca. Ni se imagina usted la cantidad de personas que en esta ciudad necesitan hacer eso, porque la persona a la que más odian de la faz de la tierra es la misma persona con la que viven, y, en muchas ocasiones, a la que aún aman. Así que nos vemos obligados a limitar nuestro campo de acción. Y solo interrogamos a las parejas, a los matrimonios, a los amigos, al empleado y al jefe, en cuyos casos la simulación del asesinato ha sido recíproca. Creemos que, si el deseo de matar al otro se da en las dos direcciones, eso aumenta las probabilidades de que el crimen se acabe cometiendo. —Apuró el cigarrillo, aplastó la colilla contra el cenicero y añadió—: La semana pasada supimos de un gólem asesinado con su nombre, y ahora que lo tengo delante puedo decirle que idéntico a usted.

—Eso no es posible —dije con un hilo de voz—, ¿quién podría querer matarme? —Pero según formulaba la pregunta, ya me daba cuenta de lo ingenua que debía de sonar a los oídos del detective: ¿quién podría querer matarme? Cualquiera. Siempre hay alguien que puede querer matarte. ¿Por qué no? En la ciudad estamos todos muy apretados, quién puede estar tan seguro de sí mismo como para creer que nunca ha clavado el codo en el riñón del vecino, que nunca ha metido el dedo en ojo ajeno.

—En la planta del pie del gólem figuraba el nombre del propietario. Propietaria, en este caso. La misma persona que lo asesinó, según figura también en el libro de registro. Se trata de una tal Tzruya.

Me estremecí al oír aquel nombre. Solo supe tartamudear:

—Tiene que ser una casualidad. Tzruya no existe, quiero decir: la Tzruya que yo encargué no reproducía a nadie real. Tiene que ser una casualidad, alguien con el mismo nombre y sin nada más en común.

—Pero Tzruya no es un nombre demasiado corriente, ¿verdad?

—No, lo cierto es que no. De hecho, casi nadie lo conoce. Tzruya era la hermana del rey David en el Antiguo Testamento. Pero ni siquiera entre los judíos es un nombre habitual.

—Lo siento, pero dada la situación tengo que pedirle que me lo cuente todo. Desde dónde y en qué circunstancias adquirió a Tzruya, hasta cómo y por qué la mató —me pidió el detective.

Luego, se puso otro cigarrillo en la boca, apenas sostenido entre los finos labios de la amplia línea que le dividía en dos la cara, confiriéndole cierto aspecto de batracio, o de pez. Volvió a exhalar una hilera de pequeños pólipos del fondo oceánico, y se reclinó en su sillón azul.

—Está bien, lo haré —suspiré, entre las capas de humo de aquel despacho de luz abisal—. Creo que fue un diciembre de hace tres años. Necesitaba una compañera porque... Bueno, los motivos son muchos y obviables. Así que me dirigí al barrio judío de la ciudad, en busca del Rabí Betzalel. De todos los rabinos que se dedican a la lucrativa producción de gólems, me habían dicho que el maestro Betzalel era con diferencia el mejor. El rabino tenía una casa achaparrada y verde, con tejas de pizarra, en la calle Mayzl, si no recuerdo mal. En cuanto la encontré, y logré que el maestro me atendiera, le hice el encargo. No puso inconvenientes en llevar a cabo mis deseos, si bien como precio fijó una cantidad bastante considerable. Recuerdo que entonces pensé que tendría que volver a los muchos días. Pero el rabino me dijo que me quedara quieto, allí mismo, de pie en el salón, mientras se ponía manos a la obra y confeccionaba mi gólem desde el barro.

»El Rabí Betzalel reunió un montón de arcilla de color cetrino en el centro de la habitación, y comenzó a hablarle en hebreo. Supongo que el maestro estaba invocando permutaciones secretas de la Cábala y estableciendo un diálogo con el amasijo de lodo. El barro sulfuroso del suelo vibró una vez, y luego cien veces más, hasta que fue adoptando la vaga forma de una mujer. Luego, el rabino rodeó tres veces el blando monigote y lo roció con un agua esmeralda, dibujando símbolos arcanos en el aire. La figura fue precisando sus contornos, modelándose a sí misma, hasta convertirse justo en aquello que yo siempre, incluso antes de saberlo, había deseado. Hasta este momento, aquí en la comisaría, yo siempre pensé que el rabino había creado aquella mujer a partir de los detalles que yo mismo le había proporcionado, y a partir de su propia imaginación. Ahora que usted me está dando estos nuevos datos, me pregunto si no la copió de una mujer que ya existía, y que él conocía, cuyos rasgos y características coincidieran por azar con los de la musa de mis sueños. No lo sé. Sin embargo hasta el nombre lo escogí yo. ¿Cómo se llamará?, me preguntó. Tzruya, le dije, como la hermana del rey David. Bonito nombre. Que así sea, me dijo. El Rabí Betzalel escribió entonces el nombre en un papel, y junto a él la palabra secreta de la Cábala que le insuflaría la vida, el críptico nombre de Dios en cuanto Creador de todas las cosas. Introdujo el papel en la boca de la estatua de arcilla, y un rayo verde de luz le atravesó la frente. La criatura abrió los ojos y ya era Tzruya.

»Tzruya me acompañó a casa con la naturalidad de alguien que hubiera estado andando por el mundo desde siempre. Las casas chatas del barrio judío fueron haciéndose aún más pequeñas, los emblemas de piedra esculpidos sobre las puertas se desenfocaron, se emborronaron hasta transmutarse en luminosos de Starbuck's y McDonalds, el olor a papel viejo nos despidió desde una esquina, justo antes de que las sinagogas se transformaran en centros comerciales. Luego, llegamos a mi apartamento. Desde el primer momento, Tzruya se integró en la vida de la casa e interpretó a la perfección su papel como mi compañera. Nadie habría dicho que era un trozo de barro. Por la calle todo el mundo la confundía con una mujer auténtica, y la gente me preguntaba si me había casado, cuando, normalmente, uno siempre distingue quiénes son miembros reales de la comunidad y quiénes son gólems. No obstante, claro, luego vino el roce, y la convivencia. Ya se sabe. Y nadie, ni siquiera un gólem del Rabí Betzalel, puede ser perfecto. Comenzó a hacer cosas mal, como cualquiera puede hacerlas, supongo. Rompió un espejo, me perdió unos documentos, extravió unas llaves. Todos accidentes normales, hasta que a Timothy y a mí, por un torpe y trivial descuido, nos echó a perder la vida.

—¿Quién es ese Timothy? —me interrumpió el detective, que tomaba notas en un ordenador.

—Timothy es un amigo, mi socio. Es un tipo un poco singular. De niño, fue actor de cine especializado en la interpretación de bebés. Pero claro, su vida profesional acabó muy pronto, a los dos años de edad, y le dejó apreciables secuelas. Timothy es llamativamente pequeño, tiene una gran cabeza redonda y rala, la piel lechosa, y siempre viste prendas blancas o negras. Nunca llevó bien la llegada del color al celuloide. Tampoco es un hombre de muchas palabras. Se metía mucho en sus papeles como bebé, que nunca tenían una línea de diálogo. Después de aquello, el desempleo y la ociosidad sumieron a mi amigo en la bebida, y años enteros de su vida quedaron en blanco bajo el consumo del Pause. Como usted sabe, en la etiqueta de las botellas de Pause se aconseja no tomar más de una copa, que equivale a un día en blanco. Y así pasó un año tras otro. Hasta que tuvimos la idea y pusimos en marcha nuestra empresa.

—¿Qué idea? Cuénteme. Supongo que tiene que ver con que Tzruya echara a perder su vida y la de Timothy...

—Quizá no debería contárselo, hasta ahora lo habíamos mantenido en estricto secreto. Es una cuestión de negocios... Pero bueno, ya no tiene mucho sentido. Timothy y yo empezamos hace años a trabajar en un proyecto que revolucionaría el mundo y el mercado. Me tiene que creer si le digo que el éxito del que gozan hoy en nuestra sociedad los teléfonos móviles, el Pause, o los gólems, no sería nada comparado con el que habría alcanzado nuestra idea.

Por primera vez había visto a Timothy ilusionado con algo. Y yo también estaba fascinado por la empresa, aunque el trabajo era duro, y parecía no tener fin. Toda nuestra idea de negocio se basaba en una sustancia, en una especie de droga, que habíamos producido por accidente. Teníamos una pequeña cantidad de ese compuesto, pero no sabíamos cómo reproducirlo. En nuestros experimentos en el laboratorio nos habíamos acercado mucho a la sustancia original, pero cuando parecía que ya eran totalmente idénticos, original y copia, descubríamos que algo no funcionaba. Como no sabíamos qué era, teníamos que empezar de nuevo desde el principio, y desde otro enfoque, con nuevos procedimientos. Nunca logramos la fórmula de una droga que produjera los mismos efectos que la primigenia: todo aquel que probaba la sustancia original podía entrar en la mente de otra persona, cualquiera que fuese, la que deseara, mientras se prolongara su acción en el sistema nervioso.

»Una mañana, de las cientos de ellas que estuvimos trabajando en nuestros experimentos, Tzruya entró en el laboratorio. Venía a decirme que iba a salir un momento, creo. No lo sé. Quería comentarme algo, cualquier cosa. Recuerdo que sonreía y no prestaba mucha atención a lo que yo le decía, que era precisamente que tuviese cuidado, que le había dicho que intentara no entrar allí a cada momento, que no nos interrumpiera, que estaba concentrado, que tuviera cuidado con aquella mesa, que no se acercara, que no se apoyara allí, allí no, en cualquier sitio menos allí... Pero lo hizo, de espaldas, posó las manos y su trasero justo allí, mientras me sonreía despreocupada. Y por un instante se paró el tiempo, las expresiones de horror de mi cara y la de mi socio quedaron para siempre grabadas en el aire de aquella habitación. La probeta se inclinó y quedó suspendida durante, no sé, diez días. Hasta que por fin, en medio de un estrépito que infringió sendas fisuras imborrables en nuestros corazones, cayó. Y el mundo absorbió la pócima que pretendía cambiarlo...

—Vaya. No sé si yo habría querido que usted y su socio lograsen finalmente reproducir esa sustancia.

—Yo sí, créame. Pero por motivos puramente económicos. No tengo nada contra la humanidad.

—En cualquier caso, usted admite que lo de Tzruya fue un accidente no intencionado. Por mucho que les arruinara las esperanzas a usted y a Timothy, no acaba de parecerme una razón suficiente para matarla. Le pudo haber pasado a cualquiera, a usted mismo.

—Reconozco que llevaba un tiempo resentido con ella. Los papeles que me perdió eran también muy importantes para mí. Claro que tampoco como para matar a nadie por ellos. Ahora la echo tanto de menos... Había malestar entre nosotros. No sé cómo explicarlo. Ahora todo parece una tontería, manías, egoísmos, ridiculeces. Pero entonces parecía diferente. Pasábamos el día discutiendo, y en aquel momento cualquier nimiedad, que ahora incluso me resultaría vergonzoso revelar aquí, se me antojaba trascendental. Un papel extraviado podía tornarse el centro del universo. Y la persona a la que unos minutos antes amaba podía convertirse en el instante siguiente en el objeto de mi rencor más visceral. Nos amábamos y nos odiábamos. Un mal muy generalizado, imagino. El amor puede ser destructivo. Y aquella no fue la primera vez que me sorprendí a mí mismo fantaseando con formas posibles de librarme de ella. Aquel accidente fue la excusa, el empujón, para escoger la solución más radical. La más fácil.

»Pero una prueba de que tras el asesinato de Tzruya no se escondía animadversión alguna es que, cuando Timothy y yo decidimos quitarle la vida, lo hicimos mediante el método establecido, sin saña de ningún tipo. Le extrajimos el papel de la boca, sin más. Y el soplo de vida que animaba a mi amante desapareció por la ventana abierta más alta de mi casa —suspiré, y añadí—: Supongo, agente, que usted estará acostumbrado a ver todo tipo de mezquinas torturas...

—Cada día. He visto gólems a los que han sumergido en agua hasta convertirlos en una pastosa capa de fango en el fondo de la bañera. Otros a los que han ido rompiendo a martillazos poco a poco, obligándoles a vivir mutilados durante meses. He visto a gente que los desgastaba con una esponja húmeda hasta dejarlos sin rasgos, y a otros que los ponían a secar al sol en el patio de sus casas... Pero como sabe nada de eso es delito. Tampoco hay ningún crimen aquí. El homicidio del gólem Tzruya fue legal, y tengo que dejarle marchar. No obstante, me parece que quedan muchos cabos sueltos en esta historia. Nadie me ha sabido explicar cómo es posible que exista una Tzruya real, idéntica a su gólem. Y que haya un gólem muerto, idéntico a usted, en el vertedero. Y esto sin que usted ni Tzruya admitan conocerse.

—Yo tengo una hipótesis —afirmé, feliz de poder encontrar al fin una explicación racional a todo aquello—. Pudiera ser que Tzruya, mi gólem, estuviera ya tan harta de mí, más incluso de lo que yo estaba de ella, que fuese al barrio judío para encargar ella misma su propio gólem. Sabe que se hace, hay muchos rabinos que venden gólems a otros gólems por unas cuantas monedas extra, y hacen la vista gorda. Puede que encargara un gólem idéntico a mí, para descargar su odio contra él, y puede que lo matara, y que lo llevara al vertedero unos cuantos días antes de que yo la matase a ella... Creo que eso lo explicaría todo —zanjé, satisfecho.

—Esa hipótesis sería perfecta. Pero, amigo, creo que no lo ha entendido. La Tzruya real existe. Es de carne y hueso. Un compañero mío la está interrogando desde hace unas horas en este mismo edificio. Y, a la vista de cómo se ha ido desarrollando esta conversación, es posible que no debiera haberle contado nada de esto. Pero dimos por hecho que ustedes se conocían.

Las densas capas de humo oceánico se sacudieron. La onda expansiva de la noticia dio lugar a dulces olas de bahía en aquella habitación, que me empujaban fuera de aquel despacho. Yo ya estaba de pie, con la puerta abierta asida en la mano, cuando el detective me agarró por el brazo y me dijo:

—Sé lo que está pensando. Está pensando que el amor de su vida está ahí fuera, en otro despacho. Su media naranja, la auténtica. La mujer que todo este tiempo había estado esperando. Una mujer que existía antes de que usted la imaginara, y que a su vez ella ya lo había imaginado a usted. Y todas esas memeces...

No escuchaba las palabras del agente. Al otro lado de la puerta, la comisaría era un acuario de peces de colores. Los conductos de ventilación renovaban el ambiente enrarecido con burbujas de azul celestial. Todo estaba lleno de azul. Todo, salvo una habitación al fondo de un pasillo, bajo cuya puerta se proyectaba un ángulo de luz indudablemente rojo. Tuve una premonición. Mi corazón tembló, incluso creo que se cerró una fisura que una vez fue abierta. Sabía lo que quería, y estaba dispuesto a hacerlo. Mi pie izquierdo se puso delante del derecho, aguanté la respiración bajo el agua. Iba a adelantar el otro pie, cuando el policía se interpuso delante de mí, cortándome el paso. Luego, me dijo:

—No voy a permitir que se conozcan. No aquí. No bajo mi responsabilidad. Mientras esté en este edificio o sus alrededores, mis hombres y yo nos encargaremos de que ustedes dos no se vean. No permitiré que un error nuestro acabe conduciendo a las peores circunstancias. Luego, más adelante, usted hará lo que quiera. Si decide buscarla yo ya no podré evitarlo. Pero antes hay una cosa que le quiero decir. Debe saber que, según dictan nuestra experiencia, la estadística, y todos nuestros estudios periciales, usted y Tzruya están condenados por la probabilidad a acabar inevitablemente matándose el uno al otro.

Elvira Navarro

Elvira Navarro (Huelva, 1978) es licenciada en Filosofía. En el año 2004 ganó el Certamen de Jóvenes Creadores del Ayuntamiento de Madrid, y entre 2005 y 2008 disfrutó de una beca de creación en la Residencia de Estudiantes. Ha publicado un libro de cuentos: *La ciudad en invierno* (2007), distinguido como Nuevo Talento Fnac; y una novela: *La ciudad feliz* (2009, Premio Jaén y IV Premio Tormenta al mejor nuevo autor). Fue incluida en la lista de los veintidós mejores narradores en lengua española menores de treinta y cinco años de la revista *Granta*. Colabora con diferentes periódicos y revistas culturales.

* * *

En mi opinión, en los últimos años el cuento escrito por autores españoles no sigue ninguna premisa ni privilegia ningún código. Hay una saludable pluralidad. Ignoro qué dirección va a seguir.

Prefiero contestar a esta pregunta desde un punto de vista personal, y dando solo títulos absolutamente esenciales en mi formación como escritora. Estos son los libros de cuentos de finales del xx y principios del xxi más importantes para mí, bien porque vuelvo continuamente a ellos, bien porque están en el origen de mi vocación: *Mi hermana Elba* y *Los altillos de Brumal,* de Cristina Fernández Cubas;

Los niños tontos, de Ana María Matute; *Los pájaros de Baden-Baden y otros relatos,* de Ignacio Aldecoa; *Los aéreos* y *Belinda y el monstruo,* de Luis Magrinyà; *Submáquina,* de Esther García Llovet; *Proyectos de pasado,* de Ana Blandiana; todo Cortázar; *Escapada,* de Alice Munro; *Los amores difíciles,* de Italo Calvino; y *El libro de los amores ridículos,* de Milan Kundera.

Amor

Siente el miedo agarrado al pecho, y también ese prurito de placer que le viene nada más despedirse de sus compañeras y tomar la amplia avenida. En lugar de entrar en el portal, sigue andando; luego se detiene un momento, vacilante y arrebolada, y continúa, reconociendo su propio goce, arrancado brevemente durante ese instante de duda, y unos minutos después, bajo la mirada espantosa de un hombre que hace el amago de seguirla. Un hombre vestido con un traje negro. Lo deja atrás y se zambulle en el barrio viejo. La ansiedad de llegar cuanto antes al límite de la ciudad le hace andar muy deprisa; en ocasiones corre. De ninguna manera le puede alcanzar la noche, pues perdería esos instantes en los que la liberación llega con la misma intensidad que el miedo: sensación de experimentar algo que a duras penas puede soportar. En realidad ya lo siente mientras camina, fijando la mirada en las fachadas grises y decrépitas de los edificios, y sabiendo que no es capaz de adentrarse por los callejones más sombríos, pero que sin embargo su cercanía la transporta... ¿adónde? No lo sabe, pero es el mismo temor, y la misma fascinación, y también, y esto es lo que más la asusta, la certeza de acercarse a algo que le pertenece por completo. Algo oscuro, desconocido e inmenso. Todavía le queda un buen trecho, y las calles se le hacen eternas. Solo cuando llega a los nuevos bulevares su ánimo se calma, segura ya de que el paseo no ha sido en vano. Los transeúntes, en su mayoría apelotonados en las paradas de los tranvías que circulan por la periferia, la miran con semblante aburrido. Clara atraviesa aquella zona desolada, y luego aminora bruscamente la marcha, dejando penetrar por su nariz la mezcla de olores de las huertas: tierra húmeda, acequia, verdor de las feas plantas que, alineadas, se recortan contra el horizonte. Masas de nubes muy quietas y oscurecidas contrastan con el murmullo ininterrumpido de la ciudad. Cuando decide volver a su casa, la noche se ha hecho ya enorme.

El portal de su edificio es viejo, igual a todos los del ensanche. Tiene el techo alto, y las paredes son macizas y frías. El hueco del ascensor se ve a través de una reja, y cuando era pequeña a Clara le gustaba trenzar en ella sus dedos para sacarlos bien negros. Ahora no. A lo sumo mira el hueco procurando no acercar demasiado la nariz. Hoy llega con prisa porque es posible que su madre esté esperándola, y sube los seis pisos por las escaleras. Está demasiado nerviosa para aguantar el lento traqueteo del ascensor. Una vez arriba, se detiene un momento para escuchar el interior de la casa. Si la tele está encendida, no habrá excesivas preguntas por su retraso. No escucha nada. Abre la puerta y se encuentra con la oscuridad, aunque todavía no puede cantar victoria. Es necesario atravesar el largo pasillo hasta llegar al dormitorio de sus padres. No obstante, está casi segura de que no hay nadie. Tras haberlo comprobado, ordena tranquilamente el contenido de su mochila sobre el escritorio, como si se hubiera pasado la tarde estudiando. La luz del flexo ilumina su cuaderno de matemáticas, lleno de aburridas torres de números, definiciones subrayadas en verde y largos enunciados de problemas. Se desentiende de los deberes y mira por la ventana el inmenso patio de edificios; una manzana entera rodeando el techo de uralita de un taller, y al fondo un colegio. Más allá el antiguo cauce del río y la ciudad, con todas las luces encendidas.

El sonido del teléfono le hace acordarse de Jorge, y de que habían quedado en que ella lo llamaría para ir al cine. Clara se encoge de hombros. El asunto de su «noviazgo» con aquel muchacho le parecía despreciable y triste. Hacía dos días que se habían sentado en un banco del patio de su colegio, él con un testigo y ella con otro, para que quedara constancia de que le había «pedido salir». Se habían mirado un momento, él le había hecho la pregunta, y luego se habían separado. Al final de la jornada, cuando esperaba en la cola del autobús, el muchacho se le había acercado y le había propuesto lo del cine. Ya solo quería olvidarse de él, pero le daba vergüenza quedar como una estrecha delante de sus compañeros. La vergüenza le hacía sentirse cobarde e incapaz de coger el teléfono.

Su romance había comenzado una tarde de la que guarda una sensación irreal. Iba camino de una confitería cercana al centro, con el fin de encargar una tarta para el cumpleaños de su padre. Era diciembre, hacía frío y una multitud asaltaba las aceras, deteniéndose en los escaparates e impidiendo su paso rápido. Clara dudaba del lugar exacto de la confitería, y era una duda agradable porque implicaba poder recorrer varias calles en lugar de una sola, y tal vez la posibilidad de tener que preguntar, y también, como siempre, de entretenerse sin más. Caminaba contenta y miraba hacia lo alto, hacia las fachadas. Al bajar la cabeza, a menos de diez metros de distancia, alguien que había estado siguiéndola dio media vuelta y se esfumó por una calle. Se trataba de un chico joven. Clara lo observó parada en mitad de la acera. Vaciló un momento, y luego fue tras él. El chico, cuyos movimientos le resultaban familiares, se metió en un portal. Clara esperó allí cerca de una hora, queriendo saber a quién pertenecía aquella espalda delgada. Cuando lo averiguó, no pudo dar crédito a ese golpe de suerte: tres pupitres por delante de ella, de repente un muchacho en el que jamás habría reparado estaba jugando a su mismo juego. Una mano tendida que la llevaría a aquel extraño límite hacia el que cada tarde caminaba.

Entonces todas las horas del día se tornaron tan febriles como sus paseos: saltaba de la cama apenas sonaba el despertador, se vestía delante del espejo y echaba a correr hacia la parada del autobús para llegar quince minutos antes de que empezaran las clases, temblando de alegría y nervios. Esperaba sentada en el marco del ventanal del pasillo, roja como un tomate, temerosa de que sus compañeros pudieran leerle las intenciones, por otro lado evidentes, pues ella siempre había sido de las que llegaban tarde. Si a alguno se le ocurría preguntar, contestaba que era su padre quien la había llevado tan temprano. El azoramiento pasaba y, conforme avanzaban los minutos, larguísimos, crecía la expectación; no quería mirar hacia el pasillo pero constantemente se giraba; se esforzaba en parecer lánguida mirando por la ventana, y solo se topaba con su propio y desmesurado rostro.

Él caminaba con lentitud, con las manos en los bolsillos de la cazadora y la mirada fija en el suelo, como si también fuera consciente de algo inhabitual que le concernía, y tratase de pasar lo más desapercibido posible durante el tiempo en que, imaginaba, era observado, pues en realidad en ella ya se había producido la gran decepción, como todas las mañanas: encontrarlo pequeño, repeinado y absurdo en comparación con todos los preparativos de su espera. Entonces se mordía los labios, arrepentida, y lo miraba desafiándolo, aunque sin saber muy bien por qué. Tras intercambiar un inaudible «Hola», volvía a girarse hacia la ventana, pensando en realidad en nada, pues la decepción la dejaba vacía.

El secreto no podía durar mucho tiempo, y una mañana en que la lluvia y el tráfico le impidieron llegar quince minutos antes para esperar a Jorge sentada en el ventanal del pasillo, notó cómo, desde la puerta de su aula, varios grupos de chicos y chicas la miraban esbozando unas leves y exasperantes sonrisas. Entró en la clase sin saludar, y en vano buscó la complicidad del muchacho, que parecía haberse petrificado en su silla. Angustiada, Clara observó largo tiempo su espalda rígida, y la manera excesivamente atenta con que escuchaba aquella mañana a los profesores. Pensó que todo en él exhalaba la complaciente y superficial culpabilidad de un cretino. ¿O era la suya propia? En verdad le daba lo mismo de dónde viniera aquel confuso sentimiento de traición. Odió a Jorge con toda su alma.

El teléfono suena de nuevo y su madre ya está en casa, así que a Clara le resulta imposible postergar su realidad de colegio y novio y de tener que quedar bien en la conversación, porque si no todos los amigos de Jorge sabrán que la ha llamado y que no ha sido simpática. Inés ya la reclama con esa voz significativa y, al llegar al salón, la mira aún más significativamente. Entonces ella se hace la mayor, como si fuera lo más habitual del mundo que la llame un chico para salir, y con grandes zancadas y como si la estuvieran molestando atraviesa la estancia y coge el aparato.

—Soy Jorge.

Se quedan callados. Jorge carraspea, y luego la invita a ir mañana al cine. No le pregunta que por qué no le ha llamado ella.

—Vale —responde Clara.

—Entonces a las seis y media en la puerta.

—Vale —vuelve a decir. Al colgar, se muerde los labios, y otra vez piensa que por qué tiene que hacer algo que no quiere, si en verdad todo se trata de un malentendido. Aun así, su corazón late muy deprisa, y al rememorar la voz del muchacho se da cuenta de que le gusta. Inés está a la espera de la novedad, y Clara decide plantarse en la cocina con un desparpajo que ya no es fingido, pues en realidad no ha ocurrido nada. O más precisamente: nada que sea digno de la atención comprensiva de su madre. Pero Inés parece haber decidido por sí misma el significado de la llamada de Jorge.

—Hija, ¿quién es ese muchacho tan simpático? —pregunta.

Clara resopla, se pone colorada, abre la nevera para disimular y luego la cierra sin coger nada.

—Un compañero de clase —contesta.

Su madre no puede evitar una sonrisa triunfal. Clara, temblando de furia, abandona la cocina y vuelve al salón. ¿Qué pasaría si llamara a Jorge y le dijera que cortaba? Simplemente que habría sido su novia durante seis horas, y que ahora «habría cortado». El acontecimiento sigue separado de sí misma, y en vano procura ignorar a Inés, que pone la mesa mientras la mira de reojo. Antes de escuchar el «Haz algo; no te quedes ahí mirando», se levanta y va hasta la cocina. Un silbido procedente del patio de vecinos la detiene. Desde el séptimo, la cara de su amiga Merchi le sonríe. Una sonrisa de enormes y rosadas encías.

—He terminado los deberes, ¿y tú? ¿Salimos a dar una vuelta? —le dice Merchi.

—Vale. Pero no puedo entretenerme mucho. Te espero en el portal —responde Clara.

En la calle hay poco tráfico, y Clara escucha el sonido de sus pisadas mientras caminan en silencio. El frío le corta la cara, y cuando llevan recorrida una manzana, le dan ganas de decirle a Merchi que por qué no vuelven y se quedan hablando en el portal. Sin embargo, no le dice nada. Está demasiado abrumada para que su voz adquiera un tono casual. «Dejadme todos en paz», es lo que sin duda resonaría, aun en algo tan simple como su deseo de no aterirse de frío. Merchi comienza a hablar de cosas sin importancia: la academia de pintura, la proximidad de los exámenes, sus planes para el fin de semana. Lentamente y como sin querer, empieza a acercarse al tema que Clara le ha estado ocultando, haciendo primero un recuento de las últimas parejitas que se han formado en su clase, y luego en otros colegios sobre los que, tanto ella como Clara, suelen estar al tanto. Tras el recuento, y en vista de que Clara sigue callada, Merchi le dice:

—Casualmente me llamó Rosa esta tarde y me contó lo tuyo con ese chico. Dice que fue un poco raro y que no os hablasteis en todo el día. ¿Por qué no me lo habías contado?

—Porque no hay nada que contar. Ya no me gusta —responde Clara.

—Rosa también me ha dicho que hace ya más de un mes que toda tu clase lo sabía. Todos menos tú, quiero decir... —Merchi se interrumpe, buscando unas palabras más precisas.

—¿Y qué más te ha contado Rosa? —pregunta Clara, todo el pecho temblándole. De repente se siente el centro de un complot, como si hubiera estado siendo espiada no solo desde hace dos semanas, como creía, sino... ¿desde cuándo?, ¿estaba Jorge burlándose de ella?, ¿sabían todos de aquel día en que lo había seguido, y se había esperado en el portal durante una hora entera?

—No puedo hablar más —responde Merchi—. Solo te puedo decir que, bueno, yo no me fiaría de ese chico.

A Clara le dan ganas de agarrar a Merchi por las solapas del abrigo y sacudirla hasta que termine de contarle su conversación con Rosa. Sin embargo, el orgullo puede con ella, y dice solamente:

—Pues no me cuentes más. Jorge solo me da asco. —Luego añade—: Y no digas nada, ¿vale?

—¿Qué es lo que no tengo que decir?

—Lo de que me da asco.

—Vale. Entonces, ¿qué vas a hacer?

—Nada. ¿Vamos al río?

Clara se adelanta para cruzar la avenida, y cuando llegan frente al cauce dice:

—¿Bajamos? —sabiendo que a Merchi le da miedo ir al río por las noches. El miedo de su amiga le produce un efecto mezquino y calmante, y durante un tiempo contempla sin pensar en nada las despejadas sendas situadas justo en medio del cauce, que contrastan con la negrura de las zonas arboladas. La visión le trae un recuerdo imposible de antes de que desviaran el Turia. Ella aún no había nacido. Se trata de una imagen que le viene a menudo: un cielo cargado, violentamente gris, y el río luminoso y torrencial. Tal vez fuera un sueño. ¿Había márgenes por las que poder caminar?

Regresan con lentitud, hablando de tonterías. En la casa, Pepe ya se abalanza sobre la humeante sopa, habiéndose desabrochado apenas la corbata. Clara le planta un beso en la calva, y luego se sienta y come sin hambre los espárragos que Inés le pone cada vez que hay sopa de cebolla. La sopa de cebolla no le gusta. Cuando termina de cenar lleva su plato a la cocina y se encierra en su habitación sin dar las buenas noches.

En su cuarto piensa con pena en su cita de mañana, y desea que hubiera sido un hombre cualquiera el que la hubiera seguido aquella tarde. El miedo —un miedo que en verdad no es miedo, sino... ¿qué?—, vuelve a instalarse en el centro mismo de su estómago, y quisiera correr, correr, pero tan solo puede estarse quieta en su cama. Finalmente se duerme. Al día siguiente, mientras desayuna, una idea pasa fugazmente por su cabeza, pero la desecha por descabellada. Sin embargo, al acercarse a la parada del autobús y atisbar a varias de sus compañeras de clase, la sensación de rechazo se hace tan fuerte que se dice: ¿por qué no?, al tiempo que da media vuelta, cruzando los dedos para no ser vista, y camina, o más bien corre, hasta el centro de la ciudad. Una vez allí, se refugia al fondo de una cafetería, alucinada por haber sido capaz de ceder ante un impulso tan inmediato, y con la pregunta martilleándole las sienes. Así pasa el tiempo, indecisa y cambiando cada dos horas de cafetería para evitar las miradas extrañadas de los camareros, que parecen reprocharle el haberse saltado las clases. No siente hambre, y para justificar su presencia, pide una Coca-Cola tras otra, hasta que se le termina el dinero y acaba por sentarse en un banco. Cuando su reloj marca las cuatro y media, se dirige de nuevo hacia su casa.

A las seis de la tarde el cielo se cubre de un azul grisáceo que imprime en el paisaje una extraña densidad. Los edificios, iluminados por la clara luz mediterránea, adquieren una tonalidad mate, y hay que mirarlos largamente para reconocer en ellos lo mismo que se ha visto en la mañana. Las avenidas se tornan interminables y parecen ser lo único habitado. Las calles adyacentes, por contraste, se ofrecen quietas y misteriosas, con su trazado irregular, los portales cerrados, las farolas que empiezan a encenderse. Clara mira esta caída lenta de la ciudad mientras camina hacia el cine. Conforme se acerca, su atención se centra en su propia imagen, reflejada en el cristal de los escaparates. No tarda en localizar a Jorge, que está sentado en un banco. El muchacho hace el amago de ponerse en pie para saludarla, y entonces Clara se gira y echa a andar.

Durante las primeras manzanas está segura de que el muchacho va detrás, y tiene un miedo atroz de que la alcance; de que todavía no haya comprendido y crea simplemente que se trata de una broma llevada demasiado lejos. El muchacho la sigue, al principio cree que, en efecto, aquello es una especie de juego, pero es tal la determinación que ve en la joven; la seriedad con la que una pierna se adelanta sobre la otra, que desiste de darle alcance, y termina por mantenerse a una prudente distancia. Se encaminan hacia el barrio viejo, y los edificios se ven cada vez más decrépitos y oscurecidos, y los transeúntes son ya muy escasos. Clara es ahora capaz de adentrarse por los callejones más sombríos, y se entretiene en trazar itinerarios desconocidos; incluso en ocasiones se para, contempla las calles, y él también se para y se hace el distraído, aunque por su parte empieza a pensar que está loca y que está cansado de

dar vueltas detrás de una loca. Y ello a pesar de sentir cierta
fascinación en estar siguiéndola como si fuera cualquiera,
porque de repente no la reconoce. Clara sale del barrio viejo, atraviesa el río y los nuevos bulevares, y se encamina
hacia la autopista. Cuando al fin se gira, él ya no está.

Andrés Neuman

Andrés Neuman (Buenos Aires, 1977) nació y pasó su infancia en Buenos Aires. Hijo de músicos argentinos emigrados, terminó de criarse en Granada, en cuya universidad fue profesor de Literatura Hispanoamericana. Es autor de las novelas *Bariloche* (1999), *La vida en las ventanas* (2002), *Una vez Argentina* (2003), *El viajero del siglo* (2009, Premio Alfaguara y Premio de la Crítica) y *Hablar solos* (2012). Ha publicado también los libros de cuentos *El que espera* (2000), *El último minuto* (2001), *Alumbramiento* (2006), *Hacerse el muerto* (2011) y la antología *El fin de la lectura (cuentos 2000-2010)* (2011); los aforismos *El equilibrista* (2005); el libro de viajes por Latinoamérica *Cómo viajar sin ver* (2010); y poemarios como *El jugador de billar* (2000), *El tobogán* (2002, Premio Hiperión), *Mística abajo* (2008), *Patio de locos* (2011) o *No sé por qué* (2011). El volumen *Década (poesía 1997-2007)* (2008) recopila sus poemas. Formó parte de la lista *Bogotá 39* y fue seleccionado por la revista británica *Granta* entre *Los 22 mejores narradores jóvenes en español*.

* * *

Más que de tendencias, quizá podría hablarse de la mayor visibilidad de determinadas tradiciones. Con la debida cautela, y hasta la alarma, con que uno afronta estas generalizaciones, tengo la impresión de que una parte significativa de la cuentística española reciente (y no solo la escrita en castellano) ha venido apoyándose en la tradición neofantástica rioplatense: esa que va de Borges a Cortázar, pasando por desvíos como el de Felisberto. Otro puntal relevante ha sido quizá la revitalización del absurdo y el surrealismo aplicado a lo cotidiano. Algo han tenido que ver en ello el grupo de narradores reunido en torno a Ángel Zapata y el oportuno redescubrimiento de Medardo Fraile. El influjo carveriano ha seguido presente, aunque acaso con menor intensidad, lo cual a estas alturas no deja de ser un alivio. Intuyo que el intimismo irónico de Alice Munro por un lado, y las exploraciones sociológicas de David Foster Wallace por otro, han desplazado a Carver como modelo de muchos narradores breves. Otro sector, quizás el más joven, ha tomado a Bolaño como referente principal de cierta estética neo-punk o incluso neobukowskiana. Esto puede apreciarse también en la poesía. ¿Hacia dónde irá el cuento en España? Espero que no lo sepamos a ciencia cierta, porque entonces será decepcionante. Ahora bien, no se hace difícil imaginar cierta revitalización del cuento político, me temo que en su variante más radical y desolada.

La prueba de inocencia

Sí. Me gusta que la policía me interrogue. Todos necesitamos que alguien nos confirme que verdaderamente somos buenos ciudadanos. Que somos inocentes. Que no tenemos nada que ocultar.

Conduzco sin temor. Me tranquiliza la obediencia del volante, el asentimiento de los pedales, el orden de las marchas. Oh, carreteras.

De pronto dos agentes me hacen señas para que detenga mi vehículo. La maniobra no es fácil, porque acabo de salir de una curva por la izquierda y ya empezaba a acelerar. Procurando no ser brusco ni molestar a los automovilistas que me preceden, luciendo, modestia aparte, mi pericia de conductor, cruzo el carril derecho y me aparto con suavidad. Las dos motos me imitan, inclinándose al frenar. Ambos agentes tienen cascos blancos de cuadrículas azules. Ambos llevan unas botas con las que pisan fuerte el pavimento. Ambos van apropiadamente armados. Uno es ancho y erguido. El otro, largo y cabizbajo.

—A ver: papeles —dice el policía ancho.

—Cómo no, de inmediato —le respondo.

Cumplo con el razonable deber de identificarme. Les entrego mis documentos, mis seguros, mis permisos.

—Ajá —opina el policía largo examinándolos.

—¿Sí...? —me intereso, expectante.

—¡Ajá! —confirma, enérgico, el ancho.

—¿Entonces...?

—Bien, bien.

—¿Todo en regla, mis agentes?

—Ya se lo hemos dicho, señor: todo bien.

—O sea, que mi documentación no presenta ninguna irregularidad.

—¿Irregularidad? ¿A qué se refiere?

—Oh, mi agente, es un decir. Ya veo, o mejor dicho ya ven ustedes, que puedo seguir adelante.

Los policías se miran, al parecer con cierto recelo.

—Usted seguirá viaje cuando nosotros se lo indiquemos —dice el ancho.

—Naturalmente —me apresuro a añadir—, naturalmente.

—Bueno, así que...

Los agentes dudan.

—¿Sí? —me decido a ayudarlos—, ¿alguna pregunta más? ¿Una inspección del vehículo, quizá?

—Oiga —dice el ancho—, no nos explique lo que tenemos que hacer.

El largo levanta la cabeza como una tortuga que contemplara por primera vez el sol, y toma del brazo a su compañero intentando apaciguarlo.

—Y tú, suéltame —le dice el ancho—. A ver si ahora vamos a tener que inspeccionar lo que quiera el tipo este.

—En absoluto, agentes —intervengo—. Sé que ustedes conocen a la perfección su trabajo. Solo faltaría...

—¿Faltaría qué? ¿Qué está insinuando?

—Nada, señor agente, nada. Solo intentaba colaborar.

—Entonces no colabore tanto.

—A la orden, señor agente.

—Así está mejor —se complace el ancho.

—A mandar —añado.

—¡Bueno, bueno!

—Hagan ustedes absolutamente todo lo que estimen oportuno. No tengo ninguna prisa, pueden estar tranquilos.

400

—*Estamos* tranquilos. Siempre estamos tranquilos.

—¡Oh, por supuesto! Jamás lo dudaría.

El ancho mira al largo. El largo, cabizbajo, sigue callado.

—¿Se está haciendo el gracioso o qué? —pregunta el ancho.

—¿Yo, señor agente?

—No. Mi abuela paralítica.

—Caramba, señor agente, celebro su sentido del humor.

—De espaldas —me ordena bruscamente el ancho.

—¿Cómo dice, mi agente?

—De espaldas, le he dicho —y luego, dirigiéndose al largo—: este tipo no me gusta nada.

—Les aseguro, señores agentes, que comprendo su postura —digo algo nervioso—. Sé que se limitan a proteger nuestra seguridad.

—Manos sobre el vehículo.

—Sí, mi agente.

—Separe bien las piernas.

—Sí, mi agente.

—Y cállese la boca.

—Sí, mi agente.

El policía ancho, aparentemente iracundo, me propina un soberano rodillazo en el costado. Siento un anillo de fuego en las costillas.

—Le he dicho que se calle, imbécil.

Me cachean. Luego los dos agentes se distancian unos metros. Conversan. Oigo frases aisladas. El chasis de mi automóvil empieza a quemarme las palmas de las manos. El sol cae de punta como una lanza.

—¿Qué opinas? —le oigo decir al ancho—. ¿Lo revisamos o no?

No alcanzo a escuchar la respuesta del largo, pero deduzco que ha asentido porque, de reojo, veo cómo el ancho abre todas las puertas y empieza a revolver con brusquedad. Tira mi mochila al suelo. Tira la caja de herramientas. Tira la baliza. Tira mi pelota de fútbol que se aleja, rebotando, por la carretera. Los señores agentes cumplen con su misión muy minuciosamente.

—Aquí no hay nada —comenta, casi decepcionado, el ancho—. ¿Registramos los asientos?

A continuación, ambos entran en mi vehículo e inspeccionan los respaldos, el interior del tapizado, la guantera, los ceniceros. Lo dejan todo en desorden. Me atrevo, por primera vez, a interponer una tímida objeción:

—Disculpen, señores agentes, ¿es necesario poner tanto énfasis?

El ancho sale del coche y me golpea con su porra. Por un instante siento como si flotara. Caigo de rodillas.

—¿Y ahora qué más dices, eh? ¿Ahora qué dices? —me grita el ancho cerca del oído.

—Le garantizo, agente —balbuceo—, que no tengo nada que ocultar. De verdad.

—¿Ah, no?

—No.

—¿No?

—¡Le digo que no!

—¡No me repliques, entonces! —chilla el ancho, propinándome un afilado puntapié en las nalgas—. Conozco de sobra a los tramposos como tú. El olfato nunca me engaña.

—Agente, le juro honestamente...

—¡Silencio, hijo de puta! —vuelve a aullar el ancho. Pero esta vez no me golpea.

Los automóviles pasan junto a nosotros a la velocidad del viento. Mientras tanto, el policía largo continúa registrando el interior de mi coche.

—¡Ajá! —se entusiasma de pronto el largo; su voz me suena extrañamente aguda—. Fíjate en esto —añade, extendiéndole a su compañero el maletín con las cuentas de la empresa.

—¿Dónde estaba?

—Debajo del asiento del copiloto.

—¿Y qué es? Ábrelo. ¿No puedes? Dámelo. Tendrá una combinación —y luego exclama, tratando de forzar mi maletín—: estaba seguro, estaba seguro, ¡los conozco de sobra a estos tramposos!

Yo les daría la combinación. Pero a estas alturas me aterra abrir la boca.

—Arrestémoslo —propone el largo—. Y abramos el maletín cuando lleguemos.

El ancho comienza a esposarme con lentitud.

—¡Pero, agentes, están en un error! —intento por última vez—. Soy completamente inofensivo.

—Eso ya lo veremos, sinvergüenza —dice el largo.

Me obligan a sentarme en el asiento trasero y cierran las puertas. Ellos se quedan fuera del vehículo y llaman a alguien por radio. Me duelen los hombros. La cabeza también me duele. Me arden las costillas. Una voz nasal contesta al otro lado de la radio. Esto no me gusta nada. Los automóviles siguen pasando junto a nosotros. No sé si debería decir algo más. Oigo cómo revienta mi pelota de fútbol.

Ángel Olgoso

Ángel Olgoso (Cúllar Vega, Granada, 1961) ha publicado los libros de relatos *Los días subterráneos* (1991), *La hélice entre los sargazos* (1994), *Nubes de piedra* (1999), *Granada año 2039 y otros relatos* (1999), *Cuentos de otro mundo* (2003), *Los demonios del lugar* (2007, Libro del Año según La Clave y Literaturas.com), *Astrolabio* (2007), *La máquina de languidecer* (2009, Premio Sintagma), *Los líquenes del sueño. Relatos 1980-1995* (2010) y *Las frutas de la luna* (2013). Es, además, fundador del Institutum Pataphysicum Granatensis y miembro de la Amateur Mendicant Society de estudios holmesianos.

* * *

La sombra de Sancho Panza sigue siendo alargada y falta el oxígeno de la corriente fantástica. Puede que ya no prevalezca ese miedo paralizante a abordar lo fantástico del que hablaba Cunqueiro (los sueños, los prodigios, lo insólito y hasta lo descabellado son ingredientes necesarios del Cosmos), pero aún corretean los ratones de la banalidad, de lo inane y pedestre, de lo apresurado, que tanto hacen añorar los corceles de la imaginación, de la fabulación y distorsión de lo real, del riguroso laboreo estilístico. Me arriesgo a aventurar un plantel con más autores que lectores y gollerías de toda especie: al realismo imperante, al fantástico minoritario o filtrado, a una mayor conciencia de género seguirán sumándose en tropel propuestas exigentes y espurias, transgresoras y miméticas, epifánicas y experimentales, un irreductible fermento de viñetas poéticas, piezas híbridas, de un surrealismo doméstico, de no ficción, fragmentarias, mínimas, cegadas a menudo por el espejismo de la engañosa facilidad, incubadas bajo el fanal hipnótico de Internet o el anhelante y equívoco de los talleres.

En castellano hay autores muy interesantes y otros muchos que no he leído —tampoco puedo opinar con criterio o perspectiva sobre los demás idiomas—, pero prefiero ceñirme a lo fantástico (Merino, Fernández Cubas, Moyano, Muñoz Rengel, Zapata Carreño o Palma), a los cuentistas con un mundo propio que siempre ofrecen lo mejor de sí mismos (Zúñiga, Esquivias, Shua, M. Á. Muñoz, Poli Navarro, Iwasaki, Tizón, Aramburu, Escapa, Calcedo, Brasca, Neuman, Ferrando, Ortega, Dafos).

Lucernario

Hace de esto trece años. Nada me obliga a divulgar aquella increíble visión, ni debo justificar ante nadie que los hechos fueron reales y no un espejismo o un despropósito, pues mi vida transcurre ahora por otro norte, más sereno y permeable. Si rememoro tales circunstancias es, sin duda, para revivir con minuciosidad la considerable impresión que causaron en la mente de alguien cuyo interés se veía limitado, hasta entonces, a la mezquina superficie del planeta y, sobre ella, a los riesgos y beneficios de la adquisición fraudulenta de antigüedades.

Aún recuerdo que en ese lejano atardecer la llamada de Ryszard (nombre supuesto de mi informador) interrumpió una excelente cena en soledad y derrotó las consistentes expectativas de la noche. Si al principio atendí el trámite con pereza, después de una conversación bastante satisfactoria no deseaba disimular mi excitación.

—Es un Breguet —dijo Rysarzd a través del auricular, y continuó atropelladamente—, pero no uno cualquiera: se trata del encargo que realizó para la reina María Antonieta. El reloj debía ser el más complicado de cuantos existían. El legendario padre de la relojería aceptó el desafío e invirtió nueve años en construir aquel ejemplar automático con repetición de minutos, calendario perpetuo, ecuación de tiempo, indicador de reserva de marcha, termómetro y segundos independientes. Para la esfera escogió cristal de roca y oro para la caja. Al final esta obra maestra costó unos 30.000 francos, pero María Antonieta fue ajusticiada antes de poderla ver, y con el tiempo el reloj pasó de herencia en herencia. La última viuda Breguet se lo dio en 1887 a Sir Spencer Brunton por 600 libras esterlinas; una herencia más y la obra maestra fue entregada por M. Murrey Marks al Mayer Memorial Institute de Jerusalén donde, querido amigo, fue robada hace cinco meses. Tengo ante mí la tarjeta con su descripción exacta y una fotografía. La reunión para la puja será el próximo sábado en Graz. Hora y lugar, como de costumbre, en una nota a su nombre en recepción: hotel Schlossberg, habitación 41.

—Un trabajo espléndido, por cierto —admití.

—Escuche, señor Neckelbaum, con esta pieza me la juego.

—Me sentiría agraviado si no fuera así. Tendrá su veinte por ciento, en honorable efectivo. Y, Ryszard, avíseme si alguna vez encuentra un objeto que sea la mismísima encarnación de la honestidad humana. Mataría por una pieza tan valiosa y exótica.

Solo conocí indirectamente a mi interlocutor, pero aprecié a distancia sus cualidades, su instinto profesional, su habilidad para descubrir piezas genuinas o baratijas fuera de lo común. Nadie brindaba datos tan precisos ni organizaba los preparativos con la puntillosidad y reserva que exigían nuestras operaciones. Y no me importó si al rebuscar y escudriñar en los más oscuros rincones —carecía de sentido imaginarlo en la Feria de Maastricht, la Bienal de París o el mercadillo popular de Bermondsey—, Ryszard había empleado métodos agrestes aunque infalibles. Mientras duró nuestra asociación, me sentí cómodo con él e hizo llover eficazmente sobre mis manos objetos de no poco valor: un alado caballo etrusco de terracota, varios códices y beatos, un *ciborium* de plata, un astrolabio del XVI, uno de los tapices de «La audiencia del emperador de China» según dibujo de Guy Louis Vernansal, una escribanía de la casa de Saboya con resortes secretos, piezas todas burladas a coleccionistas, a proveedores independientes, a firmas no acreditadas, y que ya nunca tendrían oportunidad de salir a subasta en Antiquorum o en Habsburg Feldman.

Por mi parte, en aquella época podía incluirme en la categoría de hedonista inconmovible, diligente en los negocios e impecable hasta el atildamiento. Hasta cierto punto me consolaba pensar que las mujeres eran mi debilidad, y que mi debilidad me mantenía apartado de las mujeres. Nunca las imaginé tan frágiles como para no comer siempre solo (alegre privilegio del celibato) y no dormir invariablemente acompañado. Entretanto fumaba mis cigarrillos antillanos y advertía, más bien con indiferencia, la afinidad de mi vida con esos viejos relojes hidráulicos en los que el líquido pasa de un recipiente a otro sin cesar. De cualquier modo, nada hacía pensar en ese momento que el asombro que me acometería días más tarde en Graz, no iba a partir del apetecible Breguet de María Antonieta (sobre cuya adquisición no debía hacerme aún ilusiones), sino del incomprensible fenómeno al que asistiría antes de la subasta clandestina.

Fue el 3 de septiembre —viernes —cuando volé a Viena. Subí luego en la Südbahnhof a un tren que me depositó en Graz al mediodía. Llegué allí como quien trae regalos para la madre pero piensa en la hija, provisto del soplo oportuno, de la suma suficiente y de las credenciales indispensables. Tomé un baño, encargué unos *petit fours* en mi habitación y recogí la nota de la conserjería, preparado para pasear durante el resto de la tarde por las calles antiguas y limpias. Aunque ciertamente el hotel pecaba de deleznable en contados detalles (hojas de acanto, alguna silla dorada, estucados barrocos y los signos de una enérgica restauración que casi había anulado la pátina eduardiana de los salones), la elección de Ryszard fue acertada en términos generales. Salí al empedrado del casco viejo. Compré en el mercadillo un par de gloriosas manzanas de Estiria. Mientras las mordisqueaba, vi una lápida hebrea embutida en la esquina de un sótano gótico y los restos de las cabezas pintadas de Hitler y Mussolini contemplando la flagelación de Cristo en un vitral de la Santa Sangre. Aspiré los olores a sopicaldo y a aceite de pipas de calabaza que escapaban de los patios. Al atardecer, junto a un público entregado, coreé con las manos a cantantes y músicos en una entusiasta representación callejera de «La viuda alegre». Busqué sin éxito la dirección de un amigo del pasado, experto perito, al que deseaba saludar, y que años después sería misteriosamente arrojado desde la torre del Reloj.

Comprendí que era tarde para regresar al hotel y, con pocas esperanzas, cené en un diminuto restaurante hindú. No hacía un frío excesivo cuando volví a la calle en busca de cierto lugar que el recepcionista del Schlossberg me había recomendado imperiosamente. A unos metros de la Hauptplatz, ya en las habitaciones del distinguido burdel y un poco enervado todavía por la berenjena rellena, la *tindora* al curry y los pastelillos trapezoidales de almendra, escuché a una de las chicas decir en inglés que estaba tan delgado que sería un excelente abrecartas.

A eso de las dos de la madrugada abandoné el local, manso de impulsos y vísceras. Recuerdo que, en aquella noche apacible, comencé a andar por la acera en busca de un taxi como si me arrastrara, con pasos rudimentarios, por el interior de un acuario poco iluminado. Atribuí de inmediato esa especie de estado flotante, de hormigueo y disgregación de fuerzas a las dos tazas de té de cardamomo que coronaron la indigesta cena. Y parecía también bastante probable que el levísimo estertor que producían ahora mis pulmones tenía su causa en los maternales criterios con que fui atendido en el edificio cercano a la Hauptplatz. Quizá la pretensión de guiarme mejor en esa aparente planicie submarina, me llevó a levantar las patillas de las gafas y colocármelas. Solo entonces, al mirar hacia arriba, vi las tres lunas destacándose claramente en el cielo sin nubes.

410

Apreté los párpados de forma ridícula para asegurarme de aquella imagen inverosímil y fantasmal. Durante los primeros minutos no experimenté sensación alguna. Mi mente, inerme por la sorpresa, se limitó a verificar que solo los planetas exteriores poseían varias lunas y tardó en recibir la extraña sacudida, una mezcla de beatitud y de vuelco horrendo del corazón, de la perspectiva y el pensamiento, una pura oleada de perturbación como no había sentido nunca. Al cabo de cierto tiempo, a despecho de mi perplejidad y con el seductor malestar que imagino dejará en el ánimo lo que se ve por primera vez y es reputado además como imposible (globos de fuego zigzagueando en la habitación de una médium o un barco surcando los aires), procedí a la absorta contemplación de la más grande de las lunas, situada al oeste, sobre los tejados, cúpulas y agujas del barrio viejo de Graz. Parecía la pantalla redonda y verde de una altísima lámpara que derramase en el aire la savia de millones de hojas tiernas. De cuando en cuando, se removían claridades en su atmósfera y distintos tonos de verde translúcido, derivando a gran velocidad, se condensaban en espiral sobre ella. Cada vez que esto sucedía, la penumbra de la noche reverberaba indescriptiblemente como una suave niebla granular. Podía tocar aquella luminiscencia. Si alargaba el brazo podía tocar también aquella enorme luna verde. Comprometiendo mi cordura, aturdido, miré después en dirección al este, hacia esos dos satélites engastados en el cielo, próximos pero alineados a distinta altura sobre el curso del río Mur, sobre los bosques y pomares que rodean la ciudad. El más pequeño y cercano al horizonte era una crisálida de color miel, una fruta confitada en su propia capa de nubes, aureolada por un nimbo de lividez sutil, vivificante. El mayor, en cambio, hacía referencia a un torturado mundo de cordilleras, fallas y gargantas titánicas, un mundo plenamente púrpura recorrido sin embargo, de un extremo a otro, por cicatrices de color ópalo y vetas de color cinabrio, por un cordaje despavorido de canales y cañones escarpados e inconmensurables. Extrañamente, no me sorprendió el hecho de poder apreciar a lo lejos y con detalle todos aquellos trazos: la luz de algún sol —acaso más poderoso que el nuestro— debía estar proyectándose sobre las tres esferas en el preciso momento en que coincidían sus ciclos de rotación y los de este planeta —¿la Tierra?—, iluminándolas por completo. Pero comenzó a intimidarme la idea de un descuido en el delicado mecanismo de relojería estelar, de un extravío de constelaciones o, incluso, la de un plan rigurosamente ejecutado que, por razones desconocidas, falseaba órbitas, fases, latitudes, confines y meridianos. Según pude apreciar, la luz de las lunas, semejante al calidoscopio de una aurora boreal, a una nevada de espectros danzantes y dragones de fuego de color verde, miel y púrpura, caía triplicada en amplias franjas, entrecruzándose sobre los volúmenes de la arquitectura, colándose entre las hojas de los árboles, fraccionándose sus haces sobre las siluetas del mobiliario urbano. Aquella niebla coloreada y variable (brandy, chartreuse y kummel) me impedía medir con precisión las distancias. Parecía, no obstante, la misma ciudad austríaca por la que caminé la tarde anterior, hecho que ahora concernía a un pasado remoto junto a todo lo demás, junto a mi profesión de anticuario desnaturalizado, mi elegante soledad, mis íntimos desencuentros, Ryszard y el fabuloso reloj de María Antonieta.

Retomé vagamente el camino del hotel mientras mi interior bullía de preguntas, de hipótesis, de diagnósticos acerca de transferencias espaciales y temporales, acerca de un firmamento locuaz gobernado por leyes aleatorias e inimaginables, acerca de un sol incubador de huevos luminosos que eclosionan de noche, acerca de los campos magnéticos y el ascendiente de una sola luna sobre tantas cosas, acerca del sentido de mi participación involuntaria en esta escena. Sombreado continuamente por la luminosa bruma, cobré de pronto conciencia de no haber visto aún a transeúnte alguno hacia el cual correr para advertirlo, para interrogarlo. Esta eventualidad me produjo una comezón más. Pensé entonces en el único ser que podía dar satisfacción a mi curiosidad —el recepcionista del hotel— y anticipé el aspecto más evidente del encuentro entre mi general estado de alarma y su impasible desdén:

—¿Se ha fijado usted en el cielo? —le diría yo.

—Discúlpeme, caballero, si no puedo permitirme pasatiempo tan extraordinario.

—Hay tres.

—¿Sí?

—Hay tres lunas ahí arriba.

—Todo lo que puedo decirle, señor, es que se trata de una observación encantadora viniendo de un loco.

En medio de un absoluto silencio a excepción del jadeo errátil de mis pulmones, sin ningún perro que me ladrase, avanzaba a través de aquel aire caliginoso y entalcado con una grata impresión de envoltura que ciñe. Reconocí a duras penas las bóvedas del Parlamento, la universidad, el Arsenal y los esgrafiados góticos de la calle Kaiser-Franz-Josef. En ocasiones llegaba hasta mí un fortísimo olor yodado a mar, del todo incongruente tierra adentro. Después de este recorrido nocturno, alucinatorio (cuya duración se niega a asentarse en mi memoria), bajo la imagen febril de las tres lunas que recordaba a un diorama de descomunal magnitud situado a la intemperie, alcancé finalmente la puerta giratoria del Schlossberg.

Pasé de largo ante la recepción. Al subir en el ascensor sentí de golpe, para mi considerable sorpresa, la ropa húmeda sobre el cuerpo: parecía cubierta de rocío, empavesada con la leve coloración de millares de fragilísimas lentejuelas de agua. Me cambié y dediqué el resto de la noche a admirar, a tasar las nuevas lunas, acodado en el balcón desde el que se dominaba gran parte de la ciudad imperial —creo no haber mencionado que el hotel lo permite, pues se parapeta en la ladera de una colina que le presta su nombre—. Yo miraba ausente, con una sombría dulzura, como se mira la sustancia de un sueño, aquellas lunas llenas, las vírgulas y pelusas de los densos reflejos que emanaban de sus cortezas, que descendían y se trenzaban espolvoreando largamente el aire. No olvidaré el carácter inefable y desalentador del espectáculo que se sucedió a continuación. Cerca del amanecer, el brillo de las lunas comenzó a menguar, su materia se polarizaba, su penumbra se disolvía, la opacidad de los hemisferios daba paso a una transparencia paralizadora, pavorosa, mientras yo intentaba en vano fijar su fastuosa plenitud nocturna en el cielo de la mañana y no obtenía más que punzadas de desolación.

Guardé las gafas en su funda. Me dolía el cuello y estaba transido de sueño. La obscena claridad del sol y una repentina algarabía de carillones borraban ya los últimos vestigios de aquel episodio. Apenas durante un instante me incomodó la suposición, el delirio de haber vuelto de uno de los innumerables mundos que, según nuestros mitos hebraicos, Dios creó y destruyó porque no le agradaban. Antes de acostarme, y por última vez, leí la tarjeta impresa con mis falsas credenciales como si no me reconociera en ella, como si deseara encontrar allí una explicación al particular misterio que me fue dado presenciar y que me conmovió formidablemente:

Isak Neckelbaum, F. S. A.
(Fellow of the Society of Antiquaries)

Es lícito referir que no asistí a la subasta clandestina, que la obra maestra de Abraham Louis Breguet no jalonó mi patrimonio, que dejó de oírse el estertor de mis pulmones, que permanecí una semana en Graz desorientado, al acecho de los atardeceres, a la espera de un punto diverso del espacio, temiendo y deseando el enigmático fulgor de aquellos tres cuerpos celestes, intentando ser seducido una vez más por aquella promesa de infinitos infinitos. Admitamos horas de incredulidad y desconfianza, de náusea y

414

abulia, de inmersión en la carnosa espuma de la cerveza local. Admitamos que hace trece años, algo —el orden natural, el tejido de lo previsible— me tomó de nuevo a su cargo, y lo hizo confidencialmente, quizá para que no me dejara arrasar por la amargura de no volver a contemplar jamás otra luna distinta de nuestro solitario, momificado y pueril satélite, aquí, en las tinieblas exteriores del universo.

Julia Otxoa

Julia Otxoa (San Sebastián, 1953) es poeta, narradora y artista gráfica. Entre sus obras están los poemarios *Luz del aire*, en colaboración con el escultor Ricardo Ugarte (1982), *Centauro* (1989), *L'eta dei barbari* (1997), *La nieve en los manzanos* (2000), *Al calor de un lápiz* (2001), *Gunten Café* (2004), *Taxus baccata* (2005, con dibujos de Ricardo Ugarte), *Anotaciones al margen* (2008, plaquet con dibujos de Ricardo Ugarte), *La lentitud de la luz* (2008) y *Poemas de un ratón* (2010). Ha publicado los libros de relatos *Kískili-Káskala* (1994), *Un león en la cocina* (1999), *Variaciones sobre un cuadro de Paul Klee* (2002), *Un extraño envío* (2006), *Un lugar en el parque* (2010) y *Escena de familia con fantasma* (2013).

* * *

Antes de comenzar a hablar sobre las tendencias que observo en el cuento español actual, me gustaría destacar tres factores extraordinariamente relevantes en su evolución y previsión futura: en primer lugar, su reconocimiento creciente como género en España. Segundo, la importante incorporación de la mujer como escritora de cuentos en nuestro país, en un género hasta ahora mayoritariamente cultivado por los escritores. Tercero, la irrupción creciente del microrrelato.

Respecto a las tendencias en el cuento español estos últimos años, cabe decir que, aún dándose por parte de algunos autores una narrativa realista, lo fabuloso, lo fantástico, la ciencia ficción... van adquiriendo cada vez mayor presencia en la narrativa actual, y esto no es algo que pueda decirse únicamente de creadores pertenecientes a las nuevas generaciones como José Alberto García Avilés, Ángel Olgoso, Ángel Zapata, David Roas o Hipólito G. Navarro, etc., sino también de autores altamente reconocidos como es el caso, entre otros, de Luis Mateo Díez, José María Merino o Cristina Fernández Cubas. Desde esta perspectiva, encuentro una clara diferencia entre estos escritores y los de la generación de posguerra: Ignacio Aldecoa, Miguel Delibes, etc., en cuyas obras la narración está mas sujeta a términos realistas, tal vez con la excepción de Ana María Matute y Max Aub, entre otros (cuyas obras oscilan entre el realismo y lo fantástico).

En definitiva desde la rica herencia de los maestros fundamentales del género, como Maupassant, Kipling, Chéjov, Borges, Cortázar, Ana María Matute, Dorothy Parker, Raymond Carver, Italo Calvino, Edgar Allan Poe, Augusto Monterroso, Ignacio Aldecoa, Gógol, etc., el cuento goza en España de un saludable y fructífero tiempo.

Un extraño envío

Carta número uno

Querido Ricardo:

Hoy me ha ocurrido algo extraordinario, he ido como todas las mañanas a la oficina de Correos a recoger nuestra correspondencia y me he encontrado un envío a mi nombre de la editorial Rosenburg, un voluminoso libro que lleva por título *La mujer salvaje*. El tema me ha extrañado bastante, hasta el punto de que he llegado francamente intrigada a la cita que tenía con el carpintero al que habíamos encargado los muebles para la sala, y la verdad, no he prestado mucha atención a las medidas, con lo que, supongo, al final puede resultar todo un pequeño desastre.

El envío me ha dejado perpleja, al principio he pensado que mi nombre figuraba en la lista de críticos literarios de la editorial y que me lo habían hecho llegar para que hiciera alguna reseña sobre él, pero de todas formas no dejaba de ser extraño que la editorial Rosenburg, de reciente ubicación en nuestro país, pudiera tener mi nombre y dirección en sus archivos.

Así que nada más llegar a casa, he llamado al departamento de Relaciones Públicas de la editorial y les he preguntado, allí me han informado de que mi nombre no figuraba en ninguna de sus listas, y que el envío se había hecho por orden personal del director de ediciones, el señor Pinard, pero que ese señor se encontraba de viaje y no volvería hasta dentro de un mes.

Imagínate, Ricardo, yo no conozco para nada a ese tal señor Pinard. ¿Cuál ha podido ser el motivo que le ha llevado a enviarme ese libro precisamente?

Presa de una gran confusión, me he dirigido al diccionario y he buscado la palabra salvaje; el término tiene su origen en el latín *silvaficus,* derivado de selva. Se dice de las plantas silvestres no cultivadas, también de los animales no domésticos: agreste, bagual, cimarrón, arisco, feroz, montaraz. Hay un tercer significado utilizado para los terrenos no cultivados, abruptos y escabrosos. El término es aplicable, además, a aquellos pueblos o individuos que no participan de la civilización general, antropófagos, caníbales. Finalmente, se denomina de este modo a todo lo desmesurado, encendido, violento e irrefrenable.

Dios Santo, Ricardo, desconozco si el señor Pinard trata de decirme algo sobre mi persona a través del título de este libro pero ¿por qué? ¿Qué le he hecho yo?

En fin, no me lo explico. Pienso constantemente en ti y espero que tu primera cita con míster Lost resultara excelente y tu proyecto pueda salir adelante como mereces. Ya me tendrás al corriente de todo ello.

Ahora te dejo para seguir con mis investigaciones.

Escríbeme pronto.

Un beso,

Juliette Sousa

Carta número dos

Querido Ricardo:

¡Qué bonita la postal que me enviaste! ¡El hotel en el que te alojas es precioso! Cuánto me alegro de que a míster Lost le gustara tu proyecto. Cuando regreses lo celebraremos

420

por todo lo alto. Espero que algún día podamos viajar juntos a ese paradisíaco lugar.

Por lo demás, aquí, lo que me temía ha ocurrido, el otro día, nerviosa como estaba por lo del extraño envío del señor Pinard, le di al carpintero las medidas equivocadas, y hoy, cuando han venido a entregarme los muebles, ha resultado que eran demasiado grandes y no cabían por la puerta de nuestra casa, así que la alacena, los dos sillones y la estantería han quedado en el descansillo. Los del transporte se han negado a llevárselos de nuevo. No se lo reprocho, ellos no tienen la culpa de nada.

La puerta de nuestra casa ha quedado totalmente bloqueada y no se puede abrir, los muebles están apilados contra ella. Con lo que me es del todo imposible acceder al exterior, y aunque por un milagro pudiera hacerlo, me resultaría extremadamente peligroso intentar alcanzar la escalera, ya que primero tendría que ascender por el sillón y la alacena, para poder llegar hasta la estantería. Pero esta última está en un equilibrio tan inestable que, lo más seguro y suponiendo que pudiera alcanzarla, mi peso haría desequilibrar toda la torre de muebles, e inevitablemente rodaría escaleras abajo. Y eso no me lo puedo permitir, después del infierno que supuso la última rotura de tobillo que me tuvo casi tres meses inmovilizada.

De todos modos, no es esa mi principal preocupación, lo que verdaderamente me sigue intrigando e intranquilizando hasta el desasosiego sigue siendo el extraño envío del señor Pinard, el tema me está afectando mucho, tengo el sistema nervioso francamente desquiciado. Fíjate, yo, que tan buen apetito he tenido siempre, apenas como y lo que más me preocupa es que no consigo dormir, paso las noches en blanco.

Y ya que no puedo conciliar el sueño, al menos trato de aprovechar el tiempo, y me dedico a investigar, hasta que amanece, todos los posibles significados del término salvaje, con el fin de dar con alguna pista que acabe de una vez con este embrollado asunto.

Por ejemplo, ayer de madrugada me enteré, hojeando el diccionario del lingüista Torres Villarejo, que salvaje también es sinónimo de hotentote, cafre, aborigen, inicuo e irracional. Luego, como no tenía ni idea de qué era aquello de hotentote, he consultado el *Diccionario de uso del español* de Carlos Hinojosa. Pues bien, así he sabido que hotentote es todo aquel individuo perteneciente al pueblo de los hotentotes, en la parte meridional del suroeste africano. Los hotentotes, del grupo khoisan, próximos a los bosquimanos, son nómadas que viven de la cría de ganado; están organizados en clanes exogámicos con residencia patrilocal y gobernados por un consejo de autoridades clánicas. El agua, valiosísima en sus regiones secas y pobres, desempeña un papel importante y ambivalente en los ritos que acompañan a los cultos tributados al dios creador y al del mal.

Ricardo, ¿qué debo pensar tras leer todo esto? ¿Que tal vez para este tal señor Pinard, yo, por alguna razón que desconozco totalmente, soy similar a un hotentote? Tú mejor que nadie sabes con qué extremada delicadeza trato de realizar todas mis críticas literarias, teniendo siempre el máximo cuidado de decir las cosas del modo más humano posible, para que aún en el caso de que mis escritos alberguen aspectos, juicios negativos hacia cualquier obra, mi crítica no resulte cruel sino constructiva.

Por otro lado, la reacción de los vecinos ha sido muy positiva, se han hecho cargo de la situación y me han brindado su solidaridad y cariño. ¡Cuánto agradezco a todos su comprensión en estos momentos! Teniendo en cuenta lo que supone para quienes viven en pisos superiores no poder bajar a la calle, no poder acudir a sus respectivos trabajos, en una palabra, haber roto de pronto su rutina, su dinámica cotidiana. Ellos notan mi preocupación por esta imprevista y desagradable circunstancia, y tratan de quitar hierro al asunto, diciéndome que la torre de muebles que nos cierra el paso de acceso a la escalera no es culpa de nadie, que ese tipo de cosas ocurren, que no me preocupe, porque seguramente se trata de un molesto problema que tendrá pronto solución.

Mientras, para paliar de algún modo las dificultades, Luis Femández, el que vive en el cuarto izquierda, ha ideado un sistema de cuerdas y poleas, por el que bajan y suben tanto su familia como los vecinos del quinto. De ese modo, no interrumpen del todo el ritmo de sus vidas, y yo no cargo con una culpabilidad que sería muy poco recomendable para mis nervios en estos momentos.

Incluso, Laura Shenell, la del quinto derecha, se descolgó el otro día hasta nuestro balcón y se ofreció para traerme lo que pudiera necesitar. Estaba resplandeciente de alegría, vestida con ropa deportiva me dijo que volvía a sentirse en forma, que subir y bajar varias veces por el sistema de cuerdas y poleas estaba fortaleciendo extraordinariamente sus músculos, que incluso su circulación sanguínea había mejorado, y que ahora ya no se levantaba como lo hacía antes con aquellos molestos dolores de cabeza. Yo, la verdad, no supe qué decir, me sentía tan feliz con todo aquello que me estaba contando, que incluso mientras duró su visita olvidé por unos momentos el motivo de mi desasosiego.

¡Cómo me gustaría que estuvieses conmigo, Ricardo!

¡Cuánto te echo de menos!

Esperando verte pronto, un beso.

Juliette Sousa

Carta número tres

Querido Ricardo:

Me pides en tu última carta no me olvide de que el día 14 son las votaciones; no te preocupes, ya lo tenía en cuenta, y ante la imposibilidad de acercarme hasta el colegio electoral —la verdad, no soy capaz de descender hasta la calle por el sistema de cuerdas y poleas como lo hacen el resto de los vecinos, ya conoces mis viejos problemas de vértigo—, he solicitado al Ayuntamiento traslade hasta nuestro domicilio una pequeña mesa electoral, con su correspondiente presidente, vocales y representantes de cada partido político. Pues bien, hoy precisamente el cartero ha ascendido hasta nuestro balcón por el sistema de cuerdas a primera hora de la mañana y me ha entregado la respuesta de la alcaldía. Acceden a mi petición, y el día de las votaciones se acercará hasta nuestra casa un pequeño cortejo electoral. He pensado instalar la mesa en la salita, y colocar las distintas papeletas detrás del biombo; luego, una vez que haya depositado mi voto en la urna, invitaré a todos a un pequeño aperitivo. Y, de paso, en ese ambiente que supongo relajado, recabaré la opinión de todos ellos sobre las diversas acepciones del término salvaje. Dime, Ricardo, si esto último te parece adecuado, o mejor debería guardar discreción sobre este tema.

Hasta muy pronto.

Un beso,

Juliette Sousa

Carta número cuatro

Querido Ricardo:

Ya pasó el día de las votaciones, seguí tus consejos y no comenté con nadie el asunto del término salvaje; todo ocurrió con normalidad según lo esperado, excepto otro extraño incidente a última hora que ha venido a sumarse a mi anterior preocupación por el molesto asunto del señor Pinard, y es que tal como te había relatado en mi última carta, el día de las votaciones vinieron a nuestra casa seis personas: el presidente de la mesa, un vocal, y cuatro representantes de los cuatro partidos que se presentaban a estas elecciones. Pues bien, a la hora de despedirse, tan solo conté cinco. ¿Cómo puede ser semejante cosa? —me pregunté una y mil veces, recorriendo cada rincón de nuestra casa sin encontrar absolutamente a nadie.

A pesar de todo no estoy tranquila, y cuando por las noches me encierro en la sala rodeada de diccionarios, coloco todos los muebles que puedo contra la puerta. A veces, me parece oír ruidos en la cocina como si alguien abriera el frigorífico y se sirviera un vaso de leche. Pero enseguida trato de no pensar este tipo de cosas tan absurdas, y me concentro de nuevo en la investigación de mis diccionarios. Te aseguro que no son imaginaciones mías.

Cuento los días que faltan para tu vuelta.

Un beso,

Juliette Sousa

Carta número cinco

Querido Ricardo:

Lamento decirte que por aquí las cosas no van nada bien, ya que lejos de aclararme con el significado del término salvaje, según transcurren los días su indagación me resulta cada vez más ardua y complicada. Y es que, por ejemplo, cuando el lingüista Torres Villarejo habla del significado de la palabra salvaje lo asimila a aborigen. Pues bien, voy a aborigen y me encuentro con una hilera interminable de significados: oriundo, natural, originario, primitivo, nómada, desaforado, inculto, incivil..., finalmente, como inculto se me presentan otro sinfín de significados: perverso, maligno, ultrajante, abusivo e inmoral.

¿Qué debo entender según este diccionario, que soy similar a un autóctono, pervertido, natural, nómada, desaforado e incivil? No entiendo nada, Ricardo, ¿por qué no existe una sola definición para las cosas? Después de hojeados todos estos diccionarios, no sé realmente si ese señor Pinard con su extraño envío ha tratado de elogiarme o ultrajarme.

Además, Ricardo, como últimamente no contestas a mis cartas, me da la sensación de encontrarme aún más sola

425

frente a mis preocupaciones. Ya me imagino que cuestiones de trabajo te impedirán hacerlo, pero envíame aunque solo sea un abrazo por escrito; eso me reconfortará, tú sabes cuánto lo necesito.

Un beso muy fuerte,

Juliette Sousa

Carta número seis

Querido Ricardo:

¿No tenías que haber regresado ya? ¿No me habías dicho que volvías el martes 27? Estoy empezando a preocuparme, no sé nada de ti desde hace más de quince días. Teniendo en cuenta que desde que te fuiste prácticamente me has escrito una carta diaria, tu comportamiento es incomprensible. ¿Qué está ocurriendo? ¿Estás enfermo? ¿Son cuestiones de trabajo lo que te retiene en Singapur? Ponte en contacto urgente conmigo, Ricardo; por favor.

Mi situación es cada vez más desesperada, mi espacio vital se ha reducido considerablemente, no ya solo debido a las pilas de libros y diccionarios desparramados por el suelo, sobre las mesas, sobre las sillas, sino también al hecho de que nuestra pequeña sala de estar se ha convertido en el único lugar donde me siento segura. En ella paso la mayor parte del tiempo, ya que debido a los cada vez más evidentes sonidos de todo tipo provenientes de la cocina, aumenta mi certeza de que en nuestra casa permanece aún escondido algún miembro del cortejo electoral. Esta noche pasada, por ejemplo, después de servirse el consabido vaso de leche, ha estado oyendo la radio hasta las tantas, y no pienses que son imaginaciones mías, no. Por la mañana, el vecino del quinto izquierda se ha descolgado hasta el balcón y me ha aconsejado amablemente que a partir de ciertas horas, y por respeto al descanso del resto de los vecinos, trate de poner la radio un poco más baja. ¡Qué bochorno

426

he pasado! Me he sentido totalmente incapaz de explicarle lo del cortejo electoral y todo eso, sencillamente le he pedido disculpas por las molestias y le he prometido que no volvería a ocurrir. No sé qué hacer.

Por otro lado, trato de pensar continuamente que de un momento a otro vendrás y te sentiré ascender por el sistema de cuerdas y poleas, cantando como siempre que regresas a casa después de un viaje, sonriendo elegantísimo con el viejo gabán que te regaló el abuelo y el sombrero gris de ala ancha que tanto me gusta.

Un abrazo muy fuerte,

Juliette Sousa

Félix J. Palma

Félix J. Palma (Sanlúcar de Barrameda, Cádiz, 1968) ha publicado cinco libros de relatos: *El vigilante de la salamandra* (1998), *Métodos de supervivencia* (1999), *Las interioridades* (2001, Premio Tiflos), *Los arácnidos* (2003, Premio Iberoamericano de relatos Cortes de Cádiz) y *El menor espectáculo del mundo* (2010). Como novelista ha publicado la novela *La hormiga que quiso ser Astronauta* (2001) y *Las corrientes oceánicas* (2005, Premio de novela Luis Berenguer). Pero lo que le ha supuesto su consagración definitiva como narrador ha sido su Trilogía Victoriana, de la que ha publicado las dos primeras novelas: *El mapa del tiempo* (2008, XL Premio Ateneo de Sevilla) y *El mapa del cielo* (2012).

* * *

Bajo el pluralismo que parece empañarlo todo, creo que existen dos tendencias muy definidas, que apenas han mutado en las últimas décadas: el cuento fantástico, deudor del *boom* latinoamericano pero también del trabajo de maestros del relato como Poe, Borges o Hoffmann, que generalmente respeta la estructura esférica y cuyo argumento coquetea con lo fantástico o lo simbólico para atisbar la realidad desde el otro lado del espejo; y el cuento realista que, muy alejado ya de la crítica social de los años cincuenta, sigue la senda abierta por Cheever, Carver y la

429

nueva hornada de cuentistas norteamericanos, relatos cuyo armazón resulta mucho más flexible y permeable a todo tipo de influencias.

Hay un gran número de autores españoles que en los últimos años ha explorado el cuento convirtiéndolo en un producto atractivo e interesante, acorde con la sensibilidad actual, al tiempo que han ensanchado sus fronteras y sus posibilidades estéticas. Basta con echar un vistazo al índice de esta misma antología o al catálogo de editoriales como Páginas de Espuma o Salto de Página, que con su encomiable labor están ayudando a aumentar dicha nómina. En cuanto a autores extranjeros, me parecen fundamentales las obras de David Foster Wallace, Lorrie Moore, Dan Rhodes o Wells Tower.

El País de las Muñecas

A aquellas horas de la noche, el parque infantil parecía un cementerio donde yacía enterrada la infancia. La brisa arrancaba a los columpios chirridos tétricos, el tobogán se alzaba contra la luna como una estructura absurda e inútil, los andamios de hierros entrecruzados dibujaban la osamenta de un dinosaurio imposible... Sin el alboroto de los niños, sin sus gritos y carreras, el recinto podría haber pasado por uno de esos paisajes apocalípticos de las películas, cuya vida ha sido minuciosamente sesgada por algún virus misterioso, de no ser por mí, que caminaba entre las atracciones con el aire melancólico de un fantasma. Había regresado al parque para buscar a Jasmyn, la muñeca de mi hija, pero antes de llegar ya sabía que no la encontraría. No vivimos en el universo apacible y sensato en el que las muñecas olvidadas siempre permanecen en el sitio en el que las dejamos, sino en el universo vecino, ese reino feroz presidido por las guerras, la crueldad y la incertidumbre, donde las cosas huérfanas enseguida desaparecen, tal vez porque, sin saberlo, con nuestros olvidos vamos completando el ajuar del que disfrutaremos en el otro mundo.

He de reconocer que encontrar a Jasmyn me hubiese devuelto la confianza en mí mismo. Se trataba de una vulgar muñeca de plástico, esbelta y algo cabezona, como son todas las muñecas ahora, que ya venía bautizada de fábrica y a la que mi hija había otorgado cierta humanidad lleván-

431

dola a todas partes, como si se tratase de la hermanita que Nuria y yo no habíamos querido darle. Desde que se la regalamos la pasada Navidad, habíamos tenido que acostumbrarnos a tener a aquella mujer minúscula ocupando un lugar en la mesa, en el coche, en el sofá, quién sabía si puesta ahí para delatar nuestra desgana procreadora o sencillamente porque Laurita ya era incapaz de enfrentar la vida sin su sumisa compañía. Pero, aunque podíamos aprovechar el descuido de la niña para desembarazarnos al fin de aquella presencia incómoda, a mí no se me pasaba por alto que reaparecer en casa con Jasmyn entre los brazos me redimiría ante los ojos de mi hija, y posiblemente también ante los de mi mujer, pues era consciente de la progresiva devaluación que mi imagen de padre había empezado a sufrir en los últimos meses. Sin embargo, tras peinar el parque por tercera vez, constaté con impotencia que en el fondo no se trataba más que de otro espejismo, una nueva empresa imposible de realizar que ante la susceptible mirada de Nuria volvería a descubrir mi incapacidad congénita para afrontar las contrariedades de la vida.

Así las cosas, volver a casa sin la muñeca no era una tarea agradable, por lo que fui demorando el paso, a pesar de saber que esa noche mi mujer debía acudir a otra de esas inoportunas cenas de trabajo que tan impunemente estaban hurtando a nuestro matrimonio su faceta amatoria, la única en la que todavía no había lugar para los reproches. Imagino que fue ese afán mío por retrasar lo inevitable el que, al descubrir a mi compañero Víctor Cordero en una cafetería cercana a mi casa, me hizo entrar a saludarlo. Víctor impartía clases de Literatura en el mismo instituto que yo y, aunque por su talante hablador y algo impertinente jamás lo hubiese escogido como amigo, la dinámica laboral había favorecido entre nosotros un trato afectuoso. Apenas un año antes, con el propósito de airear nuestro matrimonio, yo mismo había tratado de instaurar unas cenas regulares con Víctor y su mujer, unos encuentros contra natura que se prolongaron cuatro o cinco meses, hasta que me resultaron insufribles los dardos que Nuria y él no podían evitar lanzarse por encima de la lubina con verduras. Aún así, intenté tensar la cuerda al máximo, pero cuando mi compañero se separó de su mujer, recobrando los modos depredadores y las bromas zafias del soltero, acabé tirando la toalla y dejando que aquellos encuentros se deshicieran como rosas marchitas que ya habían consumido su asignación de belleza.

¿Qué haces en mi territorio, forastero?, lo saludé, apuntándole al pecho con el índice amartillado, ¿no sabes que este barrio es demasiado pequeño para los dos? Víctor se mostró sorprendido al verme, pero enseguida recompuso su altiva sonrisa. Disfrutando de los privilegios de la soltería, Diego, respondió invitándome a sentarme a su mesa, Ahora que no tengo a nadie esperándome en casa puedo permitirme explorar la ciudad a mi antojo. Soy el puto llanero solitario, amigo. Ya, dije con escepticismo. Víctor siempre me había parecido una de esas personas incapaces de encontrar la postura en el colchón de la soledad, porque necesitan verse de continuo favorecedoramente reflejadas en los ojos de alguien. Acepté la copa de coñac que colocó entre mis manos, mientras añadía, casi en un susurro: Yo no podría vivir sin Nuria. Y allí quedó aquella ingenua afirmación de colegial, flotando entre nosotros sin que ninguno supiésemos qué hacer con ella. Y tú, dijo al fin Víctor, ¿qué haces tan tarde fuera del nido? Pensé en contestarle cualquier cosa, pero para mi sorpresa me descubrí contándole la verdad. Tal vez fuera la reconfortante sensación del coñac bajando por mi garganta, tal vez fuera el compacto sosiego que envolvía las calles y el exquisito bordado de estrellas que lucía para nadie el cielo, tal vez fuera, en fin, que todo eso se alió para invitarme a contemplar a Víctor, aquel hombre al que nada me unía, como el perfecto albacea de mis cuitas. Le conté la historia de la muñeca, pero acompañándola, a modo de guarnición, con mi malestar vital y mis alambicadas frustraciones de padre, como quien echa una carta en un buzón de reclamaciones esperando que lo escuchen en las alturas y alguien con autoridad se apiade de él. Víctor sonrió con suficiencia cuando concluí mi crónica, como si la dificultad del asunto radicara más en mi incapacidad para resolver problemas que en el problema mismo. ¿Sabes qué puedes hacer?, dijo. Lo observé con sorpresa: jamás habría sospechado que Víctor pudiera darme una solución, o que lo intentara siquiera. Lo mismo que hizo Kafka. Lo miré sin entender. Franz Kafka, el escritor checo. Sé quién es Kafka, Víctor, aunque imparta clases de matemáticas. Víctor asintió divertido, y por su forma de incorporarse sobre el asiento comprendí que iba a ser víctima de otra de sus tediosas historias sobre escritores. Presta atención, dijo. Durante el otoño de 1923, Kafka acostumbraba a pasear por un parque cercano a su residencia berlinesa, donde se había trasladado con Dora Diamant para pasar los que, debido a su precaria salud, debía de considerar como sus últimos días de vida. Una tarde el escritor tropezó con una niña que lloraba desconsolada. Su dolor debió de intrigarlo lo bastante como para hacerlo vencer su proverbial timidez y preguntarle qué le ocurría. La pequeña le contestó que había perdido su muñeca. Como tu hija, Diego. ¿Y qué hace el escritor? Conmovido, Kafka se apresura a enmascarar la triste realidad como mejor sabe hacer, mediante la ficción. Tu muñeca ha salido de viaje, le dice. La niña interrumpe su llanto y lo mira con recelo. ¿Y tú cómo lo sabes?, le pregunta. Porque me ha escrito una carta, improvisa Kafka. No la llevo encima en este momento, se disculpa, pero mañana te la traeré. La niña no parece muy convencida, pero aún así le promete volver allí al día siguiente. Esa noche, uno de los mejores escritores del mundo se encierra en su despacho para escribir una historia dirigida a un único lector, y, según cuenta Dora, lo hace con la misma gravedad y tensión con la que confecciona su propia obra. En esa primera carta, la muñeca le cuenta a la

434

niña que, aunque disfrutaba mucho de su compañía, cree haberle llegado la hora de cambiar de aires, de ver mundo. Y promete escribirle una carta diaria para tenerla al corriente de sus aventuras. A partir de entonces, Kafka le escribe una carta cada noche durante sus tres últimas semanas de vida, exclama Víctor con devoción: una vacuna personal y magnífica para curar de su dolor a una niñita desconocida. Ese fue el último trabajo en el que se empleó Kafka. Podría decirse que le escribía con su último aliento. Tras decir aquello, mi compañero agitó la cabeza, visiblemente apenado. Lástima que no se conserven esas cartas, susurró con consternación. Di un trago a mi copa, sin saber qué decir. ¿Pretendía Víctor que yo, que jamás había escrito nada, recurriera realmente a aquella artimaña engorrosa para paliar el dolor de mi hija o había aprovechado el encuentro para desempolvar otra de esas anécdotas curiosas que atesoraba como orquídeas raras?

De regreso a casa, medité sobre ello. Era una historia hermosa, no había duda, pero yo no era Kafka, sino un vulgar profesor de matemáticas incapaz de semejantes gestas. ¿Acaso no era más fácil comprarle a mi hija una muñeca igual? El caso es que esa noche regresaba nuevamente derrotado y, según el rictus colérico que me dedicó Nuria al pasar a mi lado como una exhalación, rumbo a su cena de trabajo, esta vez había tardado más tiempo del prescrito en demostrar mi inutilidad. Lancé un suspiro de abatimiento cuando mi mujer desapareció con un portazo. Pero aún me quedaba lo peor, me dije, observando la puerta entreabierta del dormitorio de Laurita, del cual todavía brotaba luz. La niña estaba despierta, esperando a Jasmyn. Avancé hacia la habitación con la resignación de un reo hacia el patíbulo. No tuve que decir nada. Laurita rompió a llorar al ver mis brazos vacíos. Me senté a su lado y la abracé. Y fue entonces, al acunarla temblorosa entre mis brazos, cuando tomé la decisión de convertirme en un hombre diferente. Esta vez no iba a rendirme, iba a actuar.

Iba a sorprender al mundo. Si el escritor de Praga había tenido aquel gesto con una desconocida, cómo no iba a tenerlo yo con mi propia hija.

Cuando Laurita se durmió, me preparé un termo de café y me encerré en mi despacho. No tenía claro qué iba a salir de todo eso, probablemente nada, pero aquello no debía suponerme un obstáculo. Quería aliviar el sufrimiento de mi hija, y aquel modo tan original era igual de válido que cualquier otro. Lo primero que hice fue desfigurar mi letra, empequeñeciéndola y aplanándola, hasta que adquirió el aspecto de haber sido escrita por la manita de plástico de Jasmyn. En realidad, aquello fue lo más fácil. Redactar la carta en la que la muñeca explicaba a mi hija los motivos de su repentina fuga me llevó casi toda la noche. Cuando Nuria regresó, yo todavía me encontraba enclaustrado en mi despacho, tratando de pensar como pensaría una muñeca. El resultado final no me convenció demasiado, pero la guardé en un sobre y al día siguiente, durante el desayuno, la saqué del bolsillo de mi chaqueta y la agité ante el rostro afligido de Laurita. Mira lo que han echado esta mañana por debajo de la puerta: es una carta de Jasmyn. Nuria alzó la vista desde su café, para mirarme con su habitual apatía. Pero Laurita tomó la carta de mi mano con una mezcla de recelo y curiosidad, abrió el sobre y comenzó a leerla. Mi corazón se fue acelerando a medida que los ojos intrigados de mi hija se internaban por los delicados renglones que surcaban el papel. Su rostro iba iluminándose poco a poco, mientras Jasmyn le decía que la quería mucho, pero que tarde o temprano toda muñeca curiosa, como era ella, debía emprender un viaje hacia el mítico País de las Muñecas, donde vivían otros como ella, juguetes que habían optado por independizarse de los niños para vivir sus propias vidas lejos de ellos, de nuestro mundo y de todo cuanto le recordase su triste condición de juguetes. Jasmyn no estaba segura de que aquel lugar existiese, tal vez solo fuese un reino de fantasía, una leyenda que se susurraban las muñecas en las jugueterías para hacer más llevadero su encierro en los escaparates. Pero se sentía en el deber de buscarlo, de partir a lo desconocido, quizá de comprenderse a sí misma durante el viaje. En los labios de Laurita amaneció una sonrisa cuando Jasmyn le aseguró que eso no significaba que dejase de visitarla, incluso podría enviarle un mapa con el modo de llegar hasta el País de las Muñecas, en caso de que realmente existiese y ella lograra encontrarlo.

A partir de ese día, como un reflejo del escritor checo, yo me recluía en mi despacho para pergeñar aquellas cartas que luego, como quien comete una travesura, introducía por debajo de la puerta. Laurita pronto se acostumbró a ellas, y cada mañana se levantaba de la cama antes de que sonase el despertador, como hacía en la noche de reyes, ansiosa por conocer los progresos de Jasmyn en su búsqueda del País de las Muñecas. Verla leer mis cartas reconcentrada en un sillón del salón me enorgullecía, no solo porque me confirmaba que esta vez había escogido el modo correcto de enfrentar aquel problema, sino también porque el embeleso con que Laurita devoraba mis palabras sugería que mi trabajo era más que aceptable. Mi hija, además, nunca nos hablaba de lo que decían las cartas, como si fuese un secreto entre ella y la muñeca, lo cual otorgaba aún más valor a mis humildes delirios imaginativos. Me hubiera gustado que Nuria también reconociese el esfuerzo que estaba invirtiendo en mitigar el dolor de nuestra hija, o al menos que celebrase la brillante estrategia que estaba empleando para ello, ya que había decidido ocultarle que en realidad había plagiado aquella idea de un escritor del siglo pasado llamado Franz Kafka, cuyo nombre, por otro lado, era probable que no le sonase de nada, dado que la lectura no ocupaba un lugar relevante en la vida de mi mujer, si exceptuábamos la prensa rosa, las revistas de decoración y los catálogos del Carrefour. Pero cada mañana Nuria asistía a mi estrafalario juego con indolencia. Me observaba echar la carta por debajo de la puerta y volver corriendo a mi silla del comedor como si contemplase las extravagancias de un demente que ya no tiene remedio. Quizás creyese que la niña debía de saber la verdad, y que todo aquello iba a deformarle el espíritu y convertirla en una desdichada soñadora incapaz de desenvolverse en el mundo de los mayores, donde no había lugar para la fantasía. Pero no lo creía. Sospechaba que su desabrida actitud se debía más bien a que habíamos alcanzado un punto de no retorno, un punto donde, hiciese lo que hiciese, ya rescatara a un niño de un incendio o me nominasen al premio Nobel, ella no podría admirarme. El rencor hacia mí que, con el correr de los años, había ido acumulando en su interior se lo prohibía. Los tiempos de deslumbrarnos el uno al otro habían pasado. Ahora nos encontrábamos instalados en un lodazal en el que nos hundíamos lentamente, juntos pero sin atrevernos a darnos la mano porque incluso parecíamos renegar del cariño que una vez nos habíamos tenido, contemplado ahora como una suerte de sarna contagiosa, y sobre el que habíamos levantado aquel refugio contra el mundo que pronto se había revelado tan precario como un castillo de naipes.

Pero a mí aquello apenas me afectaba porque había encontrado un refugio más acogedor en las cartas de Jasmyn. Por fin había descubierto algo que realmente sabía hacer y que tenía un sentido dentro del sinsentido de mi vida. De modo que mientras mi matrimonio se derrumbaba con discreción, y yo bebía del amargo cáliz de la desdicha, Jasmyn conocía la felicidad, porque si en el universo que habitamos nadie parece ocuparse de nosotros, en el mundo de bolsillo que mi pluma había creado yo era un demiurgo solícito, un Dios atento y benévolo, capaz de desbrozar de malas hierbas el destino de Jasmyn sin necesidad de que ella me lo rogase arrodillada en ninguna iglesia. De mi mano, Jasmyn recorría Europa, alojándose en los baúles de los juguetes con los que iba contactando, como pisos de la resistencia, y cada vez se encontraba más cerca del añorado País de las Muñecas. Tras consultar el Atlas, decidí ubicarlo en el Himalaya, a las faldas del gigantesco Everest, en un pequeño valle donde los muñecos vivían en paz, cultivando la tierra durante el día y cantando canciones durante la noche alrededor de las fogatas. A la luz de aquellas hogueras escribía ahora Jasmyn sus cartas, en las que le decía a Laurita lo mucho que la echaba de menos y cómo una noche, a pesar de no traer esa característica de fábrica, incluso había llorado mientras contemplaba una foto suya que había hurtado de nuestro álbum familiar antes de marcharse y que yo guardaba en mi cartera. Para entonces Laurita ya estaba curada, así que creí llegado el momento de que Jasmyn le revelase que no podía enviarle el mapa que la conducía al País de las Muñecas porque entre todos habían llegado a un pacto de silencio para preservar aquel lugar. Y el momento también de decirle que la muñeca se había enamorado de Crown, un muñeco guerrero, con espada al cinto y botas de terciopelo negro que había sido nombrado capitán de la guardia encargada de vigilar el reino.

El día en que llegó la noticia de la boda de Jasmyn, Nuria decidió abandonarme. Era inútil seguir, dijo, mientras acarreaba su maleta hacia la puerta. Aunque sospechaba que eso ocurriría, me dolió que ella hubiese escogido para abandonarme precisamente el momento en que yo más brillaba como padre. Espoleado por algo semejante al orgullo profesional, no pude evitar aludir a mi empresa con satisfacción, esperando de una vez un reconocimiento por su parte. Nuria agitó la cabeza, subrayando su decepción. Tendrías que esforzarte en otras cosas en vez de dedicar tu tiempo a llenarle la cabeza de pájaros a nuestra hija, dijo con visible desprecio. Tú no eres Kafka, Diego. Verme descubierto me sorprendió tanto que no supe qué decir, y cuando uno no sabe qué decir siempre habla la desesperación. No podré vivir sin ti, Nuria, mascullé. Y ahí quedó aquella ingenua afirmación de colegial, flotando en el aire sin que ninguno supiésemos qué hacer con ella. Adiós, Diego, dijo al fin Nuria, cerrando la puerta tras de sí.

Permanecí unos minutos confuso en mitad del pasillo, intentando pensar cómo arreglar aquello. Dejaría que transcurriese una hora y luego llamaría a casa de la hermana de Nuria, donde suponía que mi mujer habría buscado refugio, e intentaría convencerla de que volviese con nosotros. Pero lo primero que tenía que hacer era consolar a la niña, con quien antes de marcharse mi mujer había estado hablando, encerradas en su dormitorio. Laurita se encontraba sentada en su cama, con la mirada perdida en la pared. Me senté a su lado y traté de encontrar las palabras adecuadas para explicarle la situación. Iba a hablar cuando la niña posó su mano sobre la mía. No te preocupes, papá, dijo sin dejar de mirar la pared, mamá volverá, estoy segura. Aquello hizo que retuviese mis palabras en la boca y los ojos se me llenasen de lágrimas. El mundo que conocíamos se derrumbaba, pero por ahora era mejor hacer oídos sordos al estrépito de los cascotes. Eso era lo que Laurita me estaba proponiendo. Permanecimos un rato el uno junto al otro, envueltos en un silencio de iglesia, hasta que el sueño venció a mi hija sobre la cama y yo la arropé con la sensación de que tenía que ser ella quien me arropase a mí.

Fue entonces, acariciando el cabello de mi hija mientras la noche se estiraba sobre la ciudad, cuando reparé en un detalle de mi discusión con Nuria que se me había pasado por alto: ¿cómo podía saber ella que yo había empleado con Laurita la misma estrategia que un siglo antes usara Franz Kafka con la niñita del parque? Me levanté de la cama de un salto, poseído por una corazonada a la que me negaba a dar crédito. Pero todo apuntaba a que era cierta. Trastabillé por el pasillo, mientras en mi cabeza se iban ensamblando todas las piezas de un puzzle que siempre había tenido delante.

Comprobarlo fue terriblemente sencillo. Bastó con que me apostara con el coche cerca del cubil de soltero de Víctor, y subir hasta su piso al verlo salir rumbo al instituto.

Llamé al timbre sabiendo quién me abriría. No puedes vivir sin mí, dije ante sus ojos espantados.

Llegué a casa con el tiempo justo para llevar a la niña al colegio. Mientras subía en el ascensor pensé que era la primera mañana después de un mes en que Laurita no encontraría ninguna carta de Jasmyn al levantarse. Por eso me sorprendió que mi pie tropezara con un sobre cuando abrí la puerta. Lo cogí del suelo envuelto en una nube de irrealidad. Pero no era una carta de Jasmyn. Era de Nuria, y estaba dirigida a mí. En ella me decía que aquello no era una despedida, que volvería, que necesitaba ver mundo, encontrarse a sí misma. Y esas palabras me hubiesen ofrecido un enorme consuelo de no haber estado escritas por la letra torpe y esforzada de mi hija de nueve años.

Laurita y yo nos miramos unos segundos, antes de fundirnos en un abrazo envuelto en lágrimas. Ahora comprendía que mi hija siempre lo había sabido, pero que había preferido creer en la hermosa mentira que yo había fabricado para ella antes que imaginar a su muñeca rota, tal vez tirada en una zanja, y que ahora me ofrecía la posibilidad de que yo creyese que la mía también volvería, a pesar de no poder evitar recordarla tendida sobre la cama de Víctor, mis dedos marcados en su cuello y en los ojos un último reproche, porque tampoco mi modo de enfrentar aquella situación le había parecido el correcto.

David Roas

David Roas (Barcelona, 1965) es escritor y profesor de Teoría de la Literatura y Literatura Comparada en la Universidad Autónoma de Barcelona, donde también dirige el *Grupo de Estudios sobre lo Fantástico* (GEF). Entre sus obras de ficción están los volúmenes de cuentos y microrrelatos *Los dichos de un necio* (1996), *Horrores cotidianos* (2007), *Distorsiones* (2010, VIII Premio Setenil), e *Intuiciones y delirios* (2012). Especialista en literatura fantástica, entre sus ensayos cabe destacar: *Teorías de lo fantástico* (2001), *Hoffmann en España* (2002), *De la maravilla al horror. Los orígenes de lo fantástico en la cultura española* (2006), *La sombra del cuervo. Edgar Allan Poe y la literatura fantástica española del siglo XIX* (2011) y *Tras los límites de lo real. Una definición de lo fantástico* (2011, IV Premio Málaga de Ensayo).

* * *

Yo diría que desde el 2000 (y hablo de los escritores nacidos a partir de 1960), hay, entre otras, dos tendencias que han tomado una gran fuerza en el cuento español. Por un lado, lo fantástico, a través de una amplia variedad de estilos, recursos y temáticas; desde los que optan por vías más tradicionales, a los que exploran nuevas formas y motivos directamente vinculados con las preocupaciones estéticas e ideológicas de la posmodernidad. Unos pocos nombres: Fernando Iwasaki, Ángel Olgoso, Manuel Moyano, Félix J. Palma, Care Santos, Patricia Esteban Erlés, Juan Jacinto Muñoz Rengel, y yo mismo, por supuesto. Por otro lado, el microrrelato, que yo considero una de las formas que adapta el cuento y no un género autónomo. No deja de ser significativo que la mayor parte de los nombres que antes he citado cultiven (cultivemos) también el microrrelato con asiduidad.

Citados sin orden ni concierto (incluyo autores de mi «generación» y algunos maestros en activo): Cristina Fernández Cubas, José María Merino, Fernando Iwasaki, Slawomir Mrozek, David Foster Wallace, Quim Monzó, Lorrie Moore, Hipólito G. Navarro, Enrique Prochazka, Richard Ford, Patricia Esteban Erlés, Yasutaka Tsutsui, Manuel Moyano, José Güich, José Donayre... Solo una breve nómina de autores (aquí cabrían algunos más) que, junto a los maestros citados, están escribiendo grandes cuentos en este principio de siglo y abriendo caminos muy interesantes.

Das Kapital

¡Hay tantas cosas en la vida
más importantes que el dinero!
¡Pero cuestan tanto!

GROUCHO MARX

Overbooking. Los labios de la señorita que me atiende tras el mostrador de Swiss Air acaban de pronunciar la temida palabra. Para una vez que llego al aeropuerto con bastante antelación, resulta que el avión ya está lleno. La empleada, muy amable, se disculpa *(Désolée, monsieur)*, me entrega una tarjeta de embarque sin asiento asignado y me pide que me dirija a la puerta A-8, donde sus compañeros tratarán de arreglar el problema. Sé que debo confiar en la eficacia helvética, pero, dado mi natural pesimismo, algo en mi interior me advierte de que el día ya no puede depararme nada bueno.

Aparto de mi mente tales pensamientos y me dirijo, siguiendo las instrucciones de la amable empleada, a la puerta A-8. Paso sin dificultades los diversos controles, me acerco al mostrador de la compañía, y tras explicar mi problema a las dos personas que me atienden, estas me piden que me siente y espere. Al parecer, no soy el único con dicho problema. Una pareja me observa y sonríe como diciéndome Sí, a nosotros nos ha pasado lo mismo. Abro el macuto, saco un libro y me sumerjo en su lectura para entretener la espera.

Al cabo de un rato que se me hace eterno, uno de los empleados de Swiss Air que antes me han atendido se me acerca y me entrega una tarjeta de embarque. Pero al revisar el billete, recibo la segunda sorpresa del día, pues me han asignado un asiento de primera clase. Como tiene que tratarse sin duda de un error, voy raudo a comunicárselo a los empleados de Swiss Air, quienes, sin abandonar su amabilidad, aunque con cierto retintín de condescendencia, me dicen que no me preocupe, que no es ninguna confusión, sino que es algo usual recolocar a un pasajero de segunda clase (dicho así suena fatal) en primera.

Al entrar en el avión no puedo reprimir un escalofrío. Un mundo nuevo (sí, lo confieso, es mi primera vez) se abre ante mí. Nervioso como un niño en la noche de reyes, me dirijo a la plaza que me han asignado: allí me espera un enorme asiento de cuero gris donde me arrellano con un leve gruñido de placer. Compruebo, casi con lágrimas en los ojos, que puedo estirar las piernas con toda comodidad.

Antes del despegue, una azafata reparte con una amplia sonrisa periódicos, chocolatinas y agua (su acostumbrado uniforme azul me parece más sobrio y elegante que nunca). Un decepcionante pensamiento aflora enseguida en mi mente: ahora seguro que me dice que a mí no me dan nada de eso porque no he pagado el billete correspondiente. Me equivoco (otra vez), y recibo, agradecido, los mismos presentes que el resto de mis compañeros. Tras comerme la chocolatina, abro el recipiente del agua. Resulta deliciosa. Agua de primera, me digo, haciendo un chiste fácil.

El avión despega cómoda, limpiamente. En pocos minutos, se estabiliza y la amable azafata de antes empieza a servir la cena. Más sorpresas: la trucha está exquisita, el vino es un Mosela estupendo (250 cm^3), el postre de chocolate es sublime (la azafata, al verme disfrutar, me trae otro plato, guiñándome un ojo), incluso el café resulta excelente... Y todo acompañado con inesperados cubiertos de metal (busco, disimuladamente, caras semíticas a mi alrededor, pues les están entregando el avión en bandeja; pero mis miedos son infundados).

Me levanto y voy al baño. Antes de regresar a mi plaza, siento la irreprimible tentación de mirar al otro lado de la cortina que la azafata, como es habitual, ha corrido tras el despegue para aislar la zona de primera clase (un acto que en mis anteriores vuelos siempre he sentido, desde mi asiento de segunda, como un insulto). Pero mi curiosidad no está motivada porque ahora me considere —circunstancialmente— superior a los viajeros de esa parte del avión, sino por una cuestión de perspectiva. En otras palabras, para experimentar qué se ve desde el otro lado de esa frontera de tela, ligera pero infranqueable.

Aparto un poco la cortina y me asomo. El panorama que aparece ante mis ojos es sobrecogedor: los viajeros se agitan salvajemente agarrados a los apoyabrazos de los asientos, algunos rezan, otros gritan, los miembros de la tripulación, sentados al final del avión, no pueden reprimir su pánico... Las fuertes sacudidas abren algunos de los compartimientos y caen maletas, objetos, prendas de ropa, sobre los aterrorizados viajeros.

Pero yo no noto nada. Miro detrás de mí y compruebo que en la zona de primera clase todo está tan tranquilo como al principio: mis compañeros han acabado de cenar y unos se han puesto a leer, otros charlan pausadamente, algunos incluso dormitan, mientras la azafata sirve café acompañada de su plácida sonrisa.

Vuelvo a asomarme al otro lado de la cortina y contemplo la misma escena espeluznante. Los viajeros siguen gritando, muchos lloran histéricos, una mujer abraza desesperadamente a su bebé. Las turbulencias son tan violentas que temo que el avión no pueda superarlas.

Asustado, estoy a punto de decirle algo al tipo que tengo sentado más cerca cuando noto una leve presión en el brazo izquierdo. Es nuestra azafata. Como si yo fuera un niño pequeño que ha hecho una travesura, me hace un simpáti-

447

co mohín de reproche, coge mi mano y, tras cerrar delicadamente la cortina, me acompaña hasta mi asiento.

Antes de sentarme le pregunto si puede traerme un whisky. Sin decir una palabra, toma una botella del carrito metálico, sirve una generosa cantidad de escocés y me entrega el vaso con una enorme, deliciosa y sedante sonrisa.

Arrellanado en mi asiento de suave cuero gris, me dejo embriagar por el sabor de la malta y finjo que pienso en la revolución.

Javier Sáez de Ibarra

Javier Sáez de Ibarra (Vitoria, 1961) vive en Madrid y trabaja como profesor de Lengua y Literatura. Ha publicado un libro de poemas, *Motivos* (2006), y cuatro volúmenes de cuentos: *El lector de Spinoza* (2004), *Propuesta imposible* (2008), *Mirar al agua. Cuentos plásticos* (2009, I Premio Internacional de Narrativa Breve Ribera del Duero) y *Bulevar* (2013). Es autor, además, de ensayos y aforismos aparecidos en diversas revistas.

* * *

Al hablar de tendencias, por un lado, la de cuentos que dan preponderancia al argumento, cuidadosos con la sintaxis, ágiles, de estilo sobrio o previsible. Por otro, los que muestran mayor conciencia literaria, expresada en formas sostenidas en la complejidad de la construcción y la heterogeneidad de sus componentes más que en el nivel lingüístico. Ambas aportan libros conceptualmente unitarios, aunque no exhaustivos. Ojalá el futuro alumbre textos profundos, extraños e imperfectos.

En este país que desdeña la lectura y donde la mayoría de los críticos ignoran la narrativa breve, el cuento se halla en un momento notable. Las antologías recientes recogen no menos de veinte autores buenos o muy buenos (y aun los hay fuera de ellas). Además, algunos están ensayando formas nuevas o poco exploradas del relato: Crusat, Mellado, García Martín, Serrano Larraz, Labari, Ortiz Poole, Paul Viejo, etc. Fundamentales para la evolución del género en los últimos veinte años me parecen: Hipólito G. Navarro, que desborda la estética de los cincuenta y sus epígonos con su experimentalismo, dotando al cuento de una gran libertad formal, y Ángel Zapata, que rompe radicalmente con la representación realista para adentrarse en el símbolo, el enigma y lo poético.

Caprichos

Para Andrés Rábago, *El Roto*.

Los focos lo obnubilan.
La lámina dice: «Muerte».

VIVIANA PALETTA,
Las naciones hechizadas.

1. Dos soldados, uno sonríe, el otro amenazando, muestran a la comunidad en fila y temerosa los cuerpos de sus dirigentes. A uno le han cortado las manos, al otro le asoman las vísceras.
¡Por hablar demasiado!

2. En el embarcadero, un joven sube a la barca donde ya se apilan cinco mujeres, dos bebés, varios bultos que pudieran ser hombres. Otro personaje guarda unos billetes. Un filo de luna desaparece en lo alto.
Bon voyage.

3. Una barrera formidable de cemento sube a doce metros. Arriba: nidos de ametralladoras, octavillas volando, gritos de un estadio de fútbol, carteles de neón que parpadea: «Stop». «Regresa». «¿No echas de menos la yuca?». «Enjoy your own country».
¡Aquí no entra ni Dios!

4. La fila de personas sentadas junto a la pared, tiemblan, vuelven el rostro, uno habla su inglés esencial, un mocoso mira a cámara, su mamá llora. En segundo plano el Presidente del Gobierno en una pantalla de televisión abre los brazos en cruz.

Nuestros legítimos intereses.

5. Silencio en el apartamento. En una habitación, uno en cada cama, otros dos en el nido. En otra una litera, madre e hija. En otra, cinco contrapeados en sacos y mantas. Otros cuatro en el salón. Uno en el pasillo. Una familia de tres en el balcón. Alguien tose.

¡Sssssshhhhhh!

6. Dos negros regresan caminando por la carretera, sus zapatos rotos, los miembros cansados, uno escucha lo que el otro le va contando. En un lado, tres furcias, una jamona les enseña su escote.

De cada cual según su capacidad.

7. Se interrumpe la emisión. Un joven ha subido ya por una escalera al cuadrilátero. El iluminador le dirige el foco. El chico está fumando mientras da la vuelta a un enorme cartelón.

Permaneced atentos.

8. Cinco en una oficina agachan la cabeza. Uno de pie en el centro se lleva teatralmente una mano al rostro, en la otra se le abre el ordenador portátil. Dos figuras importantes guardan la puerta, hacen sombra en ella.

Ya no nos sirve.

8 bis. Dos figuras imponentes guardan la puerta. Un oficinista de pie se dirige a la puerta con una mano en el rostro, se le abre el portátil. Cinco compañeros rinden la cara.

¿A quién le toca ahora?

9. Los dos sindicalistas, uno grueso y otro alto, sin corbata, hablan ahora al desfile de miles de parados que recorre la Principal Avenida entre automóviles. Algún coche esquiva algún cuerpo. Otros hombres se apartan.

¡Todavía no!

10. Noche cerrada. Una mujer con un pecho colgando sentada en el borde de la cama; a su lado, el marido le pone auriculares a su bebé de unos meses, el cable se conecta a una máquina. El rostro extático del hombre dice que se tiene por un genio.

¡Será imprescindible!

11. La puerta del gran almacén violentamente abierta por la que entra corriendo el primero, un chico seguido por una manada igualmente eufórica de clientes. Los de seguridad se apartan a ambos lados.

¿Quién los persigue?

12. Una mesa larga, botellas, vasos, micrófonos; un cartel: «Círculo de Bellísimas Artes». En sillas el público escuchando. A la mesa tres varones de cierta edad. Sobre un atril, el grueso libro de novecientas noventa y ocho páginas: *Pellizcos de monja*.

Literatura.

13. Los periodistas se recuestan en sus sillones. Uno toca su libro, otro se palpa el vientre, otro se ajusta el correcto nudo de la corbata, otro se lo afloja, el último abre la puerta sonriendo como si trajera una novedad.

¿De qué hablamos?

14. Se interrumpe la emisión. Una joven ya ha subido por una escalera al cuadrilátero. La luz del foco hiende la atmósfera. La chica fuma junto a la enorme pancarta. La lámina dice: «Muerte».

Patrocina un laboratorio.

15. Veinte cuerpos trajeados, distribuidos en gradas conforme al protocolo, miran hacia adelante de donde irradia la continua luz de los flashes. Los Veinte sonríen. En cada solapa de cada chaqueta su pin de colores.

¿Quién recuerda lo que nos decían?

16. Trescientas pantallas al mismo tiempo encendidas, sobre el parqué hombres que gritan, sudan, se dan la espalda, compiten, miran extasiados los nombres y cifras. Uno yace muerto, a su lado otro en cuclillas mira a un tercero que corre hacia una mesa con ordenador.

Precisamente ahora.

17. Un páramo. Sobre el páramo doce pirámides y otras más lejos. Son montañas de gente, pies y brazos sobre hombros y caras, unos sobre otros. En la cúspide hombres, mujeres, niños recostados llevan juguetes, perlas, un juego electrónico, desde lo alto cae ceniza.

¡Un poquito más!

18. Una cadena de excavadoras, camiones y otras máquinas abren un camino hasta donde derriban árboles, al descubierto la herida del desollamiento. Pistoleros. Un grupo de pobres se aleja del lugar.

¿Adónde vamos?

19. El jefe de grupo reparte las armas: en una mano pone una pistola, en otra un machete, en otra un fusil, en otra unos billetes, en otra un pequeño avión, en otra una alambrada, en otra una pepita.

Viene de arriba.

20. Una mujer con el vientre abierto a machetazos, otra con un disparo en la espalda, un hombre al que le han cortado las orejas, y la lengua y los pies y las manos. Sus vecinos los miran, un crío descalzo se restriega los ojos.

Pero tienen nombre.

454

21. Un hombre mira de frente, sobre su cabeza un sombrero en el que alumbran cuatro bujías; su rostro es violento y desordenado: su boca pide venganza, sus ojos piedad, sus oídos armonía.

No vale más un perro.

Care Santos

Care Santos (Mataró, Barcelona, 1970) es autora de las novelas: *El tango del perdedor* (1997), *Trigal con cuervos* (1999, Premio de Novela Ateneo Joven de Sevilla), *Aprender a huir* (2002), *El síndrome Bovary. Infieles e infelices* (2007), *La muerte de Venus* (2007), *Hacia la luz* (2008), *Habitaciones cerradas* (2011) y *El aire que respiras* (2013). Ha publicado los siguientes libros de cuentos: *Cuentos cítricos* (1995), *Intemperie* (1996), *Ciertos testimonios* (1999), *Solos* (2000), *Matar al padre* (2004) y *Los que rugen* (2009). También tiene una extensa obra dirigida al público infantil y juvenil. Fue fundadora y presidenta durante ocho años de la Asociación Española de Jóvenes Escritores. Es colaboradora asidua de *El Cultural*.

* * *

Soy mala observadora de tendencias, vaya por delante. Creo que lo fantástico ha cobrado un auge importante en los últimos tiempos, del mismo modo que la aparición de editoriales dedicadas monográficamente al cuento han posibilitado una gran atención al género por parte de autores que tal vez de otra forma no se la hubieran prestado. Creo que las palabras libertad y heterogeneidad sirven para definir lo que ocurre en el cuento español de los últimos años.

Las sombras de Borges, Cortázar, Cheever, Carver, junto con las de autores como José María Merino o Antonio Pereira se proyectan sobre la obra de los autores de mi generación y más jóvenes. Personalmente, entre mis influencias hay más latinoamericanos que anglosajones, de modo que en mi lista de imperdibles están Quiroga, Rulfo, Carpentier, Monterroso... y siempre Pere Calders.

Círculo Polar Ártico

Para Alicia Soria, que estuvo allí

Son unos pájaros de expresión triste. Su plumaje es negro, tienen las patas y el pico de un vistoso color rojo y la cara como si llevaran una máscara blanca. Los islandeses los llaman *lundis*. Los ingleses, *puffins*. En español se les conoce como frailecillos. Emigran a finales de abril, y realizan un alto en su camino en una isla perdida en mitad del Atlántico Norte por la que atraviesa el Círculo Polar Ártico, llamada Grimsey. De la noche a la mañana, los solitarios acantilados de ese lugar remoto se pueblan de miles de pájaros tristes. Permanecen allí alrededor de tres meses, el tiempo suficiente para que los polluelos nazcan y aprendan a volar. Levantan el vuelo durante la última quincena de agosto, dicen que nunca más tarde del día veinte. Dejan tras de sí la negra desnudez de los acantilados huérfanos y un vaticinio de catástrofe en el aire.

En lugares como Grimsey, la llegada del invierno siempre es una catástrofe.

* * *

Llegué a la isla un diecinueve de agosto, con la cámara al hombro y una consigna de mi redactor jefe:

—Atrapa a esos bichos justo en el momento en que se larguen y habrás sido el primero.

459

Alguno de mis compañeros me compadeció por tener que viajar a un lugar como aquel. Yo, en cambio, bendije mi suerte. Grimsey era el destino ideal para alguien que desea olvidar todo cuanto le rodea. En las últimas semanas, había llegado al límite de mi aguante, tanto físico como moral. La muerte de mi hermana, tan precipitada, tan injusta, sin tiempo ni para el último adiós, había sido lo peor que me había ocurrido. Luego estaban las rarezas de Susana, sus silencios, todo aquello tan intangible que iba mal entre nosotros. Por si fuera poco, tenía que soportar el ambiente enrarecido de la redacción a raíz de los rumores de compra por parte del gigante editorial, las sospechas de que se estaban orquestando despidos en masa: «Hay dos maneras de vender una empresa: o la aligeras echando primero a los que más cobran o los que llegan se encargan de purgar la plantilla. Ya veremos qué modalidad eligen», dijo el redactor jefe. Todo el mundo estaba muy preocupado. Pero yo tenía otros quebraderos de cabeza.

Puede que Grimsey no fuera el destino ideal para unas vacaciones, pero era una oportunidad de alejarme de mi vida por unos días.

Contraté el viaje por Internet en una agencia de Akureyri, la capital islandesa del Norte. «Pasaré un día antes para recoger toda la documentación», escribí. Poco después recibí un mensaje muy amable:

> Estimado señor Arcos:
> El propietario de la única casa de huéspedes de Grimsey nos comunica que va a estar ausente a su llegada a la isla.
> A pesar de ello, dejará preparado todo lo necesario para que su estancia sea lo más placentera posible.

«Por mí pueden largarse todos menos los *lundis*», me dije, antes de responder a la mujer de un modo más diplomático.

Volé hacia Islandia un sábado. Aproveché el fin de semana para conocer la sofisticada marcha nocturna de Reykjavik. El lunes a primera hora, acompañado por el tremendo dolor de cabeza de la resaca, recordé que había tenido la oportunidad de compartir mi cama con una rubia preciosa con nombre de valquiria y que la había desdeñado por culpa de algunos prejuicios, todos ellos relacionados con Susana, y me maldije por ser tan sentimental y tan gilipollas.

Mi vuelo con destino a Akureyri salió puntual, como todo en Islandia. Recuerdo que al aterrizar me dije: «Este lugar queda muy bien en las fotos de las guías, pero vivir aquí tiene que ser un infierno». Nada más llegar al pequeño aeropuerto me dirigí al mostrador de Icelandair y facilité mi nombre a una azafata sonriente.

—Aquí tiene su tarjeta de embarque, señor —me dijo, a la vez que me entregaba un pedazo de papel.

Consulté mi reloj: me daba tiempo de sobra de tomar un par de cafés bien cargados mientras esperaba la salida del avión. No había hecho más que ponerme en la cola de la cafetería cuando la azafata se acercó a mí para anunciarme que mi vuelo estaba embarcando.

—Pero si aún falta... —repliqué.

—Lo sé —me interrumpió ella— pero hoy no esperamos más pasajeros y mejor ganamos tiempo.

La noche anterior había tenido la oportunidad de aprender que bajo esas mejillas sonrosadas de querubín las mujeres de la isla escondían auténticas vikingas dispuestas a beber hasta no tenerse en pie. La nostalgia me corroyó por dentro como uno de esos aguardientes caseros cuando pensé en lo que me diría mi hermana si conociera el actual estado de cosas:

—Siempre serás un *blandiblú*, grandullón, luego no te extrañes de que la primera de turno te deje la vida hecha un yogur.

Continué mi peregrinaje hacia el mostrador, donde la misma señorita rubia se apoderó del papel que acababa de

461

entregarme sin que su sonrisa se marchitara un ápice y luego señaló hacia la única puerta y dijo:

—Que tenga un feliz vuelo, señor.

A unos pocos metros de donde estábamos, una avioneta esperaba con los motores en marcha. Me llamó la atención que no hubiera ninguna otra azafata en lo alto de la escalerilla, recibiendo a los pasajeros con esa amabilidad fingida que caracteriza a los auxiliares de vuelo. Lo achaqué a la brevedad del trayecto.

«Si siempre van tan vacíos, no me extraña que necesiten ahorrar en personal», me dije, al comprobar que no había más pasajero que yo.

Me habían dicho que no es difícil ver ballenas en aquellas latitudes, de modo que pasé todo el viaje concentrado en la observación de la cambiante superficie del océano. Ya estábamos llegando cuando distinguí una mancha parduzca bajo las olas. Fue tan pasajera que bien podría haber sido una ilusión. Un cetáceo, sí. O tal vez un fantasma.

Apenas una décima de segundo después distinguí bajo mis pies el cabo de Kross, adornado con el pequeño faro de color naranja orgullosamente erguido sobre los acantilados de basalto.

En el aeropuerto me aguardaba una diminuta terminal, custodiada por una torre de control que parecía extraída de un juego de construcción infantil. Apenas unos metros más allá, se levantaba la fachada amarillenta de la única casa de huéspedes de la isla, el Guesthouse Básar, mi hogar durante los próximos días.

Soplaban rachas de un viento helado y caía una llovizna pertinaz. Las primeras impresiones de la isla fueron sensoriales: el olor a salitre que traía el aire y los chillidos de las golondrinas árticas, unos pájaros pequeños, de color blanco, con fama de agresivos. «Hágase con un palo para defenderse de ellos», me había dicho la encargada de la agencia de viajes de Akureyri cuando pasé a recoger mis reservas. La escasa distancia que me separaba del hostal me bastó para darme cuenta de que las golondrinas no son un ejemplo de hospitalidad, pero tal vez fuera exagerado intentar defenderse de ellas a bastonazos. Por el momento, se limitaban a revolotear a mi alrededor chillando como si tuvieran algo terrible que comunicarme. En eso, pensé, se parecían mucho a mi redactor jefe.

La soledad del lugar intimidaba. No vi a nadie en el destartalado aeropuerto. Ni siquiera uno de esos miembros del personal de tierra que suele guiar al piloto en sus maniobras. Tuve la necesidad de despedirme de alguien, pero cuando volví la cabeza para hacerlo descubrí que la cabina estaba protegida por esos cristales espejados que no permiten ver desde fuera lo que ocurre dentro. Me limité a agitar la mano en señal de despedida, a cargarme la mochila a la espalda y a echar a andar hacia el hostal.

* * *

El Guesthouse Básar era el único edificio de dos plantas de toda la isla. En la de abajo estaban las amplias dependencias de un hogar común y corriente, que solo se diferenciaba de cualquier otro en la pequeña tienda de recuerdos que ocupaba parte del recibidor. Por lo demás, todo parecía dispuesto como si los propietarios de la casa se hubieran visto obligados a huir a toda prisa: había un par de muñecas desvanecidas en mitad del pasillo, ropa sucia dentro de la lavadora y en la nevera, vituallas como para un regimiento, alguna de ellas a medio consumir.

—¡Hola! —saludé, nada más entrar.

Descubrí a un lado de la puerta un pequeño zapatero en el que se amontonaban tres pares de botas de montañero. Eran de tamaños diferentes, y bien podrían ser de otros huéspedes. Sin embargo, el frío y la ausencia de sonidos no dejaban lugar a dudas respecto a la soledad en que me encontraba. El silencio era denso y cortante, de esa naturaleza distinta que solo conoce la quietud de los lugares vacíos.

Me sentí ridículo al repetir el saludo mientras pasaba a la cocina. Observé que había una ventana junto al fregadero y que desde allí se podía disfrutar de una hermosa vista del prado y del océano. No era posible oír el mar a tanta distancia, pero los chillidos de los pájaros se escuchaban con toda nitidez.

Al dejar mi mochila sobre el mostrador de la cocina reparé en un pedazo de papel. Era una página arrancada de una vieja agenda. Correspondía a un veintitrés de junio que cayó en jueves. Estaba escrita con letra picuda en un inglés plagado de faltas de ortografía. Decía así:

> Hi Friend!
> Hop your stay will be a good one. Help yaur self to all that ther is in the frids and kabbords. Plis wride in the guest book. Best regards, S.[1].

Decidí salir a dar una vuelta, aprovechando que había dejado de lloviznar. Quería comprobar que el único restaurante de la isla, el Krian, se encontraba abierto. Con un poco de suerte podría cenar allí mientras mantenía una charla amigable con la propietaria.

Tomé el único camino posible: uno de negros guijarros prensados que discurría junto a los acantilados. A lo lejos se distinguían algunas construcciones modestas, apenas dos docenas de casas: la aldea de Langavik. Paseé con calma, seducido por la belleza de un paisaje que no debía de haber variado mucho desde el primer día de la creación. Las olas batían con fuerza y en las calas de agua oscura algunas aves enseñaban a nadar a sus polluelos. Las golondrinas árticas me ofrecieron su ruidosa compañía mientras vagabundeaba y tomaba fotografías de los primeros *lundis* que veía en

---

[1] Estimado amigo: espero que tu estancia sea buena. Sírvete coger cualquier cosa del frigorífico y los armarios. Por favor, escribe en el libro de huéspedes. Saludos, S.

mi vida. Se apelotonaban en las paredes rocosas, ofreciendo un espectáculo único sin más público que el atardecer y las rocallas. Su expresión de tristeza ensimismada parecía elegida a propósito para aquel escenario.

Decidí conocer el lado este de la isla, al que no llegaba camino alguno. Avancé con dificultades entre unos pastos demasiado crecidos que el viento había despeinado en todas direcciones. Jadeando, llegué hasta los acantilados de Sjalandsbjarg, los más altos del lugar. Tomé fotografías durante un buen rato, extasiado con la majestuosidad del entorno. Traté de imaginar la ferocidad de las rocas en pleno invierno, o en mitad de una tormenta.

«Este sitio es una endiablada casualidad —recuerdo que pensé— un puto capricho de la geografía».

En efecto, apenas medio centenar de kilómetros más al norte, Grimsey no sería más que una porción de tierra muerta en mitad de un mar glacial. Los lugareños lo saben, y esa es la secreta razón de su amor por los *lundis*. Los pájaros son la excusa que precisan para permanecer aquí: su confirmación de que no están locos.

Tomé más de dos centenares de instantáneas. Cuando decidí regresar el frío me había dejado sin sensibilidad en las manos. Después de atravesar de nuevo el prado hasta dar con el camino, me encontré con el puñado de casas de la aldea, extendidas ante mis ojos. Frente a cada una de ellas se veía un vehículo aparcado.

«Tal vez la gente no se atreve a salir de casa con este tiempo», me dije.

A la derecha, tras descender una cuesta, tropecé con una edificación de madera. Un vistazo al interior me bastó para saber que se trataba del único supermercado de la isla. Los fluorescentes estaban encendidos y todo parecía en normal funcionamiento, pero no había nadie tras el mostrador. Como si el propietario hubiera tenido que salir a atender una urgencia. En una radio sonaba *City of Dreams*, de Talking Heads:

465

We live in the city of dreams
We drive on the highway of fire
Should we awake
And find it gone
Remember this, our favourite town[2].

Saludé. Como empezaba a ser costumbre, solo me respondió el silencio.

Tenía demasiado frío para esperar. Me hice con un paquete de café, dejé quinientas coronas junto a la caja y salí de nuevo a la intemperie.

El restaurante ocupaba el local contiguo. Eran las ocho y media: me pareció una hora perfecta para cenar.

En el interior reinaba un ambiente tibio y agradable. Las paredes estaban forradas con láminas de madera y a un lado se abrían tres ventanales desde donde se divisaba el puerto. Había un impermeable en el perchero junto a la puerta y una vela encendida a medio consumir sobre cada una de las mesas. Todo parecía dispuesto para recibir clientes.

Me senté a una mesa y observé el puerto. No pude evitar pensar lo mucho que deseaba ver a alguien, entablar una conversación. En los muelles, los barcos se movían como si fueran ingrávidos.

Llevaba allí un buen rato cuando reparé en un caldero sobre el mostrador. Era de esos grandes, que suelen utilizarse para preservar el calor de su contenido. A su lado aguardaba una pila de platos y un cartel que rezaba:

SOPA DEL DÍA

SÍRVASE USTED MISMO

GRACIAS

---

[2] Vivimos en la ciudad de los sueños / Conducimos por la autopista de fuego / Deberíamos despertar / Y descubrir que se ha terminado / Recuerda esto, nuestra ciudad favorita.

466

La sopa del día era crema de espárragos. Mientras me servía una generosa ración, eché un vistazo a la cocina. Todo estaba en reposo. Había un vaso de agua junto a los fogones. En su interior, un cubito de hielo flotaba a la deriva.

Además de la sopa, tomé de la nevera un par de cervezas Viking. Mientras buscaba el abridor pensé qué le diría a alguien que entrara en ese preciso instante. Pero no entró nadie.

El café también aguardaba sobre el mostrador, en otro termo. Las tazas y las cucharillas estaban junto a la sopera. Me serví una buena dosis de café solo y me la tomé con calma, de pie junto al ventanal. Cuando hube terminado dejé un billete de dos mil coronas sobre el mantel y me despedí hasta el día siguiente de los barcos sin alma.

* * *

Las noches de verano son muy cortas en Islandia. A las tres de la mañana, las golondrinas árticas se encargaron de anunciarme la llegada del amanecer. A pesar de que era una hora intempestiva y de que hacía poco que me había metido en la cama, decidí levantarme. Pensé que una píldora para dormir me haría bien. Pero al mirar por la ventana de la cocina descubrí algunos *lundis* en el cielo. Cuando observé mejor me di cuenta de que los había a centenares, por todas partes. Mis modelos se disponían a marcharse, un día antes de lo previsto. Me puse los vaqueros, agarré la cámara y salí a cumplir la misión que se me había encomendado.

Hice buenas fotos, al precio de quedar calado hasta los huesos. Tras tres horas observando el éxodo de aquellos bichos, solo una ducha muy caliente podía curarme del frío. Del cansancio me repuse con dos píldoras y casi veinte horas de sueño. Dormí como no lo había hecho desde hacía muchos años, como un niño, como alguien que ha logrado olvidar todos sus problemas. O como alguien a quien de pronto han extirpado la conciencia.

Desperté al día siguiente, muy temprano. Hacía un tiempo de perros. Lo primero que hice fue llamar a la agencia de viajes de Akureyri para reservar una plaza en la avioneta de la tarde. Me emocionó volver a escuchar una voz humana. Luego salí a dar mi último paseo por la isla, con la esperanza de tropezar con alguien de quien poder despedirme.

La violenta lluvia y el viento racheado hacían casi imposible caminar. A pesar de todo, me dirigí a la aldea. El restaurante continuaba vacío, lo mismo que el supermercado. Tampoco había nadie en el lugar que se anunciaba, ampulosamente, como Gallery, y que no era más que una tienda atiborrada de artesanías locales.

El puerto seguía poblado de barcos silentes.

«Tal vez ha ocurrido algo y todos se han marchado a toda prisa», aventuré, antes de atreverme a llamar al timbre de una vivienda. A la entrada, se veía un todo terreno que parecía caro. Las cortinas de todas las ventanas estaban corridas y eran lo bastante opacas como para ocultar el interior de la casa. Permanecí allí durante un buen rato. Aguardé hasta que comencé a sentirme ridículo.

«Es obvio que aquí no hay nadie», me dije.

La última oportunidad esperaba en el restaurante. De nuevo me enfrenté a un lugar desierto. Ahora las velas de cada una de las mesas estaban apagadas. Desde el ventanal se veía el transbordador a punto de zarpar. Nadie subió ni bajó de él, pero cuando llegó el momento se hizo a la mar. Lo miré hasta que se perdió de mi vista, mientras un sentimiento extraño anidaba dentro de mí.

Creo que por primera vez comprendí a las golondrinas árticas.

* * *

Aprovechando un rato en que la lluvia me concedió una tregua, resolví caminar hasta el faro. Se encontraba en un

468

peñasco negro en el lado más meridional de la isla, un lugar imponente expuesto al vendaval y al océano. Tardé en llegar unos cuarenta minutos, durante los cuales no dejé de sentirme amenazado —por los nubarrones, por los pájaros, por la soledad, por el extenuante silencio...— aunque cuando alcancé el extremo me di cuenta de que había merecido la pena. Desde allí se divisaba un paisaje grandioso, que contrastaba con la pequeñez y el color infantil del vigía de piedra.

Me encaramé al precipicio para tomar una fotografía de los acantilados basálticos. Permanecí allí unos pocos segundos, seducido por la altura y el vértigo. Pensé que nadie podría sobrevivir a una caída desde aquel lugar. Y en ese mismo momento, recuerdo haber sentido cómo una racha de viento me empujaba violentamente. Fue absurdo. El vendaval me golpeó la espalda como lo habrían hecho un par de brazos fuertes, y logró desplazarme hacia adelante. Mantuve el equilibrio, aún no sé cómo, después de un traspié. Con el corazón desbocado, tomé la decisión de regresar. No me volteé a mirar lo que quedaba en la roca frente al precipicio.

Durante el camino, la lluvia reapareció con más virulencia. La diminuta iglesia del pueblo, rodeada por su verde jardín plagado de tumbas, se me presentó como el único refugio posible. No tuve que pensarlo. Recorrí el sendero de piedra a grandes zancadas, deseando que la puerta estuviera abierta. Dentro aguardaba un pequeño vestíbulo, en el que una luz mortecina extendía un halo de claridad sobre el libro de visitas, custodiado por un pingüino en cuya tripa alguien había escrito:

DONACIONES
GRACIAS

Mientras oía golpear la lluvia contra la techumbre de madera me entretuve en hojear el libro, que era de buen tamaño y de páginas gruesas de color ahuesado. En él habían estampado su firma personas procedentes de lugares muy distantes entre sí. Había coreanos, ingleses, estadounidenses, italianos, rusos y algún que otro español. Al detenerme en la última página no pasé por alto una incoherencia: los últimos dos nombres que aparecían en el libro pertenecían a dos mujeres italianas, «Alessia e Mattia». Bajo sus rúbricas, las visitantes habían escrito la fecha, como todos los demás. «19 de agosto de 2007», leí. El día en que estábamos.

No podía ser. A todas luces se trataba de un error. No había ningún otro turista en la isla y, de haberlo habido, nos habríamos encontrado en alguna parte. Me deshice de la incómoda idea con una explicación lógica: «Es normal que la gente se equivoque de fecha, todo el mundo pierde la noción del tiempo cuando está de vacaciones».

Esperé a que amainara un poco antes de atreverme a salir de la iglesia. Durante el rato que permanecí allí me senté en uno de los bancos, en un silencio tan puro que daba ganas de chillar, como hacían las golondrinas árticas. Me fijé en que el órgano estaba abierto y tenía la partitura preparada, como si de un momento a otro fuera a aparecer el organista. Aunque también podía tratarse de una escenografía para turistas. Después de todo, aquel lugar era el más visitado de la isla. Pero, poco a poco me di cuenta de los inquietantes pequeños detalles. Centenares de moscas muertas y resecas en el borde de la ventana. Una Biblia abierta y cubierta de polvo. Una pila de misales a punto de desmoronarse...

Al salir, atravesé las tumbas del pequeño cementerio sin reparar en los nombres de quienes estaban allí. No me interesaba. Solo quería llegar al aeropuerto. Sentarme en un banco. Esperar la llegada de mi avioneta. Marcharme de una vez.

Ponerme a salvo.

* * *

470

No quise verla, pero la vi. Tras la ventana de la casa más próxima. Era una figura humana. Parecía una mujer con un batín de seda. Llevaba algo en la mano, tal vez una humeante taza de café. Puede que me hiciera señas, pero la tormenta me impidió distinguir ese detalle con claridad. Levanté la mano, emocionado, mientras corría hacia ella. Solo cuando estuve muy cerca pude comprobar que no era una persona, sino una burda ilustración adherida a la parte interior del cristal. Representaba a un arlequín de cara compungida, que llevaba una rosa en la mano. Una lágrima violeta resbalaba por sus pálidas mejillas. Hizo mella en mi ánimo con la crueldad de una burla que no puedes desmentir porque sabes cierta.

No pasé por el hostal a recoger mis cosas. Al fin y al cabo, llevaba mi documentación y la cámara, poco importaban un par de mudas y mi cepillo de dientes. Me dirigí directamente al aeropuerto. La avioneta, como todo allí, fue puntual. Esta vez no me extrañó no ver al piloto, ni que ninguna azafata me diera la bienvenida a bordo. Como había imaginado, nadie llegó en aquel vuelo ni ningún otro pasajero subió al avión conmigo. Ocupé mi asiento y me abroché el cinturón de seguridad. Apenas cinco minutos más tarde, los motores se encendían de nuevo y la voz metálica daba instrucciones. Pensé que esta vez no tenía ningún interés en buscar ballenas en el océano, porque lo único que me apetecía de verdad era cerrar los ojos y no abrirlos de nuevo hasta haber llegado a nuestro destino.

Tardé demasiado en hacerlo.

De pronto distinguí a alguien bajo la espesa capa de agua que estaba cayendo. Un ser humano, una chiquilla. Estaba seguro de que esta vez no se trataba de un espejismo. No debía de tener más de doce años. Vestía un abrigo rojo y un gorro para la lluvia. Apenas se le veía la cara, de la que sobresalían un par de mejillas rubicundas y una guedeja de cabello muy rubio. Si no fuera una locura me atrevería a afirmar que se parecía a mi hermana cuando tenía esa edad.

La estuve mirando, como hipnotizado, hasta que la perdí de vista. Estaba junto a la pista de despegue, empapada, mirándome fijamente con sus hermosos ojos y sonriendo como si al mismo tiempo se alegrara y se apenara de verme. Agitaba la mano en el aire con lentitud de funambulista.

Y así continuó hasta que no pude distinguirla: agitando la mano. Despidiéndose, sonriendo.

Despidiéndose y sonriendo.

Eloy Tizón

Eloy Tizón (Madrid, 1964) ha colaborado en diversos medios de comunicación. Su obra hasta la fecha se compone de tres novelas: *La voz cantante* (2004), *Labia* (2001) y *Seda salvaje* (1995); y de tres libros de cuentos: *Técnicas de iluminación* (2013), *Parpadeos* (2006) y *Velocidad de los jardines* (1992). Este último está considerado un título de referencia que acumula numerosas distinciones: fue elegido por los críticos de *El País* como uno de los cien libros españoles más interesantes de los últimos veinticinco años y por la revista *Quimera* como uno de los mejores libros de cuentos de toda la literatura española del siglo xx.

* * *

Quizá la tendencia principal sea la ausencia de tendencia principal. Ya no hay una única estética dominante; eso se terminó hace tiempo. Más bien hay una diáspora de voces díscolas, nerviosas, que se expanden en distintas direcciones, recogiendo influencias que van desde la literatura fantástica a la serie B, las sombras digitales, la hibridación mutante. Y también es destacable la irrupción de un número creciente de escritoras de narrativa breve, lo que no sucedía hace unos años, y que están aquí no por una cuestión de cuotas o paternalismo, claro está, sino por méritos propios; por habérselo ganado ellas solas a pulso.

473

Los grandes maestros siguen ahí, bellos como gárgolas, y repetir sus nombres no deja de ser una manera de honrar a los eternamente jóvenes Chéjov, James, Beckett, Cheever, Borges, Cortázar, Fogwill, Lispector... Sus herederos actuales quizá se llamen Ana Blandiana, Lorrie Moore, Svetislav Basara, Juan Eduardo Zúñiga o Luis Magrinyà, por citar solo unos pocos. Es decir, todos aquellos autores que nos obligan a leer de otra manera, a abandonar nuestros hábitos y enfrentarnos a nuevas formas de narrar la enfermedad del presente, este que estamos viviendo ahora, que parece oscilar entre la leyenda del santo bebedor y el miedo del portero ante el penalti.

Velocidad de los jardines

Muchos dijeron que cuando pasamos al tercer curso terminó la diversión. Cumplimos dieciséis, diecisiete años y todo adquirió una velocidad inquietante. Ciencias o letras fue la primera aduana, el paso fronterizo que separaba a los amigos como viajeros cambiando de tren con sus bultos entre la nieve y los celadores. Las aulas se disgregaban. Javier Luendo Martínez se separó de Ana M.ª Cuesta y Richi Hurtado dejó de tratarse con las gemelas Estévez y M.ª Paz Morago abandonó a su novio y la beca, por este orden, y Christian Cruz fue expulsado de la escuela por arrojarle al profesor de Laboratorio un frasco con un feto embalsamado.

Oh sí, arrastrábamos a Platón de clase en clase y una cosa llamada hilomorfismo de alguna corriente olvidable. La revolución rusa se extendía por nuestros cuadernos y en la página sesenta y tantos el zar era fusilado entre tachones. Las causas económicas de la guerra eran complejas, no es lo que parece, si bien el impresionismo aportó a la pintura un fresco colorido y una nueva visión de la naturaleza. Mercedes Cifuentes era una alumna muy gorda que no se trataba con nadie y aquel curso regresó fulminantemente delgada y seguía sin tratarse.

Fue una especie de hecatombe. Media clase se enamoró de Olivia Reyes, todos a la vez o por turnos, cuando entraba cada mañana aseada, apenas empolvada, era una visión

475

crujiente y vulnerable que llegaba a hacerte daño si se te ocurría pensar en ello a medianoche. Olivia llegaba siempre tres cuartos de hora tarde y hasta que ella aparecía el temario era algo muerto, un desperdicio, el profesor divagaba sobre Bismark como si cepillase su cadáver de frac penosamente, la tiza repelía. Los pupitres se animaban con su llegada. Parecía mentira Olivia Reyes, algo tan esponjoso y aromático cuando pisaba el aula riendo, aportando la fábula de su perfil, su luz de proa, parecía mentira y hacía tanto daño.

Los primeros días de primavera contienen un aire alucinante, increíble, un olor que procede de no se sabe dónde. Este efecto es agrandado por la visión inicial de las ropas veraniegas (los abrigos ahorcados en el armario hasta otro año), las alumnas de brazos desnudos transportando en sus carpetas reinados y decapitaciones. Entrábamos a la escuela atravesando un gran patio de cemento rojo con las áreas de baloncesto delimitadas en blanco, un árbol escuchimizado nos bendecía, trotábamos por la doble escalinata apremiados por el jefe de estudio —el jefe de estudio consistía en un bigote rubio que más que nada imprecaba—, cuando el timbrazo de la hora daba el pistoletazo de salida para la carrera diaria de sabiduría y ciencia.

Ya estábamos todos, Susana Peinado y su collar de espinillas, Marcial Escribano que repetía por tercera vez y su hermano era paracaidista, el otro que pasaba los apuntes a máquina y que no me acuerdo de cómo se llamaba, 3.º B en pleno con sus bajas, los caídos en el suspenso, los desertores a ciencias, todos nosotros asistiendo a las peripecias del latín en la pizarra como en un cine de barrio, como si el latín fuese espía o terrateniente.

Pero 3.º B fue otra cosa. Además del amor y sus alteraciones hormonales, estaba el comportamiento extraño del muchacho a quien llamaban Aubi, resumen de su verdadero nombre. Le conocíamos desde básica, era vecino nuestro, habíamos comido juntos hot-dogs en Los Sótanos de la Gran Vía y después jugado en las máquinas espaciales con los ojos vendados por una apuesta. Y nada. Desembarcó en 3.º B medio sonámbulo, no nos hablaba o a regañadientes y la primera semana de curso ya se había peleado a golpes en la puerta con el bizco Adriano Parra, que hay que reconocer que era un aprovechado, magullándose y cayendo sobre el capó de un auto aparcado en doble fila, primera lesión del curso.

En el test psicológico le salió introvertido. Al partido de revancha contra el San Viator ni acudió. Dejaba los controles en blanco después de haber deletreado trabajosamente sus datos en las líneas reservadas para ello y abandonaba el estupor del examen duro y altivo, saliéndose al pasillo, mientras los demás forcejeábamos con aquella cosa tremenda y a contrarreloj de causas y consecuencias. Entre unas cosas y otras 3.º B se fracturaba y la señorita Cristina, que estuvo un mes de suplente y tan preparada, declaró un día que Aubi tenía un problema de crecimiento.

El segundo trimestre se abalanzó con su caja de sorpresas. Al principio no queríamos creerlo. Natividad Serrano, una chica de segundo pero muy desarrollada, telefoneó una tarde lluviosa a Ángel Andrés Corominas para decirle que sí, que era cierto, que las gemelas Estévez se lo habían confirmado al cruzarse las tres en tutoría. Lo encontramos escandaloso y terrible, tan fuera de lugar como el entendimiento agente o la casuística aplicada. Y es que nos parecía que Olivia Reyes nos pertenecía un poco a todos, a las mañanas desvalidas de tercero de letras, con sus arcos de medio punto y sus ablativos que la risa de Olivia perfumaba, aquellas mañanas de aquel curso único que no regresaría.

Perder a Olivia Reyes oprimía a la clase entera, lo enfocábamos de un modo personal, histórico, igual que si tantas horas de juventud pasadas frente al cine del encerado diesen al final un fruto prodigioso y ese fruto era Olivia. Saber que se iría alejando de nosotros, que ya estaba muy lejos aunque siguiese en el pupitre de enfrente y nos prestase la escuadra o el hálito de sus manos, nos dañaba tanto como la tarde en que la vimos entrar en el descapotable de un amigo trajeado, perfectamente amoldable y cariñosa, Olivia, el revuelo de su falda soleada en el aire de primavera rayado por el polen. Sucedía que su corazón pertenecía a otro. Pensábamos en aquel raro objeto, en aquel corazón de Olivia Reyes como en una habitación llena de polen.

Acababa de firmarse el Tratado de Versalles, Europa entraba en un período de relativa tranquilidad después de dejar atrás los sucesos de 1914 y la segunda evaluación, cuando el aula recibió en pleno rostro la noticia. Que la deseada Olivia Reyes se hubiese decidido entre todos por ese introvertido de Aubi, que despreciaba todas las cosas importantes, los exámenes y las revanchas, nos llenaba de confusión y pasmo. Meditábamos en ello no menos de dos veces al día, mientras Catilina hacía de las suyas y el Kaiser vociferaba. Quizá, después de todo, las muchachas empolvadas se interesaban por los introvertidos con un problema de crecimiento. Eso lo confundía todo.

En tercero se acabó la diversión, dijeron muchos. Lo que sucede es que hasta entonces nos habíamos movido entre elecciones simples. Religión o Ética. Manualidades u Hogar. Entrenar al balonmano con Agapito Huertas o ajedrez con el cojo Ladislao. Tercero de letras no estaba capacitado para afrontar aquella decisión definitiva, la muchacha más hermosa del colegio e impuntual, con media clase enamorándose de ella, todos a la vez o por turnos, Olivia Reyes detrás del intratable Aubi o sea lo peor.

Y es que Aubi seguía sin quererla, no quería a nadie, estaba furioso con todos, se encerraba en su pupitre del fondo a ojear por la ventana los torneos de balón prisionero en el patio lateral. Asunción Ramos Ojeda, que era de ruta y se quedaba en el comedor, decía que era Olivia Reyes quien telefoneaba todas las tardes a Aubi y su madre se oponía a la relación. Se produjeron debates. Aubi era un buen chico. Aubi era un aguafiestas. Lo que pasa es que muchos os creéis que con una chica ya está.

478

Luego nos enteramos que sí, que el Renacimiento había enterrado la concepción medieval del universo. Fíjate si no en Galileo, qué avance. Resultaba que nada era tan sencillo, hubo que desalojar dos veces el colegio por amenaza de bomba. Los pasillos desaguaban centenares de estudiantes excitados con la idea de la bomba y los textos por el aire, las señoritas se retorcían las manos histéricamente solicitando mucha calma y solo se veía a don Amadeo, el director, fumando con placidez en el descansillo y como al margen de todo y abstraído con su úlcera y el medio año de vida que le habían diagnosticado ayer mismo: hasta dentro de dos horas no volvemos por si acaso.

El curso fue para el recuerdo. Hasta el claustro de profesores llegó la alteración. A don Alberto le abrieron expediente los inspectores por echar de clase a un alumno sin motivo. Hubo que sujetar entre tres a don Esteban que se empeñaba en ilustrar la ley de la gravedad arrojándose él mismo por la ventana. La profesora de Inglés tuvo trillizos; dos camilleros improvisados se la llevaron a la maternidad, casi podría decirse que con la tiza entre los dedos, mientras el aula boquiabierta, con los bolígrafos suspendidos, dejaba a medio subrayar una línea de *Mr. Pickwick*. La luz primaveral inundaba las cajoneras y parcelaba la clase en cuadriláteros de sombra, había ese espesor humano de cuerpos reunidos lavados apresuradamente y hastío, y entonces Benito Almagro, que odiaba los matices, hizo en voz alta un comentario procaz e improcedente.

Notamos desde el principio que aquel iba a ser un amor desventurado. La claridad de Olivia Reyes se empañaba, incluso nos gustaba menos. Hay amores que aplastan a quien los recibe. Así sucedió con Aubi del 3.º B de letras, desde el momento en que Olivia tomó la decisión de reemplazarnos a todos, en el inmueble de su corazón, por el rostro silencioso de un rival introvertido. Se notaba que Aubi no sabía qué hacer con tan gran espacio reservado, reservado para él, estaba solo frente a la enorme cantidad de deseo derrochado. En absoluto comprendía el sentido de la donación de Olivia Reyes, así que salía aturdido del vestuario camino de los plintos o del reconocimiento médico. Todos en hilera ante la pantalla de rayos X y luego el christma del esternón te lo mandaban a casa. La dirección del colegio enviaba por correo los pulmones de todos los matriculados y el flaco Ibáñez estaba preocupado porque le habían dicho que si fumas se notaba. En el buzón se mezclaría el corazón de Olivia Reyes, certificado, con la propaganda de tostadoras o algo por el estilo.

Ella le telefoneaba todas las tardes a casa. A nosotros nunca nos había llamado. Era un planteamiento incorrecto. El aula contenía la respiración hasta que sonaba la sirena de salida, parecía que callados sonaría antes, salíamos en desbandada dejando a medias la lección y la bomba de Hiroshima flotando interrumpida en el limbo del horario.

Pero volvamos al aire y la luz de la primavera, que deberían ser los únicos protagonistas. Se trataba de una luz incomprensible. Siendo así que la adolescencia consiste en ese aire que no es posible explicarse. Podría escribirse en esa luz (ya que no es posible escribir sobre esa luz), conseguir que la suave carne de pomelo de esa luz quedase inscrita, en cierto modo «pensada». Aún está por ver si se puede, si yo puedo. La luz explicaría las gafas de don Amadeo y el tirante caído de la telefonista un martes de aquel año, la luz lo explica todo. Ahora que me acuerdo hubo cierto revuelo con el romance entre Maribel Sanz y César Roldán (delegado).

La tutora aprovechó para decirnos que los trillizos habían nacido como es debido y, después de atajar el estruendo de aplausos y silbidos, no se sabía bien si a favor de los trillizos o en contra de ellos, pasó a presentarnos al profesor suplente de Inglés. No sé qué tenía, la chaqueta cruzada o el aire concentrado y lunático. De golpe 3.º B en pleno perdió interés por el idioma («perdió el conocimiento»), todo el mundo se escapaba a la cafetería El Cairo en horas lectivas a repensar sus raros apuntes y a mirar mucho las pegatinas del vecino. Lo importante era contar con una buena nota media, una buena nota media es decisiva, a ti qué te da de nota media.

El aula estaba prácticamente desierta, mientras el nuevo profesor de Inglés desempolvaba adverbios, nerviosísimo con el fracaso pedagógico y los pupitres vacíos. Mayo estallaba contra los ventanales, por un instante hubo un arcoiris en el reloj de pulsera de Aubi que sesteaba al fondo, la clase parpadeaba en sueños a la altura del cinturón del docente desesperado, y entonces entró Olivia Reyes.

Fue un suceso lamentable, la velocidad que lo trastocaba todo. Pero también fue una escena lenta, goteante. Primero el profesor le recriminó el retraso y después continuó echándole en cara a la palpitante Olivia Reyes la falta de interés colectiva y la indiferencia acumulada y su propia impotencia para enseñar. Después la expulsó por las buenas y le anunció que no se presentaría al examen. Era algo muy peligroso, a esas alturas del curso (el curso en que la diversión concluyó), porque una expulsión significaba la posibilidad casi segura de tener que repetir. El nuevo no sabía nada de los problemas de Olivia ni de su corazón ocupado en desalojar una imagen dañina.

Todavía flotaba en el aire el aroma aseado del cuerpo de Olivia Reyes, no había acabado de salir cuando inesperadamente Aubi se levantó y solicitó que a él también lo expulsaran. Estaba patético y tembloroso ahí de pie, con el espacio que Olivia Reyes le había dedicado y que él rechazaba, nos rechazaba a todos, pero reclamaba del nuevo profesor la expulsión, repetir curso, el fin de los estudios. Los años han difuminado la escena, cubriéndola de barnices (¿quién se dedica a embrumar nuestros recuerdos con tan mal gusto?), pero la clase conserva la disputa entre los dos, la tensión insoportable mientras Aubi, y tres o cuatro más que se le unieron, recogían sus ficheros deslomados y salían hacia el destierro y la nada. Allí terminaba su historial académico, por culpa de unos trillizos.

Más tarde los alumnos nos juntamos en El Cairo y tuvimos que relatarlo cien mil veces a los ausentes. La escena se repasó por todos lados hasta deformarla, añadiendo detalles a veces absurdos, como la versión que presentaba al profesor amenazando a Olivia con un peine. Nada une tanto a dos personas como hablar mal de una tercera. Fue la última ocasión que tuvo la clase para reconciliarse, antes de hundirse del todo en el sinsentido de la madurez, en el futuro. Resulta curioso que solo recuerde de aquel día unos pocos fragmentos irrelevantes. Grupos de cabezas gritando. Un gran esparadrapo sobre la nuez de Adriano Parra. Las piernas de Aubi continuaban temblando mientras recibía las felicitaciones y la envidia de muchos de nosotros. Fue el mártir de los perezosos, ese día, con la cazadora brillante de insignias y las zapatillas de basket.

En el otro extremo, separada por la masa de cuerpos escolares exaltados, Olivia Reyes estrenaba unos ojos de asombro y melancolía. Lo sigo recordando. No se acercó a agradecer el gesto loco de Aubi al enfrentarse al profesor (que poco después fue trasladado a otro centro y ahí terminó el incidente: que en aquel momento nos parecía tan importante como el asesinato del archiduque en Sarajevo y el cálculo integral, pero juntos). Buscó algo en su bolso, que no encontró, y ya sin poder contenerse, vimos cómo Olivia se alejaba a otra parte con su aflicción y sus nuevos ojos de estreno arrasados por el llanto.

No he vuelto a ver a ninguno. Tercero de letras no existe. He oído decir que las gemelas Estévez trabajan de recepcionistas en una empresa de microordenadores. ¿Por qué la vida es tan chapucera? Daría cualquier cosa por saber qué ha sido de Christian Cruz o de Mercedes Cifuentes. Adónde han ido a parar tantos rostros recién levantados que vi durante un año, dónde están todos esos brazos y piernas ya antiguos que se movían en el patio de cemento rojo del colegio, braceando entre el polen. Los quiero a todos. Pensaba que me eran indiferentes o los odiaba cuando los tenía enfrente a todas horas y ahora resulta que me hacen mucha falta.

Los busco como eran entonces a la hora de pasar lista, con sus pelos duros de colonia y las caras en blanco. Aquilio Gómez, presente. Fernández Cuesta, aún no ha llegado. Un apacible rubor de estratosfera se extiende por los pasillos que quedan entre la fila de pupitres, la madera desgastada por generaciones de codos y nalgas y desánimo. Una mano reparte las hojas del examen final, dividido ingenuamente en dos grupos para intentar que se copie un poco menos. Atmósfera general de desastre y matadero. La voz de la profesora canturrea: «Para el grupo A, primera pregunta: Causas y consecuencias de...» Hay una calma expectante hasta que termina el dictado de preguntas. El examen ha comenzado. Todo adquiere otro ritmo, una velocidad diferente cuando la puerta se abre y entra en clase Olivia Reyes.

Pedro Ugarte

Pedro Ugarte (Bilbao, 1963) es autor de varios libros de cuentos: *Los traficantes de palabras* (1990), *Manual para extranjeros* (1993), *La isla de Komodo* (1996), *Guerras privadas* (2002, Premio NH de Relatos), *Mañana será otro día* (2005) y *El mundo de los Cabezas Vacías* (2011). Sus microrrelatos están recogidos en un solo volumen, *La expedición*, que crece en distintas entregas. Ha publicado las novelas: *Los cuerpos de las nadadoras* (1996, Premio Euskadi de Literatura), *Una ciudad del norte* (1999), *Pactos secretos* (1999), *Casi inocentes* (2004, Premio Lengua de Trapo), *El país del dinero* (2011, Premio Logroño de Novela); y los poemarios: *Incendios y amenazas* (1989, Premio Nervión) y *El falso fugitivo* (1991).

* * *

No estoy seguro de poder dictaminar sobre las líneas que ha seguido el cuento durante los últimos años, mucho menos sobre los autores fundamentales. Con relación a la primera cuestión, podría elucubrar acerca de las líneas que más me interesan.

Con relación a la segunda, más que de *los* autores fundamentales, debería hablar de *mis* autores fundamentales. Dentro del cuento español contemporáneo, reconozco el magisterio de Ignacio Aldecoa, Medardo Fraile, Antonio

Pereira o Esteban Padrós de Palacios. Y del cuento americano (norte, centro y sudamericano) hay nombres inevitables que, además de en la mente de todos, están en nuestra misma genética literaria. Si tuviera que prolongar la mención hasta la rabiosa actualidad en nuestra lengua, el ejercicio deviene más comprometido. Pero puedo constatar que mencionaría bastantes de los que se hallan en este libro y algunos ausentes de él.

El olor de la verdad

A Antón y a mí nos iban bien las cosas, pero la sociedad siempre acaba castigando a aquellas personas a las que no puede compadecer, de modo que a nuestro alrededor ya se había extendido la opinión de que ambos se lo debíamos todo a la suerte, a una atrabiliaria e inmerecida buena suerte. Posiblemente Antón y yo habíamos sido muy afortunados. O al menos algo afortunados. Antón ya había ganado su cátedra de derecho y yo publicaba en revistas americanas artículos de física teórica, en los que elucubraba sobre el tamaño del universo, la antimateria o los agujeros negros. Y sí, a lo mejor tenía sentido el argumento de que éramos unos tipos con suerte, pero nadie recordaba la desesperación con que la habíamos buscado.

Después de peregrinar por el extranjero, llevado cada uno por los avatares académicos de su especialidad, ambos recalamos casi al mismo tiempo en nuestra universidad de origen, lo cual suponía regresar, en un gesto algo melodramático, a la ciudad en la que habíamos nacido. Resulta asombrosa la capacidad de una ciudad para vengarse. La venganza de tu ciudad natal (una venganza demoledora, abstracta, líquida) se compone de una suma de venganzas concretas que nunca llegan a ejecutarse, venganzas que suelen ir aumentando su tamaño imaginario en almacenes clandestinos, en tinglados, en las sucias dársenas del alma. Hay cosas que nunca se hacen abiertamente, hay cosas que nunca se dicen a la cara y, cuanto más pequeña sea la ciudad en que uno vive, mayor es también el número de cosas que nunca se hacen abiertamente, que nunca se dicen a la cara, y menor aún la posibilidad de que se hagan o se digan algún día. La ciudad de Antón, la mía, era una ciudad pequeña, quizás mucho más pequeña de lo que correspondía a sus dimensiones geográficas. Por decirlo de otro modo: nuestra ciudad era más grande de lo que cabría imaginar a la vista del ínfimo tamaño de su alma.

Hay una norma que regula la convivencia en las ciudades pequeñas: que la verdad nunca se dice pero, como la ciudad es pequeña, la verdad al final se puede ver. En ellas uno vive cercado por una telaraña de relaciones que no se confunden con la amistad, aunque se aproximan perversamente a ella. Las ciudades pequeñas son un hervidero de máscaras: compañeros de trabajo, conocidos y parientes a los que se ve y se sigue viendo año tras año, sin la más mínima posibilidad de intimar con ellos, pero sin la más mínima tampoco de olvidarlos de una vez y para siempre. Con todas esas personas se acaban formalizando comportamientos castos, pudorosos, recatados; una civilidad que proscribe la emisión de palabras sinceras, la franqueza, la manifestación carnal, voluptuosa, de la obscena verdad.

Claro que eso yo no podría reprochárselo ni a mi ciudad ni a ninguno de sus habitantes. Realmente, yo no creía en la sinceridad. La sinceridad es una monserga. La sinceridad guarda una espoleta que amenaza con dinamitarlo todo al más mínimo descuido. Uno debe vigilarse a sí mismo para reprimir sus arrebatos de sinceridad. Décadas de amor, amistad o cortesía pueden saltar por los aires tras un ataque de sinceridad aguda. La sinceridad, en fin, es una impertinencia y su práctica no trae beneficios para nadie. Aún más, gracias a su general ausencia el mundo se nos hace aceptable y mantiene, mal que bien, un precario equilibrio. La sociedad resulta soportable en tanto en cuanto mintamos a la gente y la gente nos mienta. De hecho, yo odiaba a las personas que se precian de ser sinceras y las odiaba por comprender que los retóricos amantes de la verdad suelen ser en realidad los más grandes embusteros, los farsantes más impenitentes.

Seamos sinceros: un mundo de personas sinceras sería insostenible. Gracias a que nos defendemos de la realidad con una empalizada de patrañas somos capaces de conservar la autoestima, de aguantarnos los unos a los otros e incluso de aguantar el universo, que muy probablemente sea en sí mismo una mentira, una mentira piadosa y bien trabada, dirigida a enmascarar alguna remota verdad. Porque la sinceridad es una conducta depravada que despierta los peores instintos de la gente. En la hipótesis de un mundo de personas sinceras llegaría a tal extremo el número de asesinatos, violaciones, represalias y venganzas que el planeta estallaría como un globo de aire perforado por la aguja. Solo la mentira preserva al planeta de semejante catástrofe, y en eso no hay nada triste o penoso, porque la mentira no enturbia la vida: la mentira simplemente consigue que la vida, turbia o no, sea posible.

Otra cosa es que la sinceridad se permita maniobrar con claridad en círculos estrictos, entre personas escogidas. En esos secretos y amicísimos jardines, en esos íntimos parterres, la verdad puede cultivarse celosamente como una flor frágil y delicada, tanto más delicada cuanto más letales sean sus espinas. La verdad es cosecha tan arriesgada que debe contar con pocos beneficiarios. Y como Antón era mi amigo, yo consideraba que teníamos derecho a ser sinceros el uno con el otro. Por eso me atormentaba comportarme ante él como un hipócrita, como un impostor, como un magnánimo embustero. Y sentía la necesidad de acabar con esa farsa.

Antón tenía un aliento apestoso y esa condición le retrataba mejor que cualquier otra. Alguna sustancia nauseabunda brotaba de sus entrañas y retrepaba por su esófago como un veneno letal. A Antón le bastaba pronunciar una palabra para que esta viniera envuelta en una vaharada pestilente. Cierta patología no identificada impedía que pudiera abrir la boca sin desencadenar el retroceso de la humanidad entera, tras haber experimentado una náusea colectiva. Yo ignoraba el origen de aquel aliento abominable, pero llevaba muchos años padeciéndolo y contemplando cómo los demás lo padecían.

La rotundidad de aquel hedor había generado una conjura comunitaria para no confesárselo jamás. Así como los cornudos se enteran de la infidelidad más tarde que cualquiera (o incluso no llegan a enterarse nunca), la halitosis de Antón era un hecho desgraciado sobre el que se había urdido un voluminoso corpus de chistes, murmuraciones, leyendas urbanas y anécdotas reales o imaginarias, pero del que nada sabía su desdichado inspirador.

La llegada de Antón a un cóctel, a la presentación de un libro o a una reunión de profesores venía precedida por un alud de risas electrizantes, de esas que se acumulan en completo desconcierto cuando es el tema, más que el ingenio de los comentaristas, el que alimenta el regocijo. Su aparición hacía de amigos y colegas una agrupación de conjurados. Unidos por la posesión del secreto, todos forzaban la mandíbula y contraían los labios para reprimir las primeras sonrisas. Y luego, cuando por fin Antón se incorporaba al grupo, los más próximos recibían los sulfúricos compuestos de su aliento, otros más previsores retrocedían, anticipando una urgente visita al excusado (para reírse a gusto, para vomitar bajo el efecto de la vaharada, o simplemente para salvarse de la misma), y algunos otros, por último, respondían desde lejos al saludo de Antón con una risa destemplada e inoportuna, una risa que ocultaba a duras penas la clave tremenda del enigma.

En esas ocasiones, Antón hacía conmigo un aparte.

—Jorge, ¿cómo es esto? Apenas aparezco todos sonríen. ¿Es que tengo monos en la cara?

Monos en la cara. Una repentina asociación de ideas me hacía pensar entonces en primates enjaulados, en la pestilencia de un suelo terroso donde se mezclaran heces, orines, y restos de fruta y cacahuetes, pero no había peligro de que se me escapara alguna zoológica ironía, porque yo lograba recomponer el gesto tras el impacto del hedor, retrocedía lo suficiente como para evitar otra embestida química y respondía con cruel inexactitud:

—Son tus andares, Antón, siempre te lo he dicho: tienes unos andares algo cómicos.

Los andares anátidos de Antón. Aquello era cierto. A veces una verdad terrible se oculta tras una verdad menor. Pero eso no es lo peor de todo: una verdad menor nos hace aún más miserables, pues confirma en el que la recibe el fraudulento argumento de que somos de fiar.

Me sentía mal comportándome de ese modo pero confieso que, cuando mi amigo no estaba, yo también participaba de los chistes, alimentaba la difusión del hilarante anecdotario, colaboraba en la invención de nuevas hipérboles que acrecían la leyenda de su aliento turbador. Muchos lances de la vida de Antón solo se hacían explicables a la luz de aquel estigma: su juvenil obstinación por conquistar a Silvia y la obstinación con que ella lo rechazó durante años; su tormentosa aventura veraniega con una mujer vieja y difícil; su crónica dificultad a la hora de hacer amigos; su extraña y dolorosa soledad, que él no lograba explicarse.

El universo había conspirado para que Antón no tuviera noticia de aquella vertiente decisiva de su identidad. Eso no era un suceso extraordinario, porque el universo conspira del mismo modo para que los tipos pesados nunca sepan que lo son, para que los narradores de chistes malos se imaginen muy graciosos, para que a los racistas de taberna nadie los contradiga, para que los cónyuges engañados prolonguen su candorosa ignorancia, para que los apodos crueles lleguen a oídos de todos salvo a los de su víctima... Y yo era amigo de Antón, y Antón además me quería, y lo hacía con un afecto tan cálido que lograba enternecerme, un afecto al que yo procuraba asistir de lado, de lejos, de espaldas, a distancia, por correo, por teléfono, por control remoto, siempre bajo la premisa de no enfrentarme a su mirada (con el fin de que no leyera en mis ojos la verdad), ni a su boca (con el fin de evitarme otra azufrosa emanación). Antón jamás supo de Boca de Fuego, su álter ego, aquel personaje de ficción que había alcanzado en la ciudad proporciones míticas y del que se contaban cosas cada vez más inverosímiles: Boca de Fuego, héroe de cómic dotado de un arma invencible; Boca de Fuego, fanático de la guerra química; Boca de Fuego, legendario dragón con forma humana; ¿los gases de Boca de Fuego serían combustibles?; ¿no debería Boca de Fuego trabajar como anestesista? Yo asistía con deslealtad a aquellos derroches de imaginación colectiva.

Resuelto a acabar con ese estado de cosas, decidí contar a mi amigo la verdad. Además, yo me había casado y todo se estaba volviendo más difícil. Como Antón frecuentaba ahora nuestro hogar tuve que arrancar de mi mujer el juramento de que jamás le hablaría de su horrendo aroma bucal, pero teníamos dos hijos pequeños (a los que Antón colmaba de besos y regalos cada vez que venía a visitarnos) y me aterraba la llegada del momento en que los niños empezaran a hablar y manifestaran al fin lo que era obvio. Como se sabe, la crueldad de los niños llega al extremo de decir todo lo que pasa por sus cabezas sin reparar en el daño que producen. Los niños, de hecho, son unos seres diabólicos que profieren verdades como puños. Solo la edad nos introduce en la civilización. Y con ella en la gentileza del silencio, o en la misericordia de la mentira.

Pero Antón era mi amigo y yo sentía el imperativo moral de que supiera al fin de su desgracia, y que supiera de ella por mis labios, porque en otro caso la revelación de su halitosis no sería solo el acceso a una monstruosa verdad, sino también la demostración de una singular hipocresía, la mía, que se había prolongado a lo largo de los años y las décadas. Una tarde de invierno, después de que hubiera

492

anochecido, me armé de valor, llamé a mi amigo y le exigí una cita. Fue una de esas llamadas expeditivas, sin explicaciones, que siempre despiertan en el emplazado un mal presentimiento. Antón acudió al encuentro con gesto preocupado.

—Jorge, ¿qué es lo que ocurre? —comenzó—. ¿Puedo ayudarte en algo?

Dudé un momento, pero una bofetada de aliento nauseabundo borró de mi conciencia todo signo de debilidad. Recordé el deber que me había impuesto y la necesidad de liquidar aquel remolino de embustes: tenía que hacer entrega a Antón de la monstruosa verdad y tenía que hacerlo de inmediato, en la seguridad de que una revelación semejante no podría venir acompañada de ninguna anestesia.

—Escucha, Antón —dije entonces, dispuesto a llevar mi franqueza hasta el final—. Tienes un aliento insoportable, tu boca emite un olor asqueroso que se extiende a metros de distancia. Perdóname, tenía que decírtelo. Yo soy tu amigo, Antón. Podemos, debemos hacer algo. Quizás algún especialista...

Seguí hablando durante algunos minutos, encadenando argumentos estúpidos, reflexiones absurdas, como el modo más seguro de diferir el instante terrible de comprobar su reacción. Es curioso, hay momentos en la vida en que, de alguna forma oscura, las personas alcanzamos cierta capacidad profética. Antón aún no había salido de su asombro (no había movido un solo músculo, no había formulado la más mínima respuesta), cuando todas las consecuencias de mi decisión se me hicieron visibles: por ejemplo, que iba a dejar de ser mi amigo y que jamás volvería a dirigirme la palabra. Aquella tarde nuestra amistad estalló en pedazos, como un cristal sobre el que alguien hubiera disparado un proyectil.

A la cólera de los primeros días le siguió la distancia, la hostilidad velada, la ausencia de su voz en el teléfono, las cómicas maniobras con las que me evitaba en los pasillos de la universidad. Vagas informaciones proporcionadas por terceros relataban que Antón había acudido a un especialista y que se había sometido a prolongados tratamientos. Las tenaces emanaciones de su estómago, los caldos gástricos, las bacterias, cualquiera que fuera el agente responsable de aquella podredumbre, pudo al fin ser conjurado. A partir de entonces, no hubo ocasión en que yo no viera a Antón mascando obstinadamente caramelos de menta, chicles de clorofila, o hablando de lado, al sesgo, en línea oblicua, como garantizando que el hálito de sus palabras no incidiera en el rostro de los otros.

Gracias a mí Antón pudo superar su intolerable mal aliento. Pero yo no estaba seguro de haber obrado correctamente. Debido a aquel estúpido arrebato había perdido a mi amigo y todo el mundo sabe que no hay enemistad más feroz ni hostilidad más manifiesta que la de un amigo que ya ha dejado de serlo: al fin y al cabo, se trata de alguien que sabe de nosotros demasiado, algo incómodo para los dos. Porque la sinceridad tiene estas cosas: su poder contaminante, su carácter fétido y amargo, su insufrible mal olor, un olor del que procuro alejarme cada vez que lo emiten los otros, y un olor que reprimo en mi garganta incluso cuando estoy con gente a la que quiero. La vida a ras de tierra es un inmenso agujero negro, más negro que todos los agujeros negros que salpican el universo. Yo creí en un tiempo remoto que la verdad podía ser un regalo, pero ahora lo único que deseo es no perder a los míos, aunque eso me exija asumir estrategias retorcidas, comportamientos maquiavélicos, conductas tan innobles y perversas que llegan incluso a avergonzarme. Por ejemplo, ser amable.

Berta Vias Mahou

Berta Vias Mahou (Madrid, 1961) es licenciada en Geografía e Historia por la Universidad Complutense y traductora de alemán. Ha publicado las novelas *Leo en la cama* (1999), *Los pozos de la nieve* (2008) y *Venían a buscarlo a él* (2010, Premio Dulce Chacón de Narrativa); el libro de relatos *Ladera norte* (2001); y el ensayo *La imagen de la mujer en la literatura* (2000).

* * *

Mi libro de cabecera ha sido siempre *El hombre sin atributos* de Robert Musil. De niña soñaba con ser hombre y aquel título, que sugería la posibilidad de serlo sin etiquetas de ningún tipo, me pareció prometedor. A pesar de mi fuerza de voluntad, no he conseguido transformarme en lo que quería, aunque sigo estudiando cerebros varoniles con la intención de hacerme un trasplante gradual. Otros hombres en forma de libro, otros libros cuyos títulos anunciaban proyectos de hombre extraordinarios se han ido acumulando en torno a mi cabecera: *El idiota* de Dostoievsky, *El primer hombre* de Camus y, también muy pronto, *El ingenioso hidalgo don Quijote de La Mancha*. En cuanto a los autores de relatos o novelas cortas que más me han cautivado, podría citar a Chéjov, Tolstói, Leskov, Melville, Kleist y, cómo no, Kafka. Otro magnífico hatajo de hombres para alguien que sufre un complejo de Electra como un castillo.

Si alguna vez fueras ciudad

Subiendo por la calle de Caravaca, torcieron después por la de Paredes y enseguida llegaron al que era uno de los destinos favoritos de sus paseos. El viento mecía con suavidad las copas de los chopos. Y el sol aún se demoraba en los ladrillos de unas ruinas, entre cipreses, y en el escudo sostenido por dos ángeles sin cabeza. Ángeles adultos, de tamaño natural, en un hermoso edificio, bombardeado durante la guerra civil, con los vanos como grandes ojos ciegos, abiertos al vacío, ahora bajo las nubes blancas, gruesas, que corrían por encima. Y las hojas de los árboles, al moverse, parecían reflejar su color. Se te ve arrebatada, radiante, comentó Elisa volviéndose hacia su amiga y mirándola a los ojos. Hasta ese momento, habían callejeado riendo, charlando desenfadadamente. Y sí, era cierto. Julia, aquella tarde, tenía aire de novia. Una expresión de felicidad alegre y alocada. En ocasiones, soñolienta. Una mirada entonces de selva, de inciertos peligros. ¿Acaso te has enamorado? ¿A estas alturas de la vida?, bromeó Elisa. A estas alturas, sí, confirmó Julia.

Acababa de cumplir los cuarenta. Y lo habían celebrado haciendo dos meses antes un viaje por el norte de Italia. Por primera vez, solas ellas dos. Parma, Módena, Bolonia, Rávena, Ferrara, Mantua, Venecia, ciudades con nombre de mujer, y ellas dos dejándose guiar por el azar, ignorando los monumentos, las más ilustres ruinas. Aunque al final, habían pasado unos días en Trieste, recorriendo la costa, hacia Monfalcone, buscando el castillo de Duino, las rosas trepadoras entre las rocas, sobre el mar. Uno más entre los incomprensibles, repentinos antojos de Julia. ¿Y bien?, preguntó Elisa, dejando que su amiga le contara lo que quisiera. Siempre tan tolerante. Tan discreta. Me ha escrito. Una carta. La más hermosa que he recibido nunca. Y, deteniendo sus pasos durante unos instantes, echó mano al bolso, una suerte de pequeña maleta de lona de color rojo, que llevaba en bandolera. Hurgó entre sus cosas: un abanico, llaves, lápices, el monedero, un pequeño libro de poemas, un cuaderno. El libro, con una marca, señalando unos versos escogidos entre tantos. Apágame los ojos: puedo verte; tápame los oídos: puedo oírte; y aun sin pies puedo andar para alcanzarte.

Abriendo y cerrando cremalleras, compartimientos secretos, Julia sacó por fin un papel blanco, doblado en cuatro, que fue desplegando con calma, hasta que al fin, del interior, salieron unos cuantos párrafos de irregular tamaño, trazados con una letra oscura, menuda y enrevesada, por una mano rápida. ¿Te importa que te la lea? Sabía que no era de buena educación leer cartas ajenas a un tercero, menos aún a la luz del día y en plena calle, pero, de alguna manera, Elisa era como si fuera ella misma. Como si aquella carta fuera también para ella, pues lo compartían todo, o casi todo, especialmente el lado bueno de las cosas, la cara amable que juntas se empeñaban en encontrarle a la vida. Además, ¡tenía tantas ganas de hacerlo! Como un asesino que, aun luchando contra sí mismo, vuelve una y otra vez al lugar del crimen. Una inclinación difícil de resistir, mientras el crimen sigue creciendo, como el contenido de aquella carta. Cada vez más grande, sin necesidad de añadirle una sola palabra.

Estaba deseando que su amiga dijera que sí, aunque leerla en voz alta, entre tanto transeúnte, tal vez no fuera lo mejor. Acechó el silencio. Ni una palabra de aliento, pero vio que Elisa la miraba sonriente. Y comenzó a leer. En un tono muy bajo, algo remiso, con el que parecía acariciar cada palabra, cada punto, cada coma, y la felicidad que destilaban, un tono que poco a poco haría que hasta las preposiciones fueran presas de una serena danza: «Cualquier aeropuerto me sigue recordando un aeropuerto lejano, al que fui a esperarte aun sabiendo que no vendrías». La emoción, el tono contenido por la vergüenza de airear aquellas palabras, que eran para ella y para nadie más, hicieron que ahora sus labios temblaran. Como recordar, una vez más, que ella misma le había hecho conocer el infierno. Un ligero destello saltó de una de sus pupilas a la otra, pero siguió adelante, sin levantar la vista de la hoja, avanzando cada vez más despacio, pues desde que sacara aquel papel de su bolso no podía ver el suelo bajo sus pies: «Cualquier calle decrépita en cualquier lugar del mundo siempre me parece una calle de Lisboa, la ciudad que tú serías si alguna vez fueras ciudad».

Julia levantó la vista, miró a su amiga y, después, hacia la calle que ahora habían de cruzar para seguir su camino. ¿Por qué no se paraban? Un banco en cualquier plaza. En un parque umbrío. Tal vez incluso una mesa apartada en un bar probablemente solitario a aquellas horas de la tarde. Tomando ambas un vermú. ¡Cuánto mejor si hubiera sido allá! En Lisboa. Subiendo o bajando por una de sus callejas en cuesta, entre desconocidos y gentes que hablaran otra lengua. Que no las entendieran del todo, que captaran solo alguna que otra palabra. O en el jardín de La Estrela, entre viejos jugando a las cartas y niños corriendo y gritando. Junto a la inmensa cúpula de la basílica. Pero había surgido así. En aquel barrio decrépito de otra ciudad peninsular. En silencio, alcanzaron el otro lado de la calle y Julia continuó leyendo: «Como también serías África si fueras continente, y ciertos cielos altos y transparentes si fueses cielo, y la raya perfecta que separa los océanos en El Cabo, y la melodía de los ciegos con túnicas blancas en Manika Street.

Y serías los golpes del mar embravecido sobre un ventanal en Simon's Town, y las viñas de Constanza, y el vino suave que le gustaba a Napoleón, y un pequeño hotel con bañera antigua y el teléfono, también antiguo, desde el que hablaba contigo».

En aquel momento, tanto Julia como Elisa detuvieron sus pasos, sin decirse nada. Renunciaban a todo movimiento para poder saborear cada una de aquellas palabras. Palabras que parecían venidas de muy lejos. Con un aire de ser y de no ser. Y se quedaron junto a un alcorque, en el que una acacia de color amarillo intentaba por todos los medios mantenerse con vida. Las dos miraron por un momento el cielo. Ni tan alto, ni tan transparente como los de la carta, pero sí muy azul. El viento había arrastrado las nubes, llevándoselas hacia el oeste. Inútil buscar a su alrededor a aquellos ciegos vestidos con túnicas blancas, cantando. Aunque, prestando un poco de atención y con paciencia, podrían haber contado hasta dieciséis etnias distintas pululando en torno a ellas.

«Y serías la ciudad oliendo a jacarandas», continuó Julia, mientras seguían allí paradas, «y una balaustrada de piedra frente al mar, y las flores de los sellos de Sao Tomé, y los libros de Fowles. Y las cartas que mandabas y recibías, y las palabras que había en esas cartas, y la silueta lejana que se adivinaba en ellas. Serías todo lo que fueron aquellos años y los años que siguieron, como si, extrañamente fieles el uno al otro, en realidad no hubieras faltado en el aeropuerto en el que te esperé, ni en las calles decrépitas por las que me hubiera gustado pasear contigo de la mano. Ni en aquel hotel». Julia se ruborizó. Imaginaba una ventana, frente al mar. Y oyó el graznido de las gaviotas, revoloteando en un cielo lleno de nubes grises. Su espalda recostada contra el pecho de él, que la estrechaba entre sus brazos. Sin hacer nada, más que mirar el mar. Y allá abajo, entre las olas, un inmenso velero, con el casco en negro y oro. La invadió una oleada de recuerdos y sensaciones. El primer paseo por unos jardines, las gotas de lluvia gruesa, los bruscos cambios de luz, con él de la mano. El viento helado por los tramos en sombra de un camino, bordeando un embalse. El calor súbito de junio, algunas de sus palabras, su forma de caminar, cuando le veía venir de lejos.

Hasta entonces, le parecía que había mirado siempre sin ver, que escuchaba sin oír. Que amaba, en fin, sin amar. Y ahora estaba aprendiendo. A ver, a escuchar. A leer. Como en la infancia, cuando uno se fija en todo. En los árboles, en los dibujos del asfalto, en las líneas de las manos. Cuando todo parece único y no se puede comparar con nada, cuando uno aún cree que nada se repite. Respiró hondo, acarició el papel y continuó con la lectura: «Como si no hubieras dejado de ver los cielos que yo vi, ni los paisajes ahora como un sueño, ni los libros en los que vagamente te buscaba. Como si esto de hoy hubiera sido lo de siempre, y tus recuerdos mis recuerdos, y esta carta no una carta de nostalgia radiante aunque inservible, sino un simple y feliz recuento de nuestra vida».

Volvió a doblar el papel en cuatro y levantó la vista, aún bajo los efectos de aquellas palabras. Palabras capaces de trastornar una existencia. En las que, por prudencia, tal vez incluso por temor, habitamos solo unos instantes, aunque a alturas desconocidas. Palabras, como piedras puras, preciosas. Algo muy raro y valioso, algo que duele ocultar. Y que, como una perla, necesita el contacto de una piel, no estar siempre encerrado en un estuche. Palabras, algo que ella valoraba muy por encima de lo demás, formando un tesoro que uno siempre está queriendo abrir, para empezar a hablar.

Elisa, parada frente a ella, se había quedado mirándola. Así que al fin, parecían decir sus ojos. Al fin, sí, dijo Julia. ¿Y eso?, preguntó Elisa sorprendida. Y, sin duda arrepentida ya de su pregunta, por la insistencia que se adivinaba en ella, susurró: Perdona. Con dulzura. El temor de quien, bien educado, no quiere interferir en la vida de los demás.

501

Solo prestar apoyo, sin que se note. Hacía tantos años de todo aquello que aquel final, a estas alturas, como había dicho Elisa hacía un rato, podía parecer inesperado. Un sueño, sí. Elisa entonces rozó el brazo de su amiga, como pidiendo de nuevo disculpas. Pero Julia intentaba ya explicarse. ¿El porqué de aquello después de tantos años? Doce años durante los cuales habían intentado comprenderse. Él y ella. Tal vez por eso se habían querido tanto. Tal vez por eso aún se querían. Y ahora, de pronto, cada momento que pasaban juntos les resultaba de una extraña dicha. ¿Por qué?

Siempre te has mantenido en el umbral, se dijo Julia. No has llevado nada hasta el límite. No has negado tampoco nada. No has elegido, siempre buscando el equilibrio. Entre la tentación y la duda. ¿Por qué? ¿Por qué ahora, después de tantos años? Porque tiene la voz emocionada, de caricia, se dijo. Para sus adentros. Porque me he enamorado de su amor por mí, consiguió balbucear. Tímidamente. Intentando responder. A Elisa. Y a él también, como a sí misma, aunque no pudiera escucharla en aquel momento. Porque de pronto me está creciendo el corazón, continuó. Cada vez más decidida. Y porque tengo nostalgia de diálogo. De diálogo y de poesía. Porque me ha dado tanto como solo los libros saben dar.

Elisa, moviendo sonriente la cabeza, señaló la carta, con respeto y como haciendo una secreta reverencia. Ella no había pedido explicaciones. Sí que es bonita, se limitó a decir, mostrando en su mirada la admiración que sus palabras serían incapaces de expresar. Julia le devolvió la sonrisa. Sí, tanto que no podía quedársela para ella sola. Cuando uno tiene un tesoro, busca al menos un cómplice, alguien que reconozca que es inmensamente rico. ¿Y no le daba miedo que alguien la descubriera? No. Jamás se separaría de aquella carta. Se arrugaría, se mancharía, se borrarían las letras. Y seguiría junto a ella. Como un talismán. Entonces fue ella quien se atrevió a formular una pregunta. ¿Crees que es posible amar a dos hombres a un tiempo? A dos hombres, pensó, los dos mortales, los dos contemporáneos, hasta el punto de que podrían aparecer por la misma calle, estar en aquel momento a la vuelta de la esquina, subiendo la misma calle en cuesta.

Los muchos años, más de una década, que la separaban de su amiga, no solo en edad, también en experiencia, en reflexión, frente a su propia timidez y a su carácter más alegre, tal vez algo inocente, la dotaban a sus ojos de una tierna autoridad. Tan honda la simpatía entre las dos, tan cerca una de otra, y ella siempre guardando la distancia que creía deberle a la estima. Elisa adivinaba muchas de sus preguntas, sus estados de ánimo, sus temores. Y siempre ofrecía una salida. A menudo, más de una. ¿Se puede obedecer a dos destinos y no hacer caso del azar? Di, Elisa. ¿Se puede?, se preguntaba Julia. De nuevo para sus adentros. ¿Querer a distintos seres de forma diferente? Como los niños, sin graduaciones. ¿Acaso no puede uno tener varios miedos? ¿Incluso sufrirlos todos juntos?

Sí. Creo que sí, aventuró al fin su amiga. Aunque me temo que no por mucho tiempo. ¿Recuerdas el poema? Por delicadeza... Lo recordaba, sí. Qué anticuada ya, aquella palabra, delicadeza, y por anticuada, aún más expresiva. Pero Julia, con su optimismo puerilmente tenaz, se imaginaba que tal vez sí, que tal vez fuera posible. Incluso, a lo largo de una vida. El amor, de pronto, que todo lo iguala. Y recordó también que, siendo muy joven, había llorado desconsoladamente, sentada encima de una mesa. Su padre, desconcertado al sorprenderla así, le había preguntado qué le ocurría. Julia había tratado de explicarse, empeñada ya entonces en que en su corazón tenían que caber dos amores, cuando él le habló de esa manera que resulta la mejor para hacerlo con los que uno ama. A la ligera, tratando de resolver el problema como por arte de magia, quitando importancia a lo que quizá, y solo después lo había sabido, no tenía tanta. Está claro, como el aire en invierno, pero uno tarda en darse cuenta. No se puede ordenar el mundo sin antes haberlo comprendido.

Es curioso, susurró ahora Julia, guardando la carta. Descrita así, no me importa, quiero decir, me gusta sentirme como una mujer objeto. Elisa se rio. Con un verde vegetal en sus pupilas, reflejo de los campos de su infancia. A través de aquellos ojos todo parecía diferente. Si lo fueras, no inspirarías esas cartas. Esas cartas con las que hasta yo acabaré enamorándome de él, determinó con decisión, cogiendo a su amiga del brazo. Y así continuaron su paseo, en silencio, un silencio cargado de palabras, perdiéndose las dos entre las bulliciosas callejuelas de aquel barrio. Atrás quedaban las ruinas, los ojos ciegos. Y Julia al fin podía entender aquellos versos: por delicadeza, he perdido mi vida. Cuántas veces los había leído en otro tiempo, todo el poema, la canción de la más alta torre, sin que las palabras se abrieran, sin que le hablaran. Pero ya lo hacían. Cuántas veces había interrogado a su amiga, que, naturalmente, hacía tiempo que las había entendido, sin que por ello supiera explicarlas, convencida de que Julia, tarde o temprano, las comprendería por sí sola. Tú lee, le decía, y no te preocupes por nada. Se puede recordar sin comprender, como los niños. Y algún día verás, entenderás con tus propios ojos. Hay puertas y candados que se abren con una combinación de palabras. Y así aquel poema era la clave para la comprensión de algo. De todo.

Y la felicidad de comprender fue aún mayor, gracias al tiempo y al esfuerzo, a la dificultad, a la sorpresa de conseguirlo así, cuando uno ya casi no lo espera, cuando está uno a punto de renunciar. Entonces, de pronto, se encuentra oyendo más allá de las palabras. Entrando en la vida para vivirla de verdad. ¿Había llegado el tiempo en el que los corazones habrían de prenderse, de enamorarse, haciendo saltar la cáscara de piedra? ¿En el que ya no mirarían sin ver, ni escucharían sin oír? Lisboa, la ciudad que tú serías si alguna vez fueras ciudad, repitió Julia para sus adentros. Con un aire nostálgico. Es lo más hermoso que me han dicho nunca.

Ignacio Vidal-Folch

Ignacio Vidal-Folch (Barcelona, 1956) es escritor y ejerce, también, como periodista en *El País*. Es autor de los libros de cuentos *El arte no paga* (1985), *Amigos que no he vuelto a ver* (1997) y *Más lejos y más abajo* (1999, Premio NH de relatos). Ha publicado las novelas *No se lo digas a nadie* (1987), *La libertad* (1996) y *La cabeza de plástico* (1999). *Turistas del ideal* (2005) es el primer volumen de una trilogía, al que siguió *Contramundo* (2006) y la selección de relatos *Noche sobre noche* (2009). Su faceta como cronista se recoge en el volumen *Barcelona: Museo secreto* (2009), una singular guía literaria de la ciudad, y en *Lo que cuenta es la ilusión* (2012), un millar de comentarios, seleccionados del diario personal del autor.

* * *

Sólo puedo decir que me gustaban mucho Dieste, Onetti, Felisberto Hernández, Ribeyro, etc.

Un sueño americano

A mi vecino en Grand Rapids no le gustaba en absoluto que le vieran sonreír. No es que estuviera siempre de mal humor, sencillamente le fastidiaba la idea de que alguien pudiera creer, siquiera por un momento, que estaba conforme con la marcha del mundo, en general y en el más insignificante de sus detalles. Nelson acudía a su trabajo, cuidaba su jardín, a veces bebíamos unas cervezas juntos frente a su televisor, charlando lacónicamente. Un hombre resignado. Una vez ganó un concurso televisivo. Se trataba de ser el primer televidente en todos los Estados Unidos en telefonear al plató del concurso y decir qué actor encarnaba al protagonista de una película que se estaba rodando y que se titulaba *Demolition man*. La respuesta no era difícil: la locutora del programa había estado entrevistando a Sylvester Stallone y reproduciendo escenas de los primeros días de rodaje, con Stallone corriendo, repartiendo estopa, cayéndose y levantándose. Por si a pesar de todo resultaba demasiado difícil, la locutora dio una pista: «Se le conoce también con los alias de "Rambo" y "Rocky"».

—Nelson, lo tuyo no tuvo mucho mérito que digamos —le dije—. Incluso Ronald Reagan hubiera sabido responder a esa pregunta.

—Pero no hubiera sabido marcar el número. Yo fui el primero en telefonear. Fíjate: tuve que arrastrar esta jodida pierna hasta la cocina, donde tengo el teléfono, y aun así fui el primero. La moraleja es que en este país hay doscientos millones de holgazanes.

—O quizás es que el premio no valía la pena.

—¿Estás loco? ¿Cómo no va a valer la pena volar un jodido edificio con tus propias manos?

Porque ese era el premio que ganó Nelson: una invitación a Detroit para asistir a un día de rodaje de *Demolition man,* incluida la voladura de un edificio mano a mano con Sylvester Stallone. Literalmente mano a mano: el ganador del concurso apretaría el detonador por un lado de la manija, y Sylvester Stallone en persona apretaría por el otro lado. En esa película vuelan realmente por los aires una docena de edificios. Parece que los estudios Universal investigaron cuándo y en qué ciudades de Estados Unidos se iban a producir demoliciones y negociaron con los ayuntamientos y las compañías de derribos el derecho a apretar la manija y filmar la explosión.

—Cuando llegó el día H —me explicó mi vecino—, me desperté muy temprano porque por nada del mundo quería perder el jodido avión. Ya conocía esa ciudad porque cuando mis padres se divorciaron mi padre se fue a vivir allí y de chico pasé algunos veranos en su piso de la calle Waine, pero no había vuelto en cuarenta años. En el aeropuerto de Detroit me esperaba un hispano con mi nombre en un cartel. Me llevó a almorzar con el equipo técnico, se olvidaron de mí un rato y luego el hispano volvió a recogerme para presentarme a Sly. Se suponía que yo tenía que estar temblando de emoción por estrechar la mano de ese capullo disfrazado de nazi. No te imaginas qué bajito es el cabrón. Desde luego que estaba emocionado, pero solo le dije: Bueno, Sly, aquí tienes mi mano, pero te advierto que si me la estrujas, si me haces daño, te llevo a los tribunales y ya no tendré que pensar en trabajar en lo que me quede de vida. El tío se rio un poco, lo justo. Se quitó el guante y me estrechó la mano con mucha, mucha suavidad, y volvió a reírse. Luego fuimos al escenario de la voladura. Ahora viene la sorpresa: el edificio que Sly y yo teníamos que reventar ESTABA en la calle Waine, Waine 442b, y ERA la casa en que vivió mi padre desde que se divorció hasta que murió. Veinte o treinta años. En apariencia el edificio estaba bastante bien, uno de esos viejos, de seis o siete plantas con escalerilla a la entrada, encajonado entre otros dos iguales... La acción se demoró tres horas porque primero tenían que pintar la fachada, instalar las cámaras enfrente y filmar esa secuencia en que Sly se mete corriendo en la casa envuelta en llamas a rescatar a alguien. Luego acaba todo tiznado y con el puto uniforme hecho harapos. Eso lo filmaron ANTES de la voladura. El hispano quiso marearme con explicaciones sobre informática y efectos especiales, pero yo le dije: «Ahórrate los detalles técnicos, amigo, tú solo dime cuándo tengo que apretar la palanca».

»Bueno, Sly volvió a mi lado, volvió a sacarse el guante y pusimos cada uno una mano a un lado de la manija. Alguien dijo: "¡Cuatro! ¡Tres! ¡Dos! ¡Uno! ¡Ahora!", y Sly y yo apretamos a la vez.

»El edificio dobló las rodillas y se desplomó, y acto seguido oímos el estruendo de la explosión. Una nube de polvo se levantó hasta cubrir aquel trecho de la calle, y cuando el polvo volvió a posarse, la casa se había convertido en un solar con un montón de cascotes.

—¿Y qué sentiste, Nelson?

—¿Quieres decir cuando la casa se fue a tomar por culo, o después?

—En las tres horas que esperaste para apretar la manija, y durante y después de la explosión.

—Bueno, desde luego es algo que te hace pensar. Quiero decir, es toda una experiencia. Inefable. Sentí algo. Pero ¿cómo explicarlo? Es como cuando el jodido Amstrong pisó la Luna. Luego no podía explicar sus sentimientos. ¿Cómo vas a explicarlo? Es como cumplir un sueño.

—Un sueño americano —dije.

—Como cumplir un sueño.

Ángel Zapata

Ángel Zapata (Madrid, 1961) es profesor de escritura creativa en la Escuela de Escritores. Ha publicado los libros de relatos *Las buenas intenciones y otros cuentos* (2001) y *La vida ausente* (2006). Tuvo a su cargo la edición de *Escritura y verdad* (Cuentos completos de Medardo Fraile), y es autor de *La práctica del relato* (1997) y *El vacío y el centro. Tres lecturas en torno al cuento breve* (2002). Forma parte del Grupo Surrealista de Madrid.

* * *

El cuento español contemporáneo es extremadamente plural. Pero eso sí: en mi opinión, el hecho más significativo es la superación del realismo como discurso hegemónico, y la apertura *(cierta* apertura al menos) a algunas de las estéticas contemporáneas que sitúan el régimen de la representación en el rango de los problemas y las tareas, más bien que en el de los datos y los puntos de partida.

La pregunta tiene quizá demasiado alcance, y todo lo que me siento capaz de reseñar son algunos de l@s autor@s que a mí más me interesan. En este sentido, me interesan el expresionismo satírico de Hipólito G. Navarro, el expresionismo lírico de Eloy Tizón, el intimismo crítico de Javier Sáez de Ibarra, el realismo irónico de Alfonso Fernández Burgos, la inspiración fantástica de Manuel Moyano, el neosimbolismo lleno de intensidad y poesía de Inés Mendoza, la ironía de Víctor G. Antón, las texturas inhóspitas de Cristina Cerrada, las atmósferas oníricas y dislocadas de Cristian Crusat, el lirismo metaliterario de Paul Viejo, la sugerencia y la alusión en los microrrelatos de Gemma Pellicer, las farsas posmodernas de Matías Candeira...

Pandemia

Una mañana de octubre, tras varios años de experimentos, un sabio profesor inventa finalmente la leche que canta villancicos. Esa misma mañana, el empleado de la Oficina de Patentes toma el cacito con las dos manos, mira la leche con algo de aprensión, la tose encima, sin querer, y no se anda con contemplaciones:

—Lo primero, su invento es antihigiénico —le dice al sabio—. Es una auténtica porquería. No sirve para nada. Y lo segundo —mucho más grave, diría yo—, es que esta leche desafina. Óigalo usted.

El sabio profesor pega la oreja a la leche, escucha el villancico que está cantando, y ve que el empleado tiene razón. Toda esa leche espesa, con rebordes de nata amarilla en la pared del cazo, no solamente desafina un poco, sino que arrastra algunas notas sin ton ni son, las columpia más bien, igual que las viejas cuando cantan en misa. Por un momento, el desconsuelo se pinta de tal modo en los ojos del sabio profesor, que el propio empleado de la Oficina de Patentes —un hombre rechoncho, con labios gruesos, de vaca— se ve en la obligación de darle ánimos.

—¿Quiere un consejo? —le dice tosiendo otra vez—. Mire: yo en su lugar inventaría un abrelatas. Es lo corriente. Es lo que todo el mundo inventa. Un abrelatas. Eso, o una mopa. ¿Usted nunca ha tenido tentaciones de inventar una mopa?

—No señor, nunca.

—¿Y un cuchillo de varios usos?

—Tampoco.

—¿Lo ve? En eso está su error, amigo mío. En que seguramente no echa en falta las cosas simples. Ahí está todo. Quizá hasta menosprecia, sin saberlo, la felicidad de la gente sencilla.

—¿Usted cree?

—Naturalmente que lo creo. ¿Quiere una bolsa nueva para el cacito?

—Se lo agradecería.

—Pues aquí tiene. Y hágame caso, que yo con el consejo no me echo nada en el bolsillo. Un abrelatas. Una buena mopa. Cosas así. En confianza ahora: ¿a usted le gustan los villancicos?

—¡Hombre! Eso depende. Unos sí y otros no.

—Pues ya lo ve. Ya ve la gracia del invento, que ni siquiera a usted le hace feliz.

—¿Y si cuelo la leche y la dejo limpita y sin nata?

—Hágame caso, en serio. Olvídelo —concluye el empleado.

Pero el sabio profesor, desconsolado y todo, es un hombre tranquilo, persistente, muy curtido en las adversidades. En más de veinte años de carrera, el sabio profesor ha inventado muchísimas cosas. Ha inventado cosas como el jersey que aplaude en la oscuridad, el buzón que le ladra al cartero, los besos con muletas, el acuario de luto, o el loro transparente que pronuncia palabras anfibias, subido en una percha de piedra pómez.

Por eso ahora, mientras recoge del mostrador la bolsa nueva con el cazo, el sabio profesor se recuerda a sí mismo que solo es octubre. Piensa que aún faltan dos meses para que llegue la Navidad. Y que es posible perfeccionar su invento. Sobre todo piensa en la nata. Ve la nata en su imaginación. Saborea por dentro su gusto rancio y amarillo. «Le quito la nata y lo arreglo» se dice casi alborozado, al empujar la puerta de la oficina.

Luego cruza la calle.

Aprieta fuerte el asa de la bolsa.

Se pierde en el viento de octubre.

Dentro, al otro lado del mostrador, la tos del empleado se hace más bronca, más continua, y se va convirtiendo poco a poco en una especie de mugido.

Miguel A. Zapata

Miguel A. Zapata (Granada, 1974) es escritor y profesor de Geografía e Historia en la Comunidad de Madrid. Ha publicado dos libros de cuentos: *Ternuras interrumpidas —fabulario casi naïf—* (2003) y *Esquina inferior del cuadro* (2011); y dos libros de microrrelatos: *Baúl de prodigios* (2007) y *Revelaciones y Magias* (2009). Su último libro ha sido finalista del Premio Setenil 2012 al mejor libro de cuentos publicado en España.

* * *

La ductilidad del cuento español, su permeabilidad a las influencias de la historia reciente del género es quizá su rasgo más notable. De aquella Generación del medio siglo (Fraile, de Quinto, Aldecoa, Ferlosio, Zúñiga...) parte hoy una tendencia actualizada de cierto realismo naturalista, ahora más de corte urbano y con las preocupaciones lógicas de la sociedad posmoderna: alienación, desencanto, aislamiento... Paralelamente, y partiendo de la obra de autores consagrados como Cristina Fernández Cubas, José María Merino o Juan Pedro Aparicio, el cuento fantástico ha alcanzado una madurez y unas posibilidades expresivas inéditas hasta el momento, siendo el caldo de cultivo ideal para la experimentación y la imbricación con otras disciplinas como la poesía o el cómic, así como la aplicación de técnicas como el *zapping* intertextual, la fragmentación del discurso o la influencia de los medios audiovisuales.

Cualquier canon es, por fuerza, incompleto, así que me ciño a estéticas y escritores que me parecen estimulantes. Danilo Kîs, John Updike, Slawomir Mrozek, Lydia Davis, Etgar Keret o Bernard Quiriny entre los extranjeros. De los autores españoles, que son legión, me quedo con Cristina Fernández Cubas, José María Merino y Luis Mateo Díez entre los maestros más veteranos, y con autores como Carlos Castán, Sergi Pàmies, Quim Monzó, Hipólito G. Navarro, Ángel Olgoso, Fernando Aramburu, Andrés Neuman, Guillermo Busutil, Óscar Esquivias, David Roas, Manuel Moyano, Fernando Iwasaki, Patricia Esteban Erlés, Juan Carlos Márquez, Juan Jacinto Muñoz Rengel, Miguel Ángel Muñoz, Jesús Ortega, Fernando Clemot o Francesc Serés entre las generaciones más recientes.

Esquina inferior del cuadro

Puede ser su pincelada. Suave pero firme, delimitando contornos sin menoscabar la presencia de la mancha de color en sus obras. Ese concepto arcaizante del dibujo que aprendió siendo apenas un crío y que hoy, pocos años después, ha perfeccionado para privilegiar las figuras y la narración. No extraña su técnica virtuosa. En la biblioteca de su dormitorio, donde todos (sus padres, su hermana, amigos y visitas) podrían imaginar una colección de cómic manga o, en el mejor de los casos, los seis o siete libros de Harry Potter, Álvaro dispone con delicadeza sus monografías de Fra Angélico, Giotto o Cimabúe, las ediciones de libros de Taschen o los facsímiles de miniaturas iluminadas de la Escuela Palatina de Aquisgrán, ordenados sobre los anaqueles.

Quizá sea su interés por los cromatismos suaves, ingenuos pero de una maestría casi *balthusiana*. La paleta de Álvaro gusta de los colores menos agresivos sin que ello suponga ausencia de apasionamiento en sus creaciones. Más bien, luce una pasión contenida, no desplegada, sugerente antes que impúdica o vulgar, oscilando de una gama fría a los tonos más desvaídos de la cálida: ocres crepusculares o sutil azul cobalto que se someten sin estridencias al contorno, dejando entrever la intención de no disturbar con trucos coloristas al espectador. Álvaro es también así en su vida cotidiana: suave de formas y contenido en sus juicios; jamás se ha podido oír de su boca una grosería, una interrupción de palabras ajenas o una opinión de carácter polémico. Cierta vez fue obligado a bajar del autobús porque el conductor se negaba a cambiarle un billete: ni un ápice de violencia, ni un tono más alto que otro; descendió Alvarito resignado hasta la marquesina y se despidió del agresivo al volante con un simple movimiento de cabeza. Se pinta, supongo, como se es.

Las temáticas y motivos de sus cuadros son también un reflejo de su forma de andar por el mundo, de su personalidad. Trigales expandiéndose en un fulgor gualdo, mecidos por la brisa, bosques preñados de madreselvas, retamas o rosales silvestres, con la presencia trotona de algún pequeño ciervo, abubillas volanderas y liebres jugueteando por entre la enramada, entornos campesinos donde bullen pastores amables, labriegos que ríen y conversan azada al hombro o tenderos que vocean al sol sus productos en el mercado local. Marinas en calma absoluta, búcaros con claveles y amapolas, niños jugando felices en el parque de atracciones, familias de picnic junto al lago, bulevares de domingo llenos de ociosos paseantes. Si se pregunta a quien lo conozca, todos dirán que Álvaro, a sus quince añitos, es un adolescente de trato amable y risa fácil, generoso con propios y ajenos, cortés, desprendido, idealista, de naturaleza filantrópica, dueño de una inmaculada ética personal, sensible al dolor del otro tanto como al de su propia carne, con un sentido del humor sutil y profundamente humano. En una cena de Navidad, entre la algarabía y las panderetas y los polvorones, se disculpó con la familia y bajó hasta la calle, manta al hombro y con una bandeja de entremeses, pavo relleno y dulces, ofreciendo su pequeña ración de *Buon Natale* al grupo de mendigos sicilianos de la plaza; luego volvió a sumarse a la celebración de su gente, a la algarabía y las panderetas y los polvorones, al cuadro feliz de los suyos desde el cuadro también algo más feliz de los otros. O sus actividades de ayuda a comunidades indígenas de Kenia. O sus labores como lector para ciegos las tardes de los sábados. O el cariño y dedicación durante la última noche en agonía de su abuelo, sin soltar su mano ni un solo instante, durante las horas dilatadísimas de la habitación del hospital. Se pinta, sí, como se es.

(...)

Hoy admiramos las obras de su exposición en esta galería de arte del centro. Han venido todos: papá, mamá, su hermana Elena, un nutrido grupo de familiares y amigos. Menudean todos por la sala, dejando frente a cada lienzo bisbiseos de admiración que flotan vagamente entre bandejas de canapés y bienaventuranzas de críticos entusiasmados. De las paredes cuelgan sus bosques y bulevares, trigales y aldeas, brotan sus inocentes niños, sus familias junto al lago, la fauna forestal tierna y sensible. En los ojos de sus padres y su hermana, satisfacción y emoción contenida. El resto de los ojos se congratula en gozar o conocer la amistad del artista adolescente.

Y Álvaro en un rincón de la sala, serenísimo, recibiendo con sonrisa invariable las felicitaciones y los laureles, tendiendo su mano sin sombra de hastío en el rostro. Yo junto a él, ejerciendo de la forma más discreta posible mi papel de descubridor, mecenas y, casi anecdóticamente, profesor de un Arte, el suyo, que ya nació andando solo, eso es indiscutible. Escucha Álvaro ahora, por enésima vez, la pregunta de críticos y observadores curiosos: ¿por qué siempre la esquina inferior derecha del cuadro cercenada, como arrancado un pedazo de lienzo en forma de abanico irregular, pintado después desvaídamente el hueco con un tono humoso, tal si se disolvieran dulcemente los niños y las abubillas y las retamas y el lago y los campesinos y el parque de atracciones y el bulevar? Y Álvaro respondiendo, siempre con ese humor suyo inasequible a cansancios, inercias y repeticiones: «también podría haber sido la esquina inferior izquierda, sí, cualquiera de las dos». O quizá indiferente él, retador y enigmático: «incluso podría haber expuesto yo hoy aquí las esquinas, solo esas esquinas, ¿quién podría decir que no son la misma piel, quién podría evitar que lo hiciera?». Y estallar el interlocutor en una sorprendida risotada, y si era un crítico decididamente posmoderno (digamos algún pope de *Lienzo y fiebre*) celebrar la ocurrencia con un guiño de complicidad y despedirse redoblando admiraciones, convencido de que aquellos cuadros de técnica fabulosa añadían además el espíritu trasgresor de los tiempos, de cualquier tiempo de vanguardia, de plena libertad artística.

(y mirar yo, su maestro, descubridor y mecenas, sí, mirar en este momento a Álvaro, Alvarito, el artista casi púber, el modélico y virtuoso, el orgullo de sus papis y sus abuelos y los mendigos y parte del África Oriental, mirarle no sé de qué forma, recordando su taquilla de la Escuela de Artes y Oficios abierta hoy accidentalmente, después de las clases, cuando ya se había marchado, y ver yo cómo cae al suelo desde la taquilla —lluvia emponzoñada— el porfolio con los recortes de lona en forma de abanico dentro, los retazos con imágenes atroces y terribles, paradójicas visiones en suaves tonos, de engañosas pinceladas serenas, continuación perversa y bizarra de sus inocentes obras al óleo,

visiones de chicos y chicas ahogándose en el lago,

flores y carroña de animales corrompidos por larvas e insectos entre los arbustos,

cadáveres de mujeres brutalmente asesinadas en trechos transitados del bulevar,

niños disfrutando monstruosas prácticas sexuales junto a la taquilla del parque de atracciones

y miro a Álvaro, sí, lo estoy mirando ahora, miro su sonrisa y su éxito vital de éticas y estéticas a los ojos de todos, y descubro, observando simples trozos de lienzo en forma de abanico, el reverso oscuro y silente de todas las cosas en la esquina inferior derecha —o izquierda, qué más da— de cada cuadro).

Colección Letras Hispánicas